BAUM HAUS

Weitere Titel des Autors:

Schattengreifer – Die Zeitensegler
Schattengreifer – Die Zeitenherrscher
Schattengreifer – Die Zeitenfestung
Pillo – Die Suche nach der goldenen Kugel
Robin Wuff und Bruder Katz

Titel in der Regel auch als E-Book erhältlich

Über den Autor:

Stefan Gemmel, geb. 1970, hat mehr als dreißig Bücher veröffentlicht und ist bekannt und beliebt durch seine originellen Lesungen und Schreibwerkstätten. Er erhielt zahlreiche Kulturförderpreise und das Bundesverdienstkreuz. Im Juni 2012 stellte er den Weltrekord zur größten Kinderlesung der Welt auf, an der über 10.000 Kinder teilnahmen. Im Frühjahr 2014 erhielt er den BuchMarkt-Award für seine „Rollende Lesehöhle", und im Herbst 2014 wurde er mit dem Ehrenpreis für „Innovative Leseförderung" des Friedrich-Bödecker-Kreises ausgezeichnet. Stefan Gemmel wohnt mit seiner Familie in der Nähe von Koblenz.

STEFAN GEMMEL

SICHELMOND

BAUM HAUS

BAUMHAUS TASCHENBUCH
Band 1087

MIX
Papier aus verantwortungsvollen Quellen
FSC® C014496
FSC www.fsc.org

Dieser Titel ist auch als E-Book erschienen.

Vollständige Taschenbuchausgabe 2015
der im Baumhaus Verlag erschienenen Hardcoverausgabe

Lektorat: Katharina Jacobi, Leipzig
Umschlaggestaltung: Christina Seitz, Berkheim, unter Verwendung von Motiven von © shutterstock/ARENA Creative; shutterstock/1000 Words
Satz: Helmut Schaffer, Hofheim a.Ts.
Gesetzt aus der Adobe Caslon Pro
Druck und Verarbeitung: GGP Media GmbH, Pößneck

Printed in Germany
ISBN 978-3-8432-1087-4

2 4 5 3 1

Sie finden uns im Internet unter
www.baumhaus-verlag.de
Bitte beachten Sie auch www.luebbe.de

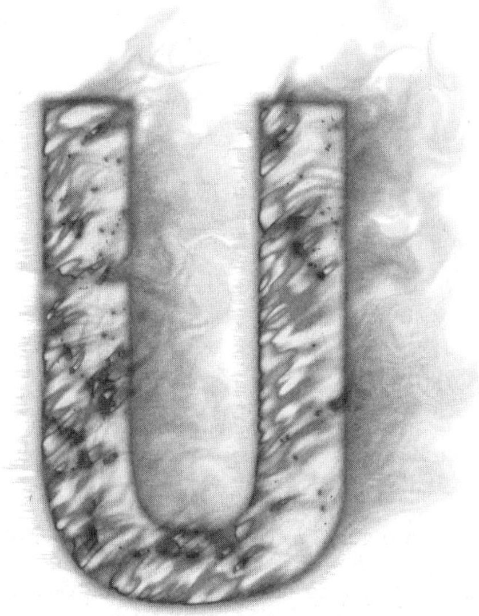
U

Zuerst war da nur dieser Schmerz, der seinen ganzen Körper durchströmte. Dann begann das Pochen in seinem Kopf.

Wie schon zuvor.

Rouven wagte nicht, die Augen zu öffnen.

Er lauschte. Er roch. Und er fühlte tief in sich hinein.

Diese Leere.

Diese Angst.

Es fühlte sich an wie die letzten beiden Male.

Allmählich steigerte sich seine Angst in Panik. Seine Befürchtung wurde langsam zur Gewissheit: Es war wieder geschehen.

Nun war es an ihm, die Augen zu öffnen. Er musste sich dem stellen, was ihn erwartete.

Sein Körper begann zu zittern.

Alles in ihm sträubte sich.

Rouven zwang sich dennoch dazu, die Augenlider zu bewegen. Er blickte sich um.

Die Wohnung, in der er lag, kam ihm nicht bekannt vor. Ganz sicher war er hier noch nie zuvor gewesen.

Er lag auf kalten Steinplatten, mitten in einem riesigen Raum. Er blickte auf einen Bildschirm. Auf einen Fernseher, der ebenfalls auf dem Boden lag. Zerbrochen.

Darüber ein Stuhl, dessen Lehne tief in den Bildschirm ragte. Der Schrank dahinter war umgestoßen worden, von Stofffetzen übersät, die augenscheinlich von dem Sessel stammten, der vornübergekippt gegen den Schrank lehnte.

Rouven ließ den Blick schweifen.

Der ganze Raum bot ein einziges Bild der Verwüstung. Gerade so, als habe ein Hurrikan darin gewütet. Nur mit dem Unterschied, dass ein Sturm keine Polster zerschnitt. Nein, hier war ein Mensch am Werk gewesen. Mit unbändiger Wut oder in größter Angst.

Rouven hatte genug gesehen. Dieser Anblick war nichts Neues für ihn. Bereits zum dritten Mal erwachte er in einer ihm völlig fremden Wohnung. Ohne zu wissen, wie er hierhergekommen war.

Oder wann.

Und vor allem: Warum?

Er sollte aufstehen, sagte er zu sich selbst. Aufstehen und gehen. Und das alles hier schnell hinter sich lassen.

Schon wollte er sich umdrehen, als erneut eine Schmerzwelle seinen ganzen Körper durchzog und er aufschrie. Sein Kopf fühlte sich an, als wolle er in dieser Sekunde in tausend Teile zerspringen.

Rouven bewegte seinen Kopf dennoch. Die Schmerzen unterdrückend blickte er an sich herab: Sein Shirt war zerrissen. An seinem Arm klebte Blut, und an seiner Schulter spürte er einen Druck, als laste etwas tonnenschwer auf ihm.

Er kämpfte gegen den aufkommenden Schmerz an und schaffte es, sich vom Boden zu erheben. Ihm wurde schwindlig. Beinahe wäre er wieder hingestürzt, wenn es ihm nicht gelungen wäre, sich vorher an der Wand abzustützen. Allerdings nicht, ohne dass von der Schulter aus eine erneute Schmerzwoge durch seinen gesamten Körper zog.

Zum zweiten Mal an diesem Morgen schrie Rouven laut auf.

Seine Stimme hallte durch den riesigen Raum. Und erst jetzt bemerkte er die Stille, die alles hier beherrschte. Eine Stille, ebenso drückend wie das Gefühl in seiner Schulter.

Rouven war sich bewusst, was nun seine eigentliche Reaktion auf dies alles sein musste. Er wusste, dass er nun durch die Räume eilen musste, um sich zu vergewissern, dass es keine weiteren Verletzten in dieser fremden Wohnung gab. Er wollte nachsehen, vielleicht helfen. Beistehen.

Doch da gab es etwas Dringlicheres. Ein Drang in ihm, dem er nicht widerstehen konnte. Er war unfähig, dagegen anzukämpfen, denn so sehr er sich auch davor fürchtete, er musste sich Gewissheit verschaffen. Er musste wissen, was das alles mit ihm zu tun hatte.

Und gegen allen Widerstand in seinem Inneren drehte Rouven sich um.

Langsam.

Mit klopfendem Herzen.

Der Schweiß brach ihm aus, und er versuchte, sich selbst zu beruhigen, in diesen Bruchteilen von Sekunden, die er benötigte, um sich dem zu stellen, was ihn vielleicht erwartete.

Doch es gelang ihm nicht, sich darauf einzustellen. Ein dritter Schrei erklang aus seiner Kehle. Der lauteste Schrei an diesem Morgen.

Ein Entsetzensschrei.

Ein Verzweiflungsschrei.

Ein Schrei der Erkenntnis und der Gewissheit.

Tränen schossen ihm ins Gesicht. Seine Beine versagten. Und so sank er völlig entkräftet und hilflos auf die Knie, während sein Blick fest auf die Eingangstür gerichtet war. Auf die Symbole an der Tür. Auf dieses »U«, das groß und breit in das Holz eingebrannt worden war. Und auf die Mondsichel darüber, ebenfalls mit enormer Hitze in die Tür eingebrannt. Eine schlanke Sichel, unter der sich das Bild einer Vogelkralle befand.

Das alles versicherte Rouven, dass dies kein Zufall sein konnte. Dass es hier um ihn ging. Um ihn allein. Und dass er sich alledem nicht entziehen konnte.

Seine Ängste und Befürchtungen bestätigten sich.

»Nein!«, kreischte er in die Stille hinein. Er stützte sich auf die Hände, ließ den Kopf hängen, so dass ihm die Tränen heiß über Wangen, Kinn und Mund rannen.

»Nein!«

Seine Stimme versagte.

Alles in ihm bestand aus einem verzweifelten Aufbegehren. Alles in ihm sträubte sich gegen die Wahrheit. Alles in ihm gab den Widerstand auf.

Und so legte er sich wieder flach auf den Boden und verharrte schluchzend in derselben Körperhaltung, in der er Augenblicke zuvor erwacht war.

Natürlich bemerkte er die Blicke der Passanten um ihn herum. Es war ihm bewusst, dass er unter ihnen auffallen musste. Mit seinem zerrissenen Shirt, den Blutspuren auf seinem Arm, eine Hand gegen die Schulter gepresst, um den Schmerz aushalten zu können. Doch ihre Blicke waren ihm egal.

Auf seine eigenen Blicke hatten sie ja auch noch nie reagiert. Dann, wenn er sie in der Stadt beobachtete und sie alle um ihr einfaches Leben beneidete. Wenn er sah, wie sie zur Schule und zur Arbeit gingen oder sich am Abend trafen, um den Tag ausklingen zu lassen. Wie sie vor Schaufenstern standen und sich all die Dinge ansahen, die Rouven sich nie würde leisten können. Wenn sie am Wochenende als Familien unterwegs waren. Dann spürte Rouven stets seine eigene trostlose Lage bis ins Knochenmark hinein. Wie eine heiße Klinge bohrte sich dieses Gefühl bis tief in seine Eingeweide hinein. Und er hätte, ohne zu zögern, mit beinahe jedem anderen sein Leben getauscht.

Das war sein Spiel: Oft beobachtete er die Menschen auf der Straße und fragte sich, mit wem von ihnen er sein Leben am liebsten tauschen würde.

Jetzt.

Spontan.

Und widerstrebend fiel ihm immer wieder auf, dass der einzige Mensch, den er nicht um sein Leben beneidete, er selbst war.

Nun verließ er die Hauptstraße und suchte sich durch die engeren Gassen seinen Weg. Er wollte nicht weiter auffallen. Er wollte vermeiden, dass man ihm Fragen stellte. Er hätte keine Antworten gehabt. Bloß Fragmente. Striche zu einer Skizze, die kein Muster bildete. Die keinen Sinn ergab. Und die doch sein Leben darstellte.

Das Laub unter seinen Füßen raschelte. Er hatte Stunden gebraucht, bis er endlich hierher gefunden hatte, hierher in den Stadtpark, wo um diese Zeit stets wenig los war. Die Wohnung, die er am Morgen panisch verlassen hatte, befand sich in einem Stadtteil, in dem er noch nie zuvor gewesen war. Zu dem ihn auch bisher noch nie etwas gezogen hatte.

Wie war er nur dorthin gelangt?, fragte sich Rouven erneut. Und sofort drängte sich ihm die weit wichtigere Frage auf: Warum?

Es tat gut, die pulsierende Stadt hinter sich zu lassen. Dieses Leben, mit dem er so wenig zu tun hatte. Da war es schon besser, sich zwischen den Bäumen zu bewegen. Die Natur auszukosten. Er fühlte sich wie ein Wolf. Naturverbunden. Ungezähmt. Frei.

Und vieles von der Anspannung der letzten Stunden fiel von ihm ab.

Als er endlich die Eingangstür aufstieß, hatte er sich beinahe vollständig beruhigt.

»Bernie?«, erklang es aus dem Inneren. »Bist du wieder da?«

Rouven schloss die Tür. »Ja, Großmutter. Ich bin wieder zu Hause.«

Es störte ihn nicht, dass sie ihn mit falschem Namen begrüßte. Es störte ihn auch nicht, dass er sie belog. Alles das war realer und ehrlicher und hatte mehr mit ihm zu tun als die Welt, aus der er gerade kam.

»Wasch dir die Finger, Bernie, und komm zum Essen«, erklang die Stimme erneut.

»Gleich«, war Rouvens Antwort, bevor er sich auf das Bett fallen ließ und endlich in einen tiefen Schlaf fiel. Wie ein Freund hieß der Schlummer ihn willkommen. Und wie ein Arzt nahm er Rouven alle Sorgen und Ängste.

Für einige Zeit.

Für ein paar kurze Stunden.

»Arthur?«

Rouven öffnete die Augen. Es fiel ihm schwer, aus dem befreienden Schlaf in die Realität zu finden.

Seine Realität.

»Arthur!«

Er öffnete die Augen. »Hallo, Großmutter.«

»Also ehrlich«, sagte sie. »Da liegst du noch immer im Bett, und draußen scheint die Sonne. Du solltest in den Park gehen. Wie alle Jungen in deinem Alter.«

Rouven rang sich ein Nicken ab. »Später vielleicht.«

Sie hielt ihm eine Zeitung vor das Gesicht. »Die hast du wohl gestern mitgebracht. Ich hab die Rätselseite nicht angerührt«, lachte sie ihn an. Und dieses offene Lachen ließ Rouven aufatmen.

»Danke«, sagte er und griff nach der Zeitung. Nicht ohne dabei ihre Hand zu nehmen und ihre Fingerspitzen zu küssen, die nach Kartoffeln rochen. »Was wäre ich nur ohne dich?«

»Was ist das denn für eine merkwürdige Frage?«, antwortete sie hastig. »Wir sind füreinander da, Arthur. So wie sich das für eine Familie gehört. Oder etwa nicht?«

Er ließ ihre Hand los. »Ja, natürlich. Füreinander da.«

Sie zeigte sich zufrieden. »Schluss mit den Grübeleien. Die Arbeit wartet.« Sie wandte sich um und ließ ihn allein.

Rouven sah an sich herab. Nein, sein gestriges Erlebnis war kein Traum gewesen. Noch immer steckte er in seinem zerrissenen Shirt. Noch immer klebte sein eigenes Blut an ihm. Und auch der Schmerz in seiner Schulter ließ ihn spüren, dass das alles wirklich passiert war. Auch wenn er es sich anders gewünscht hätte.

Seine Hand umfasste noch immer die Zeitung, die er gestern auf dem Weg nach Hause auf einer Bank liegen gesehen hatte. Und wie immer, wenn er eine Zeitung fand, hatte er sie mitgenommen – für Nana. Und das, obwohl er nicht wusste, ob sie überhaupt Zeitung las. Zumindest hatte er sie bisher noch nie mit einem dieser Blätter in den Händen gesehen.

Rouvens Blick fiel auf die Titelzeile: »Banker-Ehepaar vermisst.« Mit einem Ruck setzte er sich auf und schlug die ganze Zeitung auf.

»Gestern Nacht wieder einmal Einbruch in Wohnung« konnte er in der Unterzeile lesen. Hastig überflog er den Artikel. So hastig, dass er nur Fragmente las: »Zum dritten Mal bereits … Wohnung verwüstet … Polizei ratlos … nichts gestohlen …«, bis Rouvens Blick auf einem Satz ruhen blieb: »Ehepaar verschwunden.«

Es stach ihm ins Herz. Alles glich den beiden vorigen Malen. Bis ins Detail.

Bereits zweimal war Rouven schon in völlig fremden Wohnungen erwacht. Jedes Mal ohne zu wissen, wie er dorthin gelangt war. Und jedes Mal waren diese Wohnungen verwüstet und die Besitzer nicht aufzufinden gewesen.

Doch was hatte das alles mit ihm zu tun?

Anfangs hatte er noch geglaubt, ein Schlafwandler zu sein. Selbst als er zum zweiten Mal in der zerstörten Wohnung erwacht war, hatte er keinen Bezug zu sich selbst gesehen. Erst als er damals durch den Park gegangen war, zurück nach Hause, als er endlich einmal richtig nachgedacht hatte, war ihm ein erster Verdacht gekommen. Ein Verdacht, der nun zur Gewissheit geworden war. Durch das »U« an der Tür.

Rouven durchzog es wieder eiskalt, als er sich die eingebrannte Schrift an der Tür in Erinnerung rief.

Dieser Buchstabe.

In der ersten Wohnung, in der er erwacht war, hatte er ein »R« entdeckt – eingebrannt in das Holz der Tür. Unter der Zeichnung eines Sichelmondes und einer Vogelkralle. Allerdings hatte Rouven dies nur beiläufig und aus den Augenwinkeln wahrgenommen. Zu sehr war er mit dem beschäftigt gewesen, was geschehen war, als dass er sich mit Nebensächlichkeiten hätte befassen können. Zunächst hatte er nach weiteren möglichen Verletzten gesucht. Hatte per Telefon die Polizei verständigt, bevor er davongelaufen war. Den Buchstaben hatte er schnell vergessen.

Doch als er in der zweiten Wohnung erwacht war – wieder mit Kampfspuren und ohne eine Ahnung, wie er dort hingelangt war –, war ihm sofort das riesige »O« auf der Tür aufgefallen, und er hatte es mit mehr Interesse betrachtet. Noch immer ohne einen Zusammenhang zu sehen. Erst später, hier auf seinem Bett, hatte er Verdacht geschöpft. Es hatte sich in ihm festgesetzt und ihn immer wieder darüber nachdenken lassen. Bis es gestern durch das »U« an der Tür bestätigt worden war: »R«, »O«, »U« – die ersten drei Buchstaben seines Namens.

Er fasste sich an die Stirn. Wieder einmal hatte er das Gefühl, die Welt drehe sich um ihn herum. Und mit ihr tausend Fragen.

Was hatte das alles mit ihm zu tun?

Wie war er in die Wohnungen gelangt?

Und vor allem: Wo waren die Besitzer dieser Wohnungen?

Hatte er ihnen etwas angetan? Möglicherweise war Rouven ein Krimineller, der diese Menschen entführt – und ihnen vielleicht Schlimmes angetan hatte.

Er dachte an die Symbole zurück und fragte sich, was sie bedeuten konnten: der Sichelmond und diese Vogelkralle. Vielleicht signierte er seine Verbrechen. Vielleicht zog er seinen Namen wie eine Unterschrift durch seine kriminellen Taten.

Sein Kopf zersprang beinahe. Zu viele Fragen.

Zu viel Angst vor den Antworten.

Mit Schwung warf er die Zeitung von sich.

Wenn er sich doch nur erinnern könnte …

Auch Tage später war Rouven noch immer völlig aufgelöst. Es gelang ihm kaum, auch nur einen Moment lang seine Gedanken abzuschalten. Und vor allem konnte er nicht mehr schlafen. Zu groß war die Angst, wieder in einer fremden Wohnung zu erwachen. Und wenn er ehrlich zu sich war, dann war auch die Angst vor den Antworten zu seinen Fragen übermächtig.

Seine Beine zitterten bereits vor Ermüdung. Es mussten bereits einige Stunden gewesen sein, die er heute grübelnd durch die Straßen der Stadt gezogen war.

An einer Bushaltestelle ließ er sich auf der schmutzigen Holzbank nieder. Die Müdigkeit war nun in allen Poren spürbar. Sein Kopf war schwer, und seine Augen fühlten sich an, als ob sie ihm aus dem Gesicht fallen wollten. Rouven hatte nur noch einen Wunsch: Schlafen.

Schon lehnte er den Kopf gegen die Wand der Bushaltestelle. Er wollte nicht einschlafen. Nicht hier.

Nicht jetzt.

Doch seine Augenlider senkten sich gegen seinen Willen. Und mit einem letzten Blick auf den kleinen Jungen, der ihm an der Bushaltestelle auf der anderen Straßenseite gegenübersaß, schloss er die Augen.

Doch es war nicht der Schlaf, der ihn überkam. Ganz im Gegenteil. Reines Adrenalin schoss ihm plötzlich durch die Adern. Seine Instinkte schlugen Alarm. Mit einem Mal spürte Rouven, dass etwas nicht stimmte. Wie ein wildes Tier im Dschungel witterte er, dass er sich unmittelbar in Gefahr befand.

Aber warum?

Er hielt die Augen geschlossen und rief sich das Bild des Jungen wieder ins Gedächtnis. Netter kleiner Kerl. Etwa zehn Jahre alt. Sympathisch. Wieder einer der vielen Menschen, mit denen Rouven sofort sein Leben getauscht hätte, auch wenn es nur ein Kind war.

Von dem Jungen ging bestimmt keine Gefahr aus. Rouven erinnerte sich an weitere Details, die er nur verschwommen wahrgenommen hatte, bevor sich seine Augen geschlossen hatten – die Mutter neben dem Jungen. Sie hatte die Schultasche des Kleinen in den Händen gehalten und Rouven gar nicht beachtet. Sonst war die Bank leer gewesen.

Dann fiel es ihm ein. Hinter dem Jungen und seiner Mutter hatte Rouven unbewusst zwei Männer bemerkt, die ihn aus den Augenwinkeln fixiert und dabei diese typischen unverdächtigen Gesichtsausdrücke aufgelegt hatten. Rouven kannte diese Blicke. Bloß nicht auffallen. Bloß nicht den anderen merken lassen, dass man ihn beobachtete.

Doch genau das fiel Rouven immer auf. Er war im Visier der beiden Männer. Warum, das wusste er nicht. Doch es war Zeit zu flüchten.

Jetzt erst schlug er die Augen auf. Der Junge saß noch immer mit seiner Mutter auf der Bank. Inzwischen schaute auch sie zu Rouven hinüber. Ebenso der Junge. Die beiden Männer waren verschwunden.

Deshalb hatte Rouven auch die Augen nicht geöffnet. Diese Technik hatte er sich im Lauf der Zeit angeeignet. Er konnte Details aus dem Gedächtnis heraus erkennen. Manchmal besser, als wenn er direkt auf etwas starrte. Er war sicher, dass ihm die beiden Männer nicht aufgefallen wären, wenn er einfach nur weiter auf die andere Straßenseite gesehen hätte. Sein Gehirn arbeitete auf diese Art.

Der Blick der Mutter und ihres Sohnes jagte ihm einen Schauer über den Rücken. Wieso sahen sie ihn mit diesem Entsetzen an?

Und wo waren die beiden Männer jetzt?

Rouven drehte seinen Kopf nach rechts. Dort, hinter einer Gruppe Passanten, kam einer der beiden auf ihn zu. Mit auffallend roten Turnschuhen eilte er über den Asphalt.

Ohne Hektik, sondern mit bewundernswerter Ruhe drehte Rouven den Kopf nach links und entdeckte auch schon den zweiten Mann. Er hatte einen Finger an seinem Ohr und sprach. Es war eindeutig: Die Männer waren mit Mikrofonen ausgestattet und hatten es augenscheinlich auf Rouven abgesehen. Es war an der Zeit für ihn zu verschwinden.

Gerade wollte Rouven sich von seinem Platz erheben, als etwas seine Aufmerksamkeit erregte. Etwas, das plötzlich wichtiger für ihn war als seine Flucht. Etwas, das ihm die Situation schlagartig erklärte. Sein Blick fiel auf die Zeitung, die der Mann neben ihm gerade las. Rouven starrte fassungslos auf die Titelseite. Auf das riesige Foto, das ihn zeigte. Ein Schwarzweißbild, unter dem die Schlagzeile zu lesen war: »*Erstes Foto des Neumond-Täters – aufgenommen vom Sicherheitssystem des verschwundenen Ehepaares.*« Das Bild zeigte Rouven beim Verlassen der Wohnung vor einigen Tagen. Es war gestochen scharf. Es prangte so riesig auf der Titelseite, dass selbst die Mutter mit ihrem Sohn von der anderen Straßenseite aus Rouven darauf erkannt hatte.

Rouven riss sich von der Zeitung los, obwohl er darauf brannte, den Artikel zu lesen. Doch noch immer kamen die beiden Männer auf ihn zu. Sie mussten ihn gleich erreicht haben. Es konnte sich nur noch um Sekunden handeln, bis …

Auf der gegenüberliegenden Seite fuhr der Bus an. Bestimmt stieg die Frau mit dem Jungen gerade ein. Rouven wartete noch einen Moment. Einen einzigen. Gerade so lange, bis er aus den Augenwinkeln die roten Schuhspitzen des Mannes zu seiner Rechten erkennen konnte, dann sprang er auf und hastete los.

Die Männer hatten nicht damit gerechnet.

»Stehen bleiben«, hörte er den ersten rufen.

»Polizei«, schrie der zweite.

Und Rouven vernahm ihre hastigen Schritte hinter sich. Die Leute drehten sich nach ihnen um. Rouven rannte über die Straße, um den stehenden Bus herum, gerade in dem Moment, als sich die Türen schlossen. Mit einem Satz sprang Rouven noch in den engen Spalt der sich schließenden hinteren Türen, als der Bus anfuhr.

Die beiden Polizisten riefen und schrien ihnen noch nach, doch der Busfahrer schien sie nicht zu bemerken. Rouven blickte den beiden nach, bis der Bus um die Ecke bog. Dann wandte er sich um.

Der Wagen war voll besetzt, und alle Augen waren auf ihn gerichtet. Ängstliche, erschrockene, überraschte, schockierte Blicke ruhten auf ihm. Alle Passanten hatten mitbekommen, dass die beiden Polizisten in Zivil ihn gejagt hatten. Und nun hielten sie ihn womöglich für einen Kriminellen.

Und vielleicht stimmte das ja auch.

Die Mutter stand mit ihrem Sohn im Gang. Gerade schob sie sich schützend vor den Jungen. Und Rouven hätte heulen können bei dem Anblick der nackten Angst in ihren Augen. Als hätte er dem Jungen etwas antun können! Undenkbar.

Sein Leben geriet völlig aus den Fugen.

Beharrlich ertrug Rouven die Blicke der Fahrgäste bis zur nächsten Haltestelle, dann sprang er aus dem Bus und rannte in Windeseile davon.

»Du kommst spät, Michael!«

Die vertraute Stimme tat so gut. Rouven ging zu ihr und schloss sie in die Arme. »Hallo, Nana.«

Sie kicherte und drückte ihn fest an sich. »Was ist denn los, Michael? Hast du Sorgen?«

»Nein«, war Rouvens klare Antwort. »Ich bin nur müde. Mir fehlt Schlaf.«

»Na, dann leg dich doch hin. Wer müde ist, soll schlafen«, kicherte sie und setzte sich an den Tisch.

Rouven eilte an sein Bett. Unter seinem Pullover zog er die Zeitung hervor, die er auf dem Weg hierher aus einer Kiosk-Auslage gestohlen hatte. Auch auf dieser Titelseite prangte sein Foto. Auch hier gab es die entsprechende Schlagzeile: *»Endlich eine Spur von dem ›Neumond-Täter‹.«* Rouven las hastig den Bericht dazu:

»Endlich kann die Polizei einen ersten Erfolg bei der Suche nach dem sogenannten ›Neumond-Täter‹ verbuchen, der bereits dreimal in die Häuser von angesehenen Persönlichkeiten dieser Stadt eingedrungen ist, um die Bewohner zu entführen. Nach den beiden Einbrüchen der vergangenen Monate (wir berichteten) hatte eine der zahlreichen Überwachungskameras des Hauses den Täter beim Verlassen der Wohnung aufgenommen. Es zeigt einen etwa 16- bis 18-jährigen jungen Mann mit kurzen schwarzen Haaren und vermutlich tiefbraunen Augen, wie er mit einer blutenden Wunde am Arm aus der Wohnung flüchtet. Er scheint allein zu sein. Wie er das Paar entführt hat und wo es sich nun befindet, das gibt der Polizei weiterhin Rätsel auf. Noch immer ist keine Lösegeldforderung eingegangen. Ebenso

wenig wie ein Lebenszeichen der zwei Ehepaare, von denen das erste bereits vor zwei Monaten entführt wurde. Auch für die ominösen Schriftzeichen an den Türen der aufgebrochenen Wohnungen – jeweils eine Mondsichel, eine gezeichnete Vogelkralle sowie ein Buchstabe darunter – hat die Polizei keine Erklärung. Es scheint, als ziehe sich die Suche nach dem Neumond-Täter noch weiter in die Länge. Die Polizei bittet nun die Bevölkerung um Mithilfe. Wenn Sie den jungen Mann auf dem Foto kennen oder ihn gesehen haben, so informieren Sie bitte die nächste Polizeidienststelle.

Die ganze Stadt fürchtet sich bereits vor einem erneuten Angriff dieses Kriminellen, der seinen besonderen Namen übrigens Vertretern der Presse verdankt. Nachdem sich alle drei Einbrüche und die dazugehörigen Entführungen stets in Neumondnächten ereignet haben, wird er derzeit bloß als ›der Neumond-Täter‹ bezeichnet.«

Mit vor Erstaunen weit geöffnetem Mund ließ Rouven die Zeitung sinken. Zwar hatte er schon an der Bushaltestelle die Schlagzeile um den »Neumond-Täter« gelesen, doch dort war er zu sehr mit Fluchtgedanken beschäftigt gewesen.

Doch jetzt, hier, wurde ihm bewusst, dass die Presse recht hatte: Es war stets nach einer Neumondnacht gewesen, wenn Rouven sich in einer fremden Wohnung wiedergefunden hatte. Er erinnerte sich an die Dunkelheit, wenn er kurz vor Morgengrauen die Wohnungen verlassen hatte. Diese besondere Finsternis, wie sie nur in Nächten vorkam, in denen der Mond sein Licht verwehrte.

Rouven seufzte. Er war der Neumond-Täter. So viel war sicher. Ein bescheuerter Name, den man ihm verpasst hatte. Doch er trug ihn wohl zu Recht: Er war der, nach dem man suchte. Er war es, vor dem sich die ganze Stadt fürchtete.

Rouven sank zur Erde und kauerte sich neben seinem Bett gegen die Wand.

Er hätte sterben und dies alles hinter sich lassen wollen.

Dunkel war es. Nass. Und kalt.

Rouven hatte die Hände tief in den Hosentaschen vergraben und ließ den Regen wie eine kalte Dusche auf sich niederprasseln. Er war völlig durchnässt. Doch das war auch nicht verwunderlich. Schließlich stand er bestimmt schon seit zwei Stunden regungslos an dieser Stelle. Mit den Händen in den Taschen. Und den Blick unverwandt auf das Haus vor ihm gerichtet. Dieses Haus, das in der Dunkelheit so leer und leblos wirkte, wie Rouven sich in seinem Inneren fühlte.

Er hatte es satt, auf der Flucht zu sein. Er hasste es, sich nur nachts durch die Stadt bewegen zu können, aus Angst, entdeckt zu werden. Doch vor allem hasste er diese Situation der Unwissenheit und Hilflosigkeit.

Deshalb hatte es ihn hierhergetrieben. Er hatte zuvor noch nie den Wunsch verspürt, eine der drei Wohnungen aufzusuchen. Im Gegenteil. Freiwillig hätte er bisher keinen Fuß in die Nähe dieser Häuser gesetzt.

Doch jetzt war alles anders. Jetzt wusste er, dass diese Einbrüche in die Wohnungen direkt mit ihm zu tun hatten. Jetzt wurde er von der Polizei gesucht. Und jetzt musste er sich alledem stellen.

Er zog die Hände aus den Taschen und überquerte die Straße, den Blick noch immer starr auf das Haus gerichtet. Es war eine dieser Villen, wie man sie zu Dutzenden in diesem Vorort der Stadt zu sehen bekam: Eine hüfthohe Hecke umrahmte das gesamte Gelände. Dahinter ein zwei Meter hoher Zaun. An den Ecken befanden sich Überwachungskameras, von denen eine das Bild geliefert hatte, das

Rouven auch jetzt noch, Tage nach seinem Erwachen in diesem Haus, auf den Titelseiten beinahe aller Tageszeitungen zeigte.

Das Haus selbst hatte einen weißen Anstrich und riesig große Fenster. In der Einfahrt stand ein Wagen, dessen Preis bestimmt weit über dem lag, was Rouven im Laufe seines Lebens jemals an Geld in die Hände bekommen würde.

Ein Bewegungsmelder erfasste ihn, als er die Einfahrt hinaufschritt, und sogleich wurden alle Lampen rund um das Haus eingeschaltet. Das ganze Gelände erstrahlte hell, und Rouven wäre beinahe im Reflex geflüchtet. Doch er zwang sich innerlich zur Ruhe. Er musste diesen Weg gehen.

Musste!

Kreuz und quer über der Haustür war ein breites Absperrband angebracht. An der Türklinke prangte ein Polizeisiegel. Die Wohnung war versiegelt worden. Die Spuren des Tatorts waren oder wurden gesichert. Es war ein Verbrechen einzutreten.

Rouven schaute sich die Tür noch einmal an, dann wandte er sich ab und schritt die Hauswand entlang, auf der Suche nach einer Möglichkeit, ins Haus zu gelangen.

Wie war er wohl beim ersten Mal hineingekommen? Die Kellerfenster waren allesamt vergittert und die langen Fenster des Erdgeschosses unversehrt. Es gab keinerlei Anzeichen für einen Einbruch. Nicht einmal an den hinteren Terrassentüren.

Rouven ging in Gedanken alle Möglichkeiten durch: Vielleicht war er ins Haus geführt worden. Oder aber er hatte das Ehepaar gekannt oder an diesem Abend kennengelernt und diese Leute nach Hause begleitet. Er konnte sich aber auch mit einer List Zutritt ins Haus verschafft haben.

Er seufzte. Nichts von alledem weckte eine Erinnerung in ihm.

Also suchte er weiter. Doch schließlich hatte er die Haustür wieder erreicht, ohne auch nur einen kleinen Hinweis erhalten zu haben, wie er vor einigen Nächten hier hineingelangt sein konnte.

Er schaute auf den Stempel des Polizeisiegels. Es half nichts.

Rouven musste hinein. Er wandte sich dem Garten zu. Sein erster Gedanke war, einen der schweren Deko-Steine von dem Rasen zu nehmen und ihn in die Terrassentür zu schleudern. Doch das Geräusch würde sicherlich die Nachbarn aufschrecken.

Sein Blick fiel auf die Gartenmöbel. Auf den Sesseln lagen Stoffkissen. Rouven griff sich eines davon und nahm zudem nun doch einen der Deko-Steine. Das Kissen presste er fest gegen die Scheibe der Terrassentür, dann stieß er mit aller Wucht den Stein dagegen. Es klirrte, aber nur sehr leise. In der Nachbarschaft schlug ein Hund an. Rouven beeilte sich, durch die zerbrochene Scheibe ins Innere zu treten. Zum ersten Mal in seinem Leben fühlte er sich nun tatsächlich wie ein Einbrecher.

In der Ferne bellte der Hund noch immer. Rouven ließ nun alle Vorsicht außer Acht. Sollte die Polizei kommen, würde er die Sirenen hören und konnte immer noch fliehen. Und sollte einer der Nachbarn auftauchen – vielleicht konnte Rouven mit ihm sprechen.

Da er keine Taschenlampe besaß, die er hätte mitbringen können, betätigte Rouven einen der vielen Lichtschalter neben der Terrassentür, und sogleich wurde das Zimmer von hellem Licht durchflutet. Rouven erkannte den riesigen Raum sofort. Es war das Wohnzimmer, in dem er erwacht war. Noch immer bot es das Bild der Verwüstung. Noch immer durchstieß die Sessellehne den flachen Bildschirm des Fernsehers. Rouven schaute schnell zur Tür. Auch das eingebrannte »U«, mit dem Sichelmond und der Vogelkralle darüber, prangte noch auf der Tür. Alles befand sich im selben Zustand, wie Rouven es aus seiner Erinnerung kannte.

Es war eigenartig, hier zu stehen. Dieser Raum war Rouven so fremd. Und dennoch war sein Leben direkt und unmittelbar mit dieser Wohnung verbunden. Die Frage war nur, wie und warum.

Er trat aus den Scherben der zerbrochenen Terrassenscheibe und ging auf die Zimmertür zu. Mit den Fingern strich er über das »U«. Dann blickte er sich zu der Stelle um, an der er vor einigen Nächten erwacht war. Dort war die einzige kleine Blutlache, die er bisher sehen konnte. Seine Blutlache, die von der Verletzung am Arm herrührte.

Mit einer Hand berührte er die Wunde. Es war ein Schnitt gewesen, wie von einer Messerklinge verursacht. Doch Rouven konnte in diesem Raum kein Messer entdecken. Nicht mal einen Dolch oder ein Schwert, das als Dekoration an der Wand gehangen hätte.

Neben der Zimmertür entdeckte er eine Stelle an der Wand, die angebrannt zu sein schien. Rouven ging darauf zu, kniete sich auf den Boden und strich mit einem Finger darüber. Tatsächlich: In Knöchelhöhe war die Wand versengt worden. Rouven konnte eindeutig die Brandspuren erkennen. Doch ob diese verkohlte Stelle irgendetwas mit dem zu tun haben könnte, das mit ihm geschehen war, konnte er nicht einschätzen.

In all dem Chaos dieses Zimmers fand Rouven überhaupt nichts, was auch nur eine seiner Fragen beantwortet oder ihm auf eine andere Weise weitergeholfen hätte.

Also beschloss er, sich den Rest des Hauses anzusehen. Irgendwo musste es doch einen Hinweis geben.

Er öffnete die Tür und trat in den Hausflur. Es war beinahe wie ein Schritt in ein völlig anderes Haus. Die Sauberkeit und Ordnung, die hier herrschte, stach völlig ab von der Unordnung im Wohnzimmer. Hier hatte es offensichtlich keine Auseinandersetzungen gegeben. Soweit Rouven das in einem fremden Haus beurteilen konnte, befand sich alles an seinem Platz: Vasen, Schränke, Spiegel. Jacken hingen an der Garderobe. Sogar der Autoschlüssel lag griffbereit in einer Schale auf der Kommode. Gerade so, als warte er darauf, in den nächsten Sekunden von den Besitzern in die Hand genommen zu werden.

Alles wirkte recht prunkvoll. So, wie sich Rouven das Leben von Bankern vorgestellt hätte, wenn er einmal darüber nachgedacht hätte. Marmorböden, goldene Treppengeländer, ein beeindruckender Läufer auf dem Boden.

In der Küche bot sich Rouven ein ähnliches Bild: eine teure Einrichtung, viele Gerätschaften, zum Teil in die Schränke eingebaut, doch nichts, wirklich nichts, das auf ein Verbrechen hingedeutet hätte. Nichts von alledem hier ließ erahnen, was mit dem Ehepaar geschehen sein konnte.

Rouven schritt die Treppe hinauf ins Schlafzimmer. Die Betten waren frisch gemacht. Die Vorhänge waren zugezogen. An der Wand hingen mehrere gerahmte Fotos. Rouven ging zu einem Hochzeitsfoto und betrachtete die Gesichter darauf ganz genau. Sicherlich handelte es sich um das Paar, das hier lebte. Sie wirkten sympathisch. Offen. Aufgeschlossen. Zwei Menschen, mit denen Rouven wieder einmal sofort sein Leben getauscht hätte.

Auf dem Foto schätzte er sie auf knapp über dreißig Jahre. Doch nichts, wirklich nichts an den beiden rief in Rouven eine Erinnerung herauf. Er starrte auf zwei völlig wildfremde Menschen. Er konnte keinerlei Verbindung zu den beiden ziehen. Keine Beziehung herstellen. Mit Menschen dieser Gesellschaftsschicht hatte Rouven nichts zu tun. Es gab keine Verbindungen. Keine Gemeinsamkeiten.

»Wieder Sackgasse«, brummte Rouven enttäuscht und wollte sich schon den anderen Fotos zuwenden, als er plötzlich innehielt. Direkt hinter sich hatte er ein Geräusch gehört. Schlagartig wurde ihm bewusst, dass er nicht allein in diesem Haus war. Er konnte die Anwesenheit eines weiteren Menschen spüren. Hier. In diesem Raum.

Doch noch bevor er sich umdrehen und davonrennen konnte, wurde Rouven von hinten gepackt und auf die Erde gezerrt.

Der Deckel fiel scheppernd zu Boden, und sie erschreckte sich dermaßen, dass sie laut aufschrie. Doch schnell hatte sie wieder ihre Fassung gewonnen. So etwas passierte ihr ja nicht zum ersten Mal. Wie oft schon hatte sie …

Schritte.

Sie hatte Schritte gehört. Hinter sich. Schnell drehte sie sich um und erschrak erneut.

»Wer sind Sie?«

Der Mann trat näher an sie heran.

Die Frau hielt schützend den Deckel des Kochtopfs vor sich. »Kenne ich Sie?«

»Ist das wichtig?«, stellte ihr Besucher die Gegenfrage.

Sie musterte ihn von oben bis unten. Soweit sie sich erinnern konnte, war sie noch nie von einem Menschen derart angewidert gewesen. Schon immer hatte sie die Menschen gemocht. Stets das Gute in ihnen gesehen.

Doch hier, im Angesicht dieses Mannes, kamen Gefühle in ihr hoch, die sie noch nie verspürt hatte. Blanke Abscheu. Völliger Widerwillen, diesen Mann in ihrer Nähe zu haben.

Es war nicht nur sein Äußeres. Es war alles an ihm. Seine negative Ausstrahlung, sein bohrender Blick, sein verhärmtes Gesicht.

»Bitte, was wollen Sie?«

Der Fremde schnalzte mit der Zunge. Er genoss das klickende Geräusch, dann griff er in seine Jackentasche. Augenblicklich machte sich Panik in der Frau breit. Immer wieder hörte man von Überfällen auf Frauen im Park. Doch zu ihrer Erleichterung zog der Mann keine

Waffe hervor, sondern lediglich ein Blatt Papier. »Geben Sie das Rouven«, raunte er und drückte der Frau den Zettel in die Hand.

»Rouven?«, fragte sie erstaunt zurück. »Bitte, wer ist Rouven?«

Der Besucher musterte sie aufmerksam, gerade so, als wollte er abschätzen, ob sie ihm etwas vorspielte oder nicht. Obwohl er genau wusste, was sich hier abspielte.

Erneut ließ er sein Zungenschnalzen hören, bevor er sagte: »Sie leben doch nicht allein hier, oder?«

Wieder stieg Angst in ihr auf. »Ich bekomme viel Besuch«, gab sie zur Antwort. »Meine Enkel sind immer wieder hier. Gleich müsste …«

»Enkel?« Er schien amüsiert. »Dann geben Sie diesen Zettel eben einem Ihrer Enkel.«

»Aber wem? Bernie? Arthur? Michael?« Sie zitterte.

Er trat einen Schritt näher an sie heran und blickte ihr fest in die Augen. Der Anflug eines Grinsens zeigte sich auf seinem bleichen Gesicht. Er genoss sein Spiel.

»Geben Sie den Zettel dem ersten, der hier hereinkommt«, stieß er mit Nachdruck hervor. »Wie immer er auch heißen mag.«

»Aber …«

Noch einmal starrte der Fremde ihr fest in die Augen, dann wandte er sich ab und verschwand aus dem Raum. Das Letzte, was sie hörte, war das Schnalzen seiner Zunge, bevor die Tür ins Schloss fiel.

Die Frau seufzte auf. Zitternd griff sie nach dem Herd und hielt sich daran fest. Alles drehte sich vor ihren Augen. Wäre sie jetzt nur nicht allein gewesen.

Rouven lag der Länge nach auf dem Boden des Schlafzimmers. Sein Angreifer hielt ihn an beiden Händen fest und drückte das Knie gegen Rouvens Schulter, um ihn am Aufstehen zu hindern.

»Die alte Regel stimmt also immer noch«, hörte Rouven eine männliche Stimme triumphieren. »Der Täter kehrt immer an den Ort seiner Verbrechen zurück.« Er räusperte sich. »Und dabei sind wir nur routinemäßig hierhergekommen. Wer hätte denn gedacht, dass wir dich hier tatsächlich antreffen!«

»Ich bin nicht der Täter«, raunte Rouven, so gut er konnte, hervor. Sein Angreifer drückte ihn mit dem Gesicht so gegen den Boden, dass ihm das Sprechen kaum möglich war.

»Auch das sagen sie alle«, triumphierte der Mann weiter.

Rouven versuchte sich zu wehren. Er stemmte sich mit dem Körper gegen den Griff des Mannes, doch dieser reagierte schnell und verstärkte seinen Druck nur noch. Dabei stellte er einen seiner Füße so, dass Rouven die roten Turnschuhe erkennen konnte.

»Sie sind Polizist«, brachte Rouven mühsam hervor.

»Ah, jetzt erkennst du mich endlich wieder. Schade, dass kein Bus zur Flucht bereitsteht, was?«

Rouven drehte gegen den Druck des Polizisten mühsam seinen Kopf ein winziges Stück zur Seite. Nur so viel, dass ihm das Sprechen leichter fiel. »Ich will nicht flüchten. Ich möchte mit Ihnen reden.«

»Kann ich mir denken. Lass mich raten, was das Thema sein wird: Du bist unschuldig, nicht wahr?«

»Ich weiß es nicht«, musste Rouven ehrlich zugeben. »Ich weiß selbst nicht, was mit mir geschieht.«

»Oh, wir plädieren für unzurechnungsfähig? Jetzt schon? Du stehst doch noch gar nicht vor Gericht.«

»Bitte, lassen Sie uns reden!«

Der Mann dachte keine Sekunde darüber nach. »Wir werden reden«, gab er zur Antwort. »Wenn du hinter Gittern sitzt.«

Rouven spürte, wie der Druck auf seine Armgelenke nachließ. Der Mann zog für einen Moment eine seiner Hände zurück, und Rouven hörte das klackende Geräusch von Handschellen. Der Polizist bereitete also die Verhaftung vor. Wenn Rouven noch flüchten wollte, dann war es nur jetzt möglich.

Ruckartig zog er seine Hände vor, stemmte sich vom Boden ab und drückte sich in die Höhe. Der Polizist schrie überrascht auf und fiel von Rouvens Rücken.

»He!«

Rouven achtete nicht auf ihn. Blitzschnell sprang er auf die Beine und hastete die Treppen zum Erdgeschoss hinunter.

»Bleib stehen!«

Schon hörte er die Schritte des Polizisten.

Am Ende der Treppe angekommen, wandte sich Rouven der Haustür zu, doch da fiel sein Blick auf den Schatten hinter dem riesigen Garderobenschrank. Natürlich, die beiden Polizisten waren wieder gemeinsam unterwegs.

Rouven machte auf der Stelle kehrt und rannte ins Wohnzimmer. Er stolperte über den am Boden liegenden Schrank und fiel der Länge nach auf den Boden. Die Wucht des Sturzes ließ ihn über die Steinplatten rutschen, direkt auf die Scherben der Terrassentür zu. Rouven schloss die Augen, gefasst darauf, sich die Hände und Arme aufzuschlitzen.

Doch da spürte er, wie ihn jemand am Rücken fasste und zurückzog. Ein roter Turnschuh tauchte neben Rouvens Gesicht auf.

»Flucht wird dir nicht helfen«, riet ihm eine vertraute Stimme.

Rouven spürte, dass er nur ungeschickt am Arm gehalten wurde. Mit einem einzigen Ruck gelang es ihm, sich wieder aus dem Griff des Polizisten zu befreien. Und schon rannte er erneut los, über die Scherben hinweg, durch das Loch in der Terrassentür nach draußen.

»Stehen bleiben! Wir sind bewaffnet«, rief ihm einer der Männer hinterher, doch da bog Rouven schon um die Ecke in die Einfahrt des Hauses.

Fieberhaft blickte er sich nach rechts und links um. Es regnete noch immer in Strömen.

Rouven befand sich in einer schnurgeraden Straße. Welche Richtung auch immer er nehmen würde, die Polizisten würden ihn sofort entdecken.

Ihm gegenüber parkte ein Auto. Wie im Reflex lief Rouven auf den Wagen zu, ließ sich auf die Erde fallen und schlitterte auf der regennassen Fahrbahn unter den Wagen, wo er sich eng zusammenkrümmte.

Keine Sekunde zu früh. Schon kamen die beiden Polizisten die Einfahrt heruntergelaufen. An der Straße blieben auch sie stehen, exakt an der Stelle, wo Rouven wenige Augenblicke zuvor gestanden hatte. Er konnte nur ihre Beine sehen und die Schuhe darunter. Die roten Turnschuhe des einen Polizisten und die schwarzen, gepflegten Lackschuhe des anderen.

»Wo mag er stecken?«, hörte Rouven einen der beiden fragen.

»Weit kann er nicht sein. Lass uns getrennt suchen.«

Der andere willigte ein, und Rouven beobachtete aus seinem Versteck heraus, wie sich die zwei in beide Richtungen verteilten. Wie sie in dem strömenden Regen mit ihren Taschenlampen die Vorgärten der umliegenden Häuser absuchten, jeder mit seiner Pistole schussbereit in der anderen Hand. Es dauerte eine ganze Weile, bis sie sich schließlich wieder an der Einfahrt des Hauses trafen, wo Rouven sie erneut belauschen konnte.

»Weg!«

»Verflixt!«

Sie traten über die Straße und blieben nun unmittelbar vor Rouvens Gesicht stehen. Rouven lag noch immer zusammengekauert unter dem Wagen und traute sich kaum zu atmen. Die Spitze des einen roten Turnschuhs berührte beinahe sein Kinn.

»Er kann noch nicht weit sein.«

»Scheiße!« Einer der beiden spuckte wütend aus. Direkt vor Rouvens Gesicht klatschte es nass auf den Asphalt. »Wir waren so dicht an ihm dran!«

»Und nun? Verstärkung holen?«

»Bist du verrückt? Sollen wir vielleicht zugeben, dass uns ein Jugendlicher direkt aus den Händen entwischt ist? Lass uns ins Büro fahren und den ganzen Fall noch einmal durchsprechen. Irgendetwas stimmt hier nicht. Der Kleine hat beinahe glaubhaft gewirkt, als er sagte, er wisse nicht, was mit ihm geschieht.«

»Und seien wir mal ehrlich: Die Tatsache, dass bisher noch keine einzige Lösegeldforderung eingegangen ist, macht den Fall nicht gerade leichter. Das alles ist so verworren und merkwürdig.«

»Neumond-Täter!« Einer der beiden ließ noch einmal seine Spucke auf die Straße platschen. »Die Medien sind auch nicht gerade hilfreich. Das Ganze hat inzwischen so einen Batman-Touch. Gerade so, als jagten wir den Joker oder den Pinguin-Mann.«

»Wir sollten allen erzählen, dass er uns nur mithilfe seiner geheimen Kräfte entwischt ist«, alberte plötzlich der eine.

Sein Partner ging darauf ein: »Ja, mit einem gigantischen Megafurz hat er sich raketenartig in den Himmel katapultiert.«

Die beiden lachten laut auf, bis einer sagte: »Komm, wir sollten aus diesem Wasserfall fliehen. Lass uns eine Currywurst suchen. Oder besser noch: Ich lade dich zum Kaffee im Präsidium ein. Lass uns alles noch einmal in Ruhe durchgehen.«

»Oh, du bist aber spendabel. Wo uns der Kaffee dort ohnehin nichts kostet.«

Noch einmal lachten sie auf, bevor sie in den Wagen stiegen – in den Wagen, unter dem Rouven gerade lag. Als das Auto gestartet wurde, machte sich Rouven lang, und schon brauste das Fahrzeug über ihn hinweg.

Rouven wagte noch immer nicht aufzuatmen. Es hätte nur einen einzigen Blick der Polizisten in den Rückspiegel gebraucht, um ihn zu entdecken. Doch der Wagen fuhr davon, und als er die roten Rücklichter um die Ecke biegen sah, konnte sich Rouven erheben und durch den kalten Regen nach Hause laufen.

Völlig atemlos stieß er die Tür auf. Noch im Schwung seines Laufes behaftet, stieß er gegen die Wand, wo er sich anlehnte, um endlich zu verschnaufen und zu Kräften zu kommen.

Aus dem Inneren rief ihn eine bekannte Stimme: »Arthur, bist du wieder da?«

Rouven lächelte. Es tat ihm jedes Mal so gut, ihre Stimme zu hören. Heute also war er wieder Arthur – kein Problem.

»Ja, Nana. Ich bin hier.«

»Das ist gut«, antwortete sie gut gelaunt. »Ich habe gerade das Essen fertig.«

Es stimmte. Der Duft von gebratenen Kartoffeln durchzog ihr Zuhause. Rouven ließ von der Wand ab und trat durch den langen Gang zu ihr an den Herd.

»Riecht lecker!«

Sie lachte. »Na, ich weiß doch, was mein Junge mag!«

Gerade wollte Rouven antworten, als seine Aufmerksamkeit von einem kleinen Zettel abgelenkt wurde. Auf dem Tisch am Herd lag ein zusammengefaltetes Blatt.

»Was ist das?«

Er ging darauf zu.

Mit einem breiten Holzlöffel hatte sie begonnen, die Kartoffeln auf zwei Teller zu verteilen. »Was meinst du?«

Rouven ergriff den Zettel. Ein merkwürdiges Gefühl machte sich in ihm breit. Ein Gespür, dass dieser kleine Zettel wichtig sein konnte. Eine Ahnung, dass dieses Blatt Papier sein Leben beeinflussen würde.

Seine Hand begann zu zittern. »Nana, wo kommt dieser Zettel her?«

»Zettel?« Sie schaute auf. »Davon weiß ich nichts.«

»Aber jemand muss ihn doch hierhergelegt haben.«

»Ach, was du dir immer für Gedanken machst.«

Rouven drehte sich zu ihr um. »War heute jemand hier?«

»Du bist vorhin gekommen.«

»Ja. Aber davor?«

»Ich habe Kartoffeln gebraten. Für dich, Arthur. Für dich.« Sie stellte die Teller auf dem Tisch ab.

Rouven konnte sich nicht mehr beherrschen. Das alles war so ungewöhnlich, dass sich sein ursprüngliches Gefühl noch verstärkte. Mit jeder Faser seines Körpers spürte er, dass vielleicht nichts mehr so sein würde wie bisher, wenn er nur den Zettel auseinanderfalten und anschauen würde. Alles in ihm vibrierte vor Aufregung. Am liebsten hätte er den Zettel verbrannt, zerrissen, verschluckt. Doch der Drang nachzusehen war übermächtig. Schon wanderte sein Finger an die obere Ecke und zog daran. Dann klappte der Daumen das Papier auf, und Rouven stockte der Atem. Es war, als habe jemand die Welt angehalten. Als habe ihm jemand die Atemluft gestohlen. Als habe jemand Rouven das Herz genommen.

Fassungslos starrte er auf die Symbole. Und auf die Schrift.

Mit roter Tinte hatte jemand einen Sichelmond gemalt, mit einer Vogelkralle darunter. Genau so, wie Rouven es von den Türen der Wohnungen kannte, in denen er erwacht war.

Unter die Skizze hatte jemand etwas geschrieben, ebenfalls mit roter Schrift. »Suchst du dich, dann folge den Symbolen, Rouven«, stand dort geschrieben.

Und Rouven sank auf seinen Stuhl am Tisch und wagte kaum mehr ein- oder auszuatmen.

V

Als Rouven erwachte, wusste er sofort, dass es wieder geschehen war. Der Geschmack trockenen Blutes in seinem Mund und der stechende Schmerz in seinem Rücken ließen nur einen einzigen Rückschluss zu. Und dieses Wissen traf Rouven tief und ließ ihn augenblicklich verzweifeln: Die vergangene Nacht war eine Neumondnacht gewesen.

Er weigerte sich, die Augen zu öffnen. Zu sehr fürchtete er sich vor dem Anblick umgestoßener Möbel und zerstörter Vorhänge. Er entschied, liegen zu bleiben. Mit geschlossenen Augen. Mit dem Geschmack im Mund und der beißenden Wunde in seinem Rücken. Dieses Mal würde er nicht flüchten. Er wollte hier liegen bleiben, bis die Polizei eintraf. Erst, wenn er sicher sein konnte, rote Turnschuhe zu erblicken, wenn er die Augen öffnete, würde er sich regen.

Ja, er gab auf. Sollten sie mit ihm machen, was sie wollten. Für diesen Zustand, in dem er lebte, mit allen Ängsten und Ungewissheiten, lohnte es sich nicht mehr zu kämpfen.

Er verspürte nicht einmal den Wunsch nachzusehen, wo er war. All das, was gerade geschah, gehörte für ihn schon der Vergangenheit an. Es würde jetzt ein neuer Abschnitt in seinem Leben beginnen. Einer, den er nicht bestimmen würde. Einer, in dem andere Menschen entscheiden würden, was mit ihm geschah.

Seine Muskeln entspannten sich. Er wurde ganz ruhig. Zum ersten Mal seit langer Zeit war er ganz sicher, das Richtige zu tun. Der Kampf, die Flucht, die Ängste – das würde nun ein Ende finden.

Sein Herz schlug langsam und regelmäßig. Durch seine Entscheidung kehrte eine solche Ruhe in ihn hinein, dass er beinahe wieder einschlief. Hier, auf diesem Boden einer fremden Wohnung, wie Rouven wusste. Innerhalb einer Unordnung, für die er nicht verantwortlich war. Auch wenn man ihm diese Taten anlasten würde.

Wie lange konnte es wohl dauern, bis die Polizei eintraf? Wann würden die beiden Polizisten ihn wohl …

Rouven horchte auf. Er hatte ein Geräusch vernommen. Ein Scharren.

Er lächelte. Sie waren also bereits hier. Dieses Mal hatte er wohl länger in der Wohnung geschlafen als die Male zuvor. Sie waren hier. Gleich würden sie ihn packen. Handschellen anlegen. Abführen.

Und gewiss würden sie sich wundern, dass er sich dieses Mal überhaupt nicht wehrte.

Im Gegenteil: Er streckte sich und legte sich so, dass die Beamten ihn leichter ergreifen konnten. Er wollte ihnen ihre Arbeit vereinfachen.

Doch dann erklang erneut ein Geräusch. Kurz. Eines, das nicht zu seinen Gedanken passen wollte. Beinahe wie ein unterdrückter Aufschrei. Wie das Kreischen eines Menschen, der sich die Hand vor den Mund hielt.

Alle innere Ruhe fuhr augenblicklich aus Rouven heraus. Hier stimmte etwas nicht.

Auch war er noch nicht gepackt worden. Warum sollten die Polizisten zögern? Warum ergriffen sie ihn nicht einfach?

Widerwillig gab er seine Pläne auf und öffnete langsam die Augen, was sofort wieder neue unterdrückte Entsetzensschreie hinter ihm auslöste.

In Rouven kam der Verdacht auf, dass sich die Besitzer dieser Wohnung noch im Raum befinden konnten. Dass sie nicht verschwunden waren, wie in den Fällen zuvor.

Er hob den Kopf. Sofort schossen ihm Schmerzen durch das Gehirn wie hundert Messerstiche. Mit den Fingerspitzen fuhr sich Rouven an die Schläfe und ertastete eine Wunde. Getrocknetes Blut, das ihm von dort wohl über das Gesicht und in den Mund gelaufen war. Daher der Geschmack beim Erwachen.

Er blickte sich um. Wie er erwartet hatte, befand er sich in einem völlig verwüsteten Raum. Die gesamte Einrichtung lag so wild durcheinander, dass Rouven nicht einmal hätte ahnen können, wie die Möbel zuvor in diesem Raum gestanden hatten.

Er sah vorsichtig an sich herab. Es gab die üblichen Kampfspuren: zerrissenes Shirt, Flecken an den Armen. Sein Kopf dröhnte schon bei der kleinsten Bewegung. Rouven versuchte sich aufzurichten, als die unterdrückten Schreie ein weiteres Mal ertönten. Sie kamen aus der Ecke hinter Rouvens Rücken. Schnell drehte sich Rouven um, was erneut zu unerträglichen Schmerzen führte, dann schrie er selbst überrascht auf.

Ein Mädchen saß zwischen umgeworfenen Möbeln zusammengekauert gegen die Wand gelehnt. Sie starrte ihn mit weit aufgerissenen Augen an, blankes Entsetzen und nackte Angst in ihrem Blick. An Händen und Füßen war sie gefesselt. Sie zitterte. Das Shirt und die Strickjacke, die sie darüber trug, waren beide nass geschwitzt. Man hatte sie geknebelt, mit einem Teil ihrer Strumpfhose, die man ihr vom Leib gerissen hatte. Am linken Bein trug sie noch die Strumpfhose, am rechten hingen nur noch Fetzen herab. Der Knebel steckte ihr tief im Mund, sie biss mit den Zähnen darauf. Und als Rouven ihr ins Gesicht sah, bäumte sie sich in ihren Fesseln auf und stieß erneut einen vom Knebel unterdrückten Schrei aus.

Rouven kniete sich vor das Mädchen und hielt die Hände beschwichtigend vor sich. »Ich tu dir nichts«, sagte er hastig.

Doch aus dem Blick des Mädchens konnte er ihre Zweifel herauslesen.

»Ich tu dir bestimmt nichts«, wiederholte Rouven und robbte langsam ein Stück über den Boden auf sie zu. Sie bäumte sich erneut auf.

»Sch … keine Angst!« Rouven kroch noch ein Stück näher an sie heran. »Was immer dir passiert ist, ich habe nichts damit zu tun.«

Wie verrückt das klingen musste, dachte er. Hier kniete er blutend in einer völlig verwüsteten Wohnung vor einem verängstigten, gefesselten Menschen und beteuerte, dass das alles nichts mit ihm zu tun haben sollte.

Endlich hatte er das Mädchen erreicht. »Ich werde dich erst einmal von diesem Stoff befreien«, sagte er und griff vorsichtig nach dem Knebel. Langsam zog er das Stück Strumpfhose aus ihrem Mund und rechnete damit, dass das Mädchen laut losschreien und ihn beschimpfen würde. Doch sie sagte keinen Ton. Noch immer starrte sie ihn an – mit ihrem ängstlichen Blick.

Rouven rückte ein Stück von ihr ab. Und um die Stille zu durchbrechen, wiederholte er seine Worte: »Was hier passiert ist, hat nichts mit mir zu tun.«

Sie starrte ihn weiter verängstigt an.

»Ich weiß, das ist kaum zu glauben. Doch ich habe wirklich keine Ahnung, wie ich hierhergekommen bin. Ich weiß nicht einmal, was hier geschehen ist. Oder warum …«

Das Mädchen zeigte keinerlei Reaktion.

Rouven rückte noch ein Stück von ihr ab. Er hätte ihr gern die Angst genommen. »Verstehst du mich überhaupt?«

Sie schaute nur. Sie sah ihn mit einem Blick an, den Rouven nicht einzuschätzen wusste.

Rouven deutete auf die Verwüstungen in der Wohnung. »Weißt du, was hier geschehen ist? Hast du etwas mitbekommen von alledem?«

Sie schwieg. Rouven tat sie leid. Dieses Mädchen wirkte zerstörter als die ganze Wohnung um die beiden herum. Er schätzte sie auf fünfzehn oder sechzehn Jahre. Ihre glatten blonden Haare waren einmal zu einem Zopf geknotet worden, doch nun hingen unzählige Strähnen wirr über ihr Gesicht. Ihre Augen waren unterlaufen, die Haut rot vor Anstrengung. Rouven vermutete, dass sie schon seit Stunden voller Angst an diese Wand gelehnt gesessen und sich gegen die Fesseln gewehrt haben musste. Immer mit Blick auf ihn, wie er vor ihr gelegen hatte. In Angst, er könnte erwachen.

Ihre Füße waren mit einem Seil verknotet, die Hände hatte man ihr hinter dem Rücken aneinandergebunden.

Rouven seufzte. »Kann ich dir helfen? Kann ich was für dich …«

Endlich bewegten sich wenigstens ihre Augen. Sie blickte auf die Fesseln.

»Oh, entschuldige!« Rouven kroch wieder nahe an sie heran. Zuerst versuchte er, die Fesseln an den Fußgelenken zu lösen. Der Knoten war so festgezogen, dass Rouven einige Minuten brauchte, bis er das Seil in hohem Bogen von ihr wegwerfen konnte. Die Haut an den Gelenken war rot und geschwollen. Das Mädchen hatte gewiss Schmerzen.

Nun drehte sie sich etwas zur Seite, sodass Rouven die Handfesseln besser ergreifen konnte.

Er zögerte. »Wirst du auch nicht ausflippen, wenn du befreit bist?«

Sie nickte.

»Und wirst du davonlaufen?«

Für einen Moment dachte sie nach, dann schüttelte sie kaum sichtbar den Kopf.

»Okay«, entgegnete Rouven. »Ich glaube dir.«

Wieder kostete es ihn einige Mühe, sie von den engen Fesseln zu befreien, doch schließlich konnte sie ihre Arme und Hände wieder bewegen. Sie wich vor ihm zurück und robbte auf allen vieren zur gegenüberliegenden Wand. Direkt vor eine schwarz verkohlte Stelle an der Wand setzte sie sich hin. Mit ihrem Rücken deckte sie die Brandspuren ab, die sich in Knöchelhöhe von der weißen Wand abhoben.

Dort verharrte sie, rieb sich die Gelenke und starrte Rouven erneut schweigend an.

Er blickte zurück. »Geht es dir besser?«

Wieder erhielt er keine Antwort. Auch er lehnte sich nun gegen die Wand. Beim Drehen seines Körpers wurde seine Aufmerksamkeit abgelenkt. Sein Blick schweifte zur Eingangstür des Raumes. Zu dem »V«, das unter einer Mondsichel und einer Vogelkralle in das Holz hineingebrannt worden war.

Das Mädchen bemerkte Rouvens Blick. Auch sie schaute zur Tür und dann rasch auf ihn zurück. Rouven spürte, dass sie eine Verbindung zwischen ihm und der Schrift herstellte, denn mit einem Mal war wieder diese Angst in ihren Augen zu sehen.

»Weißt du etwas darüber?«

Ihr Blick ging noch einmal zur Tür und wieder zu Rouven zurück. Dann schaute sie auf den Ärmel ihrer Strickjacke, der bis zu den Händen heruntergezogen war, und schließlich wanderte der Blick erneut zu Rouven.

Das war's. Sonst zeigte sie keinerlei Reaktion. Doch Rouven spürte, dass sie etwas wusste. Auch er blickte auf den Ärmel ihrer Strickjacke. Doch außer einer dünnen, kaum sichtbaren Blutspur entdeckte er nichts daran. Und so maß er diesem Umstand erst einmal wenig Gewicht bei.

Er musste sie zum Sprechen bringen. Darauf kam es an. Er musste ihr seine Fragen stellen. Dass sie ihn verstand, das hatte sie vorhin, beim Lösen der Fesseln, eindeutig gezeigt. Sie hatte auf seine Fragen mit klaren Kopfbewegungen reagiert. Und dass sie sprechen konnte, daran zweifelte Rouven auch nicht. Sie stand unter Schock, vermutete er. Sie hatte gewiss einiges Schreckliche mit ansehen müssen, was sie nicht hatte verarbeiten können, solange sie gefesselt vor seinem schlafenden Körper gesessen hatte.

Doch Rouven war ungeduldig. Endlich saß er einem möglichen Zeugen gegenüber. Einem Menschen, der ihm vielleicht sagen konnte, was das alles zu bedeuten hatte. Was in den Neumondnächten geschah und wie er in die fremden Wohnungen kam.

Doch seine Zeugin schwieg.

Und starrte.

Enttäuscht ließ Rouven die Schultern hängen. Gedankenverloren starrte er zurück.

So verharrten sie einige Zeit.

Schweigend.

Eine merkwürdige Situation entstand.

Beide hatten Unmengen an Fragen an den anderen. Und doch sprachen sie kein Wort, sondern sahen sich nur an.

Es war wie ein Lauern aufeinander. Wie ein Warten, dass der andere einen Anfang machte. Ein Harren darauf, dass sich einer von ihnen endlich öffnete. Dass die richtige Frage gestellt wurde. Die richtigen Worte gefunden wurden.

Doch sie schwiegen.

Bis die Stille unterbrochen wurde. Erst war es nur aus der Ferne zu hören, doch schnell wuchs das Geräusch an. Die Sirenen der Polizeiwagen tönten schrill durch die Straßen und zu den beiden herein.

Sofort schoss das Adrenalin durch Rouvens Adern. Die Ruhe war vorbei. Und schon bedauerte er, dass dieser magische Moment ein Ende hatte. Jetzt erst fiel ihm auf, dass er die Zweisamkeit mit dem Mädchen bei aller Anspannung auch genossen hatte.

Und noch etwas fiel ihm auf. In ihm erwachte ein Gefühl, das er schon lange nicht mehr verspürt hatte: Hoffnung.

Er sah ihr zu, wie sie rasch auf ihre Füße sprang, zum Fenster eilte und sich hinauslehnte, um nach den Polizeiwagen zu sehen. Für Rouven war das nicht nötig. Er konnte an der Lautstärke der Sirenen abschätzen, dass ihm nur noch wenige Minuten zur Flucht blieben.

Denn mit der Hoffnung, die in ihm keimte, erwachte auch wieder sein Kampfgeist. Entgegen seines Entschlusses, als er erwacht war, beschloss er nun, dass er sich nicht ergeben würde. Im Gegenteil, dieses Mädchen, das am Fenster stand, war vielleicht seine Rettung. Sie konnte ihm vielleicht helfen. Gewiss hatte sie beobachtet, was in dieser Nacht geschehen war. Sie musste sich seinen Fragen stellen.

Er erhob sich und hastete zu ihr ans Fenster. Mit grübelndem Gesichtsausdruck starrte sie weiter hinaus.

»Kann ich dich wiedersehen?«, fragte Rouven leise, fast zärtlich.

Sie drehte ihm das Gesicht zu, und Rouven sprach weiter: »Ich habe so viele Fragen an dich. Du bist die Einzige, die Ordnung in mein Leben bringen kann. Die Einzige, die mir vielleicht helfen kann.«

Der Klang der Sirenen wurde lauter. Schon blieben Rouven nur noch Augenblicke, wenn er rennen wollte.

»Ich werde dich finden«, sagte er. »Lass dir erst einmal helfen. Du hast bestimmt einiges zu verarbeiten. Doch irgendwann werde ich dich finden. Und vielleicht bist du dann bereit, meine Fragen zu beantworten.«

Sie schaute ihn erst nachdenklich an, bevor ihr Blick zur Tür ging – zu dem Sichelmond, der Kralle und dem ebenfalls eingebrannten »V«. Sie legte eine Hand auf ihren Unterarm, bevor sie Rouven erneut ansah.

»Alles Gute«, sagte Rouven. Er strich ihr zum Abschied über die Schulter und wandte sich schon zum Gehen um, als etwas geschah, womit er niemals gerechnet hätte: Sie ergriff seine Hand.

Er schüttelte den Kopf. »Nein, du kannst nicht mit mir kommen. Du solltest …«

Sie wartete seine Rede nicht ab, sondern rannte los und zog Rouven an der Hand mit sich. Sie riss die Tür mit den Brandsymbolen auf, eilte Rouven voran durch das ganze Haus und führte ihn mit einer Zielstrebigkeit durch den Keller und zu einer Hintertreppe hinaus, dass Rouven sicher war, in ihrem Zuhause zu sein. Durch den Garten und schließlich durch die Straßen des Stadtviertels zog sie ihn fort von dem Haus und damit immer weiter fort von den Sirenenklängen der Polizei.

Rouven rannte mit ihr. Er war zu erstaunt, als dass er darüber hätte nachdenken oder irgendetwas dagegen unternehmen können. Er ließ sich von ihr führen, bis beide völlig erschöpft hinter einer Hausecke anhielten und sie zum ersten Mal Rouvens Hand losließ.

Sie schnauften und rangen beide um Kraft.

»Danke!«, brachte Rouven mühsam hervor. Die Polizeisirenen waren kaum noch zu hören. Man musste sich schon darauf konzentrieren. Sie hatten einiges an Entfernung zwischen sich und die Beamten gebracht.

Rouven blickte sich um. Er kannte diese Gegend. Die verfallene Fabrik zu ihrer Linken, mit den rostenden Gerätschaften davor. Die verlassene Baustelle zu ihrer Rechten, wo ein Kran wahrscheinlich schon Jahre darauf wartete, dass die Arbeit wieder aufgenommen wurde.

Rouven schätzte seinen Heimweg zum Park auf etwa eine Stunde.

Er wandte sich seiner Begleiterin zu und fragte sich, ob er sie mitnehmen sollte. Vielleicht war es auch ratsamer, ihr den Weg zur Polizeistation zu zeigen. Oder zu einem Arzt. Einem Krankenhaus. Oder …

Doch bevor er sie fragen konnte, nahm sie ihm die Entscheidung ab. Wieder suchte ihre Hand seine, und sie blickte ihn erwartungsvoll an.

So war es dieses Mal Rouven, der führte. Durch Nebenstraßen hindurch brachte er sie zum Stadtpark. Ihre Hand immer fest in seiner. Rouven durchströmten Gefühle, die er bisher nicht gekannt hatte. Hier hielt er einen Menschen an der Hand, den er nicht kannte und der ihm doch mehr Vertrauen entgegenbrachte als irgendein Mensch zuvor.

Rouven war gerührt. Und … ja, er musste es zugeben: glücklich. Ein Lächeln zeigte sich auf seinem Gesicht. Dies war der erste Moment, an den er sich erinnern konnte, in dem er sein Leben nicht mit jemandem hätte tauschen wollen.

Er drehte sich zur Seite und lachte sie an. Und schließlich fiel ihm etwas ein.

Er blieb stehen und stellte sich ihr gegenüber. Er zog seine Hand aus ihrer und hielt sie ihr offen zur Begrüßung entgegen.

»Mein Name ist Rouven«, sagte er.

Sie ergriff seine Hand. Und endlich erhielt er eine Antwort. Endlich formte sich das erste Wort aus ihrem Mund: »Tabitha«, sagte sie.

Dann zog sie ihre Hand zurück und fingerte sich wieder so in seine Faust, dass Rouven sie weiter durch den Park führen konnte.

»Ganz klar seine Handschrift!«

Mayers sprach das aus, was alle dachten: Wieder einmal hatte der Neumond-Täter zugeschlagen.

»Und wir stehen erneut vor diesem Scherbenhaufen und haben nichts in der Hand.« Jetzt änderte sich Mayers' Stimme, während er mit der offenen Hand auf die Verwüstungen der Wohnung wies: »Seine Fingerabdrücke haben wir. Sein Blut wurde auch schon analysiert. Nichts. Er ist bisher nie straffällig gewesen. Das macht einfach keinen Sinn. Warum sollte ein so junger Mensch quasi aus dem Stegreif anfangen, Menschen zu entführen und Wohnungen zu zerstören? Und das mit einer Geschicklichkeit, die uns wie Idioten aussehen lässt. Woher hat er das kriminelle Potenzial, wenn er vorher noch nie aufgefallen ist?«

»Und wenn es doch eine Gruppe von Tätern ist?« Tallwitz stellte sich zu Mayers. Der hatte diese Frage schon erahnt. Er und Tallwitz waren nun schon so viele Jahre Partner, dass ein Blick genügte, wenn einer der beiden die Gedanken des anderen erraten wollte.

Genervt kickte Mayers mit seinen roten Turnschuhen einen Kugelschreiber zur Seite, der vor seinen Füßen gelegen hatte. Noch nie hatte er einen solchen Hass auf einen Tatort entwickelt. Die Spurensicherung war bereits durch, da musste er keine Vorsicht mehr walten lassen.

»Es wurde bisher immer nur eine Sorte Fingerabdrücke gefunden. Und auch nur das Blut eines Einzelnen. Wenn es sich um eine Gruppe von Tätern handeln würde, dann müsste man schon mehr finden.« Nun kickte er auch noch den Stifthalter hinterher, der ebenfalls vor ihm gelegen hatte. »Es ist zum Auswachsen. Seit Monaten gelingt es uns nicht, den Kerl dingfest zu machen. Wir brauchen dringend …«

»… eine neue Spur!«, rief Tallwitz aus, und Mayers blickte ihn fragend an.

»Was?«

»Das war es doch, was du sagen wolltest. Wir brauchen eine neue Spur. Und nun sieh dir mal das an …« Er ging zu der Stelle, an der Rouven zuvor Tabitha von ihren Fesseln befreit hatte, und kniete sich auf die Erde. »Das ist neu. Das hatten wir noch nicht.«

Mayers ließ sich ebenfalls auf den Boden nieder. »Fesseln?«

Tallwitz streifte sich einen Gummihandschuh über und hob die Fesseln auf. Er zeigte mit dem Finger darauf. »Blut!«

»Das nenne ich wirklich eine neue Spur«, raunte Mayers grüblerisch. »Sein Blut?«

Tallwitz zog die Schultern in die Höhe. »Möglich. Vielleicht aber auch nicht.« Er wies auf eine winzige Lache am Boden. »Hier hat sich jemand verletzt.«

Mayers schaute sich um, zu der Stelle, an der Rouven erwacht war. »Dort ist weit mehr Blut.«

»Du denkst …«

»… es waren zwei Personen hier. Über längere Zeit.« Er sah sich grübelnd im Raum um, gerade so, als erblicke er das alles zum ersten Mal. »Das Ganze hier …«

»… ist völlig anders abgelaufen als in den Neumondnächten zuvor«, beendete Tallwitz den Satz. »Das sehe ich auch so. Noch nie haben wir eine Spur der vermissten Bewohner gefunden. Und jetzt liegen diese Fesseln hier.«

Mayers kratzte sich am Kopf. »Tallwitz, was war hier los?«

»Ich kann nur raten«, gab der Partner zur Antwort. »Normalerweise schafft er die Ehepaare, die in den Wohnungen leben, ohne eine einzige Spur aus den Häusern. Vielleicht ist er diesmal gestört worden. Vielleicht hat ihn jemand entdeckt. Erwischt. Und er war gezwungen, anders vorzugehen. Oder aber …«

»… es kam ganz anders.« Mayers griff Tallwitz am Arm. Er zog ihn durch den Raum bis zu einem umgestoßenen Schrank.

»He, was …!«

Mayers holte hinter dem Schrank etwas hervor. Einen Bilderrahmen. Ein Foto, von dem er nur einen winzigen Teil hatte erkennen können. Gerade nur die drei Gesichter der darauf abgebildeten Familie.

Tallwitz verstand sofort. »Hier lebte nicht nur ein Ehepaar.«

»Hier lebte eine Familie. Eltern mit Tochter.«

»Das hat natürlich die ganze Situation für ihn geändert.«

Mayers drehte sich zu der Stelle um, an der Tallwitz die Fesseln gefunden hatte. »Nun hat er auch noch ein Mädchen in seiner Gewalt.«

Tallwitz schluckte. »Ob sie weiß, in welcher Gefahr sie sich befindet? Der Kerl ist unberechenbar.«

»Verflixt, Tallwitz. Wir haben einen riesigen Fehler begangen. Wir hätten ihn nicht entkommen lassen dürfen. Neulich.«

Hätte Rouven einen Wunsch freigehabt, so hätte er jede Fee darum gebeten, dass dieser Weg nie enden sollte. Bis in alle Ewigkeit hätte er so, Hand in Hand mit Tabitha, durch den Park spazieren wollen.

Dass sie gesprochen hatte, verstärkte sein Glücksgefühl nur noch mehr. Auch wenn es nur ein einziges Wort gewesen war. Es hatte ihr anscheinend gutgetan, die Wohnung – den Tatort – zu verlassen.

Schließlich blieb Rouven stehen. »Das ist mein Zuhause«, sagte er in einem Ton, der ahnen ließ, wie sehr er sich schämte. Sie öffnete die Augen vor Verwunderung, doch entgegen Rouvens Befürchtung ließ sie seine Hand nicht los.

»Lass dich nicht abschrecken«, bat er. »Drinnen ist es weitaus gemütlicher, als man von außen ahnen könnte.«

Sie sah ihn zweifelnd an. Rouven ergriff mit seiner freien Hand den Griff der riesigen stählernen Tür. Es kostete ihn einige Kraft, den Zugang zu diesem uralten, längst stillgelegten städtischen Wasserwerk zu öffnen. Sonst zog er die verrostete Tür immer mit beiden Händen auf. Doch für nichts in der Welt hätte er Tabithas Hand losgelassen.

Schließlich gelang es ihm, die Tür zu öffnen. Sie kreischte in ihren Angeln auf, und mit einem letzten zweifelnden Blick auf das uralte bunkerähnliche Gebäude, das sich unter all den wuchernden Büschen, die es umrankten, regelrecht zu verstecken schien, ließ sich Tabitha von Rouven ins Innere führen.

An den klammen, gammeligen Geruch musste sich das Mädchen erst gewöhnen. Die Stahlwände waren feucht. Und ob sie jemals einen Anstrich verpasst bekommen hatten, war nicht mehr auszumachen. Durch den langen, schlauchförmigen Eingang hindurch bedeckte nasser, brauner Rost die Wände. Der Boden war lehmig, aber wenigstens trocken. Die schmutzige Decke hing tief. Rouven musste sich etwas bücken, um sich nicht den Kopf anzustoßen.

Als die eiserne Tür hinter ihnen lautstark ins Schloss fiel, legte sich Dunkelheit über die beiden, und Rouven spürte, dass Tabitha ängstlich den Druck ihrer Hand verstärkte.

»Keine Angst«, flüsterte er ihr zu. »Wir sind gleich da.«

Tatsächlich, vor ihnen erblickte Tabitha Licht. Und wenn sie sich nicht täuschte, dann hörte sie sogar eine menschliche Stimme. Jemand sang.

»Ich lebe hier nicht allein«, sagte Rouven, so, als fühlte er sich verpflichtet, den Gesang zu erklären. »Du wirst es gleich sehen.«

Sie gingen weiter auf das Licht zu. Und mit jedem Schritt spürte Tabitha, wie sich Rouven mehr und mehr entspannte.

Tabitha konnte kaum glauben, was sie zu sehen bekam, als die beiden den hellen Raum betraten. Damit hätte sie niemals gerechnet. Nicht hier, in dem sonst so kalten, hässlichen, schmutzigen Stahlkasten.

Es gab nur einen einzigen Raum. Dieser war allerdings so riesig, dass Tabithas elterliche Wohnung vermutlich komplett hineingepasst hätte. Die Wände, Decken, ja sogar der Boden waren mit dicken Stahlrohren überzogen. Wo immer man hinsah, erblickte man Ventile in allen Größen, Halterungen oder Steigeisen, die in die Wände eingelassen worden waren. Tabitha vermutete, dass von diesem Wasserwerk wahrscheinlich die gesamte Wasserversorgung für den riesigen Stadtteil am Park geregelt worden war. Doch mit den kühlen, verschmutzten Wasserwerken, wie Tabitha sie aus manchen Filmen kannte, hatte dieser Raum nichts gemeinsam. Auf den meisten Ventilen, die an den Bodenrohren angebracht waren, standen Stumpenkerzen, jeweils mit einer bunten Serviette darunter. Der Boden selbst war – so gut dies zwischen all den Rohren möglich war – mit Teppichen und Bodenläufern bedeckt, die zwar nicht zusammenpassten, in ihrer Einheit aber wie eine große Patchwork-Tagesdecke wirkten, wie Tabitha sie zu Hause auf ihrem Bett liegen hatte. Auch an den Rohren der Wände waren Teppiche angebracht, um so die nüchterne Kühle zu unterbrechen.

Durch die riesige Mitte des Raumes verliefen keine Rohre. Hier war das eigentliche Zuhause eingerichtet: ein Tisch in der Mitte mit vier Stühlen darum. Daneben ein alter Ledersessel und eine Couch, die mit allerlei Decken überfrachtet war. Ein Regal stand daneben und wirkte gerade so, als vermisse es eine gerade Wand hinter sich, gegen die es sich lehnen könnte, um all das zu tragen, was man ihm aufgeladen hatte: turmhoch gestapeltes Geschirr, unzählige Bücher, mehrere Bügeleisen, Kisten, Kartons, Tüten.

Dem Regal gegenüber befanden sich ein kleiner Schrank und ein riesiger Bollerofen, an dem eine alte Frau stand. Sie hantierte mit Töpfen und Bratpfannen an dem Ofen und war so vertieft in ihr Kochen, dass sie den Besuch nicht bemerkt hatte. Von all den Besonderheiten in diesem Wasserwerk war diese Frau das Außergewöhnlichste, fand Tabitha. Sie wirkte glücklich, ja beseelt, wie sie an dem Herd stand und sich liebevoll auf jeden einzelnen Handgriff konzentrierte.

Und: Sie sang.

Rouven führte Tabitha in die Mitte des Raumes an den Tisch und verkündete: »Ich bin wieder da, Nana.«

»Bernie?« Sie drehte sich nach ihm um, erfreut, ihn hier zu wissen. Doch dann fiel ihr Blick auf Tabitha. Die Augen weiteten sich vor Freude. Hastig stellte die Frau den Topf ab, den sie in den Händen gehalten hatte, wischte sich die Finger an ihrer Schürze, bevor sie auf Tabitha zugestürmt kam.

»Clara!«, begrüßte sie das Mädchen. Sie nahm beide Hände in ihre. »Wie lange habe ich dich schon nicht mehr gesehen!«

Tabitha schüttelte den Kopf. »Ich bin nicht ...«

Rouven gab ihr hinter dem Rücken der Frau ein Zeichen. Er schüttelte heftig den Kopf und wies auf die Frau. Tabitha verstand sofort: »Ja«, sagte sie. »Ich freue mich auch, dich wiederzusehen. Geht es dir gut?«

Die Frau strahlte. »Wie sollte es mir schlecht gehen? Hier, in meinem Heim. Mit Arthur, Michael und Bernie, die sich um mich kümmern.« Sie drehte sich um und reichte Rouven eine Hand. »Wunderbare Jungen hast du zur Welt gebracht, Clara. Du kannst stolz sein auf deine Söhne.«

Tabitha musste sich ein Grinsen verkneifen, doch sie spielte weiter mit, obwohl sie kaum verstehen konnte, was hier geschah. »Ja. Stolz. Äh … Auf meine Söhne. Nun ja, das bin ich wohl auch.«

Sie schaute unsicher zu Rouven, der ihr wiederum beglückt entgegensah. Zuerst dachte Tabitha, er wäre nur froh, dass sie dieses merkwürdige Spiel mitmache, doch dann wurde ihr schnell bewusst, dass sie wieder gesprochen hatte. Ganze Sätze. Die alte Dame hatte etwas in ihr bewegt, und für einen Moment war Tabitha aus ihrem Schweigen ausgebrochen. Und vor allem: Die Frau hatte ihr die Angst genommen. Jetzt bestätigte sich Tabithas Entschluss, Rouven begleitet zu haben. Was vor einigen Stunden noch ein vollkommen verrückter Impuls gewesen war, schien sich nun als richtige Entscheidung zu erweisen. Etwas an diesem Rouven war besonders. Etwas an ihm rief in Tabitha Gefühle hervor, die sie dazu gebracht hatten, mit ihm zu laufen. Sie hatte ihm seine Verwirrung geglaubt. Sie hatte schnell Vertrauen zu ihm geschöpft. Und sie spürte vor allem eines: dass er dringend Hilfe brauchte.

Nun stand sie hier, in diesem bizarren Zuhause. Sie war in eine so völlig fremde Welt eingetreten, dass sie die Erinnerung an das, was sie in der Nacht zuvor hatte erleben müssen, tatsächlich für einen Augenblick vergessen hatte.

Und: Sie hatte gesprochen. Noch vor wenigen Momenten hatte sie die Befürchtung gehabt, mit ihrer Stimme, die sie in der vergangenen Nacht nur zum Schreien benutzt hatte, neues Unheil heraufzubeschwören, wenn sie sie benutzte. Doch hier, in diesem Wasserwerk und gegenüber dieser Frau, die sie mit einer Herzlichkeit betrachtete, wie Tabitha sie bisher nur selten erlebt hatte, fühlte sie sich frei. Nein, mehr noch: willkommen. Oder: geborgen.

Die Frau hatte Tabitha die Angst vor der eigenen Stimme genommen. Einfach so. Nur mit ihrer offenen, herzlichen Art. Ein einziger Impuls. Wie ein Fingerschnippen. Und jetzt, wo auf Tabithas Worte nichts Schlimmes geschehen war, wagte sie es, weiterzusprechen. »Danke«, sagte sie.

Die Frau stand noch immer vor ihr und strahlte sie an. »Ach, hier stehen wir und schwätzen. Dabei muss ich mich doch um das Essen kümmern. Clara, du bleibst natürlich zum Essen, nicht wahr? Ich mache Kartoffeln.«

Tabitha zögerte keine Sekunde: »Natürlich, ich bleibe gern.«

Die Frau lachte über das ganze Gesicht. »Wie schön. Dann muss ich mich sputen.« Und damit wandte sie sich um und eilte sich, an den Herd zu kommen.

Tabitha blickte fragend zu Rouven. Der lachte nur: »Darf ich dir ein Wasser anbieten, liebe Mutter?«

Gemeinsam verfielen sie in schallendes Gelächter.

Mayers stieß die Tür zum Büro so heftig auf, dass Tallwitz erschrocken hochfuhr. »Das Labor hat unter Hochdruck gearbeitet«, sagte Mayers. »Das Ergebnis der Blutuntersuchung liegt schon vor.«

Tallwitz war sichtlich überrascht. »So schnell? Normalerweise vergehen ganze Tage, bis …«

Mayers schüttelte den Kopf. »Zurzeit reicht es schon, das Wort ›Neumond-Täter‹ auszusprechen, dann geraten alle Kollegen in Übereifer. Wenigstens mal ein Vorteil, den die reißerischen Berichte der Medien hervorbringen.«

»Und? Was kam bei der Untersuchung heraus?«

»Die größere Blutlache gehört zu unserem Neumond-Täter. Gleiche DNA wie in den Fällen zuvor.«

»Und das Blut an den Fesseln?«

Mayers sank auf den Stuhl vor Tallwitz' Schreibtisch. Es war ihm anzusehen, dass er diese Antwort gern schuldig geblieben wäre: »Steht noch nicht fest. Sicher ist nur, dass es nicht sein Blut ist.«

»Jemandem aus der Familie?«

»Wissen wir noch nicht. Das wird gerade alles abgeglichen«, antwortete Mayers, und Tallwitz stöhnte auf. »So einen komplizierten Fall hatten wir noch nie. Immer wenn man denkt, man ist einen Schritt weiter …«

»… werden neue Fragen aufgeworfen. Ich weiß.«

»Es hat bisher noch niemals Verletzungen gegeben – bis auf seine eigenen«, grübelte Tallwitz laut vor sich hin. »Gab es irgendwelche Fingerabdrücke am Tatort?«

Wieder schüttelte Mayers den Kopf. »Nichts. Nicht einmal von unserem Täter.«

»Und jetzt?«

»Ich habe vorhin mit dem Polizeipräsidenten gesprochen. Er wollte Neuigkeiten von mir wissen, und als er hörte, dass es nicht mehr bei den Entführungen geblieben ist, wurde er nervös.« Mayers erhob sich wieder von seinem Stuhl. »Wir bekommen Verstärkung. Eine Hundertschaft an Polizisten.«

»Das ist gut.«

»Wir werden ihn suchen. Und wir werden ihn finden. Und dann lass uns hoffen …«

»… dass von all den Entführten noch jemand am Leben ist«, beendete Tallwitz den Satz, und nachdenklich fügte er hinzu: »Einfach schrecklich, dass genau diese Familie jetzt betroffen ist. Nach allem, was sie schon durchmachen musste.«

Mayers nickte: »Das habe ich mir auch schon gedacht. Ich habe die Akte vorhin ebenfalls gelesen. Das arme Mädchen …«

Und damit verfielen beide in grüblerisches Schweigen.

Wer bist du?«, eröffnete Tabitha das Gespräch. »Und wer ist sie?« Die beiden saßen sich auf Rouvens Bett gegenüber. Zwischen zwei riesigen Rohren hatte sich Rouven sein Reich eingeräumt: eine Matratze, die genau zwischen die beiden Rohre passte und die übersät war mit Kissen und Decken. Über dem Kopfende gab es einen alten goldfarbenen Wecker und einige Bücherstapel. Daneben standen verschiedene Becher und eine größere Kiste, in der Rouven seine Kleidung aufbewahrte.

Und obwohl Tabitha es in dieser merkwürdigen Behausung nicht vermutet hätte, wirkte alles geordnet, ja beinahe aufgeräumt. Zwar lag vor allem auf den Rohren dicker Staub, doch ansonsten wirkte dieses Zuhause recht sauber.

»Wer ich bin? Wer sie ist?« Rouven verzog das Gesicht. »Endlich sprichst du. Doch die einzigen Fragen, die du stellst, sind die, auf die ich keine Antwort weiß.«

Tabitha drehte nachdenklich den Kopf. »Du weißt nicht, wer du bist?«

»Ich weiß nicht einmal, woher ich komme.«

»Was?«

Rouven fuhr sich mit der Hand über die Stirn. Er wirkte verzweifelt, als er fortfuhr. »Ich besitze keinerlei Erinnerung an meine Kindheit. Ich weiß nicht, wer meine Eltern sind oder wo mein eigentliches Zuhause liegt. Ich kann dir nicht einmal sagen, woher ich schreiben, lesen und rechnen kann oder die Dinge weiß, die ich weiß, denn an eine Schule kann ich mich auch nicht erinnern.«

Tabitha rückte näher an ihn heran. »Ist das dein Ernst?«

»Ich kann dir keine Namen von Freunden nennen, weil ich gar

nicht weiß, ob ich jemals welche hatte. Ja, selbst auf die Frage, ob ich schon mal ein Fahrrad oder ein Haustier hatte, könnte ich dir keine Antwort geben.«

»Das ist unvorstellbar. Du lebst doch. Du warst einmal Kind. An irgendetwas musst du dich doch erinnern können.«

Rouven ließ die Hand sinken und nickte. »Da ist etwas. Verschwommen. Manchmal in meinen Träumen. Dann, wenn ich halb schlafe und halb wach bin, dann sehe ich Bilder. Aber alles ohne Zusammenhang und in keinerlei Verbindung zueinander.«

»Was für Bilder?«

»Eindrücke. Wie Fotos. Ich sehe mich – oder denke zumindest, dass ich es bin. Mal sitze ich mit einer riesigen Familie an einem Tisch, mal werde ich von einem Mann und einer Frau in eine Schule gebracht. Und beide sehen sehr vermögend aus. Oder aber ich sehe mich mit einem Schnitzmesser in der Hand, während ein alter Mann mir beibringt, wie man damit umgehen kann. Ich habe mich auch schon mal auf einem Schiff gesehen. Auf dem Meer, neben dem Kapitän, der mich anlachte, als kenne er mich schon seit Ewigkeiten. Ich … habe auch …« Nun griff sich Rouven mit beiden Händen an die Stirn. »Das alles ist so verworren. So verrückt.«

Tabitha sprach beruhigend auf ihn ein: »Was könnte all das denn bedeuten? Diese Träume? Diese Bilder?«

Rouven atmete hörbar aus. »Das ist es ja. Das alles ergibt keinen Sinn. Bin ich der Junge, den ich da in den unterschiedlichsten Familien sehe? Oder ist es nur ein Teil von mir? Sind es Wunschträume? Doch dafür ist das alles zu real. Ich spüre, dass diese Bilder etwas mit mir zu tun haben, doch ich finde keine Erklärung dafür.«

»Lass es uns anders angehen. Woran kannst du dich noch gut erinnern? Was ist deine erste Erinnerung, von der du sicher bist, dass du sie wirklich erlebt hast?«

»Ich stand vor der Tür zu diesem Wasserwerk.«

»Wann war das?«

»Vor wenigen Monaten.«

Tabitha war sichtlich geschockt. »Das war's? Das ist deine älteste Erinnerung?«

Rouven zog die Schultern in die Höhe. »Alles davor ist entweder weg oder verschwimmt in diesen zahllosen Traumbildern, von denen ich nicht weiß, was sie mit mir zu tun haben.«

Verblüfft lehnte sich Tabitha gegen eines der dicken Wasserrohre. »Das kann ich kaum glauben. Wie bist du hierhergekommen?«

»Ich kann es dir nicht sagen. Meine Erinnerungen beginnen mit dem Moment, in dem ich vor der Stahltür stand, die du kennst. Es war ein Tag so wie heute. Ich war neugierig und ging hinein. Seither wohne ich hier.«

»Die Möbel?«

»Alles Dinge, die von den Leuten weggeworfen worden sind. Sperrmüll. Von mir gesammelt und hierher gebracht, in den vergangenen Monaten.«

Tabitha grübelte: »Woher kennst du deinen Namen?«

»Das ist das Einzige, was ich wirklich von mir weiß: Ich heiße Rouven. Doch wer mir den Namen gegeben oder wer mich schon mal mit diesem Namen gerufen hat … Ich kann es dir nicht sagen.«

Ratlos versuchte Tabitha, das alles in ihrem Kopf zu ordnen. Schließlich fiel ihr die alte Dame ein. »Und sie? Sie ist doch nicht wirklich deine Großmutter, oder?«

»Eines Tages stand sie im Park, ganz in der Nähe dieses Wasserwerks. Sie hatte sich verlaufen und war völlig verwirrt. Sie konnte mir nicht sagen, wer sie war oder woher sie kam. Sie war völlig aufgelöst und verwahrlost. In einem zerrissenen Nachthemd stand sie vor mir. Und das am Nachmittag. Ihre Haare waren zerzaust, ein Schuh fehlte ihr am Fuß, und an ihrer Nase klebte getrocknetes Blut. Sie stammelte wirres Zeug, und ihre Augen zitterten wild in den Augenhöhlen und fanden keine Ruhe und keinen Halt. Sie tat mir leid. Und natürlich: Sie erinnerte mich an den Tag, an dem ich selbst verloren und verängstigt im Park gestanden hatte.«

»Und dann hast du sie mit hierher genommen?«

»Erst einmal. Hier konnte sie sich ausschlafen, etwas essen und waschen. Und das tat ihr gut. In den nächsten Tagen rannte ich durch die Straßen. Ich hängte Zettel an Straßenlaternen und Zäune, in denen ich bekannt gab, dass eine ältere Frau aufgefunden worden sei. Ich suchte Altenheime in der Gegend auf und Krankenhäuser, doch niemand kannte die alte Dame. Und seither ist sie hier.«

»Hat sie einen Namen?«

»Ich nenne sie nur Großmutter. Oder lieber noch: Nana.«

»Nana?«

»Nach den Figuren der Künstlerin Nikki de Saint Phalle. Du kennst sie vielleicht.«

Tabitha nickte. »Ja, natürlich. Diese übergroßen, kunterbunten, tanzenden Frauenfiguren.«

Rouven grinste. »Und nun schau dir Nana mal an. Sie wirkt auf mich genau so lebensfroh und positiv wie diese Skulpturen.«

Tabitha schaute zu der Frau am Herd und begann ebenfalls zu grinsen. »Stimmt. Jetzt, wo du es sagst. Und die rundliche Körperfigur passt auch irgendwie.«

Rouven stupste sie in die Seite. »Na, lass sie das mal lieber nicht hören.«

»Und sie hört auf Nana?«

Er zog die Schultern in die Höhe. »Ihren richtigen Namen kenne ich nicht. Und sie weiß ihn wohl auch nicht mehr. Ich glaube, ich kann sie nennen, wie ich will. Das ist ihr gleich. Hauptsache ist, dass jemand in ihrer Nähe ist.«

Tabitha schaute grübelnd zu Nana. »Sie hat großes Glück, dass sie auf dich gestoßen ist«, sagte sie. Dann zog sich ein Lächeln über ihr Gesicht. »Und wer ist Bernie?«

Rouven blieb ernst. »Ich … nun, ich kenne mich da nicht so aus«, gab er mit bedrückter Stimme zur Antwort. »Aber ich glaube, dass sie an einer Demenz erkrankt ist. Du weißt schon, Alzheimer oder so etwas. Sie hat kein Gedächtnis mehr. Sie weiß gar nicht, wer ich bin, auch wenn ich es ihr schon tausendmal gesagt habe. Sie verwechselt mich. Mit ihren Enkeln. Mal bin ich Bernie, mal Arthur, mal Michael. Und ich habe mich dran gewöhnt.«

»Daran gewöhnt?«

»Ich spiele einfach mit. Inzwischen weiß ich, dass Arthur ein Bankangestellter ist. Michael hat wohl geheiratet und auch ein oder mehrere Kinder. Und Bernie ist der Faulenzer in der Familie. Er kriegt anscheinend gar nichts auf die Reihe.« Nun lachte Rouven doch. »Er ist mir der Sympathischste. Seine Rolle spiele ich am liebsten.«

Tabitha setzte sich etwas auf, um über das alte Rohr an ihrer Seite die alte Frau am Herd zu beobachten. »Und für sie ist das in Ordnung so?«

»Sie wirkt glücklich. Deshalb ist das für mich auch okay. Ich nenne sie meistens Großmutter, denn das ist sie ja auch. Wenn ich eine Großmutter hätte, dann müsste sie so sein wie sie. Du hast sie ja erlebt: so offen, herzlich, witzig. Ich mag sie gern. Auch wenn sie beinahe den ganzen Tag nur kocht.«

»Gut?«

Jetzt verzog Rouven sein Gesicht zu einem einzigen Grinsen. Er gluckste erst. Dann versuchte er sein aufkommendes Kichern zu unterdrücken. Doch es gelang nicht. Vor den Augen der überraschten Tabitha fing Rouven lauthals an zu lachen.

»Was ist?«, fragte Tabitha und zog die Augenbrauen kraus. »Was hast du denn?«

Rouven schüttelte sich vor Lachen. Schließlich prustete er hervor: »Sie kann nur Kartoffeln!«

Tabitha musste nun unwillkürlich mitlachen. Und Rouven erklärte, während er sein Lachen wieder unterdrückte: »Sie hat alle Rezepte vergessen. Nur die Kartoffelrezepte nicht. Es gibt hier jeden Tag Kartoffeln. Den ganzen Tag.«

»Das ist nicht dein Ernst.«

»Und ich hasse Kartoffeln. Ich krieg sie kaum noch runter. Aber Nana hat so einen Spaß dabei. Und sie … sie …« Jetzt prustete er wieder los. »Sie … sie kann nun mal nichts anderes.«

Tabitha verfiel ebenfalls in lautes Lachen. Die beiden alberten herum wie kleine Schulkinder, in ihrer Ecke zwischen den alten, dicken Wasserrohren. Sie lachten über die groteske Situation. Sie lachten über sich selbst. Und sie lachten über all das Elend, das ohne etwas Humor unerträglich gewesen wäre.

Tabitha war schließlich die Erste, die sich beruhigte. »Ich werde ihr ein paar Rezepte zeigen«, schlug sie vor, doch Rouven winkte ab: »Kannst du vergessen. Sie merkt sich nichts. Sie hat auch längst vergessen, dass du da warst.«

Nun verging Tabitha augenblicklich ihr Lachen. »Was? Bist du sicher? Das kann nicht sein.«

»Sie wird sich nicht an dich erinnern.«

»Das glaube ich nicht. Sie hat mich so offenherzig begrüßt und …«

Rouven erhob sich von seinem Platz und zog Tabitha am Handgelenk. »Komm, ich zeig's dir.«

Gemeinsam gingen sie an den Bollerofen, wo sich Nana auf ihre Arbeit an den Töpfen konzentrierte. Neben ihren Füßen stand ein riesiger Eimer, gefüllt mit Kartoffeln.

Rouven ging nahe an sie heran: »Nana?«

Sie wandte sich um und die Freude in ihrem Gesicht war echt. »Arthur! Das ist nett. Ich bin gleich fertig mit Kochen, dann können wir essen. Du bist doch bestimmt hungrig nach der Arbeit.«

Rouven lächelte sie an. »Ja, und wie. Die Leute in der Bank heute … Ach, sprechen wir nicht davon.«

Nun fiel der Blick der Großmutter auf Tabitha. Sie musterte das Mädchen, dann knuffte sie Rouven in die Seite. »Du musst mir auch sagen, wenn du Besuch mitbringst.« Und zu Tabitha gewandt sagte sie: »Guten Abend, Sie sind bestimmt eine Kollegin, oder?«

Tabitha stiegen Tränen in die Augen. »Ja«, sagte sie schnell. »Eine Kollegin.«

Die Großmutter knuffte Rouven erneut: »Bestimmt die hübscheste der ganzen Bank, oder? Du hattest schon immer einen guten Geschmack, was deine Freundinnen betrifft. Und nun geht, ihr beiden. Geht nur. Ich rufe euch, wenn das Essen fertig ist.«

Und damit drehte sie sich um und rührte singend in ihren Töpfen und Pfannen.

Tabitha lief zurück in Rouvens Ecke.

Er folgte ihr hastig. »Tabitha!«

Als sie sich umdrehte, liefen heiße Tränen über ihr Gesicht. »Sie tut mir so leid!«

»Sie hat kein Langzeitgedächtnis und kein Kurzzeitgedächtnis«, erklärte Rouven. »Sie erinnert sich nur an die Dinge, die sie noch aus der Zeit ihrer Familie kennt. Dinge, die einige Jahre zurückliegen müssen. Aber ich bin mir sicher, dass sie all diese Erinnerungen auch durcheinanderbringt. Vielleicht heißen ihre Enkel gar nicht Michael, Bernie oder Arthur. Vielleicht sind das ganz andere Menschen, die ihr einmal nahestanden und von denen sie nun glaubt … Wie gesagt: Ich kenne mich da nicht so aus.«

»Das muss doch furchtbar für sie sein, oder?«

»Glaub mir: Es ist okay für sie. Anfangs dachte ich so wie du. Doch um ehrlich zu sein: Mittlerweile beneide ich sie geradezu.«

»Wie meinst du das?«

»Ich würde sofort mein Leben mit ihr tauschen.«

»Das ist nicht dein Ernst.«

»Lieber habe ich – so wie sie – kein Gedächtnis, aber schöne Erinnerungen an meine Vergangenheit, als so zu leben wie ich: ohne Gedächtnis und ohne Vergangenheit.«

Tabitha sah ihm fest in die Augen. Seine Worte klangen in ihr nach. Und ein einziger Wunsch machte sich in ihr breit. Sie streckte die Arme nach ihm aus und drückte ihn fest an sich.

Rouven schloss die Augen. Er genoss die Umarmung.

Er genoss die Tatsache, dass er bald eine Vergangenheit haben würde. Diesen Moment würde er tief in sein Herz aufnehmen und sich gern daran erinnern.

Zum ersten Mal war er ein Mensch mit einer echten Erinnerung.

Nun war es Rouven, dem die Tränen in die Augen stiegen.

Sie merkten gar nicht, wie die Zeit verging, während sie eng umschlungen in Rouvens Ecke zwischen den riesigen Wasserrohren standen. Doch irgendwann war es Rouven, der sich von Tabitha löste.

»Ich hab dir alle deine Fragen beantwortet«, sagte er. »So gut es mir möglich war. Nun möchte ich dir ein paar Fragen stellen.«

Ihr Gesichtsausdruck veränderte sich von einer Sekunde auf die nächste. Ihr wurde klar, dass er über die schrecklichen Ereignisse der vergangenen Nacht sprechen wollte. Und obwohl sich alles in ihr weigerte, wusste sie, dass sie ihm das Unaussprechliche schildern musste. Das war sie ihm schuldig, nach aller Ehrlichkeit, mit der Rouven ihr bisher begegnet war.

»Was möchtest du wissen?«, fragte sie ihn also.

Rouven griff unter seine Matratze und fischte den Zettel hervor, der vor einigen Tagen auf dem Küchentisch gelegen hatte. »Nana hatte Besuch«, sagte er. »Doch sie konnte sich schon am Abend, als ich hierherkam, nicht mehr erinnern, wer da gewesen war. Ich kann dir also nicht sagen, wer ihn …«

Sie stoppte seinen Redefluss, indem sie einen Finger auf seinen Mund legte. Aus seiner Nervosität las sie heraus, wie bedeutungsvoll dieses kleine Stück Papier sein musste. Ohne ein Wort zu verlieren, griff sie danach und zog es aus seiner Hand. Sie war gespannt, was sie darauf finden würde. Von allen Fragen, die er ihr hätte stellen können, war ihm diese die wichtigste. Und obwohl sie ihm gegenüber eine beachtliche Ruhe ausstrahlte, schwirrten auch in ihrem Kopf unzählige Fragen. Sie konnte es kaum erwarten, den Zettel auseinanderzufalten, um zu erfahren, was ihm so wichtig daran war, und vor allem, was dieser Zettel mit ihr zu tun haben sollte.

Sie nickte ihm ermutigend zu, dann faltete sie das Papier auseinander und warf einen Blick darauf.

Ihr wurde schwindlig. Der Magen drehte sich ihr um, und am liebsten hätte sie den Zettel sofort weit von sich geworfen. Augenblicklich verstand sie. Hier hielt sie die Antwort auf alle Fragen in den Händen, die ihr noch vor wenigen Sekunden durch den Kopf geschossen waren. Sie blickte auf die gezeichnete Mondsichel und die Vogelkralle darunter.

Rouven bemerkte sofort, dass etwas mit ihr nicht stimmte. Er legte eine Hand auf ihre Schulter: »Was ist mit dir?«

Sie hob den Blick. Sie schaute noch einmal auf den Zettel, dann erneut in Rouvens Gesicht, bevor sie den Zettel zur Seite legte und ihren linken Arm ausstreckte.

Rouven rückte ein Stückchen von ihr ab, damit sie sich frei bewegen konnte, und starrte sie verwirrt an.

Ihr Blick war beängstigend. Sie sah ihm mit einer Mischung aus Abscheu und Verunsicherung in die Augen.

Rouven verstand nicht. Auch er schaute noch einmal auf die Skizze des Zettels, der nun zwischen den beiden lag. Diese Skizze, die er sich in den vergangenen Tagen schon unzählige Male angeschaut hatte. Wieder und wieder. Nur um zu verstehen.

Tabitha legte einen Finger an sein Kinn und hob seinen Kopf an. Gerade so, dass er ihr in die Augen schauen konnte, die noch immer diesen furchterregenden Blick in sich bargen.

Dann führte sie ihren Finger von seinem Kinn zu ihrem Handgelenk. Rouven erinnerte sich daran, dass sie schon bei ihrer ersten Begegnung in der verwüsteten Wohnung mehrfach auf den Ärmel geschaut hatte.

Nun ergriff sie mit den Fingerspitzen den Ärmel ihrer Strickjacke und schob ihn langsam in die Höhe.

Rouven entfuhr ein Schrei. Tabitha senkte den Blick und schaute auf ihren Unterarm. Gerade so, als sehe sie es zum ersten Mal, doch es war ihr schon beinahe vertraut – dieses Bild eines Halbmondes.

Eingeritzt in ihre Haut.

Ein Halbmond und etwas, das wie eine Kralle aussah.

Rouven blickte verständnislos darauf. Er konnte sich keinen Reim darauf machen. Für ihn gab es keine Erklärung. Er blickte erst auf Tabithas Arm, dann auf den Zettel mit der Zeichnung und den Worten »Suchst du dich, dann folge den Symbolen, Rouven«. Nun hatte er sie gefunden. Die Symbole. Doch was hatte das alles mit Tabitha zu tun?

Wie gebannt starrte Rouven auf die in Tabithas Haut eingeritzten Zeichen, als seine Gedanken plötzlich unterbrochen wurden. Ein Tropfen fiel auf die noch frische Wunde und spülte etwas Blut heraus. Dann ein zweiter Tropfen. Ein dritter.

Rouven blickte auf. Über Tabithas Gesicht liefen Ströme von Tränen. Sie tropften an ihrem Kinn ab und fielen auf den Unterarm. Sie sah völlig verstört aus.

Rouven verstand sofort: Bisher hatten die Angst und Rouvens ungewöhnliche Welt sie daran gehindert, über all das nachzudenken, was in der vergangenen Nacht geschehen war. Doch die gezeichnete Wunde an ihrem Arm rief ihr jetzt die Realität wieder ins Gedächtnis. Nun musste sie sich dem stellen, was sie mit ihrem Schweigen und dem Interesse an Rouven bisher hatte verdrängen können.

»Diese letzte Nacht …«, brachte sie hervor. »Ich kann meine Eltern nicht mehr finden.« Und damit drückte sie sich beide Hände auf das Gesicht und begann lauthals zu weinen.

Rouven wusste sich nicht zu helfen. Er rückte nahe an sie heran, legte erst einen Arm um sie, dann hielt er sie mit beiden Armen fest. Hier saßen sie, wie Strandgut, dachte Rouven. Zwei Gestrandete an einem Meer, das nur aus Fragen besteht.

Und aus Verzweiflung.

Eine ganze Weile saßen sie auf diese Art auf der Matratze zwischen den Wasserrohren. Wie aus weiter Ferne drang die Stimme der Großmutter zu ihnen, die am Herd stand und vor sich hin sang. Und es war diese Stimme, die Tabitha allmählich wieder zur Ruhe kommen ließ.

»Meine Eltern«, schluchzte sie erneut.

Rouven rückte wieder ein Stück von ihr ab. Er wollte ihr nicht das Gefühl vermitteln, sie zu bedrängen. In keiner Weise.

Tabitha wischte sich mit einem kleinen Kopfkissen die Tränen aus dem Gesicht. Es war ihr anzusehen, dass sich alles in ihr sträubte zu reden. Doch sie war sich bewusst, dass der Zeitpunkt gekommen war, sich zu öffnen. Sie musste die Erlebnisse der vergangenen Nacht mit jemandem teilen.

»Ich kann mich nicht mehr an alles erinnern«, eröffnete sie ihre Rede. »Es ging wahnsinnig schnell. Das Erste, woran ich mich erinnere, ist diese Dunkelheit. Jemand hatte mir mit einem Tuch die Augen verbunden. Ich lag auf dem Boden und spürte, wie mich jemand in Windeseile an Händen und Füßen fesselte. Meine Strumpfhose wurde zerrissen und mir als Knebel in den Mund gesteckt. Und dann … dann …«

Sie schüttelte sich. »Dann war es so furchtbar still. Verstehst du? Ich dachte, jetzt geschieht etwas mit mir. Aber ich hörte so gut wie nichts. Mal einen Schritt, mal ein dumpfes Pochen, aber nichts, das darauf hindeuten konnte, dass um mich herum ein Kampf tobte. Und dabei muss es doch so gewesen sein, denn die ganze Wohnung war doch verwüstet.«

»Woran kannst du dich noch erinnern?«, forschte Rouven nach.

»Brandgeruch. Und eine Hitze, die unerträglich war.« Tabithas Finger krallten sich in das Kopfkissen. »Ich lag auf dem Boden. Unfähig, mich zu bewegen, spitzte ich die Ohren. Ich lauschte. Ich spürte wohl, dass etwas um mich herum geschah, doch ich hörte einfach nichts!«

Tiefer und tiefer gruben sich ihre Fingernägel in das Kissen. »Nichts! Es war nicht auszuhalten. Das alles war so unheimlich. So gruselig. Ich hatte einfach nur noch Angst! Ich versuchte mich zu erinnern, was vorher gewesen war. Was hatte ich getan? Wo war ich gewesen, bevor mir die Augen verbunden worden sind? Doch es fiel mir nicht mehr ein. Wie ausgelöscht in meinen Gedanken. Und dann diese Hitze und dieser Geruch. Ich dachte, die Wohnung steht in Flammen.«

Ihre Hände entkrampften sich. Sie spürte, dass ihr das Reden guttat. Dass ihr Rouvens Nähe guttat. Und so berichtete sie weiter: »Wie lange ich dort gelegen habe, das kann ich dir nicht sagen. Plötzlich spürte ich, wie mich jemand am Arm packte. Ich schrie auf. Ich versuchte mich zu wehren, doch die Hand, die mich festhielt, war übermächtig. Verstehst du? Sie hielt mich nicht nur fest, sie unterdrückte jede Kraft in mir. Ich war kaum noch fähig, mich zu bewegen, solange diese Hand mich hielt. Ich spürte kaum noch etwas. Nur dass mir etwas in die Haut meines Unterarms schnitt. Ich versuchte wieder zu schreien. Doch selbst das gelang mir nicht. Und dann war sie wieder da, diese Ruhe. Diese unerträgliche Stille. Jemand ritzte etwas in meine Haut. Wie mit einem Messer. Erst, als diese Skizze in meinen Arm geritzt war, wie ich später sehen konnte, da wurde mir die Augenbinde abgenommen. Ich brauchte ein paar Sekunden, um mich wieder an das Licht zu gewöhnen, dann sah ich die ganze Verwüstung in der Wohnung.«

»Und den Täter? Konntest du ihn sehen?«

Tabitha ließ ihren Blick sinken. »Ich hab mich sofort nach ihm umgeschaut. Aber da war wieder nichts. Wieder konnte ich nichts sehen oder hören von ihm. Er war einfach verschwunden. Nicht einmal die Wohnungstür hörte ich ins Schloss fallen.«

»Und dann?«

»Ich hab meine Eltern gerufen. Wieder und wieder. Gerufen. Geschrien. Doch mir war schnell klar, dass sie verschwunden waren. Wieder habe ich überlegt, wo sie vor dem Angriff gewesen waren. Ob sie überhaupt hier gewesen sind. Doch ich konnte mich nicht erinnern. Und kann es noch immer nicht. Ich weiß nicht ein Detail von der Zeit, bevor ich mit dem Tuch über den Augen wach geworden bin. Das ist doch ungewöhnlich, oder?«

Rouven wagte kaum zu fragen: »Wann hast du mich das erste Mal gesehen?«

Sie sah ihm ins Gesicht. »Ich hatte dich eine lange Zeit nicht bemerkt«, gab sie zu. »Zunächst lag ich einfach nur auf dem Boden und war verzweifelt. Das alles war so schrecklich gewesen. Und so unheimlich. Dann aber bekam ich Angst, dass unser Angreifer wiederkommen würde. Ich hatte mir überlegt, dass er mich vielleicht ebenfalls aus der Wohnung entführen wollte. Wieder habe ich versucht, gegen die Fesseln anzukommen, doch du hast ja selbst bemerkt, wie eng sie geknotet waren. Ich hatte keine Möglichkeit, sie zu lockern. Aber einfach auf der Erde zu liegen, mitten in dem Chaos der Wohnung, das war mir zu riskant. Der Täter hätte sich wieder jederzeit von hinten an mich heranschleichen können. Und deshalb hab ich mich durch den Raum gerobbt. Gefesselt wie ich war, kam ich zwar nur zentimeterweise vorwärts, doch schließlich gelang es mir, rückwärts die Wand zu erreichen und mich einigermaßen aufzusetzen. Dann erst, als ich mich umblickte, entdeckte ich dich.«

Rouven sah Tabitha aus weit geöffneten Augen an.

»Ich hatte geschrien vor Schreck. Ich dachte ja, ich sei allein in der Wohnung. Aber dann hast du dort gelegen. Mit deiner Wunde an der Schläfe, aus der dir das Blut in den Mund gelaufen war. Ich hatte eine Todesangst vor dir. Stell dir das mal vor: Da liegt ein Wildfremder auf dem Boden, nach einem Überfall auf meine Familie. Blutend. Ohnmächtig. Und hinter dir, auf unserer Wohnzimmertür, sah ich die Zeichen, eingebrannt in das Holz der Tür. Die Zeichen, die mir in die Haut geritzt worden waren. Das alles rief eine Panik in mir hervor. Und obwohl es mir fast unmöglich war, rieb ich meinen Arm so lange an meinem Körper, bis der Ärmel meiner Strickjacke die Skizze auf dem Arm bedeckte. Ich wollte auf keinen Fall, dass du dieses eingeritzte Bild siehst, wenn du wach wirst. Ich wusste ja nicht, ob du vielleicht der Täter warst. Oder ein Komplize. Oder …«

Nun war es Rouven, der zu Boden schaute. Die nächsten Worte fielen ihm überaus schwer. Sie kamen ihm beinahe nicht über die

Lippen: »Du kannst dir noch immer nicht sicher sein«, gab er kaum hörbar von sich.

Doch Tabitha schüttelte energisch den Kopf. »Als du wach wurdest, hatte ich mich erst gefürchtet. Doch dann hab ich deinen Blick gesehen. Deine Verwirrung. Deine Hilflosigkeit. Und deine … Angst. Du hattest wohl ebensolche Angst wie ich. Und da war mir klar, dass du ebenfalls ein Opfer dieses Angriffs sein musstest. Und nicht der Täter.«

Rouven hob den Blick nicht. »Aber du kannst dir nicht sicher sein.«

»Ich habe dich jetzt kennengelernt«, versuchte Tabitha ihn aufzubauen. Und das, obwohl sie selbst jetzt Zuspruch gebraucht hätte. Doch sie spürte Rouvens tiefe Ratlosigkeit. »Ich kann mir nicht vorstellen, dass du …«

»Nein!« Rouven schrie und hieb mit der flachen Hand auf das Bett. Er sprang von seinem Platz auf, rannte zur Wand und schlug mit den Fäusten so gegen das Metall, dass es laut im ganzen Wasserwerk schallte. Der Gesang der Großmutter verstummte. Kurz. Dann nahm sie ihr Lied wieder auf.

Tabitha erhob sich ebenfalls von ihrem Platz und ging zu Rouven. Sie berührte ihn sacht an der Schulter: »Was ist mit dir?«

Er drehte sich nach ihr um. Nun war er es, dem in Strömen die Tränen über das Gesicht liefen. »Das ist mir nicht zum ersten Mal passiert«, sagte er, und Tabitha blickte ihn fragend an.

»Was meinst du?«

»Ich bin mittlerweile viermal in fremden Wohnungen erwacht. Immer war alles verwüstet. Immer waren die Besitzer der Wohnungen verschwunden. Und ich weiß nicht … Ich weiß nicht …«

Ihre Hand wanderte von der Schulter den Arm entlang. Sie ergriff seine Hand, um ihn zu ermutigen. »Ja?«

»Ich weiß nicht, was das alles mit mir zu tun hat. Ich verstehe diese gemalten Zeichen nicht. Ich weiß nicht, warum ich in den Wohnungen erwache. Ich weiß nicht …« Er drückte ihre Hand fester. »Ich weiß nicht, ob nicht … vielleicht ich …« Er schluckte hart.

»Ob du der Täter bist?«

Rouven zitterte am ganzen Körper. Dicke Schweißperlen erschienen auf seiner Stirn. Tabitha hatte es ausgesprochen. »Ich habe Angst vor mir selbst«, gab er zur Antwort. »Was, wenn ich all diese Dinge getan habe? Was, wenn ich es war, der dich überfallen hat? Wenn ich deine Eltern mitgenommen habe? Und die anderen Familien? Was, wenn ich schlafwandle und im Schlaf kriminelle Dinge verübe? Was, wenn mich eine Kraft treibt, die … die …« Er wusste selbst, wie absurd das alles klang. Doch er befand sich auch in einer absurden Situation.

Tabitha zog ihn an der Hand zu sich heran. Sie nahm ihn in die Arme und drückte ihn zärtlich an sich. »Lass es uns herausfinden«, flüsterte sie ihm ins Ohr. Und sie spürte, wie sich seine Anspannung legte. Wie das Zittern verebbte.

Und sie hielt ihn im Arm, bis auch sein Schluchzen verstummt war und der Gesang der Großmutter das einzige Geräusch war, das durch die riesige Halle des Wasserwerks schwang.

Das Telefon riss Mayers aus seinen Gedanken. Gerade war er dabei gewesen, Linien auf einem Stadtplan zu ziehen, der ausgebreitet vor ihm auf dem Tisch lag. Er versuchte zu ergründen, ob es eine Verbindung oder ein Muster zwischen den Wohnungen gab, in die bisher eingebrochen worden war. Der schrille Ton des Telefons hatte ihn jedoch so sehr erschreckt, dass er mit seinem roten Stift vom Lineal abkommen war und eine krakelige Spur quer über den ganzen Stadtplan gezogen hatte.

»Mist, verdammter!«, fluchte er. »Alle Arbeit umsonst.« Mit einem finsteren Blick bedachte er das Telefon, das gerade wieder lauthals ertönte. »Wenn das nicht wichtig ist!« Er hob ab: »Ja. Mayers.«

Eine dünne männliche Stimme erklang: »Man hat mich mit Ihnen verbunden, weil Sie der richtige Ansprechpartner für mich sind.«

»Ja, klar«, antwortete Mayers und fluchte innerlich erneut. Für diesen weinerlichen Typ hatte er gerade seinen Stadtplan versaut. »Wie kann ich Ihnen helfen?«

»Nein«, erklang die dünne Stimme. »Sie verstehen nicht: Ich kann Ihnen helfen.«

Da wärst du der Erste, dachte Mayers nur. Mit einer Hand begann er, den Stadtplan zusammenzuknüllen. Ins Telefon sagte er nur: »Nun gut, wie können Sie mir helfen?«

Der Mann suchte nach den richtigen Worten. »Wissen Sie …«

Mayers verdrehte die Augen und knüllte hektischer das Papier. »Ja?«

»Ich weiß, wo Sie den Neumond-Täter finden können.«

Mayers hielt in der Bewegung inne. Der Stadtplan fuhr ihm aus der Hand und fiel laut raschelnd auf die roten Turnschuhe. »Sagen Sie das nochmal.«

Der Mann am anderen Ende wurde nervös. »Ich habe ihn auf dem Foto gesehen und erkannt. In der Zeitung. Sie wissen doch. Und ich weiß, wo er sich immer wieder aufhält.«

Mayers traute seinen Ohren noch immer nicht. »Wo denn?«

»Wissen Sie, ich hätte nicht gedacht, dass dieser nette junge Mann, also dass er …«

Ungeduldig hakte Mayers nach: »Wo können wir ihn finden?«

»Das Beste ist, Sie kommen erst einmal zu mir«, schlug die dünne Stimme vor. »Ich besitze den kleinen Gemischtwarenladen an der Lindenallee, Ecke Buchenweg.«

»Danke!« Mayers knallte den Hörer auf und schrie quer durch die ganze Dienststelle: »Tallwitz!«

Endlich: Sie hatten wieder eine Spur.

Ein Schlag ins Gesicht.

Dann ein zweiter.

Rouven wusste nicht, wie ihm geschah. Und noch bevor er die Augen öffnete, spürte er zwei Hände, die sich um seinen Hals legten und langsam zudrückten.

Er riss die Augen auf. Er lag auf seinem Bett und erblickte Tabitha, wie sie vornübergebeugt auf seinem Bauch saß. Ihre Hände drückten immer fester zu. Rouven packte sie an den Handgelenken. Es gelang ihm, Tabithas Hände von sich zu drücken. Mit ihren langen Fingernägeln schnitt sie ihm tief in die Haut. Rouven schrie. Er kämpfte gegen ihr Körpergewicht an und bäumte sich auf. Mit einem Ruck konnte er sich zur Seite werfen, um sich endlich von Tabitha zu befreien. Er robbte an den Bettrand und hechelte nach Luft.

»Rouven?« Tabitha rief ihn mit müder Stimme. »Ist was?«

Er blickte sich überrascht nach ihr um. »Du hast mich gerade …« Er verstummte. Tabitha öffnete gerade erst die Augen, und Rouven verstand: Sie hatte ihn im Schlaf angegriffen.

Jetzt entdeckte sie seine Wunden und war sofort hellwach. »Was ist passiert?«

Rouven rieb sich die Wunde. »Du hast einen merkwürdigen Schlaf.«

Tabitha zeigte erschrocken auf Rouvens Hals. »War ich das?«

»Du musst geträumt haben.«

Sie dachte nach. Und plötzlich verfinsterte sich ihr Blick. »Ja. Ich habe geträumt.«

»Du erinnerst dich?«

Sie wandte sich von Rouven ab und schwieg.

Rouven kletterte zu ihr auf die Matratze, auf der sie vorhin eingeschlafen waren, nachdem sie stundenlang gesprochen hatten. »Wovon hast du geträumt?«, fragte er.

Tabitha schüttelte den Kopf und verweigerte die Antwort.

»Bitte«, hakte Rouven nach. »Du hast mich fast erwürgt. Da bist du mir eine Antwort schuldig.«

Wieder schüttelte Tabitha den Kopf. »Ich kann nicht.«

Doch Rouven ließ nicht locker. »War es von dem Überfall? Hast du davon geträumt?«

Schweigen.

»Der Angriff? Tabitha, bitte!«

Sie wandte den Kopf. Sie seufzte. »Ich hab dir nicht alles erzählt heute Abend.«

»Was meinst du?«

»Während des Überfalls auf uns ist noch etwas geschehen.«

»Ja?«

»Etwas, das ich dir nicht gesagt hatte.«

Rouven blickte sie nachdenklich an, und Tabitha erklärte schnell: »Ich sehe doch, wie fertig du bist wegen dieser ganzen Angelegenheit. Da wollte ich heute Abend nicht …«

»Es geht um mich?«

Sie nickte und wandte sich wieder ab.

»Was ist es? Was hast du mir nicht erzählt?«

Tabitha begann zu schluchzen. Sie wollte es nicht sagen, aber sie konnte nun auch nicht mehr zurück. Sie zog den Ärmel ihrer Strickjacke so in die Höhe, dass ihre Wunde wieder sichtbar wurde: die in die Haut eingeritzte Skizze. Mit gefasster Stimme sagte sie: »Er hat zu mir gesprochen.«

»Wer?«

»Derjenige, der uns überfallen hat. Als er dieses Muster in meine Haut geritzt hatte.«

Rouven konnte den Blick nicht von der Zeichnung in Tabithas Haut wenden. »Er hat gesprochen?«

Sie nickte. »Bevor er mir die Augenbinde abgenommen hat. Er saß hinter mir, sodass ich ihn nicht sehen konnte. Dann ist er nahe an mich herangerückt. Mit seinem Mund kam er dicht an mein Ohr.« Sie schüttelte sich bei der Erinnerung. »Er flüsterte mit einer Stimme, die ich dir nicht beschreiben kann.«

»Was hat er gesagt?«

Tabithas Stimme füllte nun ebenfalls auf unheimliche Weise die Halle des Wasserwerks, als sie die Worte ihres Angreifers wiederholte: »Er sagte: ›*Zeig dem Wächter der Halle deinen Arm. Dann wird er langsam verstehen.*‹ Und dann hat er mit seinen Fingern auf die geritzte Zeichnung auf meinem Arm gedrückt. Es tat höllisch weh. Ich hörte so etwas wie das Schnalzen einer Zunge. Kennst du dieses Geräusch? Es ging mir durch Mark und Bein. Sekunden später war er verschwunden.«

»Wächter der Halle?«, hakte Rouven nach. »Meint er mich damit?«

Tabitha zog den Ärmel der Strickjacke schnell wieder über die Wunde. »Es war eindeutig, dass er dich damit meinte.«

»Wieso ...«

»Etwas später, als ich mich gegen die Wand lehnte und dich erblickte, war ich mir sicher.«

»Dass ich mit *Wächter der Halle* gemeint bin?«

Sie nickte.

»Aber warum? Was hat dich so sicher gemacht? Weißt du, was das bedeutet: Wächter?«

»Nein.«

»Und dennoch warst du dir sicher.«

Sie sah ihm direkt in die Augen. »Du schaust nicht oft in einen Spiegel, oder?«, fragte sie, und Rouven verstand nicht. Tabitha seufzte: »Dass ausgerechnet ich dir das sagen muss ...!«

»Wovon sprichst du?«

»Hast du einen Spiegel?«

Rouven blickte sich in dem Wasserwerk um. »Nein. Ich ... doch, warte. Für Nana hatte ich mal einen besorgt. Ich hatte ihn an einer Hausecke gefunden, zwischen alten Möbeln, die als Müll dort standen.«

»Hol ihn her!«

»Ich verstehe immer noch nicht …«

»Bring den Spiegel einfach hierher. Dann wirst du verstehen.«

Grübelnd blickte Rouven auf Tabitha: Kurz zögerte er noch, dann wurde ihm klar, dass er gar nicht anders konnte. Er erhob sich von der Matratze, auf der sie saßen, und ging in die gegenüberliegende Ecke des alten Wasserwerks. Dorthin, wo Nana schlief. Kurz darauf war er wieder zurück. Er brachte einen meterhohen Wandspiegel, der in einen kitschigen Rosenrahmen eingefasst war und einen tiefen Sprung über die ganze Fläche aufwies.

»Und nun?« Rouven stellte den Spiegel vor Tabitha ab.

Sie stand auf und griff sich den Spiegel. »Zieh dein Shirt aus«, sagte sie und setzte ein knappes »Bitte« hinterher. »Mir ist an dem Morgen etwas aufgefallen. An dir. Etwas, das du selbst nicht zu wissen scheinst.«

Rouven wunderte sich mehr und mehr. Doch er tat, worum sie ihn bat.

Mit einem erneuten Seufzer, der verriet, dass sie dies lieber nicht machen wollte, stellte sich Tabitha hinter Rouven und hob den Spiegel etwas an. »Schau hin!«

Rouven wandte den Kopf. Im Spiegel sah er sein rechtes Schulterblatt. Und was er erblickte, nahm ihm augenblicklich den Atem. Er riss die Augen auf, schaute noch einmal hin, dann schrie er auf, dass es durch die ganze Halle des Wasserwerks tönte.

Im Spiegel erkannte er eine Vogelkralle und daneben eine Mondsichel. Sie hatte die gleiche Form wie die auf den Skizzen an den Türen, auf dem Zettel und auf Tabithas Unterarm. Das Bild der Kralle war Rouven in die Haut eingewachsen. Er war wie gebrandmarkt mit den Symbolen, die ihn seit Monaten verfolgten. Ähnlich einem riesigen Muttermal prangten die Zeichen auf seiner Haut.

Tabitha stand noch immer hinter Rouven und hielt den Spiegel für ihn. Über ihr Gesicht rannen heiße Tränen. Tränen des Mitgefühls für Rouven.

Mayers zog überrascht die Augenbrauen in die Höhe. Er hätte niemals geglaubt, dass ein Mensch dünner sein konnte als seine eigene Stimme. Doch bei diesem Mann, dem er gerade gegenüberstand, traf dies völlig zu. Vor ihm stand ein Mensch, bei dem man das Gefühl bekam, ihn stützen zu müssen. Sein weißer Arbeitskittel hing schlaff wie an einem Kleiderständer an ihm herunter. Dazu ein eingefallenes Gesicht, Knochen, die sich deutlich sichtbar unter dem Kittel abzeichneten, und die dünnsten Finger, die Mayers jemals gesehen hatte.

Also, wenn der mal in einen Unfall verwickelt wird, dachte Mayers, dann braucht man kein Gerät, um ihn zu röntgen, es reicht sicherlich aus, eine Taschenlampe hinter ihn zu halten.

»Sie sind ja wirklich gekommen«, sagte der Mann und streckte Mayers die Hand entgegen.

Mayers schüttelte es innerlich bei dem erneuten Klang der dünnen Stimme. Doch noch mehr Unbehagen bereitete ihm, die Hand dieses Menschen ergreifen zu müssen. Es war, als ob man in einen Haufen Streichhölzer griff.

»Natürlich«, gab Mayers zur Antwort und zog rasch seine Hand wieder zurück. »Sie haben uns gerufen, und hier sind wir. Das ist übrigens mein Kollege Tallwitz.«

»Angenehm«, grüßte der Verkäufer höflich und reichte auch Tallwitz die Hand. Entgegen Mayers Gefühlen schien Tallwitz der Kontakt nichts auszumachen. Oder er konnte es gut verbergen.

»Lasch ist mein Name«, sagte er, und Mayers konnte sich ein Grinsen nicht verkneifen. Also, wenn es einen Namen gab, der hundertprozentig zu diesem Menschen passte, dann war es »Lasch«.

Schnell wandte sich Mayers ab, damit Lasch das Grinsen nicht sehen konnte, und blickte sich um. In diesem winzigen Laden gab es eine Auswahl wie in den meisten größeren Supermärkten. Die Regale waren bis an die Decke vollgestopft. Selbst auf dem Boden und den Fensterbänken waren Dosen und Päckchen gestapelt. Die Kasse ging beinahe unter zwischen all den Tüten und Kartons, die auf dem Tresen ausgestellt waren.

Mayers konnte nicht einmal die Farbe der Wände erkennen. Es gab nirgends eine Lücke zwischen all den Angeboten, durch die er ein Stück der Wand hätte erspähen können. Kunden konnte er ebenfalls keine erblicken. Doch er vermutete, dass er welche finden würde, wenn er erst einmal ein paar Säcke und Regale aus dem Weg räumen würde. Er konnte sich bildhaft vorstellen, dass schon mehrere Menschen in diesem Gewühl verlorengegangen waren und den Ausweg nicht mehr gefunden hatten.

Mayers lächelte. Dann konzentrierte er sich wieder auf seine Arbeit. »Nun, Herr Lasch, was haben Sie für uns?«

»Wie ich bereits am Telefon sagte: Ich habe den Jungen auf dem Zeitungsfoto erkannt«, erklang dünn die Antwort.

»Das sagten Sie bereits. Warum melden Sie sich erst jetzt? Die Zeitung ist schon vor Wochen erschienen.«

Nervös schaute Lasch zur Seite. Diese Antwort war ihm sichtlich peinlich. »Ich lese die Zeitung nicht«, sagte er drucksend. »Ich nehme sie, um Salate darin einzuwickeln. Und erst gestern hatte ich die Ausgabe in der Hand, auf der das Foto ist. Eine Kundin hatte einen Kopfsalat bestellt und …«

Mayers winkte ab. »Schon gut. Das hab ich verstanden. Aber: Sind Sie sicher, dass der Junge auf dem Foto wirklich der ist, den Sie gesehen haben wollen?« Ein wenig zweifelte der Beamte schon an der Zurechnungsfähigkeit des Verkäufers.

Lasch allerdings nickte überzeugt. »Ganz sicher.« Aus seiner Jackentasche zog er die Titelseite der Zeitung hervor, auf der Rouvens Gesicht abgebildet war. »Ein sympathischer Mensch«, sagte er grübelnd. »Kaum zu glauben, dass er in Häuser einbricht und Menschen verschwinden lässt.«

»Wann haben Sic ihn das letzte Mal gesehen?«, frage Mayers, und der Verkäufer antwortete ohne nachzudenken: »Montag.«

Mayers staunte. »Und da sind Sie so sicher?«

»Und heute Nachmittag wird er wieder hierherkommen.

Jetzt kam Mayers aus dem Staunen nicht mehr heraus. »Und das können Sie so vorhersagen?«

»Heute ist Donnerstag, nicht wahr?«, erwiderte Lasch. »Immer montags und donnerstags sehe ich ihn.«

»Aha. Wo sehen Sie ihn denn?«

»Vor meinem Geschäft. Kommen Sie, ich zeige es Ihnen.«

Hinter Lasch traten Mayers und Tallwitz aus dem Geschäft heraus auf die belebte Straße.

»Sehen Sie das Gebäude dort drüben?« Lasch zeigte auf ein großes Schaufenster, direkt gegenüber von seinem eigenen Geschäft.

Mayers nickte. »Die Tafel.«

»Genau. Dort bekommen Menschen zu essen, denen es finanziell nicht gut geht. Die in Not geraten sind oder auf der Straße leben. Arbeitslose. Familien ohne Einkommen. Oder …«

Mayers winkte ab. »Ja, schon gut. Wir wissen, was eine Tafel ist. Und dort ist er jeden Montag und Donnerstag?«

»Immer nachmittags gegen fünfzehn Uhr. Sie könnten die Uhr danach stellen. Wissen Sie, in meinem Laden ist nicht so viel los. Da hat man viel Zeit, auf die Straße zu blicken und die Leute zu beobachten. Und bestimmte Dinge fallen einem auf, wenn man ständig aus dem Fenster blickt.«

Mayers hielt mit Freude seine Hand dem Verkäufer zum Abschied hin. »Danke, Herr Lasch. Sie waren uns eine wirklich große Hilfe«, sagte er, dann blickte er zufrieden auf Tallwitz. »Wir beide haben eine Verabredung heute Mittag. Hier. Aber nicht allein. Ruf Verstärkung. Dieses Mal wird er uns nicht entwischen.«

An Schlaf war nicht mehr zu denken gewesen. Seit Stunden saß Rouven nun am Tisch in der Mitte der Wasserwerkshalle und hielt sich an der Tasse fest, in der Tabitha ihm zuvor einen heißen Tee gebracht hatte. Sie saß an seiner Seite und fühlte sich hilflos wie noch nie.

Wieder strich sich Rouven mit den Fingern über die Stelle an seinem Schulterblatt, wo sich die Brandmarkung befand. »Was soll das heißen? Wächter der Halle? Was meint er damit? Welche Halle? Und vor allem: Wer ist dieser Kerl?«

»Mehr kann ich dir nicht sagen«, wiederholte Tabitha und goss ihnen Tee nach. »Was kann das nur alles bedeuten?«

Rouvens Gesichtsausdruck änderte sich schlagartig. »Ist dir das nicht klar?«

»Was meinst du?«

»Ich wache in verwüsteten Wohnungen auf. Immer verletzt. Der Typ kennt mich anscheinend – wenn ich auch nicht weiß, was dieses ›Wächter‹ bedeutet. Aber …«

»Ja?«

Er atmete tief durch: »Ich denke, ich bin sein Komplize.«

»Was?«

»Er scheint mich zu kennen. Er scheint mehr von mir zu wissen als ich von ihm. Ich glaube … ich …«

Sie ergriff seine Hand. »Das meinst du nicht ernst!«

»Vielleicht bin ich dieser Neumond-Täter, für den mich alle halten. Vielleicht sollte ich zur Polizei gehen und …«

Tabitha sprang auf. »Das kommt gar nicht in Frage. Ich glaube das nicht. Du bist unschuldig. Ich hab dein Gesicht gesehen, als du wach geworden bist, bei uns in der Wohnung. Du warst so ganz ohne Orientierung. Wie solltest du ein Täter sein?«

Rouven dachte weiter fieberhaft nach. »Vielleicht hat er mich in seiner Gewalt. Vielleicht gibt er mir Drogen, sodass ich mache, was er sagt. Vielleicht kann er mich aus der Ferne lenken. Vielleicht …« Er blickte überrascht über Tabithas Schulter hinweg. »Oh …«

Tabitha wandte sich rasch um. Nana stand dort, noch im Bademantel.

»Ihr seid schon wach. Michael, was ist mit dir? Du schaust so nachdenklich. Und wer ist die Frau neben dir?«

»Guten Morgen, Nana«, grüßte Rouven. »Das ist Tabitha.«

»Aus der Nachbarschaft?«, riet Nana.

»Ja«, gab Rouven zur Antwort. »Sozusagen. Aus der fernen Nachbarschaft.«

Nana hielt ihr die Hand hin. »Schön, Sie einmal kennenzulernen, Tabitha. Wir sind uns ja bisher noch nicht begegnet.«

Tabitha ergriff die Hand und hätte am liebsten »Doch, gestern Nachmittag« erwidert, doch sie verstand inzwischen Rouvens Vorgehensweise und fand sie sinnvoll. Daher sagte sie: »Genau. Schön, Sie zu sehen.« Dann fiel ihr ein, dass sie die alte Dame mal testen könnte: »Wie war noch einmal Ihr Name?«

Rouven blickte auf, gespannt, was die Frau antworten würde.

Sie lachte nur und sagte: »Alle hier sagen Großmutter zu mir. Das können Sie auch gern tun.«

Tabitha nickte. »Ja, gern.«

Die Frau wandte sich ab und ging in ihre Ecke zurück.

Tabitha wollte unbedingt verhindern, dass sie und Rouven das Gespräch von vorhin aufnahmen. Keinesfalls wollte sie Rouven weiter darüber nachdenken lassen, dass er möglicherweise ein Täter war. Daher fragte sie schnell: »Gibt es eigentlich Besorgungen, die wir machen sollten? Woher bekommt ihr beiden denn euer Essen?«

Rouven durchblickte Tabithas Plan, das Thema zu wechseln, und war ihr dankbar dafür. Gleichzeitig wunderte er sich darüber, dass sie das Verschwinden ihrer Eltern kaum zum Thema machte. Es schien, als verdränge sie jeden Gedanken an ihre derzeitige Lebenssituation. Gerade so, als verbringe sie gedankliche Ferien hier bei ihm und Nana.

Na prima, dachte Rouven, zu zwei Bewohnern dieser Halle, die keine Vergangenheit besitzen, kommt nun noch eine, die ihre Vergangenheit ausblendet.

Doch zu Tabitha gewandt sagte er nur: »Ich kann dir zeigen, wo ich das Essen für Nana und mich auftreibe. Du kannst eine meiner Jacken anziehen, wenn du magst.«

Bisher war Rouven diesen Weg immer sehr gern gegangen. Er hatte den Spaziergang durch den Park und die Straßen immer genossen und sich auf das Ziel gefreut.

Doch heute war es völlig anders. Nicht nur, dass er tief in seine Gedanken vergraben war und sich mit dem Gefühl des Schuldigseins auseinandersetzte. Nein, er musste mit Tabitha die engen, kleinen Gassen gehen und stets auf der Hut sein, nicht entdeckt zu werden. Er empfand es als Belastung und fühlte sich geradezu erschöpft.

»Wo führst du mich denn hin?« Tabithas Stimme und ihre offensichtlich gute Laune taten Rouven gut und verhinderten, dass er trübsinnig wurde. Auch wenn ihm natürlich bewusst war, dass diese gute Laune lediglich gespielt war, um ihn aufzuheitern.

»Abwarten«, sagte er nur knapp. »Wir sind gleich da.«

Und tatsächlich, schon bogen sie um die Ecke in die Lindenallee. Rouvens Blick fiel auf den Gemischtwarenladen schräg auf der anderen Straßenseite, an der Ecke zum Buchenweg, und er lächelte. Sonst war dort nie etwas los, doch heute konnte Rouven gleich drei Männer entdecken, die in dem Laden oder vor der Eingangstür auf der Straße standen. Zwei der Männer schauten zu ihnen herüber. Der Inhaber des Ladens, ein extrem dürrer Mann in einem langen weißen Kittel, verschwand in seinem Geschäft, kurz nachdem er Rouven erblickt hatte. Es schien, als habe er es eilig hineinzukommen. Vielleicht hat er noch weitere Kundschaft, dachte Rouven, dann hatten Tabitha und er die Tafel erreicht.

Früher war in dem Gebäude ein Supermarkt gewesen, der nun von einer Hilfsorganisation zu dieser Tafel umgestaltet worden war.

Durch die riesigen Schaufenster drang das Tageslicht auch bis in den hintersten Winkel, und so war der erste Eindruck, den Tabitha beim Betreten des Gebäudes gewann, sehr positiv. Die Wände waren zudem hell gestrichen worden, in einem warmen orangefarbenen Ton. In der hinteren Ecke war ein Kinderbereich eingerichtet. Ein kleines Klettergestell stand dort bereit, ebenso ein winziges Bällebad sowie Puzzleteppiche, Puppen, Spielzeugautos und eine Spielzeugküche aus Holz. Tabitha kicherte. Vor allem schienen dort viele Stifte bereitzuliegen, denn die beiden Wände der Ecke waren von den Kindern bunt bemalt worden. Krumme Strichmännchen schienen auf der Wand zu tanzen, umgeben von verwackelten Einhörnern, Pferden, Wolken. Aber auch echte kleine Kunstwerke konnte Tabitha von hier erkennen. Es schienen auch ältere Kinder regelmäßig hierherzukommen.

Der ganze Raum war gefüllt mit langen Tischreihen, auf denen Tischdecken ausgebreitet waren, die farblich wunderbar zur Wandfarbe passten. Einmachgläser mit Blumen standen in jeder Tischmitte, daneben mehrere Tassen, in denen Essbestecke griffbereit standen.

Links neben der Eingangstür war der Ausgabebereich aufgebaut worden: eine lange Theke, an der links warmes Essen ausgeteilt wurde, das hier im Haus verzehrt werden konnte, während auf der rechten Seite Lebensmittel in Tüten herausgegeben wurden, die von den Leuten mit nach Hause genommen werden konnten.

»Das meiste von dem Essen, was du hier siehst, sind Spenden aus den Supermärkten der Gegend«, erklärte Rouven. »Es sind Lebensmittel, die nicht mehr verkauft werden dürfen, die aber nicht etwa schlecht sind oder so etwas. Es sind schlicht Überproduktionen einer Zivilisation, die es gewohnt ist, alles zu jeder Zeit kaufen zu können.«

Tabitha nickte und schaute sich weiter um. Sie war überrascht. Solch einen Raum hätte sie sich trostloser vorgestellt.

An den Tischen saßen bereits einige Menschen. Eine Familie konnte Tabitha entdecken, einige Männer, bei denen Tabitha von ihrer Kleidung schloss, dass es sich um Obdachlose handelte, und mehrere ältere Frauen, die sich angeregt unterhielten und dabei die Suppe löffelten, die heute anscheinend verteilt worden war.

Plötzlich wurden sie bemerkt. Zwei der Männer an den langen Tischen erkannten Rouven, und sofort hellten sich beide Mienen auf. Sie winkten Rouven vergnügt zu. Gerade so, als versüße ihnen der Anblick des Jungen ihren Tag.

Tabitha beobachtete verwundert, wie Rouven ihnen lächelnd zurückwinkte und die beiden Männer sich über diese Geste freuten, als habe er ihnen gerade ein besonderes Geschenk gemacht.

»Du kennst die beiden, was?«, fragte Tabitha.

»Ich unterhalte mich öfter mit ihnen«, gab Rouven zur Antwort. »Zweimal in der Woche komme ich her. Da kennt man sich schon ein wenig.«

»Zweimal in der Woche?«

Rouven begann zu lächeln. »Kartoffeln holen. Für Nana.«

Auch Tabitha kicherte erneut. »Verstehe. Hier kommt also der ganze Nachschub her.«

Bevor Rouven antworten konnte, wurde er gerufen: »Hey, Rouven. Komm doch mal her!«

Eine Frau hinter der Ausgabe winkte hektisch. Auch sie schien sich zu freuen, Rouven wiederzusehen.

Rouven steuerte auf sie zu, und Tabitha folgte ihm. »Du wirst schon erwartet«, sagte die Frau, die Tabitha auf etwa fünfzig Jahre schätzte. Auf ihrer Arbeitsbluse war ein Namensschild angebracht: »Für Sie heute zur Stelle: Anne König« stand neben einem lächelnden Smiley.

Tabitha fand die Frau sehr sympathisch. Sie ärgerte sich bloß darüber, dass Anne König sie mit keinem einzigen Blick, keiner Geste oder einem Gruß bedachte. Sie ignorierte Tabitha völlig, und Tabitha fragte sich, warum.

Anne König deutete auf die beiden Männer, die Rouven bereits zugelächelt hatten. »Roberto hat schon mehrfach nach dir gefragt«, sagte sie und fügte an: »Zumindest glaube ich das. Er hat mich in seinem merkwürdigen Spanisch angesprochen, das du ja auch von ihm kennst. Wahrscheinlich ist das gar kein Spanisch, sondern irgendein Sprachmix, der nur annähernd spanisch klingt. Ich habe wieder einmal kaum ein Wort verstanden. Nur deinen Namen, den habe ich einige Male herausgehört. Deshalb vermute ich, dass er sich nach dir erkundigt hat.«

Rouven nickte. »Ich gehe zu ihm.« Er wandte sich um und steuerte auf den Tisch mit den beiden älteren Männern zu. Wieder folgte ihm Tabitha. Dabei blickte sie sich erneut um und bemerkte aus den Augenwinkeln heraus, wie plötzlich Leben in den Gemischtwarenladen auf der anderen Seite kam. Die Männer, die vorhin noch ruhig vor der Tür gestanden hatten, stellten sich eilig zu einer Gruppe zusammen und schienen sich zu besprechen. Einer der Männer trug rote Schuhe, was Tabitha außergewöhnlich fand. Doch weiter schenkte sie dem Ganzen keine Beachtung.

Mayers rief vor dem Geschäft seine Leute zusammen. Eilig stellten sie sich dicht beieinander.

»Ihr habt alle unsere Zielperson gesehen«, sagte Mayers. »Es darf nichts schieflaufen, habt ihr gehört? Noch eine Blamage können wir uns nicht leisten.«

»Die Verstärkung ist da«, gab Tallwitz bekannt. »Sie haben alle Ausgänge besetzt. Es ist nahezu unmöglich, dass der Junge flieht.«

»Nahezu reicht mir noch nicht«, widersprach Mayers. »In wenigen Augenblicken will ich den Kerl in unserem Wagen haben, klar?«

Sie nickten. Dann löste sich die Gruppe auf. Jeder ging an seinen Posten. Nur Mayers und Tallwitz blieben vor dem Laden stehen und beobachteten durch die riesigen Schaufensterscheiben der Tafel, wie Rouven auf zwei Männer zuging, die sichtlich begeistert an einem der Tische auf ihn warteten.

Einer der Männer winkte Rouven ungeduldig an ihren Tisch. Es fiel ihm schwer zu warten, bis Rouven endlich ihm gegenüber Platz nahm. Tabitha blieb am Kopfende des Tisches stehen und beobachtete das ganze Geschehen. Niemand nahm von ihr Notiz. Alle Aufmerksamkeit der Menschen in diesem Raum schien sich auf Rouven zu konzentrieren.

Kaum hatte Rouven sich gesetzt, da begann der Mann auch schon auf ihn einzureden. Mit Händen und Füßen und vor allem in einem merkwürdigen, beinahe spanisch klingenden Wortschwall, genauso, wie Anne König das vorhin angedeutet hatte. Tabitha selbst verstand kein Spanisch. Aber auch sie hörte klar heraus, dass der Mann entweder einen ganz merkwürdigen Akzent besaß oder dass er wirr daherredete.

Rouven blickte seinem Gegenüber so in die Augen, als ob er den Mann verstehen würde. Tabitha bewunderte Rouven für dieses schauspielerische Talent. Zumindest dachte sie, dass er schauspielern würde. Bis zu dem Augenblick, als plötzlich etwas mit Rouven vor sich ging. Zuerst dachte Tabitha, sie hätte sich getäuscht. Doch dann sah sie eindeutig, wie sich Rouvens Augenfarbe veränderte. Das Braun seiner Iris hellte sich auf, während er den Mann ansah und ihm scheinbar zuhörte. Heller und heller wurde die Farbe in Rouvens Augen. Sie ging von dem Hellbraun in ein Grau über, das sich ebenfalls weiter und weiter aufhellte, bis Rouvens Augen beinahe ein einziges Weiß bildeten.

Rouvens Gesichtszüge entspannten sich. Sein ganzer Körper schien plötzlich in eine Art Ruhezustand zu verfallen. Lediglich die Arme bewegten sich. Rouven ergriff die Hände des Spaniers, und plötzlich sprach er in einer Stimme auf den Mann ein, die Tabitha nicht von Rouven kannte. Es war eine feinere Stimme. Eine Mischung zwischen Flüstern und Hauchen, aber keinesfalls leise. Es war eine Stimme, die Tabitha tief in ihrem Inneren berührte. Die ihr guttat.

Und scheinbar nicht nur ihr. Der Spanier, der gerade wie ein Wasserfall auf Rouven eingesprochen hatte, verstummte augenblicklich und lauschte Rouvens ungewöhnlicher Stimme. Alle Hektik fiel von dem Mann ab. Mit offenem Mund und offenen Ohren saß er Rouven gegenüber und nahm alles auf, was Rouven sprach.

Doch nur er schien Rouven zu verstehen, denn Rouven redete in exakt der gleichen ungewöhnlichen Sprache auf den Mann ein, die zuvor er selbst gesprochen hatte. Bloß ohne alle Hektik. Hätte Tabitha ein Wort für Rouvens Stimme und seine Art zu sprechen finden müssen, so wäre ihr nur »friedlich« eingefallen. Rouven sprach so zu dem Mann, dass dieser in eine wunderbare Ruhe verfiel. Er, der vorhin noch hektisch und unruhig auf Rouven gewartet hatte, wurde von einer entspannten Stille ergriffen. Er lauschte. Lauschte auf Rouven und schien mit jedem Wort glücklicher zu werden. Bis schließlich Tränen der Rührung in seinen Augen zu sehen waren und Rouven seine Hände zurückzog.

Tabitha erkannte, wie sich Rouvens Gesichtszüge normalisierten. Seine Augen erlangten allmählich ihre braune Farbe wieder. Er brauchte noch einen Moment, dann wandte er sich Tabitha zu und lächelte sie an.

Tabitha starrte auf das Geschehen. Sie wusste nicht einzuordnen, was sie gerade beobachtet hatte. Und sie schien nicht die Einzige zu sein, die von der Situation gefesselt war. Alle um sie herum hatten sich Rouven und dem Mann zugewandt. Sie alle waren in ihrem Tun erstarrt. Fasziniert von dem, was dort vor sich ging.

Schließlich erhob sich Rouven und trat auf Tabitha zu.

»Was … was war das?«, brachte sie beinahe tonlos hervor.

Rouven sah sie überrascht an. »Was meinst du?«

»Das.« Tabitha zeigte auf den Mann am Tisch, der mit einem beseelten Gesichtsausdruck vor sich hinschaute.

Rouven lachte. »Ach das. Weißt du, niemand versteht das, was er sagt. Aber ich setze mich immer wieder vor ihn hin, wenn ich hier bin, und tu so, als höre ich ihm zu. Das scheint ihm gutzutun.«

Tabitha verstand nicht. »Aber du hast doch mit ihm gesprochen.«

»Nein, hab ich nicht. Ich verstehe ihn ja kaum. Wie sollte ich da mit ihm …«

Der verstörte Blick, mit dem Tabitha ihn nun ansah, ließ Rouven verstummen.

Aber sie war nicht die Einzige, die ihn überrascht anschaute. Auch einige der Anwesenden hatten sich Rouven zugewandt und blickten ihn fragend oder irritiert an. Rouven bemerkte es nicht, doch Tabitha wusste diese Blicke nicht einzuschätzen. Wohl auch, weil alle nur zu Rouven blickten und niemand zu ihr.

Sie zeigte mit dem Finger auf den Spanier. »Du hast doch gerade mit ihm gesprochen. Auf eine Art, wie ich noch nie jemanden habe sprechen hören.«

Rouven dachte nach. »Was willst du mir sagen?«

»Hast du das etwa nicht mitbekommen? Du hast … Du …« Sie wies in den Raum. »Alle hier haben mitbekommen, wie du mit dem Mann …« Sie fand keine Worte. Konnte es wirklich sein, dass Rouven die Situation nicht bewusst war? »Du musst doch …«

Sie konnte ihren Gedanken nicht zu Ende bringen. Aus den Augenwinkeln heraus bemerkte sie, wie sich draußen vor dem Fenster etwas ereignete.

Rouven fiel Tabithas Reaktion auf, und er richtete seine Konzentration ebenfalls auf das Schaufenster, doch im Gegensatz zu Tabitha wusste er die Situation sofort einzuschätzen, als er die roten Turnschuhe sah, die sich der Tafel näherten.

Mit entschlossenen Schritten gingen Mayers und Tallwitz auf die Tafel zu. Mayers ärgerte sich über sich selbst. Gerade noch hatte er von der anderen Straßenseite beobachten können, wie Rouven so tief in ein Gespräch verwickelt gewesen war, dass er niemals registriert hätte, wenn sie in diesem Moment ihren Zugriff begonnen hätten. Doch anstatt zuzugreifen hatte Mayers über seine Beobachtung alles um sich herum vergessen. Es war wohl die Art, wie die beiden miteinander gesprochen hatten. Obwohl es kein eigentliches Miteinander war. Es schien mehr so, als spreche nur der Junge. Doch mit dem Mann, der ihm zugehört hatte, war etwas vorgegangen. Noch nie hatte Mayers bisher einen vergleichbaren Gesichtsausdruck gesehen. Und eben deshalb hatte er sich nur darauf konzentriert und nicht auf seine Arbeit.

Jetzt war der Junge vom Tisch aufgestanden, und Mayers hoffte nur, dass er sie nicht bemerkte.

Er hob den rechten Arm und gab in das Mikrofon, das in seinem Ärmel versteckt war, für all seine Kollegen den Befehl: »Zugriff! Jetzt!«

»Wir müssen los!«, zischte Rouven Tabitha zu. Und sie verstand sofort, dass sie in Gefahr waren.

Schon strebten die beiden dem Ausgang zu, als sich ein älterer Mann Rouven in den Weg stellte: »Rouven, hast du Zeit, ich …«

Rouven winkte ab: »Beim nächsten Mal, Josef. Ganz bestimmt.«

Der Mann packte Rouven am Arm und hinderte ihn daran weiterzugehen. »Ich brauche aber ein Gespräch mit dir. Ich kann mich nicht erinnern, wie ich damals, als Junge …«

Rouven befreite sich mit einem Ruck aus dem Griff des Mannes. Tabitha erkannte, wie er sich bemühte, die Fassung zu behalten. »Entschuldige, Josef. Beim nächsten Mal ganz bestimmt.«

Der Mann schaute tief enttäuscht, gab sich aber geschlagen und ließ sich von Rouven zur Seite drücken.

Doch inzwischen waren die beiden Beamten so dicht am Gebäude, dass Rouven seinen Plan, mit Tabitha vor ihnen aus dem Haus zu laufen, um zu flüchten, aufgeben musste.

»Es gibt noch einen Hintereingang«, sagte er zu ihr, griff nach ihrer Hand und zog sie in die entgegengesetzte Richtung.

Mayers und Tallwitz sahen von außen, wie Rouven einen älteren Mann von sich stieß und sich umwandte. Rasch zog Mayers den Arm in die Höhe und sprach erneut in sein Mikrofon.

»Achtung, Einheit zwei: Er kommt hinten aus dem Gebäude!«

Mit Tabitha an der Hand rannte Rouven nun an der Ausgabestelle der Tafel vorbei. Die überraschten Blicke der Helfer entgingen ihm nicht. Inzwischen hatte Rouven alle Aufmerksamkeit auf sich gezogen.

Gerade, als die Eingangstür mit einem Poltern aufgestoßen wurde und Rouven einen der Polizisten »Stehen bleiben!« rufen hörte, huschte er mit Tabitha durch die schmale Tür an der Rückwand in einen Flur, der an den Toiletten vorbei zum Hintereingang führte.

»Schnell«, trieb Rouven Tabitha an. Sie hechteten zu der Tür. Rouven riss sie mit einem Ruck auf und erstarrte. Gleich fünf Polizisten standen ihm im Weg, mit gezückten Pistolen zielten sie auf seine Brust.

Rouven wandte sich blitzschnell um und versuchte noch die Tür zuzuschlagen, doch zu spät. Schon hatte einer der Bewaffneten seinen Fuß zwischen Tür und Rahmen geklemmt und stemmte sich dagegen.

Von der Wucht ergriffen stolperte Rouven. Tabithas Hand glitt ihm aus seiner Hand, und er fiel zu Boden. In derselben Sekunde presste ihm der Polizist ein Knie in den Rücken und ergriff Rouvens Arme.

Tabitha schrie auf. Entsetzt blickte sie auf Rouven, wie er am Boden lag und sich wand.

Mayers und Tallwitz kamen nun ebenfalls hinzu.

»Haltet ihn!«, schrie Mayers, und der Polizist verstärkte seinen Griff.

Was dann geschah, das hätte später niemand mehr beschwören können. Keiner der Anwesenden hätte als Zeuge das ausgesprochen, was sie alle doch gesehen hatten.

Mit einem Mal änderte sich die Farbe in Rouvens Augen. Das Braun in seinen Augen schien sich geradezu aufzulösen. In Windeseile wurde es hell und heller.

Tabitha kannte diesen Vorgang bereits. Die anderen, denen es auffiel, blickten verwundert. Erst in Rouvens Augen, dann auf seine Hände. Denn augenblicklich änderte sich dort die Farbe der Haut. Erst war es nur ein rötliches Schimmern, doch dann ging es über in ein Leuchten und schließlich in ein glühendes Rot. Der Polizist, der Rouvens Hände hielt, schrie auf und zog seine Hände zurück, als stünden sie in Flammen. Er schüttelte seine Hände, als ob er sie von Feuer befreien wollte.

Rouven nutzte die Schrecksekunde. Er riss beide Arme vor und stützte sich mit den Händen von der Erde ab. Der Polizist, der ihn halten wollte, fiel hintenüber, doch Rouven kam nicht dazu, auf die Beine zu springen. Er hatte nicht mit Tallwitz' Reaktion gerechnet. Blitzschnell kam der nach vorn geschossen und wuchtete sein Knie, so wie der Polizist vorhin, wieder in Rouvens Rücken. Doch Tallwitz ergriff nicht die glühenden Hände Rouvens, sondern packte ihn mit beiden Händen an den Schultern und drückte ihn zur Erde.

Rouven versuchte weiter, sich zu wehren. Schon spürte er, wie ihm eine Hitze in die Schultern stieg. Ein ähnliches Gefühl wie zuvor in den Händen. Ein Gefühl, das er so noch nie gespürt hatte. Er wusste selbst nicht, was mit ihm vorging, doch es war auch jetzt nicht die Zeit, darüber nachzudenken.

Tallwitz bemerkte, wie unter seinen Händen die Hitze entstand, als Rouvens Blick auf Tabitha fiel, die ihn noch immer entsetzt anschaute.

Rouven schossen Tränen in die Augen. Er wollte nicht, dass sie ihn so sah – auf den Boden gedrückt, vor den Toiletten der Tafel, im Kampf mit einem Polizisten, während hinter ihm bewaffnete Männer auf seinen Körper zielten.

Sie tat ihm leid, so verstört, wie sie dort an seiner Seite stand, hilflos dem Ganzen ausgeliefert. Und sofort schwand in Rouven der Kampfeswille. Er wollte dem ein Ende setzen. Er wollte Tabitha von diesem Anblick befreien. Und mit seinem Entschluss spürte er, wie die aufkommende Hitze in seinem Körper nachließ.

Seine Hände wurden auf den Rücken gezerrt, und Rouven hörte Handschellen einrasten, bevor er ruckartig auf die Füße gehoben wurde.

Er ließ alles mit sich geschehen. Schaute nur auf Tabitha. In ihre Augen.

»Es tut mir leid«, rief er ihr zu. Und dann, an Mayers gewandt: »Bitte kümmern Sie sich um sie!«

Doch Mayers blickte Rouven nur verständnislos an.

»Kümmern Sie sich um sie!«, wiederholte Rouven, bevor er von hinten erneut gepackt und aus dem Flur geschleift wurde.

Rouven verstand nicht. Er hatte sich doch ergeben. Warum kümmerte sich jetzt niemand um dieses Mädchen, das völlig in Tränen aufgelöst vor den Toilettentüren verharrte und die Welt nicht mehr verstand? Es musste sich doch jemand erbarmen und sich ihrer annehmen.

»Entschuldige, Tabitha«, schrie Rouven ihr zu, bevor die Eingangstür ins Schloss fiel und sich in Rouvens Herz das Bild des bestürzten Mädchens tief einbrannte.

Nun rede endlich!« Mayers spuckte Rouven seine Worte ins Gesicht, während er mit den Fäusten auf den Tisch hämmerte.

Tallwitz stürmte aus der Ecke, in der er bisher das Verhör nur beobachtet hatte, heraus auf seinen Kollegen zu und packte ihn am Arm: »Beruhige dich. So kenne ich dich ja gar nicht.«

Mayers fuhr herum, den Kopf noch immer rot vor Wut. »Seit über drei Stunden sitzen wir jetzt in diesem beschissenen Raum, und der Kerl kriegt die Klappe nicht auf. Wie soll man denn da seine Ruhe behalten? Glaubst du, die Menschen, die verschwunden sind, die behalten ihre Ruhe?«

Tallwitz schob Mayers mit einiger Mühe auf den Stuhl in der Ecke, auf dem er selbst bisher gesessen hatte. »Lass mich mal«, bat er seinen Kollegen.

Mayers atmete zischend aus und verschränkte die Arme vor der Brust. »Na dann viel Glück«, raunte er nur.

Tallwitz setzte sich Rouven gegenüber, was diesen nicht zu interessieren schien. Wie zuvor bei Mayers blickte er nur auf die kalte Stahlplatte des Tisches.

»So schwer kann das doch gar nicht sein.« Tallwitz sprach mit einer ruhigen, beinahe freundlichen Stimme zu Rouven. »Ich kann verstehen, dass du uns nicht alles sagen möchtest. Aber was kann denn falsch daran sein, uns einfach nur mal deinen Namen zu sagen?«

Rouven schwieg.

»Oder woher du kommst«, hakte Tallwitz nach, doch wieder ohne Erfolg. »Dein Alter? Oder die Schule, auf die du gegangen bist. Irgendetwas. Nur, dass ich mal deine Stimme höre. Du wirst sehen, wenn erst einmal der Anfang getan ist … Wenn du angefangen hast, über alles zu sprechen, das kann hilfreich sein. Erleichternd. Ich bin ja für dich da.«

Tatsächlich hob Rouven bei diesen Worten den Kopf, und zur Überraschung von Mayers und Tallwitz sprach er zum ersten Mal, seit sie diesen dunklen Verhörraum des Polizeipräsidiums betreten hatten: »Warum waren Sie nicht für sie da?«

Tallwitz staunte. »Für sie? Für wen?«

»Tabitha.«

Tallwitz blickte zu Mayers, der ihm bedeutete, dass er auch kein Wort verstand. Dann wandte sich Tallwitz wieder Rouven zu: »Wer ist Tabitha?«

»Das Mädchen, das mit mir bei der Tafel war.«

»Du warst nicht allein dort?«

Nun blickte Rouven erstaunt. »Sie müssen sie doch gesehen haben.«

Tallwitz forschte in seiner Erinnerung nach. »Da waren die Gäste der Tafel, die Hilfskräfte, unsere Beamten … Ein Mädchen, sagst du?«

In Rouven erwachte die Wut. »Was für ein Spiel spielen Sie mit mir? Tabitha stand dabei, als Sie mich festgenommen haben. Direkt daneben. Sie musste alles mit ansehen. Und Sie haben sie einfach stehen lassen. Sie haben sie gar nicht beachtet. Ignoriert. Kein Wort haben Sie für Tabitha …«

Tallwitz schüttelte bedauernd den Kopf, und Rouven wunderte sich, dass dieses Bedauern echt zu sein schien. »Wenn da jemand gewesen wäre …«, sagte Tallwitz, als Mayers ihn unterbrach.

»Beschreib uns doch mal dieses Mädchen«, wandte er sich an Rouven.

»Fast so groß wie ich«, antwortete Rouven, obwohl er nicht verstand, was das alles sollte. Er vermutete, dass es ein psychologischer Trick war. Eine Verhörmethode. Und er zwang sich zur Ruhe, um auf der Hut zu sein. »Blaue Augen, blonde Haare, zu einem Zopf gebunden. Sie trägt einen Ohrring, eine …«

»… eine geringelte Schlange, die sich über das ganze Ohrläppchen verbreitet?«

Rouven strahlte über das ganze Gesicht: »Ja! Endlich. Wissen Sie nun, von wem ich …«

Die Wucht von Mayers plötzlichem Angriff ließ Rouven entsetzt aufschreien. In rasender Geschwindigkeit kam er auf Rouven zugeschossen und packte den Jungen am Kragen.

»Willst du mich verarschen?«, schrie er Rouven ins Gesicht. »Macht dir das alles etwa Spaß?«

Tallwitz kam hinter dem Tisch herbeigestürzt, und nur mit Mühe gelang es ihm, Mayers von Rouven loszubekommen. »Hör auf! Was ist denn nur los mit dir?«

Rouven war dermaßen erschrocken, dass er auf seinem Stuhl nach hinten rückte. Weiter und weiter, bis er gegen die Wand stieß. Er hatte solche Angst vor dieser Unberechenbarkeit Mayers, dass er sich am liebsten durch die Wand hindurchgedrückt hätte, nur um diesem Mann zu entkommen.

»Sag mir endlich, was los ist!« Jetzt war es Tallwitz, der die Stimme hob, allerdings gegen seinen Kollegen. »Mensch, ich kenne dich ja nicht mehr wieder!«

Mayers gelang es kaum, sich zu beherrschen. Mit wütend funkelnden Augen starrte er auf Rouven, während er seinem Kollegen die Antwort gab: »Du verstehst das nicht? Er treibt ein perverses Spiel mit uns, dieser Bursche. Und das, während die Menschen, die er entführt hat, wahrscheinlich leiden und in Angst …«

Tallwitz versuchte erneut, Mayers zu verstehen: »Was ist das für ein Ohrring? Diese Schlange? Warum bringt dich das so auf die Palme?«

Endlich senkte Mayers seine bohrenden Blicke. »Das verstehst du nicht?«, fragte er, während es ihm nun doch gelang, sich wieder zu fangen. »Ich kann es dir erklären. Gib mir eine Minute.« Und damit wandte er sich zur Tür und trat aus dem Raum.

Tallwitz und Rouven blickten sich angespannt in die Augen.

»Weißt du, was er meint?«, fragte Tallwitz, doch Rouven schüttelte nur den Kopf. Was immer Mayers so aus der Fassung gebracht hatte, war keine Verhör-Variante. Mayers Überraschung und seine Wut waren echt. Bloß konnte sich Rouven nicht erklären, was hier vorging.

Es brauchte weniger als eine Minute, bis Mayers wieder den Raum betrat. In seiner Hand hielt er eine Akte.

Er baute sich vor Tallwitz auf. »Du willst also wissen, was er hier treibt?«

Tallwitz nickte. »Natürlich. Ich verstehe gar nicht …«

Mayers Hand wanderte in die Akte hinein und griff nach etwas darin. »Du hast es selbst gehört«, sprach Mayers auf Tallwitz ein, gerade so, als sei Rouven gar nicht mehr anwesend. »Beinahe seine Größe, blonde Haare, Zopf, Ohrring mit Schlange.«

»Ja, klar. Ich war ja im Raum, als …«

Mayers Arm bewegte sich. »Dann schau dir das mal an!« Er zog ein Foto aus der Akte und hielt es Tallwitz vor, der sofort kreidebleich wurde und sich vor Schreck die Hand vor den Mund hielt.

Dann drehte sich Mayers Rouven zu. Er nahm das Foto in die andere Hand und legte es auf den Tisch. »Sieh es dir an!«

Rouven traute sich nicht aufzustehen, daher rutschte er mit dem Stuhl von der Wand näher an den Tisch heran. Zu dem Foto. Und sein Herz tat einen Sprung. Er blickte auf Tabitha. Sie saß auf einem Baumstumpf mitten in einem Wald. Anscheinend war dieses Foto bei einer Wanderung aufgenommen worden. Sie lachte fröhlich in die Kamera. Ihren Kopf nach hinten geworfen, sodass der Zopf aufwippte und ihre Schlangen-Ohrringe deutlich zu erkennen waren.

Rouven mochte das Bild sofort. Er blickte zu Mayers auf. »Ja, das ist sie«, sagte er fast triumphierend. »Das ist Tabitha. Warum flippen Sie denn gleich so aus?«

Mayers blickte auf Rouven. Gerade so, als schaue er zum ersten Mal auf einen Menschen. Er hatte mit allen möglichen Reaktionen gerechnet, aber niemals mit dieser. »Weißt du … weißt du wirklich nicht, wer das ist?«, fragte er.

»Doch«, antwortete Rouven. »Das ist Tabitha. Das Mädchen, von dem ich Ihnen vorhin erzählt habe. Die …«

Mayers suchte sich einen Stuhl. Inzwischen war er ebenso blass wie Tallwitz, der noch immer sprachlos gegen die Wand gelehnt im Raum stand. Mayers schob Tabithas Foto näher an Rouven heran, legte einen Zeigefinger darauf und sagte: »Das ist Tabitha Berns. Sie ist die Tochter der Familie, in deren Haus du zuletzt eingebrochen bist.«

»Ich bin dort nicht eingebrochen«, erwiderte Rouven. »Aber ich weiß, was Sie meinen. Tabitha ist die Tochter des Ehepaares, das als letztes entführt worden ist.«

Mayers nickte. »Bis hierher gebe ich dir recht, Junge.«

»Aber?«

Mayers blickte Rouven fest in die Augen. Er suchte nach den richtigen Worten, bevor er sagte: »Sie ist vor sieben Jahren ums Leben gekommen. Bei einem Unfall, der nie richtig aufgeklärt worden ist. Tabitha ist seit sieben Jahren tot.«

Rouvens Hirn drohte zu zerspringen. Er saß seit Stunden hier, im Halbdunkel, den Kopf auf die Hände gestützt, und blickte auf den Fußboden. Mayers und Tallwitz hatten sofort nach Rouvens Nervenzusammenbruch das Verhör abgebrochen und ihn in diese Zelle gebracht, wo die Stille ihm ebenso unerträglich war wie Mayers' Vernehmung zuvor. Nachdem ihm das Foto gezeigt worden war und Mayers ihm erklärt hatte, dass Tabitha seit Jahren tot war, waren in Rouven mehrere Sicherungen durchgegangen. Eine ganze Weile hatte er geschrien und um sich geschlagen, bis er sich heulend und schluchzend auf dem Boden zusammengekauert hatte und nur noch »Tabitha« geflüstert hatte. Wieder und immer wieder.

Der Boden unter seinen Füßen war ihm genommen worden. Das Herz hatte man ihm entrissen. So zumindest fühlte es sich an.

Sollte Tabitha wirklich eine Einbildung gewesen sein? Das kam für Rouven nicht in Frage. Dafür war alles zu realistisch gewesen.

Andererseits: Es wäre eine Erklärung für so manche Fragen gewesen. Dafür, dass sie kaum über ihre Eltern und deren Verschwinden gesprochen hatte, zum Beispiel. Wenn Tabitha nicht mehr lebte, dann gehörte das Verschwinden ihrer Eltern schon nicht mehr zu ihrer Erfahrung. Sie hatte dann nur ihr eigenes Unglück mit dem verbunden, was sie zu sehen geglaubt hatte, als sie Rouven in der Wohnung begegnet war. Wenn sie ihm begegnet war.

Hatte er es mit einem Geist zu tun? War sie eine Untote, die ihn aufgesucht hatte? Doch wofür? Und warum gerade ihn?

Eine ganz andere Alternative drängte sich Rouven auf. Es war ja auch möglich, dass er sich die Begegnung mit ihr doch einbildete.

Vielleicht hatte er ein Foto von ihr in der Wohnung gesehen, und sein Verstand spielte ihm einen Streich.

Oder aber …

Rouven schüttelte es innerlich. Es konnte auch sein, dass er mit ihrem Tod direkt etwas zu tun hatte und nun, Jahre später, noch einmal in die Familie eingedrungen war, um auch den Eltern des Mädchens etwas anzutun. Das würde zu seiner Angst passen, dass er eigentlich ein Verbrecher war. Dass er tatsächlich der Neumond-Täter sein konnte. Vielleicht von einer fremden Macht gesteuert. Oder aber von dem mysteriösen Fremden geführt, von dem Tabitha gesprochen hatte.

Wenn sie zu Rouven gesprochen hatte.

Doch es gab sie ja vielleicht gar nicht.

»Verdammt!« Er schlug mit der Faust gegen die Wand. Er rannte wie eine Labormaus in einem Versuchslabyrinth von Sackgasse zu Sackgasse, von Wand zu Wand, ohne auch nur eine Ahnung zu haben, wo sich der Ausgang befand.

Aus seinen Gedanken.

Aus seiner Situation.

Aus seinem Leben?

Allmählich beruhigte er sich wieder. Mit einer Hand griff er sich an den Hals. An die Wunden, die Tabitha ihm in ihrem Albtraum der vergangenen Nacht in die Haut gerissen hatte. Alles das konnte keine Einbildung sein.

Er atmete schnaufend ein. Es half nichts. Er konnte nicht hier sitzen bleiben und grübelnd darauf warten, dass Mayers ihm am nächsten Morgen seine Fragen stellte. Rouven hatte erst einmal selbst einige Fragen, die er geklärt haben musste.

Er blickte sich um. Es war eine winzige Zelle, gerade so groß, dass das Bett hineinpasste, der Nachttisch und die Toilette mit dem Waschbecken an der Wand. Die Wand, auf die Rouven gerade blickte, bestand aus armdicken Gittern, mit einer eingearbeiteten Zellentür. Rouven erhob sich, packte die Gitterstäbe der Tür und rüttelte daran.

Mehr und mehr, doch ihm wurde schnell klar, dass er auf diese Art nicht die Zelle verlassen würde.

Doch es gab kein Zurück. Er musste hier raus. Sich draußen, außerhalb der Zelle, seinen Fragen stellen.

Rouven zerrte an den Stäben, trat dagegen, stemmte sich mit aller Gewalt gegen die Eisenstangen, ohne Erfolg.

Schließlich stellte er sich ruhig vor die Gitterstäbe. Er konzentrierte sich. Er spürte, wie der Wunsch zu gehen in ihm wuchs. Wie dieser Wunsch übermächtig wurde. Und mit einem Mal änderte sich die Farbe seiner Augen. Sie hellten sich auf. Das dunkle Braun färbte sich langsam in ein helles Grau. Wärme durchströmte Rouvens Körper, doch diese Wärme nahm er schon nicht mehr wahr. Sein ganzes Wesen befand sich im Prozess der Umwandlung.

»Hallo?«, rief er mit seiner Stimme, die Tabitha wie eine Mischung aus Flüstern und Hauchen vorgekommen war. »Ist da jemand?«

Es brauchte einen Moment, dann waren Schritte zu hören. Die Tür zum Nebenraum wurde geöffnet, und ein uniformierter Polizist kam auf Rouven zu. »Ist was?«

»Hören Sie, bitte«, bat Rouven.

Der Polizist trat näher an ihn heran und erschrak bei Rouvens Anblick. »Junge«, stieß er mit einem italienischen Akzent hervor. »Was ist mit dir?« Die grauen Augen und der hochkonzentrierte Gesichtsausdruck Rouvens jagten dem Mann einen riesigen Schrecken ein.

»Bitte, hören Sie«, wiederholte Rouven, und der Mann ging einen weiteren Schritt auf ihn zu.

»Soll ich dir einen Arzt rufen?«, fragte er besorgt.

Doch statt zu antworten, ließ Rouven beide Hände vorschießen, um den Mann zu packen, kaum, dass dieser nur noch einen Schritt von den Gittern entfernt stand.

»Maledizione!«, fluchte der Polizist, doch er konnte sich gegen Rouvens festen Griff nicht wehren. Rouven zog ihn etwas näher zu sich heran.

»Merda!«, fluchte der Beamte weiter, doch dann wurde er plötzlich still. Ruhig. Fast entspannt.

Rouven hatte zu sprechen begonnen. In perfektem Italienisch sprach er auf den Polizisten ein, der unfähig war, sich gegen Rouvens Worte zu wehren. Im Gegenteil. Rouven sprach so, dass der Mann tief in seinem Inneren bewegt wurde. Mit einem leeren Blick in seinen hellgrauen Augen fand Rouven Worte, die den Polizisten aufmerksam lauschen ließen, während sich dessen Körper mehr und mehr entspannte. Sein Gesichtsausdruck zeigte eine Sehnsucht. Und plötzlich begann der Mann zu weinen. Dicke Tränen liefen ihm über das Gesicht. Und als Rouven geendet hatte, da begann der Mann zu reden. Auf Italienisch berichtete er von seiner Familie, die in Italien auf ihn wartete. Von den schlaflosen Nächten, in denen er an sie dachte und in denen er fast umkam vor Sehnsucht, seine Frau und die Kinder in die Arme schließen zu können. Er erklärte Rouven, warum er hier leben musste, weit entfernt von seinen Lieben. Und dass sie ihm fehlten.

Schließlich begann Rouven wieder zu sprechen. Es gelang ihm, die Gefühle, die der Mann ihm geschildert hatte, in Worten wiederzugeben, die wie Musik in den Ohren des Polizisten klangen. Wie eine Melodie, die sein Herz öffnete und seinen Verstand. Und die ein Mitgefühl in ihm weckte für die aussichtslose Lage, in der sich Rouven befand.

Der Polizist nickte. Er verstand Rouven. Und er hatte nur noch einen einzigen Wunsch: Helfen!

Er zückte seinen Schlüssel und sperrte Rouven die Tür seiner Zelle auf.

»Geh!«, sagte er, noch immer in seinem Italienisch behaftet. »Geh und kümmere dich um deine Angelegenheiten. Und hör auf dein Herz. Das sollte ich auch tun.«

Und während der Polizist weinend auf die Knie sank, machte sich Rouven auf den Weg aus dem Polizeipräsidium.

Tabitha rannte.

Lange hatte sie im Flur der Tafel gestanden und einfach nur auf die Stelle geblickt, an der Rouven zuvor bei seiner Festnahme gelegen hatte. Sehr lange.

Sie hatte die Menschen belauscht, die angeregt über das gesprochen hatten, was geschehen war. Und aus all dem Gesagten hatte Tabitha stets eines herausgehört: die unbändige Sympathie, die Rouven von allen hier entgegengebracht wurde. Von seiner offenen Art hatten sie gesprochen. Von seinem besonderen Talent, den Menschen zuzuhören oder Mut zuzusprechen. Ihre Gedanken und Erinnerungen zu teilen.

Und alle waren sich einig, dass keiner unter ihnen Rouven zugetraut hätte, in Häuser einzubrechen und Menschen zu rauben.

Als schließlich eine Kollegin von Anne König wie beiläufig meinte: »Tja, man kann eben keinem Menschen ins Herz schauen, und so wundert man sich doch, welch nette Leute manchmal schwarze Flecken auf der Seele haben«, da war Tabitha davongelaufen. Sie wollte so etwas nicht hören. Sie wollte nicht glauben, dass Rouven – wie er selbst vermutete – ein Täter war.

Und es war ihr auch kein Trost, dass Anne König selbst sich für Rouven einsetzte und ihrer Kollegin widersprach.

Die Reaktionen der Menschen hatten Tabitha Angst gemacht.

Ebenso wie die Tatsache, dass scheinbar niemand sie wahrgenommen hatte. Keiner hatte sie angesprochen. Nicht mal nach ihr gesehen.

Tabitha war sich überflüssig vorgekommen. Und falsch behandelt.

Und nun rannte sie. Wohin, war ihr im ersten Moment egal. Dann plötzlich wusste sie, wohin sie sollte: nach Hause.

Rouven fand sich auf der Straße wieder. Erschrocken blickte er sich um. Wie war er hierher geraten? Das Einzige, woran er sich erinnern konnte, war der Moment, in dem er in seiner Zelle beschlossen hatte, den Fragen nachzugehen, die ihn beschäftigten. Er wollte Tabitha aufsuchen. Mit dem Polizisten sprechen, der vor seiner Zelle postiert gewesen war.

Doch wie er hierhergelangt war, daran konnte sich Rouven nicht mehr erinnern.

Und es war ihm auch gleich.

Er war draußen. Darauf kam es an.

Ohne sich umzublicken, rannte er los. Durch die Straßen der Stadt, in den Park hinein, bis zum stillgelegten Wasserwerk. Erst an der riesigen Stahltür blieb er stehen und verschnaufte. Eigentlich hatte er mit Polizisten gerechnet. Oder mit Absperrbändern vor dem Eingang. Anscheinend hatten sie noch nicht in Erfahrung bringen können, wo er lebte.

Sachte öffnete er die riesige Tür. Das vertraute Knarren der Scharniere war wie ein Willkommensgruß für ihn, und er trat ein. Der inzwischen heimische Geruch des feuchten Metalls gemischt mit dem Duft des nassen Lehmbodens drang ihm in die Nase. Am Ende des Ganges erkannte er auch schon das Licht, und wie aus weiter Ferne drang Nanas Gesang zu ihm.

Zu Hause.

Er trat in die Halle. »Großmutter. Nana, ich bin …«

Rouven verstummte.

Er hatte darauf gehofft. Doch er hatte nicht damit gerechnet. Und nun wusste er nicht, wie er reagieren sollte. Sanft flüsterte er ihren Namen: »Tabitha.«

Ihr liefen Tränen über das Gesicht, als sie ihn diesen Namen aussprechen hörte. Sie sprang auf, rannte zu ihm und fiel ihm um den Hals. »Rouven. Du bist hier!«

Rouven schloss die Augen. Er fühlte Tabitha. Sie war hier. In seinen Armen. Und sie fühlte sich wirklich an. Real. Existent. Sie war hier. Und auf einmal hatte das Leben wieder eine Richtung. Auf einmal ergab alles wieder einen Sinn. Sie war hier. Er würde sie nicht mehr gehen lassen.

»Wie konntest du aus dem Gefängnis entkommen? Haben sie dich gehen lassen? Haben sie eingesehen, dass du unschuldig bist?«

Ganz im Gegenteil, dachte Rouven nur, doch er sagte nichts.

»Bernie«, erklang es plötzlich, und Rouven lächelte über das ganze Gesicht. Er löste sich aus Tabithas Umarmung und ging auf Nana zu. »Großmutter.« Auch sie drückte er fest an sich. Sie genoss die Umarmung, dann aber knuffte sie ihn in die Brust.

»Das ist typisch für dich, Bernie«, schimpfte sie. »Kommst zu spät. Und lässt dieses Mädchen hier warten.«

Rouven trafen ihre Worte wie ein Schlag. »Du siehst sie auch, oder?«

Nana machte ein Gesicht, wie Rouven es bisher noch nie an ihr gesehen hatte. »Hast du den Verstand verloren?«, fragte sie aufgebracht. »Natürlich sehe ich sie. Sie steht doch direkt hinter dir. Und du lässt sie hier warten. So ein hübsches Mädchen. Sie ist viel zu nett für dich, du alter Taugenichts.« Sie schüttelte den Kopf. »Da verabredest du dich mit so einem netten Mädchen, und dann kommst du zu spät! Ihr seid doch verabredet, oder nicht?

»Doch, Nana. Wir sind verabredet«, gab er zur Antwort. Und in Tabithas Richtung ergänzte er: »Ich wusste nur nicht, dass wir uns hier treffen.«

»Also wirklich!«, erdreistete sich die Frau. »Du musst deine Gedanken mehr beisammenhalten. Was bist du denn so vergesslich? Das ist nicht gut. Das ist gar nicht gut.« Sie wandte sich von ihm ab. »Vergessliche Leute machen manchmal die verrücktesten Dinge.« Unaufhörlich vor sich hin murmelnd verzog sie sich in ihre Ecke.

Rouven wandte sich Tabitha zu, und sofort wiederholte sie ihre Frage: »Wie bist du aus dem Gefängnis gekommen?«

Seine Antwort war ein ratloses Gesicht. »Ich kann es dir nicht sagen. Ich weiß nur, wie ich hinter Gittern stand und ein Gespräch mit dem wachhabenden Polizisten begann. Und dann hab ich mich draußen gefunden, auf der Straße.«

Sie zog die Augenbrauen in die Höhe. »Du weißt nicht, wie du dort hingekommen bist?«

Erst jetzt wurde ihm diese Tatsache richtig bewusst, und er zuckte zusammen. »Nein. Und ehrlich gesagt habe ich auch Angst, es zu erfahren. Was, wenn ich wieder jemandem Gewalt angetan habe? Was, wenn jetzt das Polizeipräsidium verwüstet ist? Bin ich vielleicht ausgerastet? So wie in den drei vergangenen Neumondnächten?«

Sie berührte seine Hand. »Das glaube ich nicht. Du bist kein Gewalttäter.«

»Was macht dich so sicher? Du kennst mich doch nicht.«

»Ich glaube, ich kenne dich besser, als du es mir zutraust. Ich sehe, wie du mit Nana umgehst. Wie du ihr ein Zuhause bietest, wo du selbst doch keines hast. Ich habe gesehen, wie du mit dem Obdachlosen in der Tafel gesprochen hast. Du hast sein Gesicht zum Leuchten gebracht. Du hast ihn vor Glück regelrecht strahlen lassen.« Sie trat dicht an ihn heran. »Rouven, ich glaube, du hast eine besondere Gabe in dir. Etwas, das Menschen glücklich werden lässt. Du bist in deinem Inneren ein sanfterer Mensch als irgendjemand sonst, den ich kenne.«

Er winkte ab. »Und wenn es in mir zwei Seiten gibt? Was, wenn ich bei Tag der nette Rouven bin und nachts – gerade in Neumondnächten – der aggressive? Schon mal was von Dr. Jekyll und Mr. Hyde gehört?«

Sie dachte über seine Worte nach. Und dieses kurze Zögern vor ihrer Antwort jagte ihm nun mehr Angst ein als alles, was bisher geschehen war. In dieser Sekunde spürte er, wie wichtig Tabitha ihm bereits war. Und wie wichtig, dass er ihr Vertrauen nicht verlor. Deshalb änderte er schnell das Thema. So rasch, dass sie nicht zu einer Antwort genötigt war: »Wieso bist du hier?«

»Nachdem sie dich abgeführt hatten, wusste ich nicht, wohin. Also bin ich nach Hause gegangen.«

»Nach Hause?«

Sie ließ ihren Blick durch die riesige Halle schweifen, über die riesigen Wasserrohre, die Ventile und die handgroßen Metallbolzen an den rostigen Wänden. Aber auch über Nanas Teppiche, über den Tisch und die Stühle, die wie verloren in dem gigantischen Raum standen, und schließlich ruhte ihr Blick auf Rouvens Ecke. »Das hier ist mir im Moment mehr Zuhause als irgendein anderer Ort auf der Welt«, gab sie zur Antwort. »Ich hoffe, ich bin willkommen.«

Als Antwort streckte Rouven beide Arme nach ihr aus und zog sie noch einmal an sich heran. »Jederzeit«, hauchte er ihr ins Ohr, und sie gab leise zurück: »Danke.«

Eine ganze Weile hielten sie sich eng umschlungen, mit geschlossenen Augen. Gerade so, als könnten sie dadurch die Welt um sie herum und alle Fragen und Probleme ausschließen.

Es war Rouven, der sich als Erster aus der Umarmung löste. »Wir haben über dich gesprochen«, sagte er. »Die Polizisten und ich.«

»Ich hoffe, du hast nur Gutes von mir erzählt«, ulkte sie, doch an seinem Gesichtsausdruck las sie ab, dass ihm jetzt nicht nach Scherzen war.

»Sie haben mir von deinem Unfall erzählt.«

»Unfall?«

»Vor sieben Jahren.«

Sie dachte nach. »Ich weiß nicht, was du meinst.«

»Der eine Polizist sagte, es habe vor sieben Jahren einen schweren Unfall gegeben.«

»Was hat das mit mir zu tun?«

Rouven suchte fieberhaft nach Worten. »Er meinte, du seist damals … Er glaubt, dass du … nun …«

Sie spürte seine Unsicherheit und hakte nach: »Was ist los? Was meinst du? Rouven, du machst mir Angst. Was willst du mir sagen? Was hat dieser Polizist dir angedeutet?«

»Er sprach von einem Unfall. Was genau geschehen ist, weiß ich nicht. Und das ist jetzt auch nicht wichtig. Wichtig ist nur, dass … du …«

»Ja?«

»… seit sieben Jahren als verschwunden giltst.«

»Was?«

Rouven begann zu zittern. »Er sagte sogar, … nun, du sollst … du … bist gestorben. Bei diesem Unfall. Vor sieben Jahren und …«

Tabitha begann zu zittern. »Gestorben? Ich?« Sie trat ein paar Schritte zurück und suchte Halt an dem Tisch. »Ich soll gestorben sein? Rouven, sieh mich an. Sehe ich aus wie eine Tote?«

Rouven hob beschwichtigend die Hände, doch er spürte schon, dass ihm die Situation entglitt. »Das habe ich nicht gesagt. Es waren seine Worte. Und ich möchte von dir nur wissen …«

»Ob du eine Leiche im Arm gehalten hast?« Ihre Stimme hob sich. »Ob du eine Tote zu Gast hast?«

»Entschuldige …«, brachte Rouven hervor, doch Tabitha schüttelte den Kopf.

»Was soll ich entschuldigen? Weißt du überhaupt, was du da redest?«

Die Heftigkeit ihrer Reaktion schmerzte Rouven. Er bereute zutiefst, sie darauf angesprochen zu haben. Und sie hatte recht: Es klang völlig verrückt, was er sagte. Auf einmal wusste er nicht mehr, ob Mayers ihm wirklich von dem Unfall erzählt hatte. Mit einem Mal zweifelte Rouven wieder an seinem Verstand. Er wusste ja nicht einmal, wie er hierhergekommen war oder was in den Neumondnächten mit ihm vorging. Wie konnte er da sicher sein, dass Mayers ihm irgendetwas gesagt haben sollte? Wahrscheinlich litt er unter Wahnvorstellungen. Und nun war er dabei, Tabitha mit seinen wirren Gedanken zu belasten. Dabei hatte sie wahrlich genug durchstehen müssen in der letzten Zeit.

Er tat einen Schritt nach hinten. »Es tut mir leid«, sagte er und tat einen weiteren Schritt. »Es … es tut mir leid.«

Tabitha stieß sich von dem Tisch ab. Schnell fand sie ihre Fassung wieder, als sie sah, dass mit Rouven etwas vonstattenging. »Was hast du vor?«, fragte sie ihn.

»Ich werde das einzig Richtige machen«, gab er zur Antwort und trat weiter auf den Gang zu, der aus dem Wasserwerk nach draußen führte.

»Bleib hier«, bat sie ihn. »Lass uns reden.«

»Es wurde schon zu viel geredet«, antwortete Rouven und tat einen weiteren Schritt. »Es wird Zeit, dass ich etwas unternehme.«

»Aber was?«, hakte sie erneut nach.

Rouven sah ihr entschlossen in die Augen. Er hätte alles dafür gegeben, sie noch einmal zu berühren. Sie noch einmal in die Arme zu schließen. Doch es war zu spät. Er musste handeln.

Jetzt.

»Es tut mir leid«, sagte er abschließend, bevor er aus der Halle in den Gang rannte.

»Warte!«, hörte er Tabitha noch rufen. Er hörte auch ihre Schritte. Sie folgte ihm. »Rouven.«

Er beschleunigte seinen Lauf. Er rannte. Hechtete. Aus dem Werk heraus, durch den Park. Die Straßen nutzte er wie einen Irrgarten, bog mal nach rechts ab, mal nach links, dann wieder rechts, um Tabitha abzuschütteln. Sie sollte ihn nicht an seinem Entschluss hindern. Es gab nur noch eines zu tun für Rouven. Nur noch eines. Und das wollte er durchziehen.

Mayers stand am Fenster seines Büros und blickte zu der Mondsichel hinauf, die nur noch wenige Tage brauchen würde, um sich zu einem Halbmond zu entwickeln. Wieder einmal Nachtschicht, dachte er. Seine Wohnung könnte er allmählich weitervermieten, so selten wie er dort war. Doch er war augenscheinlich nicht der Einzige, der sich die Nacht um die Ohren schlug. Hinter ihm wusste er Tallwitz am Schreibtisch sitzen. Und unten auf der Straße, direkt gegenüber dem Haupteingang des Polizeigebäudes, entdeckte Mayers eine weitere Person, die bewegungslos im Halbdunkel stand. Sicher noch jemand, dem man seine Ruhe in der Nacht nicht gönnt, überlegte Mayers.

Tallwitz' Stimme zog ihn aus seinen Grübeleien heraus: »Und wenn er doch recht hat, der Junge?«

Mayers drehte sich vom Fenster ab. »Du glaubst ihm?«

»Ich weiß es nicht. Er macht auf mich einen glaubwürdigen Eindruck.«

»Weil du ihn magst«, gab Mayers schroff zur Antwort. »Alte Bauernregel: Nur böse Menschen sind böse.«

Tallwitz winkte ab. »Du weißt genau, dass ich nicht so denke. Wir haben schon die scheinbar nettesten Leute hinter Gitter gebracht. Aber dieses Mal ist das anders. Seine Verwirrung ist nicht gespielt. Sein Zusammenbruch heute Mittag beim Betrachten des Fotos …«

Mayers nickte. »Ich fand seine Reaktion richtig gruselig. Hast du gesehen, wie er die Augen aufgerissen hat? Und wie er alle Farbe aus dem Gesicht verlor? Mit ihm geht irgendetwas vor sich, doch ich weiß verdammt noch mal nicht, was.«

»Denk doch mal an die Situation bei der Festnahme. Unser Mann beschwört, dass der Junge sich heiß angefühlt hatte. Brennend heiß. Und ich hatte den gleichen Eindruck, als ich ihn im Griff hatte.«

»Drogen scheiden aus«, gab Mayers zu bedenken. »Wir haben ihn getestet. Mit dem Mist hat er nichts zu tun. Zum Glück.«

Tallwitz warf die Arme in die Höhe. »Das Ganze wird immer verworrener.«

»Dass er in diesen Fall verwickelt ist, liegt aber auf der Hand. Wir haben sein Foto von einer der Tatort-Kameras. Es ist sein Blut, das wir in jeder verwüsteten Wohnung gefunden haben. Und auch seine Fingerabdrücke wurden überall dort gefunden. Das Labor ist sich sicher.«

Mayers brummte. Nachdenklich zog er ein Tuch hervor und bückte sich nach seinen Füßen. Mit geübten Griffen wischte er über den Lack seiner roten Turnschuhe. Für einen Polizisten war es unsinnig, solch auffällige Schuhe zu tragen. Vielleicht sogar gefährlich. Das wusste er. Dennoch: Er mochte diese Marotte an sich selbst. Schon als Kind hatte er nur rote Schuhe getragen, was seine Mutter zur Verzweiflung gebracht hatte.

»Lass uns Feierabend machen«, brummte er plötzlich. »War ein langer Tag.«

»Aber vorher lass uns noch einmal nach dem Jungen schauen, ja? Er sitzt zum ersten Mal ein und war wirklich durcheinander heute Mittag. Ich schlafe besser, wenn ich weiß, dass es ihm einigermaßen gut geht.«

Mayers zog bereits seine Jacke von der Stuhllehne. »Einverstanden.«

Hinter Tallwitz schaltete er das Licht aus und verließ das Büro.

Als Rouven das Polizeigebäude erreichte, schlug ihm das Herz bis zum Hals. Nicht nur wegen des langen Laufs vom Park hierher. Er war Tabitha entkommen. Da konnte er sicher sein.

Nein, vor allem die Angst, das Gebäude zu betreten, verursachte eine wahre Panik in ihm. Er wusste noch immer nicht, wie er aus dem Gefängnis herausgekommen war. Er konnte nicht abschätzen, ob er Gewalt angewandt hatte oder eine List. Er fürchtete sich, das erblicken zu müssen, was er vielleicht angestellt hatte. Und dieses Gefühl war die hauptsächliche Ursache für sein schlagendes Herz: Er fühlte sich in seinem eigenen Körper als unberechenbarer Feind.

Doch er musste hinein. Er wollte sich hinter Gittern wissen. Er brauchte den Schutz vor sich selbst. Das war sein Entschluss: wegschließen lassen, bevor er noch mehr Unheil anrichten konnte. Zu vielen Menschen hatte er schon Unglück bereitet.

Er blickte auf das riesige Gebäude und überlegte, ob er einfach so hineinspazieren konnte. In manchen Fenstern brannte noch Licht, doch die meisten Räume waren verlassen. Er bemerkte, wie sich gerade an einem der Fenster im mittleren Stock eine Person zurückzog. Sekunden darauf wurde das Licht in diesem Raum gelöscht, und aus dem sich verengenden Lichtschein folgerte Rouven, dass gerade jemand die Tür zum Büro schloss.

Er sah sich das Gebäude an und fragte sich, ob ihn aus dem Gebäude ebenfalls jemand beobachtete. Vielleicht erwarteten sie ihn schon. Vielleicht standen bereits Hundertschaften hinter der Tür, bereit, sich auf ihn zu werfen.

Was sollte er tun? Einfach durch die Tür marschieren, zur Pforte gehen und etwas sagen wie: »Entschuldigen Sie, Sie haben vorhin etwas verloren: mich!«

Aus einem Impuls heraus griff er in die hintere Tasche seiner Jeans. Seine Fingerkuppen erspürten dort etwas. Rouven zog es hervor und staunte. Es war eine Chipkarte. Auf der Vorderseite befand sich das Wappen der städtischen Polizei. Direkt daneben sah Rouven das Foto des Polizisten, der ihn in dieser Nacht bewacht hatte, und darunter war der Name abgedruckt: Pedro Bertoli.

Rouven jagte ein Schauer über den Rücken. Nun wusste er, dass er unberechenbar war. Diese Chipkarte konnte er dem Polizisten nur mit Gewalt entwendet haben. Er fühlte sich in seinem Entschluss bestärkt: Er gehörte hinter Gitter. Zum Schutz der Menschen um ihn herum, aber auch zum Schutz vor sich selbst.

Entschlossen trat er auf das Gebäude zu. Er ging die fünf Stufen zur Haupttreppe hinauf und sah dort, direkt neben dem Eingang, einen winzigen blinkenden Kasten, an dessen Seite sich ein Schlitz befand. Mehr aus Neugierde ging Rouven darauf zu und zog die Chipkarte hindurch. Ein Schnarren erklang, und die riesige Eingangstür öffnete sich. Schnell huschte Rouven hindurch.

Der Polizist an der Pforte war augenscheinlich mit dem Verfassen eines Berichtes beschäftigt. Wie zum Gruß hob er die linke Hand, während er mit der rechten weiter die Seiten beschrieb. Er schaute nicht einmal auf. Warum auch? Schließlich war Rouven völlig unverdächtig, wie ein Kollege, hereingekommen. Der Mann an der Pforte hatte einfach nur auf die ihm vertrauten Geräusche des blinkenden Chip-Kastens und der sich öffnenden Tür reagiert.

Die bewaffnete Hundertschaft, die Rouven befürchtet hatte, blieb aus. Nun begann Rouven sich wirklich zu wundern. Dies war niemals eine Polizeistation, aus der jemand wenige Stunden zuvor mit Gewalt geflüchtet war.

Rouven wusste instinktiv, welchen Weg er nehmen musste. Doch er konnte sich nicht erklären, woher er den Weg kannte. Es war beinahe, als führten ihn seine Füße selbstständig die Treppe hinauf, einen der Gänge entlang und noch einmal eine Treppe hinauf. Rouven konnte sich nicht erinnern, diesen Weg jemals schon einmal gegangen zu sein, doch er war sich absolut sicher, das Richtige zu tun.

Und tatsächlich, als er um eine weitere Ecke bog, erkannte er den Vorraum zu seiner Zelle. Das Büro der wachhabenden Beamten, von dem aus zahlreiche Gänge zu weiteren Zellen führten.

Rouven erkannte auch den Polizisten wieder, der aus Italien stammte und von dem Rouven nun wusste, dass er Pedro Bertoli hieß. Der Beamte saß am Schreibtisch, über eine Akte gebeugt, und wirkte sehr verstört. Doch seine Verwirrung wurde verstärkt, als er Rouven den Raum betreten sah.

»Was? Du kommst zurück?«, fragte er in seinem italienischen Akzent. »Gerade bin ich dabei …« Er legte die Akte, über der er gesessen hatte, zur Seite, erhob sich und trat auf Rouven zu, als sehe er einen Geist.

»Guten Abend«, grüßte Rouven und fügte schnell ein »Entschuldigung« hinzu.

Der Polizist traute noch immer seinen Augen nicht. Wie in Trance kam er auf Rouven zu. Er packte ihn am Arm und zog ihn in Richtung Zelle. Jedoch ohne jede Form von Gewalt. Vorsichtig führte er Rouven am Arm durch den Gang, beinahe freundschaftlich.

Rouven ließ es mit sich geschehen. Endlich konnte er die Verantwortung für sich selbst abgeben. Hier konnte er seine Angst vielleicht ablegen. Er ließ sich von dem Beamten in die Zelle führen und atmete erleichtert ein, als sich die Zellentür hinter ihm schloss.

Bertoli sah ihn noch immer entgeistert an. Rouven machte ein entschuldigendes Gesicht. Dann fiel ihm ein: »Oh, ich habe noch etwas für Sie.« Er zog Bertolis Ausweis hervor und hielt ihn dem Beamten entgegen.

Der Polizist blickte auf den Ausweis, dann auf Rouven, dann auf den Ausweis. »Du musst wissen, ich versuche schon die ganze Zeit zu verstehen, was hier geschehen ist«, sagte er. »Ich …«

In diesem Moment wurde Bertoli unterbrochen. Die Tür zu

seinem Vorraum wurde aufgestoßen, und Mayers und Tallwitz traten ein.

»Ich sehe, du bist noch wach«, begrüßte Tallwitz Rouven.

Mayers wandte sich an Bertoli: »Benimmt er sich auch ordentlich?«

Der Italiener nickte: »Besser als Sie glauben mögen.«

»Das ist gut«, gab Mayers zurück, ohne der zweideutigen Antwort Bertolis Beachtung zu schenken. Er konzentrierte sich auf Rouven: »Wie geht es dir?«

»Besser«, war Rouvens Antwort. Und das war auch nicht gelogen.

Mayers und Tallwitz nickten erleichtert. »Schön«, antwortete Tallwitz. »Wir sehen uns dann morgen.«

Gemeinsam verließen sie den Raum und ließen den verblüfften Bertoli mit Rouven allein.

Die Zeit zerfloss in Rouvens Zeitgefühl zu einem einzigen Brei. Nicht nur die beiden Wochen, die er hier schon verbrachte. Auch nicht die Tage, nein: Selbst die Stunden begannen, sich zu gleichen. Die meiste Zeit verbrachte er damit, in seiner Untersuchungszelle vor sich hin zu grübeln, um endlich alles, was geschehen war, verstehen zu können. Doch es tauchten nur Bilder und Fragmente auf. Nichts von alledem schien zusammenzupassen. Stunden um Stunden brachte Rouven damit zu, das, was geschehen war, in einen Zusammenhang zu bringen. Doch er kam sich vor, als versuche er ein Mosaik zu legen, bei dem die Hälfte aller Teile zu einem ganz anderen Bild gehörte.

Einmal am Tag wurde er unterbrochen. Meistens nachmittags. Immer dann, wenn einer der Beamten ihn aus der Zelle abholte, um ihn in den Verhörraum zu bringen, wo Mayers und Tallwitz ihn bereits erwarteten. Natürlich versuchten sie weiterhin, mehr aus ihm herauszubringen. Auch sie waren Suchende in dem ganzen Spiel. Wie Rouven brachten sie ihre ganze Zeit dafür auf, die einzelnen Teile, die ihnen als Fakten vorlagen, zu einem Ganzen zusammenzufügen. Doch ebenso wie Rouven scheiterte jeder ihrer Versuche.

Tallwitz war der Geduldigere der beiden. Er hatte keine Probleme, Rouven immer und immer die gleichen Fragen zu stellen. Wenn es sein musste, ganze Nachmittage lang.

Mayers hingegen war unberechenbar. Manchmal versuchte er es auf die freundliche Tour, manchmal schrie er Rouven an, warf Stühle durch den Raum und wurde beinahe aggressiv.

Er tat Rouven leid. Der Junge verstand den Druck, unter dem

Mayers stand. Ebenso wie Tallwitz, der seine Gefühle bloß besser beherrschen konnte. Doch auch Rouven stand unter Druck. Auch ihm war daran gelegen, dass die vermissten Menschen gefunden wurden. Auch er bangte um deren Leben.

Doch er hatte nicht die geringste Ahnung, nicht den kleinsten Funken an Vermutung, wo sich diese Menschen befanden und ob es ihnen gut ging.

Und das sagte er Mayers.

Manchmal.

Meistens jedoch schwieg Rouven. Er hatte ihnen nichts zu sagen, weil er nichts wusste. Doch genau das hatte er ihnen bereits gesagt. Warum also noch Worte machen?

Doch es war genau dieses Schweigen, das Mayers so an die Nerven ging. Dann wütete er herum. Schrie. Brüllte. Schlug gegen die Wand.

Und Rouven empfand in solchen Momenten nur Mitleid.

Diese endlosen Verhöre überstand Rouven nur, indem er die Realität ausblendete. Wenn er Mayers und Tallwitz gegenübersaß, dachte er schon an seine Zelle. An die Stunden, in denen er wieder allein sein konnte. Mit seinen Gedanken. Und mit seiner Erinnerung.

Denn bei allem, was geschehen war, das konnte ihm niemand nehmen: seine Erinnerung. Er war jetzt ein Mensch, der sich erinnerte. An Tabitha. An Nana. An das stillgelegte Wasserwerk. Es gelang ihm, Bilder von ihnen vor seinem geistigen Auge entstehen zu lassen. Tabithas strahlendes Gesicht, wenn sie lachte. Nana, wie sie am Herd stand und ihre Kartoffelgerichte kochte.

Diese Momente der Erinnerung waren der größte Trost für Rouven. Doch es waren eben nur Momente. Stets hatte er nur wenige Minuten, in denen er seine Erinnerungen genießen konnte, denn kaum hatte er sich an Tabitha und Nana erinnert, da legte sich der dunkle Schatten der Angst über Rouven. Dann wurde er sich seiner ausweglosen Situation bewusst, und die alten Fragen, Ängste und Zweifel kamen in ihm auf.

In diesen Augenblicken setzte Rouven sich auf die Kante seines

Zellenbettes, stützte die Ellenbogen auf die Knie und legte den Kopf auf seine Fäuste. In dieser Haltung verharrte er schließlich stundenlang und stellte sich die immer gleichen Fragen. Ähnlich wie Tallwitz es tat. In der gleichen Ruhe. Und beinahe die gleichen Fragen.

Es gab Abende in dieser Zelle, da spürte Rouven nicht einmal mehr den Übergang von seinem wachen Zustand in den Schlaf. Wenn er am nächsten Morgen erwachte, konnte er meist nicht einschätzen, wie lange er seinen Gedanken noch nachgehangen hatte.

An einem solchen Abend erhielt Rouven Besuch. Wieder saß er mit aufgestütztem Kopf auf seiner Pritsche in der Zelle und war tief in seinen Grübeleien verfangen, als er Schritte hörte. Erst nahm er sie gar nicht wahr, doch dann wurde ihm bewusst, dass sich jemand seiner Zelle näherte.

Rouven brauchte einen Moment, um aus seinen Gedanken aufzutauchen, dann erst drehte er den Kopf und sah nach. Pedro Bertoli, der an diesem Abend wieder Dienst hatte, stellte sich an die Gitter der Zellentür.

»Guten Abend, Rouven«, sagte er freundlich, was keine Besonderheit war. Alle Beamten hier behandelten Rouven stets respektvoll, ja beinahe herzlich. Rouven spürte, dass er gemocht wurde, trotz der grausamen Taten, die man ihm anlastete. Und er wunderte sich. Er hätte vermutet, dass in einem Gefängnis ein ganz anderer Ton herrschte.

»Wie geht es dir?«, erkundigte sich Bertoli mit echtem Interesse.

Rouven bemerkte, dass er sich nur mit einer Hand gegen die Zellen stützte. Die andere hielt der Polizist hinter dem Rücken versteckt.

»Ihnen auch einen guten Abend«, grüßte Rouven zurück, ohne den Blick von dem Arm zu wenden, den Bertoli zur Hälfte hinter sich verbarg.

Der Polizist folgte Rouvens Blick und lächelte. »Ich habe dir etwas mitgebracht«, sagte er geheimnisvoll. »Ich hoffe, du magst so etwas.« Er zog die Hand hervor und hielt Rouven eine frische Tafel Schokolade in die Zelle. »Eigentlich ist es verboten, aber …«

Rouven erhob sich. In seinem Mund lief bereits das Wasser zusammen. Schokolade. Wann hatte er das letzte Stück gegessen?

»Danke!« Er griff begeistert danach, riss das Papier auf, in dem die Süßigkeit verpackt war, brach sich eine Rippe ab und hielt dann die Tafel dem Polizisten hin.

Der lachte. »Oh, danke. Das ist nett.« Und er nahm sich ebenfalls eine Rippe davon.

»Ich muss dich etwas fragen, Rouven«, sagte er schließlich mit vollem Mund, doch in einem Ton, aus dem Rouven schließen konnte, dass er nun den eigentlichen Grund von Bertolis Besuch erfahren würde.

Hastig schluckte der Beamte sein Schokoladenstück herunter. Er blickte sich um, ob sich außer ihnen auch wirklich niemand im Raum befand, bevor er endlich seine Frage stellte: »Erinnerst du dich an die erste Nacht, in der du hierherkamst, Rouven?«

Der Junge nickte. Und brach sich schnell eine zweite Rippe der Schokolade ab.

»Und weißt du auch noch, was du zu mir gesagt hast, an diesem Abend? Erinnerst du dich an deine Worte?«

Rouven verzichtete erst einmal auf eine Antwort. Er wollte verbergen, dass er selbst nicht wusste, was in dieser Nacht geschehen war. Noch immer hatte er keine Ahnung, wie ihm die Flucht damals gelungen war.

Bertoli wartete Rouvens Antwort auch nicht ab. »Woher wusstest du nur all diese Dinge?«, fragte er stattdessen. »Alles, was du mir gesagt hast. Über meine Familie. Meine Gefühle. Mein Heimweh. Wie konntest du das alles wissen?«

Wieder verweigerte Rouven die Antwort. Und wieder fiel es Bertoli nicht auf. Rouven verstand: Der Mann war nicht hier, um etwas zu hören. Er wollte sprechen. Also schob sich Rouven ein drittes Schokoladenstück in den Mund und hörte zu.

»Ich stamme aus Italien, wie du weißt. Und wie man auch hört, wenn ich spreche. Ich bin Italiener. Aber schon als Kind kam ich nach

Deutschland. Weißt du, ich bin hier zur Schule gegangen, habe mein Abitur hier gemacht und schließlich diesen Beruf erlernt. Dennoch: Verliebt habe ich mich in Italien. Bei einem Sommerurlaub. Giulia kommt aus dem Ort, in dem ich geboren bin. Dort habe ich sie auch getroffen und mich in sie verliebt. Sie kam mit mir hierher, nach Deutschland, und wir waren wirklich glücklich in all den Jahren.«

Rouven biss in das vierte Stück Schokolade und wunderte sich nur, warum der Mann ihm seine ganze Lebensgeschichte erzählte.

»Wir haben drei Kinder. Du kennst ja anscheinend ihre Namen. Du hast sie ja mehrfach erwähnt an diesem ersten Abend hier. Wir haben ein Leben geführt, von dem man in warmen Sommernächten träumt, wenn man auf einer Wiese liegt und seine Gedanken schweifen lässt.« Bertoli schaute verklärt durch das Zellenfenster hinter Rouven. Dann allerdings verfinsterte sich sein Blick. »Das Unglück begann vor drei Jahren. Wir erhielten einen Anruf. Von Giulias Familie. Aus Italien. Ihr Vater läge im Sterben. Sie solle sofort zu ihm kommen. Und das tat sie auch. Doch der Vater lag nicht im Sterben. Er leidet an einer unheilbaren Krankheit. Giulia ist noch immer bei ihm und pflegt ihn. Die Kinder hat sie zu sich genommen. Sie gehen dort in die Schule. Wir telefonieren beinahe jeden Tag miteinander. Doch wir sehen uns kaum noch. Ich spare seit drei Jahren meinen ganzen Urlaub auf, um in der Sommerzeit zu meiner Familie zu fliegen. Sie fehlen mir. Giulia. Die Kinder.«

Nun blickte er Rouven fest in die Augen. »Und dann kamst du in dieser Nacht und hast mich angesprochen. In meiner Muttersprache. Über all das hast du geredet. Und noch mehr. Du hast Worte für meine Sehnsucht gefunden, die ich nicht einmal kannte. Du hast vor meinen Augen Bilder entstehen lassen. Rouven, glaub mir: Ich habe mich in all den Jahren niemals meiner Familie so nahe gefühlt wie an diesem Abend. Es war, als wären sie hier. Bei mir. Immer schon. Als seien sie nie fort gewesen. Das alles war so intensiv. So lebendig. So …« Tränen der Rührung stiegen dem Mann in die Augen. »Seither geht es mir besser. Ich fühle mich meiner Familie mehr verbunden als je zuvor. Junge, ich weiß nicht, wie du das geschafft hast. Ich weiß nicht, woher du das alles weißt, was du gesagt hast. Doch ich bin gekommen, um dir zu danken.«

Er zog lautstark die Nase hoch. »Erinnerst du dich auch an den Moment, als du wieder zurückkamst? Ich dachte, mich tritt ein Pferd, als du wieder in der Tür gestanden hast. Dass du die Situation ausgenutzt hast und mir meine Chipkarte gestohlen hast, als ich so in meinen Gefühlen verfangen war, dass ich es nicht bemerkte, das war mir in diesem Moment egal. Doch als du zurückgekommen bist, da hatte ich doch an dem Tisch gesessen und etwas geschrieben. Erinnerst du dich? Wahrscheinlich hast du gedacht, ich schreibe einen Bericht. Über deine Flucht oder so. Doch ganz im Gegenteil. An diesem Abend war es mir egal, dass du geflohen bist. Ich wollte nur einen Brief schreiben. An Giulia. Ich wollte diesen Moment voller Gefühle, den du mir bereitet hast, mit ihr teilen. Ich schrieb ihr drei ganze Seiten. Den innigsten, zärtlichsten Brief, den ich überhaupt jemals geschrieben habe. Noch in derselben Nacht habe ich ihn eingeworfen, und wenige Tage später hat sie angerufen. Sie hat geweint. Vor Rührung. Ich habe sie tief bewegt mit meinem Brief. Und sie habe keine Angst vor der Zukunft, hat sie gesagt. Wir werden diese Trennung auf Zeit schon schaffen. Und dann wieder zusammenziehen. Und mein Brief hat ihr so viel Kraft gegeben, dass sie nicht daran zweifelt, dass uns das gelingt.«

Rouven stand mit offenem Mund vor dem Polizisten. Die Schokolade war ihm längst aus den Händen gefallen. Er hörte, was Bertoli ihm sagte, doch er verstand dennoch kein Wort. Das alles sollte er zustande gebracht haben? Er?

»Kannst du mir sagen, was an diesem Abend geschehen ist?«, wiederholte der Italiener. »Woher weißt du das alles? Und wie gelingt es dir, solche Worte zu finden?«

Rouven schwieg weiter, und Bertoli fügte hinzu: »Ich bin dir dankbar, Junge. Du hast mein Leben gerettet und wieder in ordentliche Bahnen gelenkt. Ich fühle mich wie neugeboren. Und das verdanke ich dir. Wenn ich irgendwas für dich tun kann, Rouven. Irgendetwas – lass es mich wissen, ja?«

Es waren diese letzten Worte, die Rouven endlich aus seiner Erstarrung weckten. Es gab tatsächlich etwas, das sein Besucher für ihn tun konnte.

»Meinen Sie das ernst?«, tastete sich Rouven erst einmal heran.

»Unbedingt!«, beharrte Bertoli. »Ich stehe tief in deiner Schuld, mein Junge. Betrachte mich als deinen Freund, wenn du magst. Hast du denn eine Bitte an mich? Weitere Schokolade?« Er lachte kurz auf. »Das wäre kein Problem! Ich kann dir auch gern italienische Schokolade …«

Rouven schüttelte den Kopf. »Nein, danke. Das ist es nicht. Ich habe eine andere Bitte.«

»Nur raus damit!«

»Lassen Sie mich noch einmal für eine Nacht hier heraus.«

Bertoli verlor in Sekundenschnelle alle Farbe aus dem Gesicht. »Das meinst du nicht ernst!«

Rouven trat an ihn heran. In den vergangenen Wochen hatte er sich zwar sicher gefühlt in seiner Zelle, doch inzwischen machte er sich Sorgen. Um Nana. Um Tabitha. »Ich habe einige Dinge zu erledigen. Es gibt Menschen, nach denen ich sehen möchte. Ein paar Fragen, die ich zu klären habe. Ich brauche nur ein paar Stunden. Mit Ihrer Chipkarte. Ich …«

Bertoli trat einen Schritt zurück. »Das kannst du nicht von mir verlangen, Rouven. Das kann ich nicht …«

»Ich komme wieder«, fasste Rouven nach. »Sie haben ja schon einmal gesehen, dass es mir nicht um Flucht geht. In ein paar Stunden komme ich zurück.« Und für sich dachte er: Länger traue ich mir selbst ohnehin nicht.

Es war zu erkennen, wie Bertoli mit sich rang. »Wie stellst du dir das vor? Ich bin hier, um dich zu bewachen. Ich kann dich nicht einfach hier herausspazieren lassen. Ich bin Polizist.«

Rouven ließ den Kopf hängen. Für einen Moment hatte er eine

Chance gesehen, Nana zu besuchen oder Tabitha noch einmal zu treffen. Doch natürlich verstand er Bertoli. Sehr gut sogar. Rouven schämte sich bereits, den Mann um einen solchen Gefallen gebeten zu haben.

»Bitte entschuldigen Sie«, brachte er hervor, und Bertoli antwortete erleichtert: »Ist gut, mein Junge. Schön, dass du mich verstehst. Das ist sicher eine harte Zeit für dich. Morgen bringe ich dir die italienische Schokolade, in Ordnung?«

Rouven nickte. »Ja, gern. Und verzeihen Sie noch einmal. Ich wollte Sie nicht … Auf keinen Fall hatte ich vor … Ich … Ich …« Rouven stockte. Etwas ging mit ihm vor. Etwas tief in seinem Inneren begann sich zu regen. Ein Impuls kam in ihm auf. Ein Drang, etwas zu tun. Etwas zu sagen. Rouven versuchte, sich dagegen zu wehren.

Auch Bertoli fiel auf, dass etwas nicht stimmte. Er trat wieder an die Gitterstäbe heran. »Ist was, Junge?«

Die Regung in seinem Inneren war übermächtig. Es war Rouven unmöglich, dagegen anzukämpfen. Es kam aus seinem tiefsten Inneren und nahm auf Anhieb Besitz von seinem Geist. Rouven spürte, wie er sich selbst verlor. Wie er zur Marionette dessen wurde, was in ihm vorging. Und so konnte er nur hilflos beobachten, was im nächsten Moment geschah.

Er sah, wie seine Hand vorschnellte und die Hand des Polizisten ergriff. Der schrie erschrocken auf, doch Rouven lockerte seinen Griff nicht. Im Gegenteil. Nun ergriff er auch die andere Hand des Italieners und zog ihn näher an sich heran.

Der Polizist zitterte vor Angst. Vor allem, als er die Veränderung bemerkte, die mit Rouvens Augen vor sich ging. Sie schienen alle Farbe zu verlieren. »Was hast du vor? Was soll das?«

Und in diesem Moment hörte Rouven sich sprechen. Er hörte seine Stimme, doch das, was er sagte, kam nicht von ihm selbst. Es war eine innere Kraft, die ihn dazu brachte, den Italiener anzusprechen.

»Bitte hör mir zu«, hörte Rouven seine Stimme. »Lass dir von mir erzählen, von den Dingen, die mich bewegen. Von den Menschen, die mir nahestehen.« Und dann sprach die Stimme aus Rouven heraus.

Er hörte Worte, die er zum Teil nicht kannte, deren Sinn er aber sofort verstand. Rouvens Stimme legte dem verblüfften Polizisten seine Situation dar. Sie erzählte ihm, was Tabitha ihm bedeutete und wie sehr er sich um Nana sorgte. Sie fand wunderbare Beschreibungen für die Ängste, die in ihm wüteten, und auch für die Hilflosigkeit, der er sich ausgesetzt sah.

Rouven hörte sich selbst zu, und allmählich verstand er, was hier vor sich ging: Er wurde gerade Zeuge dessen, was Tabitha ihm beschrieben und dessen, was der Polizist vorhin gesagt hatte. Die Stimme, die er gerade in seinem Inneren hörte, war die Stimme, die den Obdachlosen zum Strahlen gebracht hatte, wie Tabitha das ausgedrückt hatte. Und es war die Stimme, die Bertoli die Sehnsucht nach seiner Familie erträglich gemacht hatte.

Und nun war sie dabei, dem Polizisten Rouvens Lage zu veranschaulichen. So intensiv, so innig, wie Rouven selbst es nicht gekonnt hätte. Selbst er wurde von den Worten angerührt, die aus ihm herauskamen. Seine Beziehung zu Tabitha und seine Freundschaft zu Nana – alles das sah er plötzlich völlig klar und in einem ganz anderen Licht. Erst jetzt wurde ihm richtig bewusst, wie sehr er an den beiden hing.

Dem Polizisten erging es ganz ähnlich. In ihm entwickelte sich Verständnis für Rouven. Vor seinem Auge entstanden Bilder. In seinem Herzen entstanden Gefühle. So eindringlich schilderte Rouvens Stimme ihm die Situation, dass der Polizist mit ihm fühlte. Er teilte Rouvens Ängste und Sorgen. Und schließlich griff Bertoli aus freiem Willen in seine Jackentasche, zog die Chipkarte hervor und reichte sie Rouven: »Komm wieder, wenn du Gewissheit gefunden hast.« Er fischte seinen Zellenschlüssel hervor und sperrte die Zellentür auf.

Rouven bedankte sich und ging – noch völlig eingenommen von dem Zauber dieses Moments – aus dem Raum. Allerdings hatte er keine Gelegenheit, zu verarbeiten, was gerade geschehen war. Er hielt mit der Chipkarte Bertolis seine Freiheit in der Hand. Seine Freiheit für nur wenige Stunden. Und diese Zeit wollte er nutzen.

Er blickte sich im Flur um. Dieses Mal erlebte er alles ganz bewusst. Und er wollte keine Fehler machen.

Durch eine offene Bürotür hindurch sah er eine Polizeiuniform an einem Kleiderhaken hängen. Rouven huschte in den Raum, zog sich seine eigene Kleidung aus und schlüpfte in die Uniform. Sie war etwas zu eng, aber daran störte sich Rouven nicht. So angezogen würde er weniger auffallen, wie er dachte.

An den Weg zum Haupteingang konnte sich Rouven noch recht gut von seiner Rückkehr nach der ersten Flucht erinnern. Er schritt eilig durch die Gänge, vermied jedoch zu laufen, weil er damit sicher auffallen würde.

Nachdem er die erste Treppe genommen hatte, entdeckte er am Ende dieses Ganges einen kleinen Nebenausgang. Das winzige grüne Blinklicht, das von einem kleinen Kasten neben der Tür ausging, kam ihm vertraut vor. Und tatsächlich: Als Rouven sich der Tür näherte, erkannte er die Sorte Chipleser wieder, wie er ihn damals vor dem Haupteingang benutzt hatte. Rouven ging darauf zu, in der Hoffnung, auf diese Art nicht an dem Beamten an der Pforte vorbeizumüssen. Und seine Hoffnung bestätigte sich. Rouven zog Bertolis Chipkarte durch den dünnen Schlitz, und sofort ertönte das Schnarren, das die Tür öffnete. Rouven stieß sie auf, hechtete die Stufen vor der Tür hinunter und verschwand im Dunkel der Nacht.

Der Weg zum Park kam ihm unendlich lange vor, doch schließlich hatte er das alte Wasserwerk erreicht. Mit klopfendem Herzen riss er die schwere Eingangstür auf und verharrte. Er spitzte die Ohren und lauschte. Es herrschte völlige Stille in dem Gang, der zur Werkshalle führte. Rouvens Herz klopfte nun noch wilder.

»Nana«, flüsterte er ängstlich, bevor er die Tür hinter sich schloss. Er hatte Angst, weiter hineinzugehen. In seiner Zelle hatte er sich in den vergangenen Tagen und Wochen immer wieder gefragt, wie es Nana wohl ging, jetzt, wo sich niemand richtig um sie kümmerte. Doch er hatte sich in seinen Überlegungen niemals ausgemalt, wie es sein würde, wenn er sie hier nicht mehr antreffen würde.

Oder schlimmer noch: Wenn er sie hier finden müsste, auf dem Boden liegend. Verhungert vielleicht. Zusammengebrochen.

Die Angst in ihm wurde übermächtig. Doch Rouven musste sich ihr stellen.

Er trat weiter in den Gang hinein. Wenige Schritte nur, doch so viel, dass er das Licht auf der anderen Seite des Ganges erkennen konnte.

Licht!

Rouven schöpfte Hoffnung. Endlich wagte er sich weiter vor.

»Nana?«, rief er in die Stille, doch er erhielt keine Antwort.

Erst einmal.

Dann jedoch, kurz bevor er die Halle erreicht hatte, hörte er ihre Stimme. Sie sang. Und sein Herz überschlug sich beinahe vor Freude und vor Erleichterung.

»Nana!« Jetzt schrie er ihren Namen. Und endlich gab sie Antwort: »Michael?«

Rouven stürzte in die Halle hinein und fiel Nana um den Hals. »Ja«, sagte er lachend. »Michael. Bernie. Arthur. Was immer du willst. Schön, dich zu sehen.«

Sie lachte mit ihm. »Na, nun übertreib mal nicht. Du tust ja gerade so, als wärst du wochenlang fort gewesen.«

Noch nie hatte sich Rouven so zu Hause gefühlt. »Ja, stimmt. Du hast recht. Es ist einfach immer wieder schön, dich zu sehen, Nana.«

Plötzlich kicherte sie. »Was hast du denn bloß an? Wieso kommst du in einer Uniform? Ist das eine Polizeiuniform? Michael, hast du den Beruf gewechselt?«

Er sah an sich herab. Ach ja, die Uniform. Daran hatte er gar nicht mehr gedacht. »Kostümfest«, sagte er schnell. »Ich bin eingeladen heute.«

Sie zischte amüsiert durch die Zähne. »So was. Also, die jungen Leute von heute …«

Rouven wunderte sich. Nana sah aus wie immer. Auch die Halle war so, wie Rouven es kannte. Sie schien überraschend gut zurechtzukommen. Auch ohne ihn.

Es war, als ob eine tonnenschwere Last von ihm fiel. Seine Ängste waren unbegründet gewesen. Es ging ihr gut. Sehr gut sogar.

»Hast du etwas zu Essen?«, fragte er.

»Oh, dafür bist du zu früh dran«, war die Antwort. »Ich wollte gleich erst kochen. Aber du kannst dir einen Apfel nehmen, wenn du Hunger hast.«

»Nein, so meinte ich das nicht. Was machen deine Vorräte?«

Sie lächelte. »Alles da.« Und sie zeigte auf den langen Schrank neben ihrem Bollerofen, wo sie stets die Lebensmittel aufbewahrte, die Rouven ihr besorgt hatte.

Es fehlte nicht viel. Rouven staunte. Entweder war sie sehr sparsam damit umgegangen in der letzten Zeit oder aber sie hatte einen Weg gefunden, für Nachschub zu sorgen.

»Warst du unterwegs?«, fragte er.

»Ich? Ach was. Wo sollte ich denn hingehen? Geht mir doch gut hier.«

»War denn jemand hier?«, hakte Rouven nach, den Schrank mit den Vorräten weiter im Blick.

»Na ja … wer halt immer so vorbeikommt«, antwortete Nana, und Rouven wurde klar, dass er mit dieser Frage noch nie weit gekommen war. Doch dann überraschte sie ihn: »Denkst du an jemand Bestimmten?«

Er wagte es kaum, ihren Namen auszusprechen: »War Tabitha hier?«

Nana grübelte. »Tabitha? Kenne ich sie denn?«

»Das Mädchen, mit dem ich neulich hier war.«

Augenblicklich begann sie zu lachen. »Du? Hier? Mit einem Mädchen??« Sie schüttelte sich regelrecht. »Du bist doch verheiratet. Warum solltest du ein Mädchen mitbringen?«

Rouven wurde ungeduldig. Nana lebte zu sehr in ihrer eigenen Welt. In ihrer bruchstückhaften Vergangenheit. Er versuchte es auf eine andere Art: »Hatte Bernie mal ein Mädchen dabei? Oder Arthur?«

Sie dachte angestrengt nach. »Nein, nicht dass ich wüsste …«

Rouven verzweifelte beinahe, doch da kam ihm ein Gedanke. Er erinnerte sich an die erste Begegnung von Tabitha mit Nana. »Clara?«, fragte er hastig. »War Clara noch einmal hier gewesen?«

Nanas Gesichtsausdruck verfinsterte sich. Mit einem Mal war ihr nicht mehr zum Lachen. »Was soll das?«, herrschte sie Rouven an. »Willst du mich verschaukeln? Du weißt genau, dass Clara seit Jahren in Australien lebt. Und dass sie nichts von sich hören lässt. Und dass ich nicht einmal weiß, ob …« Tränen schossen ihr in die Augen. Rouven tat es leid, sie an schmerzende Dinge zu erinnern, doch er brauchte Gewissheit. Jetzt. Die Zeit lief ihm so durch die Finger. In seinem Inneren begann es zu brodeln.

»Also ehrlich«, schimpfte Nana weiter. »Wie kannst du mir solche Fragen stellen, Michael. Wo du doch weißt …«

Nun gingen Rouven endgültig die Nerven durch. »Ich bin nicht Michael«, brüllte er und packte Nana an den Schultern. »Hörst du? Ich bin nicht Michael! Und auch nicht Bernie oder Arthur. Ich bin Rouven. Rouven, mit dem du seit Monaten hier lebst. Und ich muss von dir wissen, ob du Tabitha gesehen hast. War sie hier? Gibt … gibt es sie überhaupt? Hast du sie wirklich gesehen? Neulich … als …«

Erschrocken über sich selbst zog er die Hände zurück. Nana sah ihn mit einem entsetzten Blick an, und Rouven wurde erst jetzt bewusst, was er gerade getan hatte.

»Entschuldige … Nana … Ich …«

»Du … du machst mir Angst«, sagte Nana mit gebrochener Stimme. »Was ist mit dir, Michael? Warum sprichst du so mit mir? Rouven? Tabitha? Das alles sagt mir nichts. Was … was …?«

Sie war völlig verstört, und Rouven wäre am liebsten im Erdboden versunken vor Scham, dass er Nana so etwas angetan hatte. Er wäre besser in seiner Zelle geblieben. Es war nicht einmal eine Stunde her, dass er das Polizeipräsidium verlassen hatte, und schon stürzte er wieder einen Menschen ins Unglück! Er war eine Gefahr. Unberechenbar.

»Es tut mir leid«, brachte er hervor und nahm sie noch einmal in den Arm. »Vergiss bitte, was ich gesagt habe. Es war Unsinn.«

Er fühlte sich schrecklich. Hier bat er eine Frau, die ihr Gedächtnis verloren hatte, darum, zu vergessen. Gleichzeitig jagte er vermutlich einem Phantom hinterher. Jemandem, den es gar nicht gab. Den es nicht geben konnte, weil er bereits vor sieben Jahren gestorben war.

Tabitha war eine Einbildung gewesen, das wurde ihm jetzt schmerzhaft bewusst.

Es war gewiss, dass er neulich in ihrer Wohnung, nach dieser Neumondnacht, ein Bild von ihr gesehen hatte, das ihre Eltern vielleicht zum Andenken an die Wand gehangen hatten. Vielleicht hatte er ihr Bild so gemocht, dass er sich eingebildet hatte, sie zu sehen. Vielleicht war er so einsam, dass er sich nach jemandem gesehnt hatte. Und wenn es nur ein Geist, die Einbildung eines Menschen, gewesen war.

Er schluchzte.

»Was ist mit dir?«, erkundigte sich Nana in ihrem gewohnten Tonfall. »Michael, was hast du nur?«

Jetzt liefen ihm erst recht Tränen über das Gesicht. Zwar war er überrascht, wie schnell Nana Dinge vergessen konnte, doch gerade in diesem Moment, nach der Attacke von vorhin, war es wie eine Erlösung. Als hätte sie ihm verziehen.

Er löste sich von ihr. »Es geht schon wieder, Nana. Danke.«

»Hast du Sorgen?«, erkundigte sie sich voller ehrlicher Anteilnahme.

»Ich vermisse jemanden«, antwortete Rouven. »Sie fehlt mir so sehr.«

Die Großmutter nickte. »Du wirst darüber hinwegkommen«, gab sie zur Antwort. Dann drehte sie sich ihrem Bollerofen zu und begann, eines ihrer Lieder anzustimmen.

Rouven entfernte sich langsam von ihr. Immer noch erschüttert von der Heftigkeit, mit der er sie angeschrien hatte, verließ er die Halle des Wasserwerks.

»Mach's gut, Nana«, flüsterte er noch. »Wir werden uns einige Zeit nicht sehen. Doch es tut gut zu wissen, dass du zurechtkommst. Und … und dass du mir verziehen hast.«

Er wandte sich um und rannte los. Auf keinen Fall wollte er, dass sie ihn erneut weinen sah.

Sein Verstand riet ihm, zurück ins Gefängnis zu laufen. Dorthin, wo er sicher war. Und wo die Menschen vor ihm sicher waren. Der Angriff auf Nana vorhin hatte gezeigt, dass er sich kaum im Griff hatte.

Doch sein Herz ließ ihn einen anderen Weg einschlagen. Immer wieder sah Rouven Tabithas Gesicht vor seinem inneren Auge. Er brauchte Gewissheit. Sie war der einzige Anker in seinem Leben – wenn es sie denn gab.

Wie von selbst suchten seine Füße den Weg zu Tabithas Wohnung. Dorthin, wo er ihr zum ersten Mal begegnet war – wenn er ihr denn begegnet war. Er wollte hinein und nach etwas suchen, was ihm endlich Klarheit verschaffte, ob er sie sich eingebildet hatte oder ob es sie wirklich gab.

Vielleicht stieß er auf das Foto, das in ihm alle Fantasie ausgelöst hatte. Oder aber auf einen Hinweis, dass Mayers sich irrte. Dass Tabitha immer noch lebte.

Entschlossen bog er in die Straße ein, als er abrupt stehen blieb. Direkt vor dem Haus parkte ein Wagen. Es war die gleiche Marke wie das Auto, unter dem sich Rouven nach der Neumondnacht vor Mayers und Tallwitz versteckt hatte. Es parkte sogar an der exakt gleichen Stelle.

Rouven näherte sich dem Wagen vorsichtig, immer darauf bedacht, den Schutz der Dunkelheit zu nutzen. Er drückte sich gegen die Häuserwände und vermied es, zu nahe an die Lichtkegel der Straßenlaternen zu geraten.

Als er dicht vor dem Auto stand, wurde seine Vorsicht bestätigt. Er erkannte einen der beiden Männer, die im Wagen saßen. Derjenige, den Rouven hinter dem Steuer ausmachte, war eindeutig der Polizist, der Rouven in der Tafel zu Boden gedrückt hatte. Und tatsächlich: Rouven konnte sehen, dass der Mann beide Arme verbunden hatte. Anscheinend machten ihm die Verbrennungen, die er sich durch Rouven zugezogen hatte, noch immer Probleme.

Dennoch: Rouven hätte in diesem Moment ohne zu zögern sein Leben gegen das des Polizisten eingetauscht. Auch gegen das seines Partners, auch wenn er von dem Mann nur schemenhaft den Hinterkopf erkennen konnte. Heute Nacht hätte Rouven mit jedem hier sein Leben getauscht. Selbst mit der grauen Katze, die am Ende der Straße den Bürgersteig entlanglief.

Rouven blickte zu dem Haus, in dem Tabitha wohnte. Hier würde er heute Nacht keine Antworten auf seine Fragen erhalten. Auf keinen Fall war es ihm möglich, unerkannt in das Haus einzusteigen.

Vorsichtig entfernte sich Rouven wieder von dem Wagen der Polizisten, und als er um die Ecke bog, rannte er schon los. Es gab noch einen Ort, an dem er nach Antworten suchen konnte. Der Weg dorthin kostete ihn zwar über eine Stunde, doch die Zeit war nicht verschenkt. Während er dorthin eilte, konnte sich Rouven einen Plan zurechtlegen. Denn dass er jetzt, mitten in der Nacht, noch jemanden in der Tafel antraf, das schied völlig aus. Im Laufen beschloss Rouven, durch die Hintertür einzubrechen und einen Zettel zu hinterlegen. Er wollte einen Brief schreiben, in dem er die Helfer der Tafel bat, ihn im Gefängnis zu besuchen. Auch, wenn ihm dieser Einbruch weiteren Ärger einbringen konnte, wollte Rouven solch ein Treffen haben. Die Helfer der Tafel mussten ihm einfach sagen, ob sie bei seinem letzten Besuch Tabitha gesehen hatten oder nicht. Einer, nur ein einziger Zeuge reichte aus, damit Rouven an sie glauben konnte. Und allein das wäre alle Mühe dieser Nacht wert gewesen.

Doch groß war die Enttäuschung, als er die Lindenallee erreichte. Denn auch hier waren Polizisten vor der Tafel postiert. Sie saßen gegen die Schaufensterscheibe des dürren Gemischtwarenhändlers gelehnt und unterhielten sich: zwei Polizisten, von denen Rouven glaubte, wenigstens einen auch am Tag der Festnahme gesehen zu haben.

Rouven wunderte sich. Sie alle vermuteten ihn doch in seiner Gefängniszelle. Warum saßen sie hier? Worauf warteten sie? Hofften sie, einen Komplizen Rouvens zu ertappen? Oder bewachten sie lediglich routinemäßig die Tatorte?

Rouven stöhnte auf. Jeder seiner Versuche, eine Antwort zu finden, endete stets in immer neuen Fragen. Je mehr er versuchte, das verworrene Knäuel zu lösen, desto mehr stieß er auf weitere Knoten. Ihm drehte sich alles.

Es hatte keinen Zweck. Er musste aufgeben. Auf keinen Fall konnte er sich hier erwischen lassen. Er wandte sich um und lief zurück zum Polizeigebäude. Er nahm den Nebeneingang, durch den er zuvor das Gebäude verlassen hatte. Beinahe mechanisch ließ er die nötigen Abläufe geschehen: Chipkarte durch den Schlitz, Öffnen der surrenden Tür, mit gemäßigtem Schritt durch die Flure, die Treppe hinauf und in das Büro gegenüber, wo noch immer die Tür offen stand. Rouven schlüpfte aus seiner Uniform und tauschte sie gegen seine eigene Kleidung.

Dann betrat er das Vorzimmer zu seiner Gefängniszelle. Bertoli empfing ihn erleichtert.

»Du kommst wirklich!«, hauchte er hervor. Er wirkte völlig aufgerieben, mit hochrotem Kopf und dicken Schweißflecken unter seinen Armen. Er hatte wohl mehr um Rouvens Rückkehr gebangt, als Rouven das geahnt hätte.

»Versprochen ist versprochen«, erwiderte Rouven.

Bertoli packte ihn mit einem knappen »Ja, ja« am Arm und schob ihn zurück in die Zelle. Er atmete hörbar auf, als die Tür ins Schloss fiel. Mit einem Taschentuch wischte er sich den Schweiß aus dem Gesicht. »Warst du wenigstens erfolgreich?«, fragte er.

Rouven schüttelte den Kopf. Die Anspannung der letzten Stunden wich nun dem schmerzhaften Gefühl endgültiger Enttäuschung.

Bertoli verstand sofort. »Das tut mir leid für dich, Junge«, sagte er, und Rouven glaubte ihm.

Er setzte sich auf die Kante seines Zellenbettes, und wie schon so oft in den vergangenen Wochen stützte er die Ellenbogen auf die Knie und legte den Kopf auf die Fäuste. Er blickte zu Boden und versank augenblicklich in seine Grübeleien.

Nun hatte er noch mehr Fragen, die ihm durch den Kopf gingen.

Und er fühlte sich einsamer als zuvor. Mühsam versuchte er, nicht mehr an Tabitha zu denken. Er versuchte, diese Fantasie aus seinem Kopf zu bekommen.

Doch es wollte nicht gelingen.

Sie fehlte ihm.

Auch, wenn es sie wohl gar nicht gab.

E

Er war überrascht. Von sich selbst. Von seiner Gelassenheit. Oder war dies eine neue Stufe auf dem Weg zum Wahnsinn?

Er wunderte sich, wie er so ruhig hier liegen konnte – mit dem Geschmack trockenen Blutes im Mund, mit einer schmerzenden Wunde in seiner Hüfte und dem Gefühl kalter Fliesen unter seinem Körper. Die Gewissheit erfasste ihn schnell. Er wusste sofort, wo er sich befand. So langsam, wie er zu sich gekommen war, so gelassen war auch das Wissen erwacht. Das Wissen, dass es sich um den Morgen nach einer Neumondnacht handeln musste.

Und nicht nur das. Er hatte nun auch Gewissheit über seine ohnmächtige Lage. Nicht einmal die Gitterstäbe hatten diesen Moment verhindern können. Nicht einmal die Mauern des Gefängnisses hatten ihn davor bewahrt, hier aufwachen zu müssen, in einer sicherlich verwüsteten Wohnung.

Die Erkenntnis tat weh. Doch gleichzeitig vermittelte sie Rouven auch, dass es unsinnig war, weiterhin dagegen anzukämpfen. Was immer auch mit ihm geschah, warum auch immer er in diesen Neumondnächten in die Häuser einbrach und die Eigentümer verschwinden ließ – er war völlig außerstande, sich dagegen zu wehren.

Nicht einmal Mayers und Tallwitz mit ihren meterdicken Gefängnismauern, ihren Waffen und ihrer Überwachungs- und Sicherheitstechnik rund um das Polizeigebäude hatten Rouven retten können. Wieder erwachte er hier, in einer fremden Wohnung.

Er schlug die Augen auf. Es hatte schon etwas Vertrautes – dieser Blick auf die demolierten Schränke und die zertrümmerten Sessel. Auf die von Feuer schwarz verkohlten Stellen an den Wänden knapp über der Fußleiste und die eingeschlagenen Fernseher und Audiogeräte. In Rouven wollte sich kein Schrecken einstellen. Nicht einmal, als er sich zur Tür wandte und dort das eingebrannte »E« entdeckte, mit der Vogelkralle und dem Sichelmond darüber, verspürte er keinerlei Entsetzen mehr.

Langsam richtete er sich auf. Das Dröhnen in seinem Kopf und die Schmerzen in seinem Körper grüßten ihn wie alte Bekannte. Mehr aus einer Art Verpflichtung dieser Situation gegenüber begann er, sich noch einmal intensiver umzuschauen. Doch es gab in diesem Zimmer nichts, das seine Aufmerksamkeit erforderte. Nichts, das sich von den Anblicken der Verwüstungen in den früheren Wohnungen unterschied.

Dennoch war es Rouven ein Bedürfnis, sich in dem Haus umzusehen. Er wollte sicher sein, dass sich wirklich niemand mehr hier befand.

Er stieg über einen Sessel hinweg, der mitten im Raum auf der Seite lag, und ging aus dem Zimmer. Wie schon so oft zuvor fühlte er sich beinahe, als schreite er von einer Welt in eine andere, als er aus dem Chaos dieses Zimmers in die Ordnung und Sauberkeit der anderen Räume trat. Flur, Küche, Bad – alles war so, wie Rouven es erwartet hatte. Es gab keinerlei Anzeichen eines Kampfes.

Er ging hinauf in das obere Stockwerk. Fünf Zimmer, von denen jedes einzelne da lag, als warte es auf die Rückkehr der Bewohner. Rouven schritt durch jeden einzelnen Raum: ein Bad, zwei Schlafzimmer, zwei Arbeitszimmer. Computer und Handys befanden sich in den Zimmern, ja sogar das Schmuckkästchen in einem der Zimmer sah unberührt aus. Wer hier eingebrochen war, dem ging es nicht darum, jemanden auszurauben.

»Ich mache mir wohl nichts aus Geld«, seufzte Rouven. Und es fiel ihm auf, dass diese Wohnung bei Weitem nicht so luxuriös war wie einige der anderen, in denen er erwacht war. Der Wunsch, endlich zu verstehen, warum er diese Verbrechen beging, wurde wieder übermächtig in ihm. Sein Gewissen erdrückte ihn beinahe. Es tat ihm so leid, was er diesen Menschen antat. Und er hoffte inständig, dass sie noch lebten. Wenn er doch nur etwas hätte tun können. Sein Versuch, die Welt vor ihm zu schützen, indem er freiwillig zurück ins Gefängnis gegangen war, hatte nichts geholfen. Wieder war es geschehen. Wieder war er in fremde Wohnungen eingedrungen und hatte …

Ein Geräusch?

Rouven wandte sich blitzschnell um. Ganz sicher hatte er gerade etwas vernommen. Es war nur ein kurzes, leises Geräusch gewesen, doch er war sicher, dass sich in der Etage unter ihm etwas geregt hatte.

Vorsichtig schlich Rouven in eines der Arbeitszimmer zurück. Auf einem Schrank hatte er einen Baseballschläger entdeckt. Er griff danach und hielt das Holz wie eine Waffe in beiden Händen. So wagte er sich wieder aus dem Raum und auf die Treppe.

Es fiel ihm schwer, sich zu beherrschen. Am liebsten wäre er die Treppe hinuntergestürzt und hätte sich allem entgegengestellt, was er antraf. Doch er zwang sich zur Geduld und trat übervorsichtig auf die Stufen. Keinesfalls wollte er ein Knarren riskieren. So brauchte er einige Zeit, bis er die unterste Stufe erreicht hatte.

Dann schließlich hörte er das Geräusch erneut. Rouvens Hände verkrampften sich um den Baseballschläger. Was immer diesen Laut verursacht hatte, es befand sich ganz in seiner Nähe.

Erst jetzt entdeckte Rouven die kleine weiße Tür unter der Treppe. Sie war mit denselben weißen Holzpaneelen ausgekleidet wie der gesamte Rest der Treppe, deshalb war Rouven die Tür zuvor nicht aufgefallen. Erst der winzige goldene Türknauf hatte Rouvens Aufmerksamkeit nun erregt. Beim zweiten Hinsehen konnte er die Umrisse der Tür in der Treppenverkleidung ausmachen, und Rouven verstand: Unter die Stufen war ein kleiner Schrank eingebaut worden.

Mit dem Schläger in der Hand näherte sich Rouven langsam der Tür. Er lehnte ein Ohr an das Holz und tatsächlich: Er hörte jemanden atmen. Seine Hoffnung, dass lediglich eine Katze in den Schrank gesperrt worden war, bestätigte sich nicht. Hinter der Tür befand sich ein Mensch.

Das Atmen war kurz und stockend. Gerade so, als wolle derjenige verhindern, dass man ihn hörte.

Rouvens Hirn arbeitete auf Hochtouren. Es gab nur zwei Möglichkeiten: Entweder waren es Bewohner dieses Hauses, die sich in dem Schrank versteckt hatten und sich nun fürchteten, von jemand anderem als der Polizei entdeckt zu werden. Oder aber es war ein weiterer Täter, der sich in dem Raum verbarg. Vielleicht derjenige, der Rouven das alles angetan hatte. Vielleicht die Person, die ihn in den Neumondnächten dazu brachte, seine kriminellen Taten zu begehen. Vielleicht war diese Person – wenn es sie denn gab – noch hier.

Rouvens Herz raste in seiner Brust. Langsam zog er die linke Hand von dem Baseballschläger zurück und legte sie um den kleinen goldenen Griff. Er atmete noch einmal tief durch, dann riss er die Tür mit einem Ruck auf.

Und erstarrte.

Bertoli gingen die Augen über. Die Zelle war leer!

Wie im Reflex griff er in seine Uniformtasche und fingerte nach seiner Chipkarte. Er atmete erleichtert auf, als er sie hervorzog. Auf diesem Weg war Rouven dieses Mal nicht entkommen.

Bertoli rüttelte an der Zellentür. Auch auf diesem Weg war Rouven die Flucht nicht gelungen. Die Tür war verschlossen. Der Polizist blickte sich fieberhaft nach allen Seiten um. Es gab keinerlei Anzeichen für eine Flucht. Und das war unmöglich. Bei seinem Dienstantritt am Abend vorher hatte er noch mit Rouven gesprochen. Da hatte sich der Junge in seiner Zelle befunden. Und jetzt, am Morgen, war er verschwunden.

Bertoli brach der Schweiß aus. Ausgerechnet in seiner Schicht! Er hätte nun den Alarmknopf betätigen müssen, um das gesamte Haus zu warnen.

Doch Bertoli zögerte. Nach allem, was passiert war, wollte er erst Mayers und Tallwitz informieren. Er rannte zum Telefon und wählte die Büronummer der beiden. Stotternd berichtete er, was geschehen war.

Und es brauchte keine zwei Minuten, bis die beiden Beamten in den Raum gestürzt kamen und fassungslos in die leere Zelle starrten.

»Das gibt es nicht!«, hauchte Mayers, und Tallwitz fügte hinzu: »Unmöglich!«

»Ich kann mir das auch nicht erklären«, sagte Bertoli. »Alles ist verriegelt. Nichts ist angesägt, durchgeschnitten, aufgebrochen, angebohrt … Es gab auch keinen Menschen, der heute Nacht den Raum betreten hat. Ich verstehe das nicht.«

Mayers konnte den Blick nicht von der leeren Zelle wenden. »Er kann sich doch nicht einfach in Luft auflösen!«

Tallwitz rieb sich mit einer Hand über die Augen: »Hier aus dem Gebäude ist noch nie jemand geflohen«, sagte er, doch in diesem Moment hob Bertoli beschwichtigend die Hand: »Nun ja …«

Mayers und Tallwitz drehten sich augenblicklich um. Bertoli blickte den beiden schuldbewusst entgegen: »Ich denke, Sie sollten da etwas wissen«, brachte er zögernd hervor. »Darf ich Sie bitten, mich zu begleiten?«

»Was bedeutet das denn jetzt?«, brummte Mayers missmutig, doch Bertoli blieb ihm die Antwort erst einmal schuldig. Er führte die beiden Kollegen in den unteren Stock, zu dem Sicherheitsraum.

Ein Schrei.

Ein Entsetzensschrei und Augen, in denen blanke Angst zu erkennen war. Doch dann wandelte sich der Blick in den Augen, die Rouven aus dem Schrank heraus ansahen. Aus Panik wurde überraschte Erleichterung.

Auch Rouvens Augen weiteten sich vor Erstaunen. »Du?«

Tabitha blickte zu ihm auf. Wie an dem ersten Morgen, an dem sie sich sahen, saß sie gefesselt und geknebelt auf dem Boden, den Rücken gegen die Wand des Treppenschrankes gelehnt. Rouven ließ sich auf die Knie fallen, Freudentränen in den Augen. »Du bist hier!«, keuchte er und begann hastig, die Fesseln zu lösen. Tabitha riss sich den Knebel aus dem Mund, kaum dass ihre Hände befreit waren, und warf beide Arme um Rouven. Auch sie hatte Tränen der Rührung in den Augen. »Ich hatte Angst«, hauchte sie ihm ins Ohr. »Angst, dich nie wiederzusehen.«

»Du hast mir gefehlt.« Von seiner Furcht, sich Tabitha nur eingebildet zu haben, sagte er ihr nichts. Er glaubte auch nicht mehr daran. Er hielt sie im Arm. Sie war hier. Und es fühlte sich gut an, das zu wissen.

Sie schaute ihn an. »Es ist wieder passiert, oder?«, fragte sie und blickte auf seine Wunden.

»Vorhin bin ich aufgewacht. In diesem Haus. So wie immer. Aber wie kommst du hierher?«

Sie machte ein betretenes Gesicht. »Ich kann es dir nicht sagen. Ähnlich wie du. Ich wurde wach und fand mich in diesem engen Raum wieder. Gefesselt. Und ich spürte, dass jemand bei mir war.

Dass jemand hinter mir saß. Wie beim ersten Mal. Erinnerst du dich? Ich hatte dir davon erzählt.«

Rouven nickte, und Tabitha fuhr fort: »Es war dieselbe Stimme, die mich ansprach. Wieder dicht am Ohr. Wieder kaum zu verstehen, aber doch eindeutig.«

»Was hat sie dir gesagt, die Stimme?«

Tabitha blickte in eine Ecke der Treppenkammer. »Er sagte, dass du weiterhin den Zeichen folgen sollst. Er nannte dich wieder den ›Wächter der Halle‹. Und er befahl mir, dir das hier zu geben.« Sie beugte sich vor und griff in die Ecke, in die sie geschaut hatte. Sie zog ein Buch hervor. In Leder gebunden. Auf der Vorderseite waren Symbole zu erkennen: eine Mondsichel und eine Vogelkralle. Beides war in das Leder hineingebrannt worden. Wie ein Brandzeichen. Es erinnerte Rouven an die Zeichen in seiner Haut.

Er streckte beide Arme aus und nahm das Buch entgegen.

»Du wirst verstehen, wenn du hineinschaust, hat der Mann gesagt«, erklärte Tabitha und fügte hinzu: »Du sollst aber nicht zögern.«

Was soll das Ganze?« Mayers war ohnehin kein geduldiger Mensch, aber heute Morgen stellte Bertoli ihn auf eine harte Probe. Ihnen war gerade ein Verdächtiger entlaufen. Doch statt Alarm zu schlagen und diesen Rouven zu suchen, standen sie nun in dem Sicherheitsraum und schauten sich Videos an. Aufnahmen von den Überwachungskameras vor dem Polizeigebäude. Nein, für so etwas fehlte Mayers jeder Sinn. Und Bertoli verschlimmerte das alles noch, indem er die Videos, die ihnen der Sicherheitskollege überlassen hatte, ohne Erklärung vorwärts und rückwärts spulte.

»Was suchen Sie denn?« Mayers beschloss, Bertoli noch genau eine Minute zu geben, dann …

»Hier ist es!«, sagte Bertoli und stellte die Aufnahme auf Pause.

Mayers und Tallwitz traten näher an den Bildschirm heran. Sie sahen eine schattenhafte Gestalt vor dem Haupteingang. Die Kamera dort hatte jemanden aufgenommen, der im Schatten der Bäume vor dem Gebäude stand.

»Aha«, entfuhr es Mayers. »Und wieso soll mich das interessieren?«

Bertoli drückte, statt einer Antwort zu geben, erneut die Play-Taste. Es dauerte wenige Sekunden, dann löste sich die Person aus dem Schatten der Bäume und kam auf das Gebäude zu. Mayers gingen die Augen über: »Das ist Rouven!«

Tallwitz stand neben seinem Kollegen. Ihm fehlten die Worte. Er nickte bloß bekräftigend.

Jetzt erst erkannte Mayers die Situation wieder. Nun ging ihm auf, dass er Rouven in dem Schatten hatte stehen sehen, als er am ersten

Abend der Festnahme am Fenster gestanden und hinuntergesehen hatte. Diese Aufnahme musste unmittelbar vor Mayers' und Tallwitz' Besuch bei Rouven entstanden sein. Ein Blick auf Datum und Uhrzeit am Rande des Bildschirms bestätigten Mayers' Verdacht. All das verblüffte den Kommissar nur noch mehr.

»Das ist unmöglich«, sagte er. »Das muss ein Fehler im System sein. Die Aufnahme ist ganz bestimmt älter. Zeit und Datum wurden falsch eingegeben und gespeichert. Oder aber …«

Bertoli begann wieder vorzuspulen.

»Halt«, schrie Tallwitz. »Zeigen Sie uns noch einmal …«

Doch der Italiener winkte ab. »Geduld. Ich habe Ihnen noch etwas zu zeigen.«

»Noch etwas?« Tallwitz blickte Bertoli zweifelnd an.

»Sekunde«, bat der Polizist und erklärte: »Diese Bänder schaut sich normalerweise niemand an. Warum auch? Erst, wenn es Auffälligkeiten gibt oder einen Alarm oder einen Ausbruch oder einen Verdacht, der unmittelbar mit unserem Gebäude zu tun hat, dann werden diese Bänder hervorgenommen. Und deshalb war auch niemandem bisher etwas aufgefallen.«

Er stoppte wieder das Gerät und drückte erneut auf Play. Ohne ein weiteres Wort zeigte Bertoli seinen Kollegen eine Aufnahme, die Rouven beim Verlassen des Gebäudes zeigte, dieses Mal allerdings aus einem Nebeneingang.

Mayers bückte sich so weit vor, dass seine Nase beinahe den Bildschirm berührte. »Das ist er wieder«, sagte er. »Aber dieses Mal trägt Rouven eine Polizeiuniform. Er hält auch eine Chipkarte in der Hand. Wie zum Teufel …« Er stockte. Dann drehte er sich langsam zu Bertoli um. »Warum habe ich das Gefühl, dass Sie uns etwas darüber erzählen können?«, fragte er seinen Kollegen, dem augenblicklich heißer Schweiß auf der Stirn stand.

»Bitte setzen Sie sich«, sagte er nur. »Ich werde Ihnen sagen, was ich weiß.«

Mayers und Tallwitz nahmen auf den Stühlen vor den Bildschirmen Platz und blickten Bertoli gespannt entgegen. Mayers hielt es zwar für ratsam, seinem Kollegen etwas mehr als eine Minute einzuräumen. Doch seine Ungeduld war nicht geringer geworden.

Im Gegenteil.

Das Buch musste uralt sein. Und ganz gewiss überaus wertvoll. Etwas Vergleichbares hatte Rouven bestimmt noch nicht in seinen Händen gehalten.

Inzwischen waren er und Tabitha aus der engen Treppenkammer herausgekrochen. Sie hatten sich in die Küche gesetzt, an den langen weißen Tisch, der dort stand. Auf keinen Fall wollte Rouven das Wohnzimmer noch einmal betreten müssen.

Das Buch hatte er so vorsichtig aus der Kammer getragen, als hielte er ein neugeborenes Baby in den Händen. Er verspürte echte Ehrfurcht vor diesem Band, mit seinem dicken Leder und den vergilbten, eingebrochenen Seiten. Jetzt lag es vor den beiden auf dem Tisch, und Rouven wagte kaum, es zu öffnen. Er starrte wie gebannt auf die Symbole des Deckblattes: eine Mondsichel mit einer Vogelkralle darunter.

Und es wurde ihm klar, dass es nicht nur Ehrfurcht war, die ihn zögern ließ, das Buch zu öffnen. Es war auch Angst vor dem, was das Buch offenbaren könnte.

Tabitha versuchte es mit einem Scherz: »Willst du warten, bis es verfilmt wird?«

Rouven lächelte. »Nein. Es ist nur … Ich …« Er streckte die Hand danach aus, berührte das Leder und zog die Hand schnell wieder zurück.

»Oh, beißt es?«

Schnell schüttelte Rouven den Kopf. »Nein. Natürlich nicht. Aber …«

Erneut streckte er die Hand aus. Dann die andere. Mit höchstem

Respekt und voller Achtung ergriff er das Buch und zog es näher an sich heran. Dann öffnete er langsam den schweren ledernen Einband.

Der Geruch von Jahrhunderten strömte ihm entgegen. Rouven atmete tief ein und nahm diesen besonderen Duft in sich auf. Er wirkte gleichzeitig fremd und vertraut. Fremd, weil dieser Geruch so gar nicht in diese moderne Küche passen wollte. Aber dennoch vertraut. Gerade so, als weckte dieser Hauch eine Erinnerung in Rouven. Etwas aus der Vergangenheit, dem sich Rouven nicht bewusst war, das es aber dennoch gab. Zwar entstanden keine Bilder vor seinen Augen, doch der Geruch des Buches weckte ein Gefühl in ihm: etwas Heimisches, Inniges … Ein Gefühl der Sehnsucht ergriff ihn.

Tabitha saß an seiner Seite und beobachtete das Geschehen mit großen Augen. Das Buch vor ihr auf dem Tisch fand sie ebenso spannend wie die Reaktionen Rouvens. Auch wenn sie seine Gedanken nicht lesen konnte, verstand sie, dass hier etwas Besonderes vonstattenging.

Für wenige Sekunden genoss Rouven das Gefühl, das durch dieses Buch in ihm ausgelöst wurde. Dann aber blätterte er die erste Seite um. Wieder schaute er auf das bekannte Symbol der Mondsichel und der Vogelkralle. Es war gewiss vor Urzeiten mit schwarzer Tinte auf das Blatt aufgetragen worden. Vielleicht in einer der Schreibstuben eines Klosters im frühen Mittelalter. Von einem Mönch, der sein halbes Leben damit zugebracht hatte, dieses Buch zu erstellen, überlegte Rouven und wunderte sich gleichzeitig, dass er so etwas kannte und wusste.

Rouven blätterte zur nächsten Seite, und nun brach Tabitha ihr Schweigen: »Was ist das für eine Schrift? So etwas habe ich noch nie gesehen.«

Sanft strich Rouven mit einer Fingerspitze über die Seite. Er konnte die minimale Erhebung der Tinte auf dem Papier sachte erspüren. »Latein ist es nicht«, sagte er mit Bestimmtheit. »Auch keine der anderen biblischen Schriften, die man kennt, also weder hebräisch noch aramäisch oder altgriechisch oder …«

Verblüfft blickte Tabitha Rouven an. Der verstand erst jetzt, was er gerade gesagt hatte, und meinte ebenfalls verwundert: »Hab ich das gerade gesagt?« Er fasste sich an den Kopf. »Woher weiß ich so etwas?«

»Wo du doch sonst keine Erinnerung hast.«

»Eben. Woher kann ich wissen, dass …« Er blickte noch einmal auf das Papier, sah sich die Schriftzeichen genau an. »Ich bin mir aber ganz sicher mit dem, was ich dir sage. Wenn ich mich festlegen sollte, würde ich sagen, diese Schrift ist sumerisch.«

Nun war die Verblüffung Tabithas grenzenlos. »Was? Du kannst dich nicht erinnern, ob du jemals ein Haustier besessen hast, aber du kannst mit Bestimmtheit sagen, dass … dass diese Schrift …«

»… zu den ältesten Schriften gehören muss, die die Menschheit kennt. Die Sumerer waren eine der ersten Kulturen, die eine Schrift erfunden hatten. Wir reden über Mesopotamien. Über eine Zeit vor über viertausend Jahren, also lange vor der ägyptischen Hochkultur oder der griechischen Zivilisation oder …« Rouven hörte sich reden, und er spürte, dass er sich in allem, was er sagte, absolut sicher war. Dennoch konnte er kaum glauben, was er da von sich gab. Und noch weniger wusste er, woher er dieses Wissen besitzen konnte. »Doch in Mesopotamien kannte man kein Papier. Dort schrieb man in feuchten Ton oder auf Krüge. Dies hier muss die Abschrift sein von einem Text, der einmal auf einer sumerischen Tontafel gestanden hat und der …«

Tabitha sah Rouven mit aufgerissenen Augen an, dann lachte sie unsicher auf. »Rouven, du bist das Erstaunlichste, was mir jemals begegnet ist. Du überraschst mich immer wieder.«

Er nickte. »Ich überrasche mich ja selbst immer wieder.«

»Ich weiß, ich wiederhole mich allmählich, aber wie kannst du das alles wissen?«

Er zog die Schultern in die Höhe. »Das ist alles in mir drin. Ich sage nur, was mir gerade in den Sinn kommt, aber es stimmt ganz sicher.«

Tabitha schüttelte ratlos den Kopf. Doch dann wurde sie wieder ernst und zeigte auf das Buch. »Und, Herr Professor für unerklärliches Wissen, kannst du es?«

»Kann ich was?«

»Kannst du die Schrift lesen?«

Sie schob ihm das Buch näher heran, und Rouven besah sich die Zeichen nun genauer. Die einzelnen Striche wirkten im ersten Moment wie planlos aufgezeichnet. Einzig die typischen Vertiefungen an jeweils einem Ende der Linien – kleine Keile, denen diese Schrift ihren Namen verdankte – gaben dem Ganzen eine Art Richtung vor. Manchmal standen zwei Linien einfach nur nebeneinander, manchmal liefen gleich mehrere Linien übereinander weg oder überkreuzten sich. Manche waren pfeilartig angeordnet, manche gebündelt, wieder andere Striche standen allein für sich. Die allermeisten Linien wiesen einen Keil auf, nur wenige waren ohne dieses Merkmal gezeichnet worden.

Rouven blickte auf dieses ungewohnte und völlig fremdartige Muster wie auf eine Kinderzeichnung voller Kreise und Linien, deren Motiv sich dem Betrachter erst dann erschließt, wenn das Kind die einzelnen Dinge benennt. Dann plötzlich werden Kreise zu Köpfen und Linien zu Beinen, Armen, Straßen.

Ganz ähnlich erging es Rouven nun mit diesen Schriftzeichen. Aus dem Wirrwarr von Strichen und Keilen formten sich allmählich Zusammenhänge. Manche Kombinationen kehrten immer wieder. Andere traten nur ein einziges Mal auf. Rouvens Gehirn stellte unvermittelt Verbindungen her. Verknüpfungen, die für ihn in diesem Muster langsam einen Sinn ergaben. Rouven hätte es nicht erklären können, doch plötzlich ließen sich Abfolgen erkennen, beinahe wie ein Code. Er verstand nicht alles. Nur einen Bruchteil.

»Dies hier bedeutet Seele«, sagte er, während er auf eine Ansammlung von Schriftzeichen zeigte, die sich in einer der obersten Reihen befand. Sein Finger wanderte ein paar Zeilen weiter. »Und dies hier steht für den Mond«, fügte er hinzu. Und plötzlich wurde ihm wieder bewusst, was er dort tat. Erschrocken zog er den Finger zurück.

Tabithas Blick verriet, dass sie sich ebenso wunderte wie Rouven. »Was geschieht hier?«, fragte sie ihn. »Mir läuft eine Gänsehaut über den ganzen Körper.«

Rouven sah ihr verständnislos entgegen. »Ich kann es dir nicht sagen. Ich kann mir selbst nicht erklären, wie das möglich ist.«

»Wir müssen unbedingt versuchen, mehr über dich zu erfahren«, sagte Tabitha.

Rouven nickte nur und richtete seine Aufmerksamkeit schnell wieder auf das Buch. »Es kann lange dauern, bis ich alles entziffert habe«, sagte er. »Wochen. Vielleicht Monate. Es sind so viele Schriftzeichen, und ich verstehe erst einmal nur einen winzigen Bruchteil davon.«

»Na, es reicht aus, um mich völlig zu beeindrucken«, entgegnete Tabitha. »Wie viele Menschen rund um den Globus sind wohl in der Lage, überhaupt nur ein einziges Wort von dieser …«

Rouven schrie auf. Er war völlig aus der Fassung geraten. Geschockt blickte er auf das Buch, bei dem er gerade eine Seite weiter geblättert hatte.

Tabitha erschrak zutiefst, doch sie verstand sofort Rouvens Entrüstung, als sie auf das Blatt schaute. Hier gab es keine Schriftzeichen. Nur ein Bild. Ebenfalls mit schwarzer Tinte auf das Papier gezeichnet. Es zeigte zwei Personen im Kampf miteinander. Sie schienen über Wolken zu schweben, dicht unter einem Sternenhimmel, auf dem ein Sichelmond zu sehen war. Ihre Hände waren im Gefecht ineinander verkeilt. Sie warfen sich rasende Blicke zu. Einer der beiden hatte einen stierähnlichen Kopf, mit langen, spitzen Hörnern daran. Die Füße dieses Wesens glichen Stierhufen. Flammen züngelten daraus empor und schlängelten sich das Bein hinauf. In ihrem ganzen Leben hatte Tabitha noch nie etwas vergleichbar Furchterregendes gesehen.

Das andere Wesen war weit weniger angsteinflößend, wenn auch seine Gestalt spektakulär war. Zwar befanden sich an seinem Rücken riesige Flügel, wie die eines Vogels, und seine Füße waren wie Vogelkrallen gezeichnet, doch ansonsten wirkte die Figur auffallend sanftmütig, obwohl sie doch in einen Kampf verstrickt war. Das Gesicht war gütig gezeichnet, ja beinahe blickte das Wesen seinem stierartigen Gegenüber freundschaftlich in die Augen.

Doch es war vor allem eine Besonderheit, die Rouven so aus der Fassung gebracht hatte. Ein Element dieses uralten Bildes jagte ihm und Tabitha Angst ein: Auf der Schulter des zweiten Wesens befand sich ein Symbol. Es wirkte, als sei es tief in die Haut des Wesens eingebrannt, gerade so wie ein Brandzeichen: ein sichelförmiger Mond, mit einer Vogelkralle darunter.

Ihnen ist schon klar, wie verrückt das klingt, oder?« Mayers rutschte auf seinem Stuhl vor den Bildschirmen des Sicherheitsraumes hin und her.

Bertoli nickte. »Wenn mir jemand eine solche Geschichte erzählen würde, dann würde ich ihn für völlig bekloppt erklären.«

Treffende Beschreibung für das, was in mir vorgeht, dachte Mayers nur, und ein Blick zu Tallwitz verriet ihm, dass sein Kollege wohl ebenso dachte.

Doch Bertoli fügte hinzu: »Aber ich habe es erlebt. Genau so, wie ich Ihnen das sage. Dieser Rouven hat mich so sehr in meinen Gefühlen gepackt, dass ich ihm ... ja, es klingt verrückt ... völlig hilflos ausgeliefert war. Ich gab ihm die Chipkarte. Aber ich hätte ihm auch meine Autoschlüssel, mein Bargeld und alles gegeben, wenn er danach gefragt hätte.«

Mayers blieb dabei: »Es klingt absolut unglaublich.«

»Mit diesem Jungen stimmt etwas nicht«, sagte Bertoli. »Etwas Besonderes geht mit ihm vor. Glauben Sie mir.«

»Vielleicht war es eine Art Hypnose«, schlug Tallwitz vor. »Das würde einiges erklären.«

Diese Antwort gefiel Mayers augenscheinlich. »Dass wir nicht schon früher daran gedacht haben«, überlegte er. »Das könnte erklären, wie er die Besitzer der Wohnungen mit sich nehmen konnte, ohne dass es Kampfspuren gab. Er hat einfach alle hypnotisiert, und sie sind mit ihm gegangen.«

Auch Tallwitz fand diese Erklärung nachvollziehbar. »Das erklärt wenigstens das *Wie*«, sagte er. »Wenn auch nicht das *Warum*.«

»Und es erklärt, was bei der Festnahme mit unserem Kollegen geschehen ist«, grübelte Mayers weiter, »als er meinte, er verbrenne sich die Hände an Rouvens Handgelenken. Das hatte Rouven ihn mittels Hypnose spüren lassen.«

Bertoli schüttelte allerdings energisch den Kopf.

Und auch Tallwitz revidierte schnell seine Überlegungen. »Das alles war keine Hypnose«, sagte er. »Ich habe es doch selbst erlebt. Da ging etwas anderes mit mir vor. Und außerdem: Warum sieht man Rouven auf dem Foto der einen Überwachungskamera allein aus dem Haus gehen? Man hätte doch auch die Familienmitglieder sehen müssen. Und die Verbrennungen unseres Kollegen sind echt. Ich hab die Wunden gesehen. Das schafft man bestimmt nicht mit einer Hypnose.«

Mayers verlor das Lächeln im Gesicht. »Stimmt«, musste er zugeben. »Da ist was dran.«

Die drei blickten betroffen unter sich. Vor allem Mayers hatte sich bisher in seinem Leben noch nie so ausgebremst gefühlt.

Beide konnten sie den Blick nicht mehr von der gezeichneten Figur und den Symbolen auf dem Schulterblatt nehmen. Und beiden fehlten die Worte, das zu beschreiben, was in ihnen vorging. Gebannt saßen sie am Tisch vor dem geöffneten Buch und starrten auf die Seite.

Bis Rouven schließlich das Schweigen brach. »Folge den Symbolen«, sagte er leise. »Das war es, was er gesagt hatte, nicht wahr, Tabitha? Und das war es auch, was auf dem Zettel stand, den jemand Nana auf den Tisch gelegt hatte.«

Auch sie brach ihr Schweigen, allerdings ohne von dem Buch aufzusehen. Mit der linken Hand suchte sie die Stelle an ihrem rechten Unterarm, in dessen Haut die Zeichen geritzt waren. »Das waren auch die Worte, die er mir ins Ohr geflüstert hatte.« Sie schüttelte sich. »Mit seiner unheimlichen Stimme.«

»Folge den Symbolen«, wiederholte Rouven nachdenklich. »Den Symbolen …« Er griff nach dem Buch und blätterte vorsichtig ein paar Seiten durch. Sehr viel Schrift bekam er zu sehen und auch weitere Zeichnungen. Jedoch kein Bild mehr, das ihm einen solchen Schrecken einjagte. »Den Symbolen folgen«, murmelte er grübelnd. Schließlich schlug er das Buch zu. Er hatte einen Entschluss gefasst. »Ich werde nicht zurück ins Gefängnis gehen«, teilte er Tabitha mit. »Jetzt, wo du hier bist, und jetzt, wo wir dieses Buch in den Händen haben, werde ich keine weitere Zeit in einer Zelle verlieren. Sie bietet ohnehin keinen Schutz, wie du siehst.«

»Was genau hast du vor?«

Rouven legte eine Hand auf das Buch. »Ich werde das tun, was mir gesagt wurde: Ich werde den Symbolen folgen!«

Tabitha wirkte unschlüssig. »Und die Gefahr, die das mit sich bringt?«

»Schau mich doch an. Alles, was ich mache, birgt eine Gefahr. Ich muss endlich erfahren, wer ich bin und was das alles soll.«

Endlich stimmte Tabitha zu. »Ich bleibe an deiner Seite!«

»Danke!«

Rouven erhob sich und ging in den Hausflur. Er durchwühlte die Schubladen des Schrankes, auf dem das Telefon stand, bis er das Telefonbuch der Stadt gefunden hatte. »Die Leute verstauen es immer hier«, kicherte er. Dann suchte er die Rufnummer des Polizeipräsidiums, griff sich den Telefonhörer und wählte die Nummer.

Tabitha beobachtete ihn dabei. Und sie versuchte zu ergründen, was Rouven vorhatte, als sie ihn sagen hörte: »Verbinden Sie mich bitte mit Herrn Mayers, ja?«

Der schrille Ton von Mayers' Diensthandy riss die drei Männer aus ihren Grübeleien. Noch immer saßen sie sich im Sicherheitsraum gegenüber und überlegten, wie sie in dieser besonderen Situation reagieren sollten.

Mayers erkannte sich nicht mehr wieder. Hier saßen sie, und ihnen lief die Zeit davon. Und noch viel schlimmer: Genau genommen hatten sich die drei bereits strafbar gemacht, weil sie Rouvens Flucht nicht sofort gemeldet hatten. So etwas war bisher in Mayers Leben undenkbar gewesen. Er galt als sehr pflichtbewusst und zuverlässig. Ebenso wie Tallwitz. Deshalb waren sie wohl auch nachweislich das erfolgreichste Ermittler-Duo der Stadt.

Aber jetzt? Jetzt ließen sie sich von einem Jugendlichen aus der Bahn werfen, der sie alle anscheinend beeinflussen konnte. Ob mit Hypnose oder nicht war egal, aber irgendetwas ging mit ihnen vor. Sie alle standen in so etwas wie einem Zauber, der von dem Jungen ausging. Und diese Tatsache gefiel Mayers überhaupt nicht.

Es war Zeit, sich dagegen zu wehren. Mayers zog das Handy aus seiner Tasche. Dieser eine Anruf noch, dann würde er sofort Meldung machen. Er drückte die grüne Taste seines Handys und nahm den Anruf an: »Ja, Mayers?«

»Ich bin's, Herr Mayers. Rouven.«

Mayers verschlug es die Sprache. Wenn er mit allem gerechnet hätte, niemals aber damit.

»Ich hoffe, ich störe Sie nicht«, sagte Rouven. Und diese Unbeholfenheit nahm Mayers die Erstarrung. Er gab Tallwitz und Bertoli ein Zeichen, dass sie sofort verstanden, wer am anderen Ende war.

»Ach nein, mach dir keine Gedanken«, antwortete er ironisch. »Du hältst mich nur gerade davon ab, Alarm zu schlagen. Weißt du, heute Nacht ist uns einer unserer Insassen abhandengekommen.«

»Tut mir leid«, erwiderte Rouven, und für Mayers klang es sogar aufrichtig. »Wenn ich Ihnen jetzt sage, dass ich selbst nicht weiß, wie es dazu kam, dann werden Sie mir nicht glauben, oder?«

Mayers lachte. »Weißt du, allmählich wundere ich mich über gar nichts mehr. Aber wie wäre es, wenn du hierherkommst, und wir sprechen in Ruhe darüber?«

»Dachte mir schon, dass dieser Vorschlag kommt«, hörte der Polizist Rouven sagen. »Aber deshalb rufe ich ja an. Ich möchte Ihnen sagen, dass es etwas dauern kann, bis ich wiederkomme.«

Jetzt kam Mayers ins Grübeln. Er wusste nicht, ob er lachen oder losbrüllen sollte. »Willst du mich veräppeln?«, raunte er mit unterdrückter Wut ins Telefon. »Wir beide planen doch kein Picknick. Du bist ein gesuchter Krimineller und gehörst hinter Gitter. Und es liegt nicht an dir, zu entscheiden, wann oder ob …«

Rouven schien Mayers' Reaktion nicht zu beachten. In ruhigem Ton fuhr er fort: »Ich brauche Ihre Hilfe.«

Nun brüllte Mayers doch: »Du … was??«

»Hören Sie, zum ersten Mal habe ich eine Möglichkeit, zu erfahren, was derzeit mit mir vorgeht. Eine heiße Spur, würden Sie wahrscheinlich dazu sagen. Ich benötige etwas Zeit, um das Rätsel zu lösen.«

»Zeit?« Mayers traute seinen Ohren nicht.

»Genau. Deshalb wollte ich Sie bitten, nichts davon verlauten zu lassen, dass ich nicht mehr in Ihrer Zelle sitze. Ich muss meine Nachforschungen in Ruhe anstellen und kann mich nicht gleichzeitig vor der Polizei verstecken.«

Wenn Mayers nicht schon sitzen würde, dann wäre er in diesem Moment rücklings in den Stuhl gefallen. »Das ist doch alles nicht dein Ernst.«

»Ich bitte Sie inständig um etwas Zeit, Herr Mayers. Ich werde Sie auch informieren, sobald ich …«

»Hey, Junge!« Mayers zwang sich weiter zur Ruhe, was ihm jedoch weniger gut gelang. »Weißt du eigentlich, dass hier drei Polizisten sitzen, die bereits jetzt schon ihre Karriere für dich riskieren? Kannst du dir vorstellen, was du von uns verlangst? Wir sollen deinen Ausbruch geheim halten, damit du in der Welt herumspazieren …«

»Es war kein Ausbruch«, unterbrach ihn Rouven rasch.

»Was?«

»Ich bin nicht geflüchtet in der vergangenen Nacht. Ich bin … wie soll ich sagen? Auf einmal war ich hier und …« Rouven seufzte. »Verstehen Sie doch: Ich muss hinter all diese Geheimnisse kommen. Und zum ersten Mal habe ich die Gelegenheit dazu. Und ich bin der Einzige, der diese Fragen klären kann.«

Mayers atmete tief aus. Diese Hilflosigkeit und Verzweiflung Rouvens klang echt. Und dass er diesen Anruf gewagt hatte, deutete ebenfalls darauf hin, dass er es ernst meinte. Vorhin waren sie sich alle drei einig gewesen, dass diese Vorgänge nicht normal sein konnten. Und erforderten besondere Situationen nicht besondere Reaktionen? Dies war ganz sicher eine besondere Situation.

In Mayers' Kopf überschlugen sich die Gedanken. Er mochte den Jungen. Aber reichte das aus, um ihn zu decken?

»Hallo?«, rief Rouven in den Hörer. »Sind Sie noch da, Herr Mayers?«

»Ich wäre lieber woanders«, brummte der mürrisch in sein Handy. Die Wut, die er vor wenigen Sekunden noch verspürt hatte, verebbte. Dieser Rouven schien sie tatsächlich alle beeinflussen zu können. Es war unglaublich. Dieser Kerl hatte allmählich den gesamten Polizeiapparat im Griff.

»Haben Sie eine Entscheidung getroffen?«, hakte Rouven noch einmal nach.

Und zu seiner eigenen Verblüffung und der seiner Kollegen hörte sich Mayers antworten: »Ich gebe dir zwei Tage. Hast du verstanden? Länger können wir dich gar nicht decken. Zwei Tage. Bring deinen

Kram in Ordnung. Lüfte ein paar Geheimnisse, und dann kommst du her. Verstanden?«

»Danke!«, klang es erleichtert vom anderen Ende.

»Bedank dich nicht zu früh, mein Freund!« Mayers' Worte klangen weniger drohend, als er es sich gewünscht hätte. »Ich verstehe ja selbst nicht, was in mich gefahren ist, dass ich mich darauf einlasse. Verrate mir nur, ob das etwas mit Hypnose zu tun hat!«

»Was?«

»Wie du die Leute manipulierst«, erklärte Mayers. »Was du mit Bertoli gemacht hast und vielleicht auch gerade mit mir. Hat das mit Hypnose zu tun?«

»Nein«, erklang es wieder ehrlich und überzeugend aus dem Handy. »Das alles gehört zu den Dingen, die ich herausbekommen möchte. Etwas geht mit mir vor, und ich muss wissen, was es ist.«

Mayers seufzte. »Und wir riskieren derweil unsere Hälse. Ich hoffe, du weißt, was du tust!«

»Ich weiß zumindest, womit ich anfangen kann«, antwortete Rouven.

»Dann los, Mensch! Löse deine Rätsel, und dann kommst du zu mir. Mit Antworten. Klar?«

»Versprochen. Ich danke Ihnen wirklich sehr!«

Es klickte kurz in der Leitung, dann vernahm Mayers nur noch den klanglosen Signalton, der ihm versicherte, dass Rouven aufgelegt hatte.

»Seht mich nicht so an«, knurrte er Tallwitz und Bertoli an. »Ich glaube ja selbst nicht, was gerade geschehen ist.«

»Hypnose war es nicht.« Bertoli nutzte die ratlose Situation seines Kollegen aus, um auf seiner Meinung zu beharren. »Wie ich gesagt habe.«

»Ich weiß nicht, was es ist«, brummte Mayers erschöpft. »Ich weiß nur, dass ich wieder einmal dem Jungen erlegen bin. Hoffentlich geht das gut!«

Nachdenklich legte Rouven das Telefon zur Seite. Tabitha beobachtete ihn ungeduldig. »Und?«

»Er gibt uns ein paar Tage«, antwortete Rouven. »Das ist nicht viel.«

»Aber es ist immerhin etwas«, antwortete Tabitha. »Erstaunlich, dass er sich darauf einlässt.«

Rouven lächelte. »Er glaubt, ich hypnotisiere die Menschen.«

»Echt? Das glaube ich aber nicht. Ich konnte dich beobachten, mit dem Obdachlosen, der dieses merkwürdige Spanisch gesprochen hat. Das war keine Hypnose. Ich weiß nicht, was es ist, aber Hypnose …« Sie verstummte.

»Was ist?«

Tabitha legte die Stirn in Falten. Sie dachte angestrengt nach. »Hypnose«, murmelte sie.

»Tabitha, woran denkst du?«

Nun war sie es, die aus der Schublade des Flurschranks das Telefonbuch herauszog. Wild blätterte sie darin herum. »Ihr Name war irgendwas mit B«, murmelte sie kaum verständlich. »Ausländisch. Aber etwas mit B …«

»Tabitha, nun sag mir endlich …«

Das Blättern hatte ein Ende. Tabitha strahlte Rouven an. »Baswani«, rief sie aus und strahlte über das Gesicht, als habe sie im Lotto gewonnen. »Mathida Baswani. Ich wusste es doch.«

Rouven sah sie bereits flehend an. »Sag mir doch endlich, was das soll.«

»Ich war noch ein kleines Kind«, erklärte Tabitha, noch immer bestens gelaunt. »Mein Vater wollte sich das Rauchen abgewöhnen. Er hatte es mit allen möglichen Mitteln und Tricks versucht: Spritzen, Pflaster, Gummibärchen, Gruppentherapie. Aber nichts hatte geholfen. Dann ist er zu Frau Baswani gegangen. Und sie hatte ihm helfen können.«

Nun verstand Rouven gar nichts mehr. »Ihm konnte sie helfen, okay. Aber mir? Ich rauche nicht. Und ich habe es auch nicht vor. Ich brauche niemanden, der es mir beibringt.«

Tabitha lachte auf. »Darum geht es nicht. Mathida Baswani ist Hypnotiseurin. Ich habe mich an sie erinnert, als du jetzt davon gesprochen hast.«

Allmählich verstand Rouven. »Und du denkst, ich sollte …«

»Deine fehlende Erinnerung. Die Bilder, die du immer wieder vor Augen hast. In deinem Unterbewusstsein herrscht das blanke Chaos. Und wir brauchen jemanden, der da Ordnung schafft.«

»Mit Hypnose?«

»Ein Versuch ist es wert, findest du nicht?«

Rouven schaute zu dem alten Buch, das noch immer auf dem Tisch lag. »Ich soll doch den Symbolen folgen«, gab er zurück.

»Eben!« Tabitha blieb bei ihrer Meinung. »Lass uns in deinem Unterbewusstsein ein bisschen herumstöbern. Vielleicht finden wir dort auch die Symbole wieder. Dann aber vielleicht in einem Zusammenhang. Und vielleicht sogar bedeutend schneller, als wenn du ein paar Wochen über dieser Keilschrift hängst.«

Rouvens Abneigung legte sich ein wenig. »Ich weiß nicht …«

»Aber ich«, antwortete sie und zog ihn an der Hand aus dem Haus. »Vertrau mir!«

»Moment! Wir dürfen das Wichtigste nicht vergessen!« Rouven rannte zurück zum Tisch, schnappte sich das Buch und steckte es in einen Jutebeutel, der zusammengefaltet auf einem Regalbrett neben der Zimmertür lag. Dann ließ er sich von Tabitha nach draußen führen.

Tabithas gute Laune und die Hoffnung, die sie mit der Hypnose verband, steckten ihn an. Sie wirkte wie aufgedreht. Rouven vermutete, dass sie sich so kopfüber in seine Angelegenheiten stürzte, um ihren eigenen Fragen aus dem Weg zu gehen.

Vor allem aber war es wie eine Befreiung, endlich dieses Haus verlassen zu können, in dem er in der vergangenen Nacht wohl erneut zugeschlagen hatte. Die frische Luft, die Sonnenstrahlen, all das wirkte wie ein Streicheln seiner Seele. Das alles und Tabithas Anwesenheit. Sie war hier. Sie war echt.

»Wo bist du gewesen in den Wochen, die ich in der Zelle gesessen habe?«, fragte er unvermittelt. Er hatte sich diese Frage nicht vorbereitet. Sie war ihm so eingefallen. Beinahe so, wie man beim Plaudern nicht jedes Wort abwägt.

Doch an Tabithas Reaktion konnte er ablesen, dass es die falsche Frage gewesen war. Abrupt blieb sie stehen. Ihre gute Laune schien wie weggefegt. Ein Schatten legte sich auf ihr Gesicht, als sie sagte: »Rouven, etwas stimmt nicht mit mir!«

»Betrifft es das, worum wir uns am letzten Abend gestritten haben?«, wagte er zu fragen, und als sie nickte, bereute er endgültig, seine Frage vorhin gestellt zu haben. Alle Fröhlichkeit war aus Tabithas Gesicht verschwunden. So, wie sie vor ihm stand, schien sie nur aus Angst und Unsicherheit zu bestehen.

»Ich war wütend, das hast du ja bemerkt«, begann sie ihre Erklärung. »Du musst zugeben, dass es ziemlich verrückt klingt, wenn jemand vor dir steht und dich fragt, ob du nicht vielleicht tot bist. Ich dachte, du machst dich über mich lustig oder treibst irgendeinen üblen Scherz. Du hast mir Angst gemacht an diesem Abend, und ich war einfach nur überfordert.«

Rouven trat näher an sie heran. »Ich weiß. Ich muss mich bei dir entsch…«

Sie legte die Fingerspitzen auf seinen Mund und fuhr fort: »Doch dann warst du weg. Und ich stand allein mit Nana in unserer Halle. Ich hatte mich dann in unsere Ecke verkrümelt. Du hast mir gefehlt. Ich fühlte mich allein. Sehr allein. Obwohl Nana in dem Wasserwerk war. Irgendwann bin ich dann eingeschlafen, und ich kann dir gar nicht sagen, wie lange.«

Rouvens Hand suchte ihre Hand. Er wollte ihr zeigen, dass er hinter ihr stand. Was immer sie ihm auch zu sagen hatte.

»Nachdem ich wieder aufgewacht war, wurde mir klar, dass ich für Nana sorgen musste. Also zog ich los, zur Tafel. So, wie du mir es gezeigt hattest.«

Rouven erinnerte sich an den nachgefüllten Proviantschrank neben Nanas Bollerofen. Tabitha hatte sich also um die Großmutter gekümmert. Er spürte eine Erleichterung.

Tabithas Griff in Rouvens Hand verstärkte sich. Die Erinnerungen, die in ihr hochkamen, schienen schmerzvoll zu sein.

»Erinnerst du dich an unseren ersten Tag dort?«, fragte sie. »Daran, dass niemand Notiz von mir genommen hatte? Damals dachte ich, die Leute würden mich nicht bemerken, weil sie auf dich fixiert waren. Es war ihnen ja anzusehen, wie sehr sie sich über deinen Besuch gefreut hatten. Und deshalb hatte auch keiner einen Blick für mich übrig. So zumindest dachte ich damals. Aber dann …«

»Ja?« Rouven bemerkte, wie ihr Tränen in die Augen stiegen.

»Als ich allein dort ankam, war alles genauso. Niemand schien mich zu bemerken. Nein, schlimmer noch: Ich stellte mich vor die Leute, ich sprach sie an und bat um Kartoffeln für Nana. Aber die Menschen, sie … sie …«

Tabitha schluchzte. Sie zog ihre Hände zurück und hielt sie sich vor die Augen. »Sie sahen durch mich hindurch. Verstehst du? Als sei ich gar nicht dort. Als sei ich Luft. Als sei ich …« Sie nahm die Hände vom Gesicht und blickte Rouven verstört an. »Als sei ich ein Geist.«

Rouven hörte ihre Worte, doch er wusste keine Antwort.

»Ich rannte durch die Stadt«, erklärte Tabitha weiter. »Überall waren Menschen. Doch niemand konnte mich sehen. Schlimmer noch: Rouven, ich habe mich den Leuten entgegengestellt. Ich habe versucht, sie anzurempeln oder anzustoßen.«

Rouven fürchtete sich vor der Antwort auf seine Frage: »Wie haben sie reagiert?«

Tabitha schluckte. Rouven konnte klar erkennen, wie ein Ruck durch ihren Körper ging, bevor sie antwortete: »Sie sind durch mich hindurchgegangen!«

Mayers drehte sein Handy so herum, dass Tallwitz das Display ablesen konnte.

»Das ist die Nummer, von der aus er angerufen hat«, sagte Mayers, und Tallwitz verstand sofort: »Gib mir eine Minute, dann weiß ich, zu welcher Adresse die Nummer gehört.«

Und damit eilte er sich, in sein Büro zu kommen.

Mayers wandte sich Bertoli zu. »Und an Sie habe ich auch eine Bitte.« Er hob schnell die Hand. »Nein, zwei Bitten.«

Bertoli war gespannt: »Was soll ich tun?«

»Zunächst einmal die Klappe halten über alles, was in den letzten zwölf Stunden passiert ist.«

Bertoli lachte erleichtert. »Ja, das kann ich Ihnen gern versprechen. Erstens ist es mir ohnehin peinlich, dass mir der Kerl aus der Zelle entwischt ist. Und zweitens verstehe ich nichts von allem, was Rouven sonst betrifft. Was ist Ihre zweite Bitte?«

Mayers deutete zum Bildschirm. »Zeigen Sie mir die Überwachungskameras der letzten Nacht.«

Bertoli verstand. »Sie möchten sehen, wann er geflohen ist.«

»Und vor allem, wie.«

Der Italiener machte sich schnell an das Gerät. »Das ist leicht«, sagte er. »Die letzten vierundzwanzig Stunden sind ja stets in dem Rekorder gespeichert.« Er drückte ein paar Knöpfe, dann ließ er das Überwachungsvideo laufen. Auf dem Bildschirm erschienen gleich vier Aufnahmen nebeneinander. Alle vier Eingänge wurden synchron überwacht und die Aufnahmen gespeichert.

»Können Sie das im Schnellverfahren laufen lassen?«, bat Mayers.

Bertoli drückte einen Knopf, und nun begann die Zeitanzeige auf dem Bildschirm zu rasen. Stunden wurden zu Sekunden. Nur selten tat sich etwas rund um das Gebäude. Dann und wann sahen sie, wie im Zeitraffer Polizeiwagen vorfuhren und Kollegen sich – wie hektisch angetrieben – von ihren Autos ins Gebäude begaben. Gegen sechs Uhr morgens herrschte zum Dienstbeginn das meiste Treiben. Kollegen gingen und Kollegen kamen. Es gab keine Besonderheiten. Und vor allem: Es gab keinerlei Lebenszeichen von Rouven.

Mayers kratzte sich die Stirn. »Was geht hier vor? Durch ein Fenster kann er nicht entkommen sein. Nicht aus diesem Präsidium! Verdammt … Wir tappen hier wie die …«

Tallwitz betrat den Raum. In seiner Hand hielt er einen Zettel. »Ich hab die Adresse herausgefunden, die zu dem Telefon gehört.«

»Perfekt«, brummte Mayers. »Wenigstens mal eine gute Nachricht in all dem Chaos. Lass uns fahren. Hier drin zerspringt mir noch der Schädel.«

Tallwitz steckte den Zettel ein. »Was ist denn los?«

»Sag ich dir im Wagen«, knurrte Mayers nur noch missgelaunt, dann ging er Tallwitz voraus.

Den Weg in die südliche Vorstadt, dorthin, wo die riesigen Plattenbauten standen, hatten sie schweigend zurückgelegt. Keiner von beiden hatte Worte gefunden für das, was in ihnen vorging. Rouven fühlte sich mit all seinen Problemen wie ein Bergsteiger, der Tabitha, mit all ihren Fragen, vor dem Absturz retten wollte, während sie bereits im freien Fall versuchte, ihn zu halten. Dieses Bild erschien zum Greifen real vor seinem geistigen Auge: Tabitha und er an einem steilen Hang. Beide stürzend und unfähig, einander beizustehen.

Nach stundenlangem Marsch zeigte Tabitha auf eine der scheinbar zahllosen Wohnungstüren in einem Hochhaus, das wie Dutzende andere Hochhäuser in der langen Straße aussah.

»Das muss es sein«, sagte sie und zeigte auf die Hausnummer an der Wand.

Rouven war weiterhin nicht wohl bei dem Gedanken, sich hypnotisieren zu lassen. Eher Tabitha zuliebe hatte er zugestimmt und war mit hierhergekommen. Sie war so überzeugt von ihrer Idee, dass er nicht hatte widersprechen wollen.

Doch jetzt, wo sie nur noch wenige Schritte davon entfernt waren, stieg eine Unruhe in Rouven auf. Zusammen mit dem Bedürfnis umzukehren und lieber auf anderem Weg nach den Symbolen zu suchen. Oder die Schrift des Buches weiter zu entziffern. Noch immer trug er es in der Jutetasche mit sich, und es war ihm, als riefe das Buch nach ihm. Er konnte es kaum erwarten, endlich wieder die Seiten aufzuschlagen.

Tabitha zuliebe beherrschte er sich aber und tat ihr den Gefallen, sie hierher zu begleiten.

Tabitha schien von all seinen Überlegungen nichts zu ahnen. Sie war voller Hoffnung, als sie an die Tür der Wohnung klopfte.

Noch immer sprachen sie kein Wort miteinander, sondern warteten schweigend vor der Tür. Aus einem Hinterhof drang Hundegebell an ihre Ohren, in der Ferne schrie ein Kind. Rouven blickte sich um. Die Wände waren grau und schulterhoch mit Graffiti beschmiert. An Fenstern und Türen hatten die Jahreszeiten ihre Spuren hinterlassen. Das Holz der Rahmen war rissig, zum Teil bildete sich schon Moos in den Rillen. Auf dem Boden lagen halb gerauchte Zigaretten und viel Verpackungsmüll.

Auch Tabitha sah sich um, und Rouven merkte ihr an, dass sie sich nicht wohlfühlte in dieser Gegend. Ihm selbst ging es anders. Zwar fehlte diesen Häusern jeglicher Glanz, und keines bot auch nur im Ansatz eine vergleichbare Gemütlichkeit wie ihre Halle im Wasserwerk, doch Rouven ging es gut bei dem Gedanken, dass es in diesen Häusern sicher Menschen gab, denen es erging wie ihm. In dieser tristen, farblosen Umgebung, so vermutete Rouven, stieß er gewiss auf einige Leute, die ohne Zögern bereit waren, ihr Leben gegen seines einzutauschen. Deshalb verspürte Rouven zum ersten Mal eine Art von Gemeinschaftsgefühl, obwohl er noch keinen der Bewohner hier gesehen hatte.

Sie standen bereits einige Minuten vor der verschlossenen Tür und Rouven schöpfte schon Hoffnung, dass niemand zu Hause sei und er wenigstens für heute um die Hypnose herumkam, als endlich Schritte in der Wohnung zu hören waren.

Aufgeregt wandten sich Tabitha und Rouven wieder der Tür zu. Sie hörten, wie ein Riegel zurückgeschoben wurde. Dann noch einer. Wieder einer.

Ein Schlüssel drehte sich in einem Schloss der Tür. Dann noch einer. Wieder einer.

Schließlich wurde geöffnet.

Vor ihnen stand eine Frau, die Rouven mit keinem anderen Menschen vergleichen konnte, den er bisher gesehen hatte. Sie war mindestens einen Kopf größer als Rouven. Sie steckte in einem einteiligen Kleid, das in kunterbunten Farben und wilden Mustern an ihrem ganzen Körper entlang zu fließen schien. Um ihren Kopf hatte sie ein Tuch des gleichen Musters gebunden. Darunter blickten Rouven die klarsten Augen an, die er bisher gesehen hatte. Er hätte nicht bestimmen können, ob sie eher blau oder eher grau waren. Sie wirkten wie zwei funkelnde Kristalle. Dieser Effekt wurde von der tiefdunklen Haut der Frau noch hervorgehoben. Ihre vollen Lippen waren rot geschminkt und stachen ebenfalls hervor. Rouven konnte ihr Alter keinesfalls einschätzen. Sie hätte über dreißig Jahre oder auch sechzig Jahre alt sein können. Ihr Gesicht wies keine Falten auf, doch sah man der Frau an, dass sie schon einiges in ihrem Leben ertragen und durchgestanden hatte.

Kein Zweifel, diese Frau, die mit ihrem massigen Körper beinahe die ganze Tür ausfüllte, war die imponierendste Gestalt, der Rouven bisher gegenübergestanden hatte.

»Kann ich dir helfen?« Selbst die Stimme schien ein Teil dieses Gesamtkunstwerks zu sein.

Rouven blickte auf Tabitha, dann wieder zu der Frau. Er wusste nicht recht, was er sagen sollte, und Tabitha ging es wohl ähnlich.

»Mathida Baswani? Sind Sie das?«

»Ja, das bin ich. Worum geht es?«

»Nun, wir sind hier, weil ...«

Die Frau zog die Augenbrauen nach oben. »Wir?« Sie blickte suchend an Rouven vorbei.

»Tabitha und ich«, antwortete Rouven unsicher und merkte, wie auch Tabitha unruhig wurde.

Mathida Baswani zog die Schultern in die Höhe. »Und, wo ist sie?«

Rouven fehlten die Worte, daher übernahm Tabitha: »Hier. Hier bin ich«, sagte sie, doch die Frau schien sie nicht zu hören.

Nun wusste Rouven erst recht nicht, wie er sich verhalten sollte. Die Frau in der Tür wurde ungeduldig. Doch sie bemerkte, dass mit Rouven etwas vor sich ging, und deshalb versuchte sie es mit einem unverfänglichen Gespräch. »Tabitha«, sagte sie. »Seltener Name. Ich kannte mal ein Mädchen mit diesem Namen. Ihr Vater …«

»Ihr Vater hat dank Ihrer Hilfe das Rauchen aufgeben können«, unterbrach sie Rouven schnell, und Mathida Baswani lächelte.

»Genau. Kanntest du sie?«

Rouven fühlte sich mehr und mehr unwohl in seiner Haut. Tabitha stand an seiner Seite. Heiße Tränen liefen ihr die Wangen hinab.

»Tabitha hat mir geraten, zu Ihnen zu kommen.«

Die Frau blickte skeptisch. »Sie hat es dir gesagt?«

Rouven wagte einen Vorstoß: »Heute Morgen.«

Mathida Baswani winkte energisch ab. »Das kann gar nicht sein. Die Tabitha, die ich kenne, ist vor sieben Jahren gestorben. Es hatte einen merkwürdigen Unfall gegeben. Ihre Eltern haben vor Trauer beinahe den Verstand verloren. Du musst wissen, dass der Vater nicht nur das Rauchen in dieser Wohnung aufgegeben hat. Nach Tabithas Tod waren die Eltern beinahe jede Woche hier. Gemeinsam haben wir die Trauer und den Schmerz verarbeitet. Deshalb glaub mir, Junge: Die Tabitha, an die ich denke, kann dir keinesfalls heute Morgen Ratschläge erteilt haben.«

Tabitha schluchzte. Sie hörte die Worte ebenso wie Rouven sie hörte. Und sie glaubte der Frau so wie Rouven ihr glaubte. Doch genau wie er konnte sie das alles nicht begreifen.

Mit einem letzten grüblerischen Blick auf Rouven zog Mathida Baswani die Tür zu. »Tut mir leid, mein Junge, du musst dich geirrt haben.«

Rouven streckte rasch eine Hand aus und hielt die Tür auf.

»He!«, beklagte sich die Frau. Doch mit einem erneuten Blick in Rouvens verzweifeltes Gesicht öffnete sie wieder die Tür.

»Sie sind meine einzige Hoffnung«, sagte er, und in Tabithas Richtung gewandt fügte er schnell hinzu: »Unsere einzige Hoffnung.«

Mathida Baswani nickte. »Du siehst wirklich aus wie jemand, der Hilfe braucht.« Sie trat einen Schritt zur Seite. »Komm rein.«

Rouven bedankte sich mit einem Kopfnicken, dann trat er in

die Wohnung. Tabitha huschte, kurz bevor die Frau die Tür schloss, ebenfalls mit hinein.

»Durch den Gang bitte«, sagte Mathida Baswani. »Letzte Tür rechts.«

Rouven wartete auf das übliche »Aber schau dich nicht um, ich hab nicht aufgeräumt«, das wohl beinahe jeder Mensch von sich gab, wenn er überraschend Besuch bekam, doch die Frau sagte es nicht. Und dabei wäre es gerade bei ihr angebracht gewesen, wie Rouven dachte, als er den Raum betrat.

Die Unordnung in diesem Wohnzimmer war beinahe vergleichbar mit dem Chaos der Wohnungen, in denen Rouven nach Neumondnächten erwacht war. Alles in diesem Raum schien am falschen Platz zu stehen. Die Sessel und das Sofa passten nicht zusammen, weder von der Form noch von der Farbe. Dem riesigen Schrank, der beinahe eine ganze Wand bedeckte, fehlten die meisten Türen. Oder aber die Türen, die noch vorhanden waren, hingen schief in ihren Scharnieren. In einer Ecke des Raumes entdeckte Rouven eine Waschmaschine, deren Glastür einen tiefen Sprung aufwies.

Die Tapete musste uralt sein. Rouven vermutete, dass sie einmal gelb gewesen sein konnte. Jetzt sah sie grau aus. Ganze Stücke fehlten, es gab Risse in ihr, die von der Decke bis zum Boden reichten. Der hellrote Teppich wies mehr Flecken als Muster auf.

Überall im Raum standen Tassen, Teller und Gläser herum. Zeitungen stapelten sich meterhoch in den Ecken. Kleidungsstücke hingen über Lehnen und Polster. Und über alledem hing ein wahrhaft abstoßender Geruch in der Luft. Rouven vermutete, dass die Katze, die ihn misstrauisch von einem der Sessel aus beäugte, nicht die einzige in der Wohnung war.

Und tatsächlich: Auf dem riesigen Schrank lag eine zweite. Und hinter dem Sofa schaute die Schwanzspitze einer dritten Katze hervor.

Einen Fernseher gab es nicht. Ebenso entdeckte Rouven weder Radio noch Telefon. Es hingen auch keine Bilder an der Wand. Lediglich ein kaputter Bilderrahmen lehnte gegen den Schrank. Das

Bild, das einst darin zu sehen gewesen war, hing jetzt trostlos in Fetzen zwischen den Rahmenteilen. Sicherlich war es das Opfer verspielter Katzenkrallen geworden.

»Gemütlich, nicht wahr?«, ließ Mathida Baswani ihre Stimme erklingen.

Rouven wusste nicht, wohin mit seinen Blicken. Auch Tabitha blickte sich angeekelt um. Diese Wohnung stand in völligem Gegensatz zu der äußerst gepflegten Erscheinung der Frau.

Sie lachte dröhnend auf. »Lass gut sein, Junge. Erspar dir die Antwort. Ich will dich nicht unter Druck setzen. Tee?«

Rouven schüttelte schnell den Kopf. Keinesfalls wollte er in diesen Wänden irgendetwas essen oder trinken.

Mathida Baswani lachte wieder. »Dachte ich mir schon. Dann kommen wir eben gleich zur Sache. Womit kann ich dir helfen?«

»Ich weiß gar nicht, wo ich anfangen soll«, gab Rouven ehrlich zu.

»Ist immer gut, vorn anzufangen«, erwiderte Mathida Baswani. »Wie wäre es, wenn du mir einfach mal deinen Namen nennst?« Ihre Laune hob sich mit jeder Sekunde. Sie schien ihr anfängliches Misstrauen Rouven gegenüber abzulegen und sich augenscheinlich sogar über seinen Besuch zu freuen.

In Rouven kam keine Freude auf. Er fühlte mit Tabitha, die völlig verstört neben ihm stand. Gegenüber einer Frau, die sie nicht sehen konnte, mit dem Wissen, dass sie gestorben sein sollte, und mit der Verwunderung darüber, dass ihre Eltern, die stets auf ihr Äußeres bedacht waren, viel Zeit in dieser völlig verwahrlosten Wohnung zugebracht haben sollten.

Rouven versuchte, sich wieder auf die Frau zu konzentrieren. »Rouven«, gab er schnell zur Antwort.

Sie strahlte. »Na, prima. Das ist doch schon mal ein Anfang. Rouven. Und wie weiter?«

»Das weiß ich nicht.«

»Oh!« Sie verlor das Strahlen in ihrem Gesicht nicht. »Dann verrate mir einfach, wie alt du bist. Oder woher du kommst.«

Rouven wurde verlegen. »Das … nun, das kann ich Ihnen auch nicht sagen.«

Das Gesicht verlor nun doch etwas von seinem fröhlichen Glanz. »Namen deiner Eltern?«, fragte sie, und Rouven schüttelte den Kopf.

»Schulbildung?«

Wieder ein Kopfschütteln.

»Freunde?«

Rouven blieb ihr die Antwort schuldig, und Mathida Baswani verlor alle Freude aus dem Gesicht. »Nun glaube ich dir, dass du Hilfe brauchst«, sagte sie mitfühlend. »Hast du nichts, woran du dich erinnerst?«

Rouven blickte ihr fest in die Augen: »Ich kann Ihnen nicht einmal sagen, ob ich als Kind vielleicht das Seepferdchen-Schwimmabzeichen gemacht habe.«

Nun lachte Mathida Baswani doch noch einmal auf und steckte Rouven ein wenig an. Er lächelte ein wenig über seinen Scherz.

»Na, wenigstens an deinen Humor kannst du dich noch erinnern«, sagte die Frau. »Und das ist überaus wichtig.« Sie streckte ihm die Hand hin. »Bitte nenn mich Mathida, ja?«

Er ergriff ihre Hand. »Gern.«

Aus den Augenwinkeln heraus suchte Rouven Tabithas Blick. Sie lächelte ihm zu und gab ihm damit zu verstehen, dass sie richtig fand, wie er vorging. Dass sie nichts sagte, das konnte Rouven sehr gut verstehen. Alles das musste ihr die Sprache verschlagen.

In diesem Moment spürte Rouven, wie Mathidas Händedruck nachließ. Sie sah ihn mit einer entschlossenen Ernsthaftigkeit an. »Sie ist hier, oder?«, fragte sie in einem Ton, der Rouven einen Schauer über den Rücken laufen ließ. Auch Tabitha horchte auf.

»Tabitha«, forschte Mathida weiter nach. »Ist sie hier im Raum?«

Rouven konnte gar nicht anders, als auf diese direkte, offene Frage mit Ehrlichkeit zu antworten. »Sie steht hier neben mir.«

Augenblicklich schossen Mathida Tränen ins Gesicht. »Tabitha. Hörst du mich?«

Tabitha ging auf die Frau zu. »Ja«, sagte sie, doch Mathida schien sie nicht zu hören.

Rouven übernahm daher das Antworten: »Sie kann sie verstehen«, sagte er.

Mathida blickte suchend durch den Raum.

»Sprechen Sie mit ihr«, schlug Rouven vor, selbst völlig eingenommen von diesem ungewöhnlichen Moment.

»Tabitha …« Der Name schien durch den Raum zu schweben, als Mathida ihren ersten Versuch wagte, das Mädchen anzusprechen. »Es ist schön, dass du hier bist. Ich wollte dich immer schon kennenlernen.« Sie streckte beide Hände aus. Tabitha fasste danach, doch ihre Finger fuhren durch Mathidas Hände wie durch einen Nebel hindurch. Die Frau spürte nichts von Tabithas Anwesenheit.

»Du musst wissen«, sagte Mathida, »dass deine Eltern dich geliebt haben. Sehr sogar.«

Nun rannen erneut Tränen über Tabithas Gesicht. Doch dieses Mal waren es keine Tränen der Verzweiflung.

»Sie haben oft hier gesessen und über dich gesprochen«, erklärte Mathida weiter. »Sie waren verzweifelt. Sie haben dich vermisst. Und sie wussten die Lücke in ihrem Leben nicht auszufüllen.«

Tabitha hörte die Worte. Sie schluchzte. Haltsuchend klammerte sie sich an Rouvens Arm, und er wunderte sich wieder, dass er sie sehen, hören und spüren konnte, während andere Menschen sie nicht bemerkten.

»Der Tag deines Unfalls hatte alles verändert. Es war, als hätte man deinen Eltern das Herz herausgerissen. Du warst ihr Lichtblick. Ihr Lebensmittelpunkt. Und mit einem Mal warst du weg. Gestorben. Dein Vater hat hier bei mir gesessen und ganze Nächte hindurch nur geweint. Und deine Mutter …« Mathida seufzte. »Sie wusste mit ihrem Schmerz nicht mehr umzugehen. Stunden um Stunden haben wir zusammengesessen und Fotos geschaut. Bilder aus deiner Kindheit. Und in diesen Momenten war es ihr, als sei ein Stück von dir zurückgekommen. Sie hatte nur noch lachen können, wenn sie deine Fotos betrachtet hat. Sie hat über die Bilder gestreichelt, deinen Namen geflüstert und mir berichtet, was ihr alles erlebt und gesehen habt.« Auch ihr flossen Tränen aus den Augen. »Sie haben dich so geliebt«, wiederholte sie.

Rouven schwieg. Er überließ die beiden ganz ihren Gefühlen. Er verzichtete auf Fragen. Er wollte nicht nachhaken. Dazu war sicher später noch Zeit. Er spürte, wie sich mit allen vergossenen Tränen in Tabitha etwas löste. Das Beste, was er ihr nun schenken konnte, war Halt. Sie sollte erfahren, dass er für sie da war. In dieser verzweifelten Situation.

Jetzt war die Zeit für Gefühle. Später würde es eine Zeit für die Fragen geben.

Eine ganze Weile standen sie eng beieinander. Bis Mathida sich plötzlich fing. Sie wischte sich die Tränen aus dem Gesicht, richtete sich das Tuch um ihren Kopf und sagte: »Wo sind nur meine Manieren? Entschuldigt, ihr beiden. Meine Gastfreundschaft muss euch ja Angst machen, oder? Lasst uns setzen. Und dann besorge ich doch mal einen Tee oder etwas Gebäck oder …«

Rouven wagte nicht zu widersprechen. Er sah sich nach den beiden Sesseln um und ging auf den zu, auf dem nicht die Katze lag. Etwas angewidert hob er eine schimmelige Kaffeetasse von einem Stapel Zeitungen, um sich etwas Platz zu schaffen.

»Aber nicht doch«, hörte er Mathida schimpfen. »Du glaubst doch nicht, dass ich euch hier in diese Müllhalde setze. Kommt mit!«

Rouven stellte die Kaffeetasse wieder auf dem Zeitungsstapel ab und folgte Mathida aus dem Raum. Auch Tabitha ging ihnen nach, tief in ihre Gedanken versunken.

Mathida führte die beiden durch den Flur in eine der vorderen Türen. Rouven zögerte kurz, einzutreten, denn der Raum, in dem Mathida verschwand, war das Badezimmer. Er wusste nicht, ob sie kurz verschwinden wollte oder ob sie wirklich von Rouven und Tabitha erwartete, dass sie ihr hier hinein folgten.

Doch dann hörte er sie rufen: »Kommt ihr bitte?« Und die beiden betraten den grün gefliesten Raum, der schon bedeutend sauberer war als das Wohnzimmer. Die Kacheln waren sicherlich Jahrzehnte alt. Rouven entdeckte mehrere Bruchstellen an der Wand, an denen die Fliesen fehlten und wo stattdessen bereits dunkle Wasserflecken zu sehen waren. Dennoch befand sich hier alles an seinem Platz, und der Boden war gewischt.

Direkt neben der Dusche entdeckte er eine weitere Tür. Mathida schritt den beiden voran, und Rouven folgte ihr, mit Tabitha an seiner Seite.

»Darf ich euch noch einmal willkommen heißen?«, fragte Mathida, als die beiden das Zimmer betraten. Sie hatte wieder ihr strahlendes Lächeln im Gesicht und breitete die Hände weit aus. »Schön, euch hier zu haben!«

Tabitha und Rouven staunten. Es war, als stünden sie auf einem anderen Planeten. Sie befanden sich in einem weiteren Wohnzimmer, allerdings in einem, das an Gemütlichkeit kaum zu überbieten war. In einer Ecke bildeten Sofa und Sessel eine wunderbare Einheit. Auf dem kleinen Tisch dazwischen stand eine Vase mit frischen Blumen. Die Schränke an den Wänden waren einheitlich gestaltet, bunte Porzellan-Figürchen tanzten in den Regalen. Die helle Tapete vertrug sich wunderbar mit den roten Vorhängen an dem riesigen Fenster, durch das man in einen Hinterhof blicken konnte. Und von dem Geruch des anderen Zimmers war hier nichts zu bemerken. Der Raum war angefüllt von dem Duft der frischen Blumen in der Sitzecke.

»Mathida …«, brachte Rouven staunend hervor. »Was …?«

Mathida kicherte. »Ich hasse Besuch«, sagte sie. »Am liebsten ist es mir, nur mit meinen Katzen den Tag zu verbringen oder aber mich ganz allein mit meinen Büchern in dieses Zimmer zu verkrümeln. Und deshalb gehe ich mit Besuchern stets in mein Katzenzimmer. Scheußlicher Raum, nicht wahr? Da bietet doch jeder Schrottplatz mehr Wohnlichkeit, oder? Aber auf diese Art bleibt niemand gern länger als unbedingt nötig, und ich hab wieder meine Ruhe. Leute vom Amt, Ärzte, Hausierer, Versicherungsvertreter – sie alle gehen mir nie länger als ein paar Minuten auf den Wecker. Und dann kann ich mich wieder auf meine Katzen konzentrieren oder mich hierher zurückziehen.«

Rouven lachte. Und Tabitha lachte mit.

»Wie sieht es also aus?«, hakte Mathida ein. »Will jetzt jemand einen Tee?«

Das gibt es nicht!«, stieß Mayers zwischen seinen Zähnen hervor. Doch Tallwitz widersprach eilig seinem Kollegen: »Ganz ehrlich: Ich hatte das erwartet.«

Sie standen inmitten der Verwüstungen. Der Tatort glich den früheren Räumen, in die eingedrungen worden war.

»Unsere Ermittlerfotos kann man mittlerweile austauschen«, murmelte Mayers missgelaunt. »Ein Tatort gleicht dem anderen.«

»Bis auf eine Kleinigkeit«, hakte Tallwitz ein und nickte in die Richtung der Zimmertür.

Mayers' Blick fiel auf das »E«, das schwarz verkohlt von der weißen Tür abstach, und auf die bekannten Symbole. »U, V, E«, grübelte er. »Dir ist klar, worauf das hinausläuft?«

»Natürlich. Wir warten wohl auf das N, oder?«

Schnaufend atmete Mayers ein. Er drehte sich an diesem Tatort um die eigene Achse, um sich alles genau anzuschauen und einzuprägen. Doch genauso drehe ich mich im Kreis, was diesen Fall betrifft, dachte er noch.

Schließlich stoppte er.

»Tallwitz, lass die Kollegen von der Spurensicherung kommen«, wies er mit Nachdruck an. »Die sollen die ganze Bude hier hübsch auf den Kopf stellen. Vor allem sollen sie nach Spuren einer zweiten Person suchen.«

Tallwitz blickte seinen Chef von der Seite an. »Zweite Person?«

»Beim letzten Mal hatten wir auch fremdes Blut gefunden. Die Kollegen sollen sich einfach Mühe geben. Sich reinhängen. Ich weiß nicht, wie lange noch die Geduld des Polizeipräsidenten reicht. Und meine eigene hat auch ihre Grenze erreicht. Wir müssen allmählich mal Fakten liefern.«

»Sehe ich auch so. Übrigens: Cleverer Schachzug. Wenn die Kollegen sich um eine mögliche zweite Person kümmern, wird der Verdacht von Rouven abgelenkt.«

Mayers grinste. »Ich habe Rouven etwas Zeit versprochen. Deshalb lass die Kollegen kommen.«

Tallwitz suchte in seiner Jackentasche bereits das Handy. »Und wir?«

»Na, was wohl?«, seufzte Mayers. »Wir bewegen uns ins Büro und suchen die Akte heraus. Wir ackern den ganzen Fall noch einmal durch. Ganz von vorn. Wir müssen irgendwas übersehen haben.«

Er wartete Tallwitz' Anruf nicht mehr ab, sondern verließ augenblicklich den Raum. »Und vor allem muss ich herausfinden, ob dieser Rouven mich an der Nase herumführt oder tatsächlich so ahnungslos ist, wie er immer tut«, gab er noch von sich.

Dann verschwand er in der Tür.

Die heiße Tasse Tee in Rouvens Händen gab ihm ein Gefühl von Echtheit, von Realität. Sodass er sicher sein konnte, nicht etwa zu träumen. Es war schwer, all das zu glauben, was um ihn herum geschah.

Mathida goss sich ebenfalls von dem Tee in eine ihrer Porzellan-Tassen, auf denen sich ähnliche Muster und Farben befanden wie auf ihrem Kleid. »Es tut so gut zu wissen, dass Tabitha hier bei uns ist«, sagte sie.

Für Rouven war nun die Zeit gekommen, Fragen zu stellen. »Wie kommt es, dass ich Tabitha sehen und hören kann, und Sie nicht?«

»Was ich dir nun erzähle, das muss in deinen Ohren völlig absurd klingen. Dennoch: Es heißt, dass es Welten gibt, die zwischen unseren Welten existieren.«

»Sie meinen so etwas wie eine Geisterwelt?«

»Bestimmt hast du schon einmal gehört, dass Menschen, die noch etwas unerledigt haben, nach ihrem Tod an unsere Welt gebunden bleiben. Sie verwandeln sich. Sie leben in einer Art Zwischenwelt, zwischen Tod und Leben. Sag ruhig Geister dazu, wenn es dir hilft. Diese Menschen leiden.«

Rouven sah zu Tabitha, die neben ihm auf dem Sofa saß und aufmerksam zuhörte.

»Für Tabitha trifft das zu«, sagte Rouven. »Sie leidet wirklich unter dieser furchtbaren Situation. Aber noch einmal: Warum kann ich sie sehen und andere nicht?«

»Dafür gibt es nur eine Erklärung«, erwiderte Mathida. »Und sie wird dir nicht gefallen.«

»So?« Rouven dachte nach. »Welche?«

»Ahnst du es nicht?«

Rouven wurde unruhig. »Es hat mit mir zu tun, oder?«

Mathida griff nach seiner Hand. »Ganz sicher. Du kannst sie sehen, weil ihr Tod unmittelbar mit deinem Leben zusammenhängt.«

Rouven zog seine Hand zurück. Mathidas Worte trafen ihn tief, auch wenn er so etwas bereits geahnt hatte. Er erhob sich von seinem Platz und ging zum Fenster. Im Hinterhof konnte er ein Mädchen beobachten, wie es mit einem riesigen Hund schmuste. Die ganze Szene wirkte so unbelastet. So sorgenfrei. Leben tauschen, schoss es Rouven in den Sinn. Seines gegen das des Mädchens. Dann wäre all das vorbei.

Tabitha stellte sich an seine Seite. Von ihr ließ er seine Hand ergreifen. »Verstehst du, was das alles bedeuten könnte?«, fragte er sie.

Ratlos schüttelte sie den Kopf. »Ich kann es mir nicht erklären«, sagte sie leise.

Rouven wandte sich wieder Mathida zu. »Wie kann das sein? Ich kannte sie bisher nicht. Die Welt, in der sie groß geworden ist, ist mir völlig fremd. Ihr Haus hatte ich zuvor nie betreten. Und …«

Mathida brachte ihn mit einer Handbewegung zum Schweigen. »Woher willst du das wissen?«

Rouven entrüstete sich. »Woher ich das …« Doch dann verstand er.

Und Mathida sprach das aus, was Rouven durch den Kopf ging: »Du sagst selbst, dass du keine Erinnerung an deine Vergangenheit hast. Vielleicht habt ihr beiden euch richtig gut gekannt. Vielleicht schon lange Zeit.«

Nun setzte sich Rouven schnell wieder auf seinen Platz. So unangenehm ihm diese Überlegung war, er musste Mathida recht geben. Er konnte sich der Dinge, die in seiner Vergangenheit lagen, nicht sicher sein.

»Und deshalb«, fuhr Mathida fort, »ist es eine sehr gute Idee von Tabitha gewesen, hierherzukommen. Hypnose ist ein guter Weg, verdrängte Erinnerungen wach werden zu lassen. Was immer du früher erlebt hast – mit Hypnose können wir dafür sorgen, dass du dich erinnerst.«

Rouven nickte grüblerisch.

Mathida fügte schnell hinzu: »Und je früher wir damit beginnen, desto besser ist es.«

Auch da stimmte Rouven ihr zu. Dennoch löste der Gedanke in ihm Unbehagen aus. Zu groß war seine Unsicherheit, was sich in seiner Vergangenheit verbarg. Zu groß die Befürchtung, Dinge ans Tageslicht zu bringen, die er besser nicht wusste.

»Sie glauben also wirklich, dass Tabithas Zustand und mein Leben miteinander … wie soll ich sagen … verbunden sind?«, hakte er noch einmal nach.

»Ich denke schon«, antwortete Mathida. »Aber sicher bin ich mir natürlich nicht. Vielleicht gibt es auch eine ganz andere Erklärung für alles, was geschieht.«

Rouven drängte sich eine andere Frage auf. »Wissen Sie mehr über diesen Unfall, der Tabitha zugestoßen ist?«

Mathida lehnte sich in ihrem Sessel zurück. Sie blickte auf eine leere Stelle an der Wand über der Sitzecke und dachte nach. »Eine merkwürdige Sache«, sagte sie schließlich. »Es war schrecklich. Weltweit berichteten die Medien darüber. Vor allem, dass man die Morde nie aufgeklärt hatte, stieß natürlich auf ein großes Interesse bei …«

»Morde?« Rouven sprang von seinem Platz. Auch Tabitha war erschrocken.

Mathida blickte zum Fenster. »Kennst du den kleinen Friedhof am Hafen? Diesen uralten Friedhof, an dem es eine kleine Kapelle gibt?«

Rouven dachte nach. »Möglicherweise. Ja. Ich halte mich nicht viel in der Stadt auf.«

»Ich kenne ihn sehr gut«, erwiderte allerdings Tabitha. »Als Kind bin ich dort oft gewesen.«

Mathida, die Tabithas Worte nicht hören konnte, fuhr fort: »Dort, auf dem Friedhof, nahe dieser Kapelle ist es geschehen. Mehrere

Menschen sind dort getötet worden. In einer einzigen Nacht. Und Tabitha gehörte dazu.«

»Wie ist sie gestorben?«, forschte Rouven nach und sprach damit auch Tabithas dringlichste Frage aus.

Mathida schaute auf ihre Hände. Verlegen. Sie suchte nach den richtigen Worten für diese scheußliche Tat. Doch wie hätte sie so etwas schonend verpacken können? Also sprach sie es so aus, wie es geschehen war: »Man hatte ihr das Herz herausgerissen.«

Rouven hielt sich die Hand vor den Mund und setzte sich geschockt. Tabitha starrte fassungslos auf Mathida.

»Hörst du mich, Tabitha?«, fragte die Frau schnell. »Das alles tut mir fürchterlich leid. Es war entsetzlich. Auch die anderen Leichen wiesen ähnlich schreckliche Verletzungen auf. Es tut mir so leid.«

Rouven blickte auf Tabitha, die wie erstarrt an der Stelle stand. Gerade wollte er sie in den Arm nehmen, als Tabitha sich regte. Ihre Hand hob sich, griff an den Kragen des Shirts unter ihrer Strickjacke und zog den Stoff hinunter. So weit, dass man ihre Haut an der Stelle sehen konnte, an der sich das Herz befand. Sie zuckte sichtbar zusammen. Eine riesige Narbe zog sich über die Haut. Eine tiefe Wunde.

Tabitha blickte zu Rouven auf. »Frag sie«, bat sie Rouven in einem Ton, der Rouven erschreckte.

Rouven wusste sofort, was sie meinte. »Ich kann nicht«, gab er zurück. »Ich will es nicht wissen.«

»Bitte«, hakte Tabitha nach. »Natürlich willst auch du es wissen. Frag sie!«

Rouven seufzte tief. Ja, sie hatte recht. Er wollte nicht – er musste – wissen, ob …

Langsam wandte er sich zu Mathida um, sah ihr in die Augen und fragte: »War es eine Neumondnacht, in der das alles geschehen ist?«

Mathida dachte nach. »Das weiß ich nicht«, gab sie zu. »Aber das kann ich in Erfahrung bringen.« Sie erhob sich von ihrem Platz und ging zu einem der Schränke. Rouven zwang sich zu innerer Ruhe.

Jede Sekunde, die verstrich, verstärkte seinen Druck nur noch. Kalter Schweiß stand ihm auf der Stirn.

Mathida durchsuchte einen der Schränke. Sie wühlte und scharrte in dem Möbelstück herum, bis sie einen Taschenkalender zutage förderte.

»Ich sammle alle meine Notizen«, sagte sie erklärend. »Alter Tick von mir. Dieser Kalender ist sieben Jahre alt. Das Datum des Unglücks ist mir bekannt. Niemals werde ich diesen Tag vergessen. Den Anruf von Tabithas Vater. Meine Reaktion, als …«

Ihr Blick fiel auf Rouven, der sie fieberhaft, mit hochrotem Kopf anblickte, und Mathida verstummte. Sie eilte sich, auf ihren Sessel zu kommen, und schlug den Kalender auf. Sie sah hinein, schaute zu Rouven auf, dann drehte sie den Kalender so herum, dass Rouven die Seite des betreffenden Tages sah. Er erkannte das Datum. Er erkannte die Eintragungen Mathidas. Und er erkannte das kleine gedruckte Symbol in der oberen Ecke. Diesen kleinen schwarzen Punkt. Diesen ausgefüllten Kreis – das Symbol für eine Neumondnacht.

»Verlass dich nur auf meine Stimme«, sagte Mathida. »Lass dich von ihr leiten.«

Rouven nickte zwar, doch gleichzeitig machte er ein zweifelndes Gesicht. »Ich glaube nicht, dass das funktioniert. Ich bin bestimmt nicht der Mensch, der sich leicht in Hypnose versetzen lässt.«

Mathida saß auf dem Sessel ihm gegenüber und lächelte. »Das sagen alle«, gab sie mit einer ruhigen Stimme zur Antwort.

Rouven spürte, wie sich seine Muskeln entspannten. »Kann ich mir vorstellen. Dennoch: Ich entschuldige mich schon jetzt, dass es nicht klappt.«

Mathida sprach weiter beruhigend auf ihn ein: »Wenn du das möchtest. Entschuldigung angenommen.«

Hinter ihr stand Tabitha und verfolgte mit klopfendem Herzen, was in dem Wohnzimmer Mathidas vorging. Ihre rechte Hand ruhte auf ihrer Brust, an der Stelle, an der sich ihr Herz befinden sollte. Sie wusste nicht recht damit umzugehen. Sie fühlte sich betrogen, zerrissen … buchstäblich: leer.

Nun konzentrierte sie sich auf Rouven. Sie war ihm überaus dankbar, dass er sich auf diese Hypnose einließ. Tabitha versprach sich sehr viel davon. Gleichzeitig aber fürchtete sie sich vor dem, was möglicherweise ans Tageslicht gebracht wurde.

Doch diese Gefühle unterdrückte sie in diesem Moment. Es hatte in der letzten Zeit ohnehin kaum noch Augenblicke ohne Furcht gegeben. Die Angst war Tabithas ständiger Begleiter geworden, doch es gelang ihr nicht, sich daran zu gewöhnen.

Sie beobachtete gebannt, wie Rouvens Gesichtszüge sich allmählich entspannten, wie sich seine Schultern senkten und er mehr und mehr in dem Sessel versank, in dem er saß, während Mathida weiter auf ihn einsprach: »Lass dich von meiner Stimme führen wie von einem guten Freund. Lass uns auf Wanderschaft gehen. Eine Wanderung durch dein Leben. In der Zeit zurück.«

Rouven saß nun völlig entspannt in seinem Sessel. »Hmmm … nicht funktionieren«, murmelte er kaum verständlich. »Tut … mmmmir … leid …«

Und in diesem Moment unterstand er fest Mathidas Führung.

Rouven selbst spürte nichts von seinem Zustand. Er hinterfragte nicht, warum er plötzlich vor dieser Schule stand. Mit einem Mann und einer Frau an seiner Seite. Er hinterfragte auch nicht, woher diese angenehme Stimme kam, die ihn wie aus weiter Entfernung fragte: »Wo befindest du dich im Augenblick, Rouven?«

»Vor einer Schule«, gab er gefügig zur Antwort. »Vor meiner Schule. Ich werde gerade zum Unterricht gebracht.«

»Wer bringt dich dorthin?«, fragte die Stimme auf beruhigende, einfühlsame Weise. »Sind es deine Eltern?«

»Nein«, antwortete Rouven mit Bestimmtheit und wunderte sich nicht, dass er es wusste. »Es sind meine Pflegeeltern. Sie bringen mich hierher.«

Die Stimme forschte weiter nach: »Fühlst du dich gut?«

»Ja. Ich bin gern hier. Ich mag meine Pflegeeltern. Und sie mögen mich.«

»Rouven, kannst du mir sagen, in welchem Jahr wir uns befinden?«

Rouven blickte sich in diesem Bild seiner Vergangenheit um. Er sah eine Uhr auf der Außenwand dieser Schule, er sah andere Kinder in das Haus strömen, auch eine Lehrerin, die am offenen Fenster stand und den Kindern zuwinkte. Als sie sich wieder ihren Vorbereitungen zuwandte und das Fenster verließ, konnte Rouven einen Blick auf den Kalender hinter ihr an der Wand erhaschen.

»Wir sind im Jahr 1948«, antwortete Rouven. »Es ist September. Und warm.«

Eine Pause entstand. Rouven wartete auf die nette Stimme. Er wusste nicht recht, was er tun sollte, also blickte er sich weiter um. Seine Adoptiveltern sprachen miteinander. Die Frau ließ ihre Hand auf Rouvens Schulter ruhen, und er war ihr dankbar für diese Geste. Beiden Erwachsenen war anzumerken, wie sehr sie Rouven schätzten und mochten.

Die Stadt, in der sich die Schule befand, kam ihm bekannt vor. Und dann auch wieder nicht. Alles wirkte gleichzeitig vertraut und doch wieder fremd. Rouven spürte, wie eine Unruhe in ihm aufkam. Er wusste sich nicht recht zu verhalten und hoffte nur, dass diese nette Stimme ihn bald wieder ansprach und ihn aus dieser Situation befreite.

Aus den Augenwinkeln konnte er ganz in der Nähe der Schule etwas entdecken, das seine Aufmerksamkeit auf sich zog. Etwas, das unmittelbar mit ihm zu tun haben musste, doch Rouven konnte sich hier und jetzt nicht erklären, was. Er drehte den Kopf und blickte auf dieses Bild, das ihn wie magisch anzog. Es bestand aus zahllosen Farben und schien zu leuchten.

In diesem Moment hörte Rouven die vertraute Stimme wieder, und erleichtert atmete er auf. Nun konnte er seine ganze Konzentration wieder darauf richten und musste sich keine Gedanken um dieses Bild machen, das er in der Ferne sah. Er musste sich nicht mehr fragen, warum es zu leuchten schien oder was diese Mondsichel und diese Vogelkralle zu bedeuten hatten, die er von hier aus erkennen konnte.

»Rouven?«

»Ich bin hier.«

»Entschuldige, dass ich dich habe warten lassen«, sagte die Stimme. »Bist du sicher, dass wir uns im Jahr 1948 befinden?«

Rouven tat ihr gern den Gefallen und schaute noch einmal zu dem Schulfenster. Inzwischen war es geschlossen worden. Einige Kinder saßen schon in dem Raum. Bald würde der Unterricht beginnen.

Durch die Scheibe hindurch konnte Rouven noch immer den Kalender erblicken. Und auch die Jahreszahl darauf. »Ja«, gab er zur Antwort. »Es ist das Jahr 1948. Soll ich nun zum Unterricht gehen?«

»Lass uns lieber noch ein Stück wandern«, bat die Stimme. Und auch diesen Gefallen tat ihr Rouven gern, ohne auch nur darüber nachzudenken. »Lass uns die Wanderung durch dein Leben fortsetzen. Geh ein Stück weiter durch die Zeit, Rouven, ja?«

Vor Rouvens Augen verschwammen die Bilder der Schule, seiner Adoptiveltern und des leuchtenden Bildes im Hintergrund. Stattdessen formte sich ein neuer Anblick: Rouven befand sich in einem Haus. In einer Wohnung. In einer Küche. Er saß an einem langen, reich gedeckten Tisch, gemeinsam mit fünf Kindern und zwei Erwachsenen. Er beschrieb alles der Stimme und versuchte kein Detail auszulassen. Die Klöße und das Gemüse beschrieb er ebenso genau wie die Holzmöbel, die niedrige Decke des Raumes und auch die Tierlaute, die von draußen zu ihnen drangen.

»Du machst das sehr gut«, lobte ihn die sanfte Stimme. »Ich danke dir, dass du mich so eindrücklich mitnimmst bei deiner Wanderung. Darf ich dir eine Frage stellen?«

»Gern«, antwortete Rouven. Er fühlte sich wohl an diesem Tisch, in diesem Raum, mit diesen Menschen, von denen er wusste, dass er als Gastkind aufgenommen war. Wieso er das wusste, konnte er sich nicht erklären, doch er war sich absolut sicher, dass diese Erwachsenen nicht seine Eltern waren, sondern dass sie ihn bei sich aufgenommen hatten und ihn wie ein eigenes Kind behandelten.

»Meine Frage, Rouven, lautet: In welchem Jahr befinden wir uns?«

Rouven schaute sich um. Er fand keinen Hinweis, doch er war gewillt, der sympathischen Stimme die Frage zu beantworten. Also wandte er sich der Frau am Tisch zu und fragte: »Welches Jahr haben wir?«

Die Frau lachte Rouven herzlich an. »Du stellst Fragen«, antwortete sie, und ihre Stimme klang ebenfalls wie weit entfernt. Gerade so, als ob sie in einem Traum zu Rouven spräche. »Als ob du das nicht wüsstest! Du freust dich doch schon so lange auf den morgigen Abend. Auf das neue Jahrhundert. Wir haben 1899. Aber nur noch bis morgen Nacht!«

Rouven nickte ihr dankbar zu, dann wandte er sich an die Stimme: »Wir stehen kurz vor Silvester 1899«, sagte er.

»Bist du sicher?«, hakte die Stimme nach, und Rouven erinnerte sich, dass sie dies schon einmal gemacht hatte. Der Stimme schien es ungewöhnlich, dass sie sich in dieser Zeit befanden. Für Rouven war das alles völlig normal. Er schaute aus dem Fenster. Es schneite. Die Straße, auf die er von hier aus schauen konnte, war von einer Schneeschicht bedeckt. Menschen eilten am Fenster vorbei, tief in Schals und Mützen vergraben.

»Ich denke schon, dass es stimmt«, sagte er der Stimme, bevor ihm etwas ins Auge fiel, das er sich gern genauer angesehen hätte: eine Bruchsteinwand am Ende der Straße. Ein riesiges Fenster war in diese Wand eingelassen, auf dem sich in bunten Farben ein Bild befand. Es schimmerte. Rouven wollte sich gerade vom Tisch erheben und sich näher an das Küchenfenster stellen, um dieses besondere Fenster in der Weite besser sehen zu können, als ihn die Stimme wieder ansprach: »Bist du bereit, deine Wanderung noch ein Stück fortzusetzen?«

Rouven hätte gern das Fenster in der Ferne betrachtet. Irgendetwas in ihm ließ ihn spüren, dass dieses Fenster etwas mit ihm zu tun hatte, doch keinesfalls wollte er die nette Stimme enttäuschen. Also gab er sich zufrieden, eine Mondsichel und eine Vogelkralle gesehen zu haben, und verzichtete darauf, die Figuren, die sich darunter befanden, genauer ausmachen zu können. Er wandte sich um und sagte: »Ich bin bereit.«

»Sehr schön, Rouven. Lass dich wieder von meiner Stimme leiten, und nimm mich mit auf die Reise durch die Zeit.«

Wieder verschwamm das Bild vor seinen Augen. Rouven tat es leid, die Familie ziehen lassen zu müssen. Er wusste, dass er jeden einzelnen von ihnen sehr mochte.

Bevor sich eine neue Ansicht einstellte, wehte Rouven ein kalter Wind ins Gesicht. Er hörte ein durchdringendes Knarren und eine Männerstimme, die rufend Befehle gab. Dann formte sich vor Rouvens Augen ein riesiger Schiffsmast, dessen Segel gerade von mehreren Männern eingeholt wurden. Sie steckten in der Tagelage des Schiffes, und Rouven bewunderte die Geschicklichkeit, mit der sie gemeinsam ihrer Arbeit nachgingen.

Das Schiff, auf dem Rouven sich befand, steuerte gerade einen Hafen an. Die Stadt dahinter kam Rouven bekannt vor.

Neben ihm stand ein groß gewachsener Mann, der ebenfalls die Mannschaft beim Einholen der Segel beobachtete. Er blickte stolz auf die Crew. Und Rouven wusste, dass es seine Crew war. Er war sicher, dass der Mann neben ihm der Kapitän dieses Schiffes war. Und mit gleicher Bestimmtheit wusste Rouven auch, dass dieser Mann sein Vaterersatz war.

»Ach, dieses Schiff«, hörte Rouven den Kapitän plötzlich aussprechen. »Es wird den Schiffsverkehr revolutionieren, hörst du? Von dieser Royal Prince wird man noch in Jahrhunderten sprechen. Glaub mir das. Ein neues Zeitalter bricht an. Dieses 16. Jahrhundert ist ein Meilenstein der Geschichte. Und du und ich – wir beide – mittendrin. Sei stolz, mein Junge. Sei stolz!«

Rouven lachte den Mann an. Er war stolz. Wieder berichtete er der Stimme, die ihn hierhergeführt hatte, in allen Einzelheiten, was er sah. Und als die Frage nach der Jahreszahl kam, auf die er schon gewartet hatte, konnte er blitzschnell antworten: »16. Jahrhundert.«

Wieder verstummte die Stimme. Und in Rouven keimte der Verdacht, dass sie diese Jahreszahlen für unmöglich hielt. Für ihn allerdings war das alles in Ordnung so. Er wusste, dass alles seine Richtigkeit hatte. Dass all diese Bilder sein Leben zeigten und die Wirklichkeit wiedergaben, so wie Rouven sie erlebt hatte. Auch diese Stadt, in deren Hafen sie gerade einfuhren und auf deren Straßen Rouven blickte, entsprach der Wirklichkeit. Auch sie war Teil seiner Vergangenheit. Diese Häuser und auch die kleine Kapelle, die am Ende der einen Straße, dicht an diesem Hafen, zu sehen war. Ein wunderschönes kleines Gebäude. Aus Bruchsteinen errichtet. Von hier aus erblickte Rouven die Rückwand der Kapelle. Er sah das Kapellenfenster, das so groß war, dass es beinahe die gesamte Rückwand der Kapelle ausfüllte. Es war ein wunderbares Fenster. Man hatte es bemalt. Und gerade jetzt, wo scheinbar die Tür der Kapelle offen stand und das Sonnenlicht den Innenraum durchflutete, schien das Fenster zu leuchten. So sehr, dass Rouven von hier aus die Motive klar erkennen konnte. Die Mondsichel, die sich an der oberen Ecke befand, mit einer kräftigen Vogelkralle darunter. Die Figuren darunter waren in einen Kampf verwickelt. Ihre Hände waren ineinandergekrallt. Eine dieser Figuren hatte Flügel an ihrem Rücken – Vogelflügel. Ihre Füße waren Vogelkrallen. Mit einer dieser Krallen drückte sie einen Mann auf den Boden, der versuchte, sich zu wehren. Rouven staunte, als er sah, dass man diesem Mann ein stierähnliches Gesicht gezeichnet hatte.

Er hätte gern zu ergründen versucht, was dies alles bedeutete. Auch hätte er der Stimme gern von seinen Beobachtungen berichtet, doch sie kam ihm zuvor.

»Rouven«, hörte er sie sprechen. »Ich habe eine Bitte an dich. Du bist nun meiner Stimme gefolgt, durch die Zeit. Durch deine Leben. Nun bitte ich dich, mich zu führen. Höre auf dich selbst, und geleite mich zu einem Ort, an dem du sein möchtest. Gehe zu einem Zeitpunkt, der für dich wichtig war. Der dein Leben bestimmt hat. Es vielleicht sogar verändert hat. Führe mich zu der bisher wichtigsten Situation in deinem Leben. Schaffst du das? Möchtest du das?«

Rouven zögerte keine Sekunde. »Ja, sehr gern.« Für diese freundliche Stimme hätte er alles getan. Er wollte ihr diesen Wunsch erfüllen. Und so gab er sich Mühe, diesen für ihn wichtigen Moment in seinem Leben zu finden.

Zunächst verschwamm das Bild des Hafens und der Stadt vor seinen Augen. Die frische Brise, die ihm auf dem Schiff ins Gesicht geweht hatte, verschwand. So wie das gesamte Deck des Schiffes und auch der Kapitän an Rouvens Seite. Ein leerer Raum entstand. Rouven befand sich inmitten eines dunklen Nichts.

Er dachte nach. Angestrengt. Er wollte in seiner Erinnerung fischen, doch es entstanden keine Bilder vor seinen Augen. Und so konzentrierte er sich auf seine Gefühle. Die Stimme wollte ihn an dem wichtigsten Punkt seines Lebens haben. An einem Entscheidungspunkt. Also richtete Rouven all sein Denken, all seine Konzentration nur darauf. Er forschte, wo in ihm ein Gefühl verborgen war, das einem solchen großen Moment entsprach. Und mit einem Mal stellten sich Geräusche ein. Jemand sprach zu ihm. Aber es war nicht die wunderbare Stimme, mit der er sich auf Wanderung befand. Nein, diese Stimme war tiefer. Männlich. Und sie sprach mit enormer Wut, geradezu hasserfüllt.

Gerüche stellten sich ein. Auch weitere Klänge. Schreie von Menschen. Entsetzensschreie. Rouven schmeckte plötzlich Blut in seinem Mund. Sein ganzer Körper schmerzte. Er fühlte sich erschöpft. Er keuchte. Sein Herz raste.

Rouven hatte sich zu einem Moment gebracht, in dem er körperlich ausgezehrt war, in dem seine Gefühle aber hochpeitschten. Er fühlte Wut in sich. Abscheu.

Tränen liefen über sein Gesicht.

Und endlich, endlich bildete sich vor seinen Augen ein Bild des Moments, der ihm so wichtig war, dass er die Stimme hierhergeführt hatte. Dies sollte der entscheidende Moment in seinem Leben sein. Seinem sehr langen Leben, wie er nun wusste.

Er sah sich auf der Erde knien, auf einer Wiese. Neben sich erstreckte sich eine Wand. Eine graue Wand aus Bruchsteinen. Darin eingefasst nahm Rouven ein buntes Fenster wahr. Doch nur beiläufig. Er interessierte sich nicht für den Ort, an dem er sich befand. Er konzentrierte sich auf die gigantischen Gefühle, die sein ganzes Wesen einnahmen.

Rouven kniete an dieser Wand, blutend und mit donnerndem Herzen. Er schrie. Ein Verzweiflungsschrei, tief aus ihm heraus. Eine Welle des Protestes gegen das, was in ihm vorging, und gegen das, was geschehen war.

Er hörte die Stimme. Diese Stimme der Wut und des Hasses, wie sie noch immer auf ihn einschrie. Jemand stand neben Rouven und brüllte ihn an. Doch Rouven hatte keinen Blick für ihn übrig. Aus den Augenwinkeln heraus konnte er nur den Huf eines Stieres sehen, der neben ihm stand. Flammen züngelten daraus hervor. Er vernahm das laute Schnalzen einer Zunge.

Doch Rouven blickte nicht auf. Er wollte seinen Gegner nicht sehen, denn all seine Blicke galten dem Menschen, der auf seinen Knien lag: Tabitha. Rouven hielt Tabitha in den Armen.

Er umklammerte sie. Er weinte um sie. Er schrie um sie.

Gerade hauchte sie ihr Leben aus. Ströme von Blut schossen ihr aus der Brust. Aus der Stelle, an der sich bis vor wenigen Momenten noch ihr Herz befunden hatte. Bevor es ihr aus dem Körper gerissen worden war.

Rouven hielt Tabitha im Arm, machtlos, etwas gegen ihr Sterben zu unternehmen. Er schrie dagegen an. Er wollte alles rückgängig machen. Er konnte sie nicht gehen lassen. Er brauchte sie hier. Er wollte sie hier, an seiner Seite. In seinem Leben.

Doch sie ging. Schon erschlaffte ihr Körper. Schon verloren ihre Augen ihren Glanz.

Und Rouven schrie seine Trauer in die Nacht hinaus.

Hinter ihm wurde das Brüllen lauter. Er hörte die Stimme seines Gegners wieder. Und die Worte, die er Rouven entgegenschmetterte: »Deine Schuld!«, schrie der andere ihn an. »Sie ist deinetwegen gestorben! Du hättest sie retten können!«

Rouven drückte Tabitha fest an sich. Ja, es stimmte. Es war seine Schuld. Er hatte versagt. Er hatte sie auf dem Gewissen. Sie war seinetwegen gestorben, und es gab nichts, was er nun dagegen tun könnte.

»Tot!«, schrie die hasserfüllte Stimme hinter ihr. »Durch deine Hand. Damit wirst du nun leben müssen!«

Und Rouven schrie.

Schrie.

Schrie.

Er schlug um sich.

Und schrie.

Er hörte die Stimme nicht, die er hierhergeführt hatte.

Er schrie.

Er hörte nicht, wie er gerufen wurde. Von ihr. Von ihrer Stimme, die nun nicht mehr sanft mit ihm sprach.

Doch Rouven schrie.

Und schlug weiter um sich.

Bis er spürte, dass er sich nicht mehr neben der Kapelle mit dem Fensterbild befand.

Bis er sah, dass der brennende Stierhuf nicht mehr neben ihm stand.

Bis ihm klar wurde, dass er in Mathidas Haus war. In ihrem Sessel. Und dass er wie wild um sich schlug.

Er öffnete die Augen, und da stand sie: Mathida. Mit vor Schreck weit geöffneten Augen. Sie sprach auf ihn ein. Sie versuchte seine Hände zu ergreifen. Ihn zu beruhigen.

Doch wie hätte sich Rouven beruhigen sollen? Mit den Bildern, die er gerade gesehen hatte! Und mit dem Wissen, dass er …

Tabitha!

Sie erschien hinter Mathida und schaute entsetzt auf Rouven. Sie war voller Sorge um ihn.

Rouven sprang auf. Er blickte Tabitha an, das Gesicht tränenüberströmt, das Herz noch immer donnernd in seiner Brust.

Donnernd aus Wut.

Donnernd aus Verzweiflung.

Er fiel vor Tabitha auf die Knie. »Es tut mir leid!«, rief er aus und umfasste ihre Beine. »Es tut mir alles so leid. Tabitha …!«

Und bevor sie irgendetwas sagen konnte, sprang er auf die Füße und flüchtete aus dem Raum. Er rannte aus dem Haus.

Er musste weg von hier.

Weg.

Er rannte.

Und brüllte immer wieder ihren Namen. Den Namen des Menschen, den er liebte. Den Namen des Menschen, dessen Leben ihm mehr wert war als sein eigenes.

Und für dessen Tod er verantwortlich war.

Tabitha.

Sag mal, wo warst du denn?«, beschwerte sich Tallwitz, als Mayers endlich das Büro betrat. »Ich dachte, wir wollten den Fall noch einmal aufrollen.« Er zeigte auf den Schreibtisch, der beinahe überquoll. Unter all den Akten, Fotos, Berichten, Zeugenaussagen und Protokollen war die Farbe des Schreibtisches nicht mehr zu sehen. Der Fall um den »Neumond-Täter« hatte inzwischen ungeahnte Dimensionen angenommen.

»Darum hab ich mich gekümmert«, antwortete Mayers in einem etwas ironischen Tonfall.

»So?« Tallwitz schob ein paar Akten zur Seite, sodass er die Hände aufstützen konnte. »Fast eine Stunde warte ich schon. Erst hab ich dich ewig unten am Wagen telefonieren sehen, und dann warst du völlig verschwunden.«

»Ich hab uns was besorgt«, grinste Mayers, und jetzt erst fiel Tallwitz auf, dass sein Kollege etwas hinter dem Rücken verbarg.

Tallwitz' Laune hob sich sofort. »Oh, was denn? Pizza? Döner? Currywurst?«

Mayers lachte laut auf. »Ja, das hätte ich mir denken können, dass du wieder nur ans Essen denkst. Nein, Junge, tut mir leid. Ich hab nichts Essbares dabei.«

»So? Schade.« Die Enttäuschung war nur zum Teil gespielt.

»Ich hab im Gegenteil etwas, das dir deinen jetzigen Appetit eher gründlich verderben wird.« Er zog hinter seinem Rücken eine Akte hervor, auf der Tallwitz den Vermerk »Tabitha Berns« lesen konnte. »Die Fotos kennst du ja. Da verschlägt es dir eher den Hunger.«

Tallwitz pfiff durch die Zähne. »Du hast die alte Akte wieder aus dem Archiv genommen? Ich hatte sie doch neulich erst dort hingebracht.«

»Die beiden Fälle hängen zusammen. Das ist klar. Tabithas Eltern werden vermisst. Und Rouven selbst hat von ihr gesprochen. Ich hatte bisher vermutet, der Junge hatte den Namen des Mädchens irgendwo gelesen. Oder ein Bild in der Wohnung gesehen. Vielleicht kennt er sie auch aus der Schule oder so. Ehrlich gesagt, hatte ich das alles eher für einen Zufall gehalten, aber wir sollten wirklich jeder Spur nachgehen.«

Tallwitz wies auf die Akte. »Unschöne Sache, nicht wahr? Es war zwar nicht unser Fall, aber die Kollegen haben damals monatelang über kaum etwas anderes gesprochen, weißt du noch?«

»Es war ja auch zu heftig. Ein junges Mädchen. Tot. Neben einigen anderen Leichen. Rund um die alte Kapelle verteilt. Das Herz herausgerissen. Wie bei einem Ritualmord.«

»Es war das reinste Schlachtfest gewesen. Die Bilder gehen mir bis heute nicht mehr aus dem Kopf.«

»Weißt du noch, wie wir über die Ermittler gelacht hatten, weil sie felsenfest behauptet hatten, die vielen Spuren, die sie hinter der Kapelle gefunden hatten, seien eher von Tieren als von Menschen gewesen?«

»Ich weiß. Sie sprachen von tiefen Spuren in der Erde, gerade wie von einem Huf. Zudem fanden sich Abdrücke von riesigen Vogelkrallen.«

Tallwitz fischte aus dem riesigen Stapel an Unterlagen ein Foto von den bekannten Symbolen an den Türen der Tatorte hervor. Er zeigte auf die Vogelkralle unter der Mondsichel.

Mayers nickte. »Das brauchst du mir nicht zu zeigen. Diese Verbindung habe ich auch schon gezogen. Glaub mir, heute würde ich nicht wieder über die Kollegen lachen.«

»Vielleicht lachen sie bald über uns«, erwiderte Tallwitz. »Vieles von dem, was wir zusammengetragen haben, klingt so verrückt und unglaublich …« Er weigerte sich, den Gedanken zu Ende zu denken.

Und so nahm Mayers das Gespräch schnell wieder auf: »Zumindest ist dieser Massenmord am Hafenfriedhof nie geklärt worden.«

Tallwitz blickte noch einmal auf die Akte. »Und du glaubst, der Junge könnte …«

Schnell winkte Mayers ab. »Nein! Eher nicht. Zu so etwas ist er bestimmt nicht fähig. Dennoch könnte es eine Verbindung geben.«

Mayers schlug die Akte auf. Betroffen blickten die beiden Ermittler auf das Foto, das Tabitha in einer riesigen Blutlache zeigte.

»Die Eltern hatten sehr darunter gelitten.«

»Ich weiß. Eine sehr nette Familie.«

»Und jetzt sind sie wieder Opfer eines Verbrechens.«

Mayers nickte. »Und sie sind nicht die einzigen. Zehn Menschen sind es bereits. Fünf Ehepaare, die inzwischen verschwunden sind. Nach den Einbrüchen in ihre Wohnungen.«

»Immer in Neumondnächten. Wieder Ritualtaten?«

Mayers zog die Schultern in die Höhe. »Ich kann es dir nicht sagen. Aber unser Rouven steckt da irgendwie mit drin. Denk doch nur mal an die Buchstaben an der Tür. Sie ergeben ja wohl eindeutig seinen Namen.«

»Es fehlt nur noch das N«, gab Tallwitz zu bedenken.

»Stimmt. Dann ist sein Name vollständig. Doch was geschieht dann?«

Sie sahen sich an. Keiner wagte eine Antwort. Keiner von beiden wollte eine Prognose geben von dem, was möglich war.

»Es wird also wohl noch mindestens einen Überfall geben«, grübelte Tallwitz.

»Vor dem nächsten Neumond müssen wir den Fall in der Tasche haben, bevor noch mehr …«

Es klopfte an der Bürotür.

Mayers atmete auf. »Perfekt. Das wird er sein«, sagte er, während er anerkennend zur Uhr blickte. »Ging bedeutend schneller, als ich dachte.«

»Das wird wer sein?«

»Du hast mich doch vorhin telefonieren sehen, nicht wahr? Ich hab uns einen Gast eingeladen.«

Tallwitz Gesicht hellte sich auf. »Super! Pizzadienst? Dönertaxi? Curry…«

Jetzt lachte Mayers so laut auf, dass es durch die ganze Etage donnerte. »Du bist unverbesserlich!« Er ging zur Tür und öffnete.

Ein älterer Mann stand davor. In einem feinen karierten Anzug, mit glänzenden Lackschuhen darunter, die farblich perfekt zu der gebundenen Fliege an seinem Hemdkragen passten. Auch die Brille mit ihrem dicken schwarzen Rand passte dazu. Sie setzte sich farblich wunderbar von den schlohweißen Haaren des Mannes ab und seinem leuchtend weißen Kinnbärtchen. In seinen Händen hielt er einen braunen Aktenordner, aus dem einige alte Seiten herausschauten.

Tallwitz erkannte den Mann sofort. »Herr Professor Dattel. Welch eine Freude.«

»Das glaube ich Ihnen nicht«, erwiderte der Mann in einem kecken Ton. »Ich habe Sie beide sprechen hören. Ihnen wäre doch lieber, hier würde ein Currywurstlieferant stehen, oder?«

Tallwitz sprang von seinem Platz auf und spielte das Spielchen mit. »Aber nein. Nicht doch, Herr Professor. Wer denkt schon ans Essen, wenn er Besuch solcher Qualität bekommt?«

»Schämen Sie sich, alter Schmeichler«, kicherte der Professor zurück. »Aber natürlich weiß ich, dass Sie recht haben.«

Die drei lachten.

»Können wir nun zur Sache kommen?«, fragte Professor Dattel. Er tat sehr beschäftigt. Mit seiner freien Hand zog er einen Stuhl heran. »Darf ich?« Er setzte sich und stellte den braunen Ordner direkt neben sich auf dem Boden ab. Auch Mayers und Tallwitz nahmen ihre Plätze ein.

Mayers verkniff sich wegen Dattels Hektik die Frage nach einer Tasse Kaffee, wie er es gerade vorgehabt hatte, und wandte sich stattdessen sofort dem Professor zu: »Wenn ich ehrlich sein soll, bin ich überrascht, Sie jetzt schon hier zu sehen. Mit Ihrem Besuch hatte ich erst in einigen Tagen, vielleicht sogar Wochen gerechnet.«

»Natürlich würde ich das jetzt gern als Kompliment auffassen«, erwiderte der Professor. »Doch das wäre anmaßend. Ihre Anfrage war nicht allzu schwierig. Um ehrlich zu sein, bedeutete es für mich nur einen Griff ins Regal, kurz nachdem Sie angerufen hatten.«

»Tatsächlich?«

»Sagen wir so: Die Frage, die Sie mir gestellt hatten, ist nicht neu. Und mein Vorgänger hatte sich schon damit befasst. Ich hatte eine ungefähre Ahnung, was es war und …«

Tallwitz mischte sich ein: »Schön, dass ihr beide euch versteht. Aber ich sitze hier und begreife kein Wort …«

Der Professor zuckte peinlich berührt zusammen. »Oh, entschuldigen Sie. Daran hätte ich denken müssen.« Er nickte entschuldigend. »Sie wissen doch, dass ich als Historiker für unser Stadtarchiv zuständig bin.«

»Natürlich, Herr Professor.«

»Wissen Sie auch, dass ich derzeit eine neue Chronik für die Stadt erstelle?«

»Auch davon habe ich gehört«, gab Tallwitz zu.

Der Professor machte ein bedeutendes Gesicht und sagte: »Vorhin hat mich Herr Mayers angerufen. Er erzählte mir, dass Sie beide an dem Fall der verschwundenen Familien arbeiten, und fragte mich, ob es so etwas vielleicht schon einmal in der Vergangenheit gegeben hat.«

Tallwitz nickte beeindruckt Mayers zu: »Noch eine geniale Idee von dir. Heute übertriffst du dich aber.«

Mayers quittierte das Kompliment mit einem Lächeln, und Professor Dattel nahm seine Erklärung wieder auf. »Nun, meine Herren, tatsächlich bin ich da auf etwas gestoßen. Wie gesagt, berufe ich mich nun auf die Arbeit meines Vorgängers, Herrn Dr. Dr. Weber, der bis zu seiner Pensionierung ebenfalls an unserer neuen Chronik gearbeitet hat. Bevor er vor ein paar Wochen in den wohl verdienten Ruhestand gegangen ist, hat er mich zur Seite genommen und mir gesagt, dass er mich in naher Zukunft unbedingt sprechen müsse. Er sei da auf etwas gestoßen, das ihm keine Ruhe lasse. Er habe einen Ordner angelegt, der sich in seinem alten Büro befinde, und darüber müsse er dringend mit mir sprechen. In einem Nebensatz ließ er auch den Begriff des ›Neumond-Täters‹ fallen.«

Wenn dem Professor auch schon zuvor die ungeteilte Aufmerksamkeit der beiden Polizisten sicher gewesen war, so hingen sie ihm nun regelrecht an den Lippen.

Dattel jedoch ließ sich nicht anmerken, dass er es bemerkte und dieses Interesse genoss. Er fuhr scheinbar unberührt mit seiner Erklärung fort. »Sie können sich denken, dass ich mir sofort nach Ihrem Anruf, Herr Mayers, den betreffenden Aktenordner heraussuchte. Und tatsächlich habe ich ein paar Informationen für Sie.«

Mayers und Tallwitz neigten sich auf ihren Stühlen dem Professor zu. »Und?«

Dattel machte eine kurze Pause, dann sagte er: »Dank der wunderbaren Vorarbeit meines geschätzten Kollegen Weber kann ich Ihnen versichern, dass es einen ähnlichen Fall bereits gegeben hat.«

Mayers klatschte in die Hände. »Volltreffer!«, triumphierte er.

Tallwitz staunte: »Wir haben es mit einem Serientäter zu tun?«

Professor Dattel winkte entschieden ab. »Das glaube ich eher nicht.«

Mayers Triumph schien bereits beendet. »Was? Warum nicht?«

»Der Fall, von dem ich spreche und den Dr. Dr. Weber in seinem Fleiß und in wahrhaft mühevoller Kleinarbeit in den Archiven unseres riesigen …«

»Oh bitte«, unterbrach Mayers. »Sagen Sie, was Sie wissen.«

Es war dem Professor anzusehen, dass er diese Unterbrechung als Akt der Unhöflichkeit verstand. Sein helles Kinnbärtchen zitterte vor Empörung. Normalerweise hätte er sich ein solches Verhalten verbeten. Doch der guten Stimmung wegen, die bisher unter den dreien geherrscht hatte, wollte er über diese Entgleisung Mayers' hinwegsehen. »Nun«, sagte er. »Um es kurz zu machen …«

»Ja?« Mayers spürte wieder einmal, dass Geduld nicht seine Stärke war.

»Und weil Sie ja darauf bestehen.«

»Bitte.«

»Der Fall, den ich anspreche, liegt etwa eintausendzweihundert Jahre zurück.«

Stille.

Der Professor lächelte, während er in die völlig verdutzten Gesichter seiner Gastgeber blickte. Er liebte es, die Menschen mit Wissen vor den Kopf zu stoßen. Gerade dann, wenn seinen Zuhörern die nötigen Manieren fehlten.

»Und … da sind … Sie sicher?«, hakte Mayers nach.

Der Professor betonte jedes seiner Worte: »Die wunderbare Arbeit meines Kollegen Dr. Dr. Weber lässt nicht einmal den geringsten Zweifel zu.«

Tallwitz pfiff erneut durch die Zähne. »Zwölfhundert Jahre. Wow!«

Professor Dattel fingerte an seiner Fliege herum, um sie exakt gerade zu richten. Dann lehnte er sich in seinem Stuhl zurück, faltete die Hände vor der Brust und begann erneut, eine Erklärung abzugeben: »Dr. Dr. Weber befasste sich mit der Entstehung eines der ältesten Gebäude unserer Stadt. Er durchforstete die Dokumente und Urkunden des frühen Mittelalters. Ich denke, Ihnen ist bekannt, dass unsere Stadt seit über fünfzehnhundert Jahren besteht. Dr. Dr. Weber arbeitete sich in mühsamer Fleißarbeit, wie ich bereits andeutete, durch Listen von Steueraufzeichnungen, Gesetzesschriften, Pamphleten unzufriedener Bürger, Aufrufe der Herrschenden, Unterlagen zu Eheschließung und Begräbnissen. Sie ahnen nicht, wie viel sich finden lässt, wenn man wirklich einmal richtig forscht. Und Dr. Dr. Weber war ein Meister seines Faches, das können Sie mir glauben.«

Mayers wagte eine Zwischenfrage. Seine Ungeduld zwang ihn dazu. »Was genau hat er entdeckt, das unserem Fall ähnelt?«

Dattel griff nach dem Ordner, den er neben seinen Stuhl gestellt hatte, legte ihn auf seine Knie und ließ dann seine ausgestreckten Hände darauf ruhen. »Hierin befindet sich eine Urkunde, die Sie interessieren wird. Sie dokumentiert genauestens die Entstehung des betreffenden Gebäudes unserer Stadt. Denn dieses Bauwerk wurde errichtet, nachdem ein Zwischenfall glücklich geendet war, der Ihrem Kriminalfall sehr ähnelt. Ich darf berichten: Es war um 860 nach Christus, eben frühes Mittelalter. Unsere Stadt glich einem größeren Dorf. Der Vorteil war, dass es so nahe am Meer lag. Insofern war es leicht, Handel zu treiben. Schnell entwickelte sich der kleine Ort zu einem Umschlagplatz für Handelsschiffe. Die Stadtrechte wurden uns sehr früh …«

Mayers wagte einen erneuten Vorstoß. Er war sich im Klaren, dass der Professor wieder dabei war, abzuschweifen. »Was genau geschah um 860?«

Das Kinnbärtchen zitterte dieses Mal nicht. »Oh, Entschuldigung, ich hatte den Faden verloren. Um 860 ist in der besagten Urkunde von vermissten Familien die Rede. Laut dem, was Dr. Dr. Weber in Erfahrung gebracht hatte, verschwand jede dieser Familien in einer Neumondnacht. Niemand konnte sich erklären, was dort vor sich ging. Und das in einer Zeit, die von Aberglauben und Missgunst geprägt war. Sie können sich vielleicht nicht vorstellen, was dies für die Bürger bedeutet hat, dass plötzlich Menschen aus ihrer Mitte spurlos verschwanden. Jeder verdächtigte jeden.«

Nun war es Tallwitz, der es wagte, den Professor zu unterbrechen: »Weiß man, wie viele Familien verschwanden?«

»Ja. Sehr genau sogar. Der Schreiber, der dieses Dokument erstellt hat, war sehr gewissenhaft und hat genauestens gearbeitet. Und das im Mittelalter. Der Fleiß dieses Mannes deutet auf die Wichtigkeit hin, mit der diese …«

»Wie viele Familien waren es denn?«, hakte Tallwitz nach.

Und der Professor sagte: »Sechs.«

Mayers dachte nach: »In unserem Fall sind es bisher fünf.«

Auch Tallwitz grübelte: »Und auf den sechsten Übergriff bewegen wir uns gerade zu«, gab er zu bedenken. »Der Name Rouven hat sechs Buchstaben.«

Mayers nickte. Dann wandte er sich wieder an den Historiker. »Herr Professor Dattel, können Sie uns sagen, was aus den sechs Familien geworden ist?«

»Hat man sie gefunden?«, hakte Tallwitz nach.

Der Professor genoss weiterhin die Aufmerksamkeit, wenngleich es ihn auch ein wenig störte, dass dieses Interesse nicht seiner Arbeit, sondern eigentlich der eines Kollegen galt. »Ja«, sagte er. »Man weiß es ganz genau. Ich sagte ja schon, dass der Schreiber sehr gewissenhaft war. In seinem Dokument hat er alles klar verzeichnet und festgehalten. So eindeutig, dass man heute noch …«

»Und? Was wurde aus ihnen?«

»Mit einem Mal sind sie wieder aufgetaucht«, antwortete der Professor und blickte nun abermals in erstaunte Gesichter. »Ja, ich muss zugeben, auch ich war überrascht. Der Schreiber lässt aber keinen Zweifel an der Richtigkeit der Tatsache. Er beschreibt alles sehr exakt und genau. Demnach tauchten die sechs Familien wieder auf. Alle zwölf Personen. Erwähnte ich schon, dass stets nur Ehepaare entführt worden waren? Nun, alle zwölf tauchten plötzlich auf. In einer Neumondnacht. Allesamt unversehrt. Doch niemand von ihnen gab eine Erklärung ab. Bis heute weiß man nicht, was mit ihnen geschehen ist. Der Schreiber spricht von einer … von einer …« Professor Dattel klappte den Ordner auf seinen Knien auf und wühlte sich durch einige Seiten kopierter Dokumente, bis er schließlich auf einer bestimmten Seite innehielt. Mayers und Tallwitz konnten die mittelalterliche Handschrift sehen.

Der Professor ließ seinen Finger über die Seite gleiten und las schließlich eine Stelle vor: »… Eid der zwölf Betroffenen. Einem Schwur der sechs Familien, niemals auch nur ein Wort von dem zu berichten, was geschehen war.« Der Professor klappte den Ordner wieder zu. »Und das war schon die ganze Geschichte. Ich weiß nicht, ob ich Ihnen wirklich weitergeholfen habe, aber Sie müssen zugeben, die Parallelen beider Situationen sind unverkennbar.« Er stellte den Ordner wieder auf der Erde ab, um anzudeuten, dass er sich dem Ende seines Vortrages näherte. »Auf jeden Fall wurde von diesen sechs Familien, von diesen zwölf Männern und Frauen, schließlich das Bauwerk errichtet, zu dessen Entstehung der werte Dr. Dr. Weber …«

»Welches Gebäude?«, hakte Tallwitz nach.

»Bitte?«

»Sie sagten gerade, die sechs Familien hätten etwas gebaut. In dieser Stadt. Was genau?«

»Oh, sagte ich das noch nicht? Bitte verzeihen Sie, ich war mir sicher, ich hätte es bereits erwähnt.«

»Leider nicht«, pflichtete Mayers seinem Kollegen bei.

Der Professor entschuldigte sich. »Wie nachlässig. Nun, bei dem Gebäude handelt es sich um die kleine Kapelle, die Sie sicherlich kennen, in der Nähe des Hafens. Am Friedhof. Sie wissen schon … oder kennen bestimmt … Hören Sie mir noch zu?« Der Professor entrüstete sich, denn Mayers und Tallwitz blickten sich an, als hätten sie eine Offenbarung.

»Tallwitz«, sagte Mayers. »Zum ersten Mal nach Wochen habe ich das Gefühl, ein paar Fäden finden zusammen.«

Tallwitz nickte. »Die Kapelle am Hafen. Der Fundort von Tabitha Berns.«

Nun staunte auch der Professor. »Ah, das meinen Sie. Natürlich habe ich davon gehört. Es ist einige Jahre her, nicht wahr? Aber diese Verbindung ist mir noch gar nicht … Nein, so weit habe ich nicht …« Er räusperte sich und nestelte wieder an seiner Fliege. »Wissen Sie, diese Kapelle hat für uns Historiker ja vor allem wegen des außergewöhnlichen Fensterbildes einen unschätzbaren Wert. Dieses Bild ist auf der ganzen Welt bei Fachleuten bekannt.«

Es war ihm gelungen. Nun hatte der Professor wieder die ganze Aufmerksamkeit von Mayers und Tallwitz auf sich gelenkt. »So? Warum?«

»Es ist eines der ersten Fensterbilder der Menschheit. Und eigentlich gehört es in ein Museum. Das Motiv ist nie recht geklärt worden. Sie haben es gewiss vor Augen: der geflügelte Jüngling und das stierähnliche Wesen.«

Nun mussten Mayers und Tallwitz ihr Unwissen einräumen.

»Ich hatte noch nicht die rechte Zeit gefunden, die Kapelle einmal genauer anzuschauen«, versuchte Mayers sich herauszureden.

Und Tallwitz meinte: »Ich wusste gar nicht, dass die Kapelle so berühmt ist.«

»Wie gesagt, es ist vor allem das Bildnis«, sagte der Professor und freute sich, erneut ein Referat halten zu können: »Das Motiv selbst war von den sechs Familien bereits um 860 auf die kahle Wand geworfen worden. Archäologen haben Spuren davon in der Wand selbst gefunden. Doch später, als die Glaskunst aufkam, da hat man eiligst dieses Bild auf ein Fensterbild angebracht. Auf das Bild, das heute noch dort zu bewundern ist.«

»Weiß man, wen die Figuren darauf darstellen?«, hakte Mayers nach.

Dattel schüttelte den Kopf. »Man dachte zuerst, es handele sich um einen Engel. Wegen der Flügel an dem Rücken der einen Figur. Doch diese Überlegung verwarf man recht schnell, denn es handelt sich eindeutig um Vogelflügel. Auch die krallenartigen Füße dieses Wesens verstärken die Theorie, dass es kein Heiliger sein kann. Nirgendwo hat man bisher auch nur ein ähnliches Heiligenbild gesehen.«

»Vogelkrallen, sagen Sie«, murmelte Mayers nachdenklich. Er hatte längst begonnen, sich Notizen zu machen.

»Und der stierähnliche Kerl?«, fragte Tallwitz. »Haben wir es da mit einem Monster zu tun? Wie ein Werwolf, bloß als Stier? Ein Wer-Stier??«

Der Professor lachte laut auf. »Ach du liebe Güte. Wie kommen Sie denn darauf? Kaufen Sie Ihre Literatur derzeit von der Startseite der Online-Buchhandlungen?« Er war sichtlich amüsiert. »Werwölfe. Nein, das scheidet ganz aus. Keine Frage.«

Wenn Tallwitz ein Kinnbärtchen getragen hätte, dann hätte es in diesem Moment gezittert. Hier saß er und musste sich auslachen lassen.

»Was glauben Sie denn, was es darstellt?«, fragte er in einem Tonfall, der seinen Ärger überdecken sollte, doch es gelang ihm nicht.

»Man weiß es nicht. Man vermutet, es stellt nur irgendeine hässliche Kreatur dar, um den Helden – den mit den Vogelflügeln – gut aussehen zu lassen.«

Mayers blickte von seinen Notizen auf. »Also ist das Ganze kein biblisches Motiv?«

»Nein. Ganz eindeutig nicht. Wir haben es hier nicht mit Religion zu tun, meine Herren«, sagte der Professor bestimmt und kicherte noch einmal in Richtung Tallwitz: »Und auch nicht mit Werwölfen oder Vampiren oder Poltergeistern oder was Ihnen sonst in dieser Richtung einfallen mag.«

»Danke!«, sagte Mayers. »Sie haben uns sehr geholfen.«

»Das ganze Bild ist ein einziges Rätsel«, ergänzte Professor Dattel noch schnell. Er erhob sich bereits von seinem Platz, um zu gehen. »Nicht nur, dass man die Figuren darauf nicht zuordnen kann, es hat auch eine eigene Symbolik. Bis heute konnte niemand erklären, wofür das Bild dieses Kampfes stellvertretend stehen soll. Oder was der Sichelmond und die Vogelkralle bedeuten, die oben in der Ecke …«

»Vogelkralle?«

»Sichelmond?«

Mayers und Tallwitz blickten sich wieder an wie kurz zuvor.

»Ja. Eindeutig«, sagte der Professor. »Ist das wichtig?«

Mayers strahlte über das ganze Gesicht. »Lieber Herr Professor«, sagte er. »Es fügen sich gerade nicht nur ein paar Fäden zusammen, ich habe das Gefühl, ganze Wollknäuel verweben sich gerade und …«

Ein brummendes Geräusch unterbrach ihn. Tallwitz' Magen grummelte so laut, dass Mayers lachen musste. »Ich habe eine Idee, Herr Professor. Ich lade Sie und meinen Kollegen zum Essen ein. Als Dank für Ihre wunderbare Arbeit. Was halten Sie davon?«

»Gern. Wenn es nicht gerade Currywurst oder Döner sein muss.«

Nun lachte auch Tallwitz. »Nein, keine Angst, Herr Professor, mein Magen verträgt auch genießbares Essen.«

»Dann lasst uns aufbrechen«, bat Mayers und zog begeistert und zufrieden mit den beiden ab.

Tabitha gab auf. Sie rannte nun schon seit einigen Stunden durch die Straßen der südlichen Vorstadt, auf der Suche nach Rouven. Ihre Tränen waren inzwischen getrocknet, der Schreck über Rouvens Reaktion, als er schreiend und um sich schlagend aus der Hypnose erwacht war, hatte sich ebenfalls gelegt. Nun war sie einzig von der Sorge um ihn getrieben. Sie hatte Angst, dass ihm etwas zustieß. So aufgewühlt und völlig irritiert wie ihn hatte sie bisher noch keinen Menschen erlebt. Vor allem verstand sie nicht, was vorgefallen war. Zu gern hätte sie gewusst, welche Bilder, welche Gefühle in Rouven während der Hypnose aufgekommen waren. Sie wollte einzig wissen, was es sein konnte, das einen Menschen so sehr aus der Bahn warf. Wofür hatte er sich bei ihr entschuldigt?

»Rouven!« Zum hundertsten Mal rief sie seinen Namen. Doch wieder einmal erhielt sie keine Antwort.

Sie seufzte und ließ die Schultern hängen.

»Rouven.« Dieses Mal flüsterte sie es. Sie wandte sich um und ging zurück in Mathidas Wohnung. Dort war alles geschehen. Vielleicht fand Tabitha dort einen Hinweis.

Ohne sich umzusehen, den Kopf vor Verzweiflung hängend, ging sie ihren Weg. So sehr in Gedanken versunken, dass sie gar nicht spürte, wie Menschen immer wieder durch sie hindurchliefen, ohne auch nur einen Hauch ihrer Anwesenheit zu verspüren.

Die Tür war noch geöffnet. Tabitha suchte sofort den Weg durch das Bad in Mathidas aufgeräumtes Wohnzimmer. Und dort stand sie auch: Mathida. Ebenfalls völlig aufgewühlt und aufgedreht.

Beim Eintreten Tabithas ging allerdings etwas in ihr vor. Plötzlich legte sich die Unruhe in ihr und sie blickte sich um. »Tabitha?«, fragte sie. »Bist du jetzt hier?«

Tabitha war verblüfft, dass die Frau es spüren konnte.

»Bist du hier?«, fragte Mathida erneut. »Mir war gerade so, als sei ich nicht allein im Raum.«

»Ich bin hier«, sagte Tabitha, doch Mathida hörte sie nicht. »Hier!«, rief Tabitha, jedoch ohne bei ihrem Gegenüber eine Reaktion feststellen zu können. Sie streckte ihre Hand nach Mathida aus, doch wie zuvor fegten ihre Finger wie durch einen Nebelschleier durch die Frau hindurch. Tabitha seufzte. Mathida hatte sie nur aufgrund ihrer hohen Sensibilität erspürt, vermutete sie. Und weil Mathida wusste, dass Tabitha sich in der Nähe aufhalten konnte. Es hatte sich nichts geändert.

Mathida blickte sich suchend um. Sie drehte sich langsam auf der Stelle und versuchte fieberhaft irgendetwas zu erblicken, was ihr verriet, ob Tabitha tatsächlich um sie herum war.

Und Tabitha hätte ihr gern zu verstehen gegeben, dass sie sich im Raum befand. Auch sie schaute sich um. Und plötzlich hatte sie eine Idee. Sie ging zu dem kleinen Spiegel, der an der Wand hing, und hauchte ihn an. Ihr Atem hinterließ tatsächlich einen kleinen Dunstnebel an der Scheibe, der sich jedoch so schnell wieder entfernte, dass Mathida ihn nicht bemerkte.

Tabitha klopfte nun gegen den Spiegel, und sofort reagierte die Frau.

»Tabitha? Warst du das?« Mathida blickte in die Richtung des Geräusches, und jetzt hauchte Tabitha noch einmal dagegen.

Tränen der Freude stiegen Mathida in die Augen. »Du bist hier«, flüsterte sie und hielt sich begeistert beide Hände vor den Mund. »Du weißt nicht, wie ich mich freue«, stieß sie hinter ihren Fingern hervor.

Tabitha hätte mit ihr reden wollen. Erneut schaute sie sich in dem riesigen Raum um. Dann ging sie zu der kleinen Sitzecke und nahm das Zuckerdöschen von dem Tisch, der dort zwischen Sesseln und

Sofa stand. Sie schüttete den Zucker aus und verteilte die winzigen weißen Körnchen über den ganzen Tisch.

Mathida entdeckte, was dort geschah, und eilte zu der Sitzgruppe. Gebannt beobachtete sie das Zuckerdöschen, das zu schweben schien, und auch den Zucker, der sich wie von selbst auf dem Tisch verteilte. Und schließlich las sie das Wort, das Tabitha mit ihren Fingern in die weiße Zuckerdecke schrieb: »Hilfe.«

Die Tränen der Rührung in Mathidas Gesicht wichen den Tränen der Hilflosigkeit, die sie jetzt völlig einnahm. Sie ließ sich vor dem Tisch auf die Knie sinken. »Oh, Tabitha«, sagte sie. »Liebes. Ich würde dir so gerne helfen. Doch ich weiß selbst nicht, was hier geschehen ist. Ich kann mir nicht erklären, was Rouven in der Hypnose gesehen haben soll oder was in ihm vorgegangen ist. Mir tut das alles so leid, Tabitha. So leid.« Nun waren es ihre Finger, die über den Zucker strichen, gerade so, als könnte Mathida über das Wort Tabithas das Mädchen selbst erreichen. »So leid …«

Tabitha stand an ihrer Seite. Mit ihren Fingerspitzen fuhr sie Mathida über den Kopf, ohne dass diese es spüren konnte. Sie hauchte ihr einen Kuss zu, dann wandte sie sich um und verließ den Raum. Hier konnte sie nichts mehr erreichen.

Kaum war sie zur Haustür heraus, da kam Mathida ihr nachgerannt. »Tabitha«, rief sie. »Falls du mich noch hören kannst: Ich bin für dich da. Komm, wenn du weißt, wie ich dir helfen kann. Oder Rouven. Meine Tür steht immer für euch offen.«

Es duftete köstlich. Die drei Männer schauten begeistert auf die kunterbunt angerichteten Teller, die ihnen in dem chinesischen Restaurant an den Tisch gebracht wurden. Alle drei waren sich einig, dass sie sich diese Gaumenfreude verdient hatten.

»Genießen Sie Ihr Essen, lieber Professor«, bat Mayers, während er die beiden anderen mit Reis aus einer Porzellanschüssel versorgte. »Wir danken Ihnen noch einmal sehr für Ihre Unterstützung.«

Tallwitz gab seinem Kollegen recht. »Ich weiß zwar noch nicht, wie uns all Ihre Informationen nützen sollen, aber dass Sie uns heute Abend weitergeholfen haben, das steht außer Frage.«

Der Professor freute sich. Dies war eine Stunde genau nach seinem Geschmack. Er wusste ehrliche Komplimente ebenso zu genießen wie ein richtig gutes Essen. Mit Löffel und Gabel stieß er in seine Schüssel und beförderte von dem angerichteten Gemüse eine übergroße Portion auf den Teller.

»Da fällt mir ein, eine Kleinigkeit habe ich noch gar nicht erwähnt«, sagte er wie beiläufig.

»So?« Mayers' Teller war inzwischen ebenfalls ordentlich gefüllt.

Professor Dattel winkte ab: »Ist vielleicht auch gar nicht wichtig.«

»Das kann man nicht wissen«, widersprach Tallwitz und schob sich die erste volle Gabel in den Mund. »Worum handelt es sich denn?«

»Noch einmal um die kleine Kapelle am Hafen.«

Auch Mayers sprach bereits mit vollem Mund: »Was ist damit?«

Der Professor hatte allerdings noch keinen Bissen getan. Er war noch dabei, die chinesischen Gemüsesorten auf seinem Teller nach Farben zu sortieren. »Wissen Sie«, sagte er dabei nachdenklich, »seit

Erbauung der Kapelle gibt es immer wieder Familien, die sich um den Erhalt des kleinen Gebäudes kümmern. Familien, die alles tun, um die Kapelle in einem guten Zustand zu belassen.«

»Kann ich mir denken«, antwortete Mayers kauend.

»Diese Familien, die über all die Jahrhunderte wirklich eine wunderbare Arbeit geleistet haben, stammen jeweils von den Familien ab, die um 860 herum entführt worden sind.«

Mayers kaute schon etwas langsamer. »Und?«

»Ich dachte, es interessiert Sie vielleicht, welche Familie bis zuletzt die Kapelle pflegte«, sagte Dattel und war nun dabei, sein Gemüse auf seinem Teller nach Vitaminen zu ordnen.

In Mayers keimte der Verdacht, dass der Professor sehr wohl um die Bedeutung dessen wusste, was er zu sagen hatte. »Ja«, gab Mayers zurück. »Das wäre eine gute Information.«

Der Professor blickte von seinem Teller auf und sah den Beamten nacheinander ins Gesicht: »Berns heißt die Familie, die sich seit einigen Jahrzehnten um die Kapelle kümmert.«

Nun steckte sich der Professor endlich genüsslich einen bunt gefüllten Löffel in den Mund, während sowohl Mayers als auch Tallwitz bei dieser Information die Gabel im Mund stecken blieb.

Der Professor lächelte. Wieder einmal war es ihm gelungen, sich seine kleine Bühne zu schaffen. Wieder einmal hatte er alle Aufmerksamkeit auf sich gelenkt – auch wenn es in diesem Moment nur die Aufmerksamkeit dieser beiden netten Polizisten war. Und so fügte er schnell noch einen letzten Gedanken an, wohl wissend, dass diese Ergänzung ganz bestimmt unnötig war: »Sie verstehen richtig, meine Herren. Herr und Frau Berns. Die Eltern von Tabitha Berns. Das Ehepaar, das schon so lange vermisst wird.«

Tabitha eilte sich, in den Stadtpark zu kommen. In ihr war die Hoffnung erwacht, Rouven könnte in dem Wasserwerk sein. Sie wurde angetrieben von dem Gedanken, dass er dort neben Nana saß und auf sie wartete. Und ihr Gehen wurde zu einem Laufen. Ihr Laufen zu einem Rennen. Sie verlangsamte ihren Schritt erst, als sie außer Atem die schwere Eisentür des Wasserwerks erreichte. Mit klopfendem Herzen riss sie die Tür auf und eilte sich, in die Halle zu kommen. Doch groß war ihr Entsetzen, als sie dort nur Nana antraf, die in ihrer Ecke der Halle auf dem Bett saß, das Rouven einmal für sie besorgt hatte. In ihren Händen hielt sie eine Zeitung, doch es war für Tabitha nicht ersichtlich, ob Nana lesen konnte, was darin stand.

Die Frau blickte auf, und sofort änderte sich der bisher leere Blick. »Clara«, rief sie aus und eilte sich, auf die Füße zu kommen. »Du hier?«

Tabitha erging es wie Rouven, wenn er hierherkam. Es machte ihr nichts aus, mit falschem Namen angesprochen zu werden. Aber sie genoss die zärtliche Umarmung und die Freude der Frau.

Und plötzlich hielt Tabitha inne. Sie schaute Nana überrascht an. »Du siehst mich«, stellte sie fest, und ihre Stimme klang gerade so, als wurde ihr das zum ersten Mal bewusst. »Du kannst mich sehen«, wiederholte sie und wunderte sich, dass sie dieser Tatsache bisher kaum Beachtung geschenkt hatte. Nicht einmal in den Tagen, in denen Rouven in der Gefängniszelle gesessen hatte und Tabitha für Nana verantwortlich gewesen war. Sie hatte es immer als völlig selbstverständlich angesehen, dass Nana sie begrüßte, wenn Tabitha im Schutze der Nacht Taschen mit Lebensmitteln von der Tafel hierherbrachte, die sie mittags ungesehen dort bereitgestellt hatte. Niemandem war es aufgefallen. Tabitha hatte sich äußerst geschickt angestellt. Doch all das war jetzt nicht mehr wichtig.

»Du kannst mich sehen!«, sagte sie zum dritten Mal.

Nana lachte. »Natürlich. Du stehst ja auch direkt vor mir.«

Tabitha betrachtete die Frau. Jetzt aber mit anderen Augen. Mit ganz anderen Augen. In Tabitha keimte ein Verdacht auf. Erst nur eine vage Vermutung, dann jedoch eine erschreckende Ahnung. Sie nahm die alte Frau an der Hand. »Magst du spazieren?«, fragte sie.

»Gern!« Nana freute sich.

Soweit Tabitha wusste, war Rouven mit ihr bisher nie draußen gewesen. Zumindest hatte er es nie erwähnt. Tabithas Verdacht erhärtete sich. Ihr Atem raste nun erneut. Doch nicht vor Anstrengung wie noch kurz zuvor. Sie keuchte vor Aufregung.

Mit Nana an der Hand verließ sie die Halle, sie führte sie durch den langen feuchten Gang und öffnete das riesige Eingangstor.

»Die Sonne scheint«, freute sich Nana. »Wie schön!«

»Lass uns ein Stück gehen, ja?«, bat Tabitha und merkte gar nicht, wie ihr der Schweiß ausbrach. Sie geleitete Nana an ihrer Hand durch den Park, in Richtung Straße. Dorthin, wo sich stets die meisten Leute aufhielten: Spaziergänger, Eltern mit Kinderwagen, Jogger, Skater, Inliner. »Noch ein Stück, Nana, ja?«

Tabitha zog an ihr, und die Frau beschwerte sich: »Nicht so schnell. Und du drückst meine Hand so fest. Clara, was ist mit dir?«

Tabitha versuchte sich zu beherrschen, doch es gelang ihr nicht. Nicht einmal als Nana rief »Du machst mir Angst«, konnte Tabitha ihren Schritt verlangsamen. Sie brauchte Gewissheit. Sie musste wissen, ob sie mit ihrer Ahnung richtig lag.

An der Straße angekommen, blieb Tabitha abrupt stehen. Mitten auf dem Bürgersteig. Sie wandte sich Nana zu: »Entschuldige!«, sagte sie nur.

Nana hob die Hand. »Ach was, nicht so schlimm. Jetzt bleibst du ja stehen.«

In Tabitha brodelte es innerlich. »Das meine ich nicht«, entgegnete sie. »Ich entschuldige mich für das, was ich gleich tue.«

Die Frau sah Tabitha verständnislos an. »Was meinst du?«

»Es tut mir leid«, antwortete Tabitha und trat einen Schritt zurück.

Nana sah sie ängstlich an. »Was bedeutet das?«

Tabitha ging einen weiteren Schritt zurück. Sie ließ Nana auf dem Bürgersteig stehen und zog sich selbst auf den Grünstreifen des Parks zurück.

»Was soll das?«, fragte Nana ängstlich.

»Es tut mir leid«, sagte Tabitha nur noch einmal. Sie hatte einen Radfahrer entdeckt, der hinter Nana den Bürgersteig entlanggefahren kam.

»Aber was denn?«, fragte Nana, die den Radfahrer erst bemerkte, als dieser unmittelbar hinter ihr war. Nana schrie auf und in derselben Sekunde raste der Radfahrer auch schon durch sie hindurch.

Sie aber hatte nichts davon gespürt. Sie blickte verstört und weinend zu Tabitha hoch. »Clara, was war das? Was bedeutet das? Was geht hier vor?«

Tabitha rannte zu ihr und nahm sie in die Arme. »Entschuldige, Nana. Bitte verzeih mir.«

Die Frau schluchzte. »Ich verstehe das alles nicht. Was ist gerade geschehen?«

Tabitha drückte sie fest an sich. »Entschuldige. Ich musste es wissen, ob … Ich brauchte Gewissheit …«

Ein erneuter Impuls. Ein weiterer Verdacht stellte sich in Tabithas Kopf ein. Ein Gedanke, der ihr erneut einen Schauer durch den ganzen Körper jagte.

Tabitha löste sich aus der Umarmung und stellte sich vor Nana. Sie blickte auf die Bluse, die Nana trug. Die blaue Bluse, von der Rouven erzählt hatte, dass er sie für Nana aus einem Altkleidersack gefischt hatte, weil er diese Farbe für wunderbar passend zu Nanas Augen gefunden hatte. Diese Bluse, von der Tabitha wusste, dass Nana sie beinahe jeden Tag trug, weil sie sie so mochte. Diese Bluse, die Rouven nachts heimlich für Nana wusch, wenn die Frau in ihrer Ecke schlief. Diese Bluse, mit den langen, weiten Ärmeln.

Tabitha nahm den linken Arm von Nana in ihre Hand. Sie streckte Nanas Arm und knöpfte das Ende des Ärmels auf.

»Was machst du jetzt?«, wunderte sich Nana, doch dieses Mal gab Tabitha ihr keine Antwort. Zu sehr war sie auf das konzentriert, was sie tat. Sie eilte sich, das Ende des Ärmels zu fassen und in die Höhe zu ziehen. Und mit erneutem Entsetzen blickte sie auf das, was der blaue Stoff nun freigab: den schlanken Sichelmond und die gezückte Vogelkralle, eingeritzt in Nanas Haut.

Er hatte das Gefühl für die Richtung verloren. Er wusste nicht, durch welche Straßen er gelaufen, in welchen Vierteln der Stadt er sich bewegt hatte. Während der vergangenen Stunden hatte Rouven nur das Bild von Tabitha vor Augen gehabt. Wie sie auf seinen Knien liegend ihr Leben aushauchte, während hinter Rouven unentwegt diese fremde Stimme auf ihn eingebrüllt hatte. Immer und immer wieder hatte Rouven sich gefragt, was dies zu bedeuten hatte und wie es zu alledem hatte kommen können.

Nun betrat er völlig erschöpft und entkräftet den Stadtpark. Seine Beine suchten wie von selbst den Weg zum Wasserwerk. Rouven wollte nur noch schlafen. Vielleicht konnte er wenigstens im Schlaf für ein paar Stunden die Bilder abschütteln.

Ruhe finden.

Vor sich selbst.

Er freute sich auf die Dusche im hinteren Teil des Wasserwerks, wo sich noch immer die Toiletten und Waschräume der früheren Belegschaft befanden. Schon in den ersten Tagen seines Aufenthaltes im Wasserwerk hatte Rouven alles säubern und instand setzen können.

Nun wollte er sich waschen. Vielleicht mit Wasser dieses Schuldgefühl aus seinem Körper schwemmen.

Knarrend ließ sich das schwere eiserne Tor öffnen. Kaum war Rouven in den langen Gang getreten, da hörte er auch schon Tabithas Stimme von innen nach ihm rufen.

Das Knarren der Tür hatte sie aufgeschreckt, und nun kam sie voller Hoffnung in den Gang gelaufen.

Rouven wollte sich umdrehen und davonlaufen. Am liebsten wäre er vor Tabitha geflüchtet. Vor diesem Moment des Wiedersehens fürchtete er sich. Er wagte es nicht, ihr in die Augen zu sehen. Ihr, für deren Tod er verantwortlich war. Wie sollte er denn nur …?

»Rouven!« Ihre Freude, ihn zu sehen, entwaffnete ihn. Im selben Moment, in dem er sah, wie sie strahlend auf ihn zugelaufen kam, fielen alle dunklen Gedanken von ihm ab.

»Tabitha!« Nun rannte er auch auf sie zu. Sie fielen sich in die Arme, und Rouven hätte sich für diesen Moment kein schöneres Gefühl wünschen können.

»Du bist hier«, hauchte sie ihm erleichtert ins Ohr. »Und es geht dir gut.«

»Ich wusste nicht, was … Ich bin …«

»Scht …« Mit einem Kuss auf seinen Mund gebot sie ihm zu schweigen. »Es wird alles gut«, flüsterte sie, und Rouven spürte auch den letzten Rest der Angst aus seinem Körper strömen. Wie ein kleines Kind, das durch den Zuspruch seiner Mutter alle Befürchtungen beiseitelegt und die ersten Schritte wagt oder den Sprung ins Schwimmbecken, so geborgen und aufgenommen fühlte sich Rouven allein durch Tabithas Anwesenheit und ihre Worte.

»Danke«, sagte er nur, und Tabitha spürte, dass dieses Wort aus Rouvens tiefster Seele zu ihr fand.

Aus dem Inneren drang Gesang zu ihnen.

»Nana«, flüsterte Rouven, und seine Muskeln entspannten sich. Ja, er war in seinem Zuhause angekommen.

»Ich möchte dir gern etwas zeigen«, sagte Tabitha, und ihrer Stimme merkte Rouven an, dass es nichts Gutes war, was ihn erwartete. Tabitha führte ihn in die Halle des Wasserwerks, in die hintere Ecke, wo Nana gerade dabei war, den sonst silberglänzenden Chrom-Ofen mit einer weißen Schmiere einzureiben.

»Was macht sie da?«, wunderte sich Rouven.

»Ich hab versucht, sie abzuhalten«, gab Tabitha zur Antwort. »Vorhin meinte sie, dass der Ofen mal unbedingt gereinigt werden sollte. Und sie ist sicher, dass man das am besten mit Quark macht.«

Rouven grinste. »Sie schmiert gerade Quark an den Ofen?«

Auch Tabitha lächelte. »Ich mache es nachher sauber. Du bist es doch, der Nana immer in ihrer Gedankenwelt lässt, oder?«

»Lass sie nur machen«, bestätigte Rouven. »Ich helfe dir nachher beim Säubern. War es das, was du mir zeigen wolltest?«

Tabitha schüttelte den Kopf. Sie stellte sich dicht an Nana heran und öffnete ihr mit einem »Entschuldige, Nana« den Ärmelknopf ihrer blauen Bluse. Nana ließ sie gewähren. Sie war in ihre Arbeit vertieft und benötigte die linke Hand ohnehin nicht.

Tabitha zog den Ärmel nach oben, und Rouvens Herzschlag setzte aus.

»Nana«, flüsterte er erneut. Jedoch dieses Mal nicht erfreut. Schiere Sorge klang in seiner Stimme mit. Seine Blicke wanderten von ihr zu Tabitha und wieder zu Nana zurück. »Ist sie …« Er wagte kaum, die Frage auszusprechen. »Ist sie so wie …«

Tabitha kam ihm zuvor. »Ja. So wie ich.«

Die Welt drehte sich. Rouven stand in der Halle wie in der Mitte eines Karussells. Ihm wurde schwindelig, und die Beine versagten ihm den Dienst. Er kippte nach hinten, fand jedoch an einem der Stahlrohre Halt, bevor er zu Boden gestürzt wäre.

»Nein, bitte nicht!« Rasch hielt er sich eine Hand vor den Mund. Es sollte auch nicht der kleinste Hauch, nicht ein Teil der Worte des Unaussprechbaren aus ihm herausfinden. Alles das sollte nicht wahr sein.

Das Wasserwerk um ihn herum drehte sich schneller und schneller. Das bisschen Alltag, das er sich errichtet hatte, diese winzige Welt, die sein Zuhause sein sollte – alles das brach zusammen.

Innerhalb dieses Momentes. Dieses einen Augenblickes.

»Wo fährst du denn hin? Weißt du nicht mehr, wo dein Zuhause ist?« Tallwitz drückte einen der vielen Knöpfe in ihrem Dienstfahrzeug und scherzte: »Ich kann dir gern das Navi einschalten.«

Mayers schlug ihm freundschaftlich auf die Finger. »Unsinn. Lass uns noch was erledigen.«

Gerade hatten sie den Professor vom chinesischen Restaurant nach Hause gebracht. Dattel hatte sich mit viel Höflichkeit verabschiedet und versprochen, weitere Forschungen anzustellen.

»Doch wann immer Sie mich brauchen können, zögern Sie nicht, mich anzurufen«, hatte er noch angeboten und dann den Wagen verlassen.

Nun lenkte Mayers von einer schmalen Seitenstraße in die breite Hafenstraße ein. Kaum hatte Tallwitz die blinkenden Lichter des Leuchtturmes im Hafen entdeckt, da verstand er sofort.

»Guter Gedanke. Das wollte ich dir morgen früh auch vorschlagen, dass wir uns hier noch einmal umsehen. Aber wenn es dir lieber ist, im Dunkeln durch die Gegend zu stolpern …«

Mayers grübelte. »Die meisten Hinweise und Spuren führen hierher, Tallwitz. Diese Kapelle … Ich weiß nicht, wie oder warum … Aber ich denke, sie spielt eine große Rolle …«

Tallwitz stimmte zu: »Dort wurde Tabitha, die Berns-Tochter, getötet. Sie und einige weitere Menschen.«

»Hast du da mal nachgeforscht?«, hakte Mayers ein, und Tallwitz nickte schnell.

»Alles Leute aus der Gegend. Ehepaare, die aber auf den ersten Blick in keinem Verhältnis zueinander stehen.«

»Merkwürdig«, brummte Mayers kaum hörbar.

Tallwitz konzentrierte sich wieder auf die Kapelle. »Die Menschen sind auf grausame und merkwürdige Art gestorben. Dort an der Kapelle, für die Tabithas Eltern verantwortlich waren. Ihre Eltern, die nun ebenfalls verschwunden sind.« Er machte eine kurze Pause und fuhr dann fort. »Tja, und heute erfahren wir von dem Professor, dass dieses Gebäude von Familien errichtet worden ist, die vor Jahrhunderten auf eine Weise entführt wurden, die den jetzigen Umständen entspricht. Und nicht zu vergessen …«

»… das ungewöhnliche Fensterbild mit den bekannten Symbolen.«

»Das alles sind keine Zufälle.«

Mayers stoppte den Wagen an der Friedhofsmauer. »Womit haben wir es zu tun, Tallwitz? Hm? Sind wir in irgendeine religiöse Streiterei geraten? Haben wir es mit übersinnlichen Kräften zu tun? Dieses Fensterbild …«

»… das es ursprünglich bereits als Wandbild in der Kapelle gab …«

Mayers seufzte laut. »Ich versteh das alles nicht! Es ergibt keinen Sinn. Da könntest du das alles noch hundertmal zusammenfassen. Ich verstehe es nicht.«

Er öffnete die Wagentür und ging voraus. Tallwitz suchte aus dem Handschuhfach des Wagens eine Taschenlampe und folgte ihm.

Der Weg zur Kapelle führte durch einen alten Friedhof, vorbei an überwucherten Gräbern und halb verfallenen Grabsteinen. Ihre knirschenden Schritte im Kies waren das einzige Geräusch dieser Nacht. Es schien beinahe so, als halte selbst der Hafen den Atem an, in Erwartung dessen, was die beiden Polizisten in Erfahrung bringen konnten.

»Mist!« Mayers war über eine Wurzel gestolpert, die sich quer über den Kiesweg ausgebreitet hatte. Er riss Tallwitz die Taschenlampe aus den Händen und leuchtete auf seinen Fuß. Ein tiefer Riss zeigte sich in seinem roten Schuh. »Verflixt!«

Missmutig ließ er den Lichtkegel der Lampe vor ihnen über den Kies wandern, und schließlich beleuchtete er die Tür der Kapelle.

Sie war geöffnet. Der handbreite Spalt, der einen Blick in die Schwärze des Innenraumes freigab, wirkte nicht sehr einladend.

»Wieso steht sie auf?« Tallwitz wunderte sich, dass er flüsterte.

Und noch mehr wunderte er sich, dass Mayers ihm im Flüsterton die Antwort gab. »Keine Ahnung!«

Sie gingen weiter darauf zu. Mayers drückte mit der Handfläche die grün gestrichene Holztür auf. Das laute Knarren fuhr den beiden bis ins Mark. Und schnell durchleuchtete Mayers den ganzen Raum.

Sie waren allein in der Kapelle. Die wenigen Holzbänke in dem Gebäude waren leer. Von den unzähligen Grabkerzen, die auf einem eisernen Halter aufgestellt worden waren, konnten sie nur noch die rote Hülle sehen. Mayers schätzte, dass es einige hundert sein mussten. Zum Teil lagen die Hüllen aufeinander oder steckten ineinander. Die Kerzen darin waren allesamt niedergebrannt. Vermutlich hatte schon lange keine Kerze mehr hier geleuchtet, denn nicht einmal der typische Geruch verloschener Flammen war im Raum verblieben.

Mayers ließ das Licht über alle Wände schweifen und wunderte sich, dass er nicht die üblichen Heiligenfiguren oder Gottesbilder zu sehen bekam. Ganz im Gegenteil: Die Wände waren allesamt leer. Der graue Anstrich, den man ihnen verpasst hatte, bröckelte an einigen wenigen Stellen ab, doch ansonsten bildeten die Wände eine geschlossene Einheit, die einzig von dem riesigen Fensterbild an der Wand gegenüber der Tür unterbrochen wurde.

Dieses Fensterbild war also weltberühmt, erinnerte sich Mayers an die Worte des Professors. Auch er selbst kannte es recht gut, denn als Kind war er bereits hier gewesen, mit seiner Schulklasse, um dieses Bild anzuschauen. Doch so richtig hatte er es noch nie betrachtet. Nicht so wie jetzt, so eingehend. Das Licht der Taschenlampe fuhr langsam darüber. Vogelkrallen, die einen jungen Mann zu Boden drückten, der eindeutig Hufe statt seiner Füße hatte. Was Mayers bisher noch nie aufgefallen war, das waren die schemenhaften Gestalten an der Seite des Bildes. Im Hintergrund, viel kleiner abgebildet als die beiden kämpfenden und ringenden Hauptfiguren in der Mitte.

Schmale, graue Schatten, bei denen man die menschlichen Konturen eher erahnen musste. Mayers zählte sie durch und war nicht überrascht, dass es genau zwölf waren.

»Das stellt wohl die verschwundenen Familien dar«, flüsterte Tallwitz nachdenklich, der den Lichtschein von Mayers' Taschenlampe ebenfalls beobachtet hatte. »Die Familien, die vor über tausend Jahren verschwunden und wieder aufgetaucht sind.«

»Das denke ich auch«, antwortete Mayers und ließ den Lichtkegel von den grauen Gestalten auf dem Fensterbild nach oben wandern, zu den Symbolen, die den beiden Polizisten inzwischen so vertraut und dennoch fremd waren: Kralle und Mondsichel.

Und schließlich suchte das Licht der Lampe den Weg in die Mitte des Bildes, zu der Figur, die das Stierwesen zu Boden drückte. Das Licht strich über den kräftigen Körper, aus dessen Rücken Vogelflügel stachen, und über seine Hände, die im Kampf in die menschlichen Hände seines sonst als Stier dargestellten Gegenspielers gekrallt waren.

Und dann hielt die Wanderung des Lichtkegels inne. Plötzlich stoppte Mayers den Weg seiner Lampe. Er verharrte auf dem Gesicht des Jungen.

Das Licht zitterte.

Mayers zitterte.

Und Tallwitz hielt die Luft an.

Beide starrten sie auf das Gesicht der Hauptperson dieses Fensterbildes.

Ungläubig. Überrascht. Fassungslos.

»Das kann nicht sein«, flüsterte Tallwitz, und seine leise Stimme wurde von den Wänden der Kapelle als vielfältiges Echo zurückgeworfen. »Das ist unmöglich.«

Mayers stand mit offenem Mund an Tallwitz' Seite. Ihm fehlten die Worte.

Doch er gab seinem Kollegen recht. Das war unmöglich.

Und dabei sahen sie es doch mit eigenen Augen.

Eindeutig. Ohne jeden Zweifel.

Das Gesicht des vogelartigen Menschen auf dem Fensterbild war eindeutig Rouvens Gesicht. Die Figur des Kunstwerkes trug exakt Rouvens Züge.

Es war Rouven, der in den Kampf mit dem Stierwesen verstrickt war.

Es hatte einige Zeit gebraucht, bis er sich wieder gefasst hatte. Und Tabitha hatte ihm diese Zeit gelassen. Wie lange Rouven an das Stahlrohr gelehnt schweigend auf Tabitha und Nana gestarrt hatte – das konnte er nicht einschätzen. Minuten hätten es gewesen sein können oder auch ganze Ewigkeiten. Doch allmählich gelang es ihm, sich mit den Tatsachen abzufinden, auch wenn alles unglaublich war und dieses Wissen schmerzte.

»Was hast du vor?«, fragte Tabitha schließlich. Mit einem Glas Wasser saß sie vor Rouven auf der Erde, eingehüllt in Decken und Kissen.

Rouven hatte sich inzwischen auf einem der Stühle niedergelassen und schaute nachdenklich auf Tabithas Glas.

»Den Spuren folgen«, war seine Antwort. »Ich muss das tun, was man mir aufgetragen hat.«

»Kannst du mir sagen, was genau du in der Hypnose gesehen hast?«, fragte sie.

»Ich bin schuld an deinem Tod«, platzte es aus Rouven heraus.

»Was hast du gesehen?«

An ihrer Reaktion erkannte Rouven, dass Tabitha es bereits geahnt hatte.

»Dich. Auf meinen Knien. Tot. Und hinter mir schrie eine Stimme, dass ich schuld daran bin. Dass ich …«

»Was hast du noch gesehen?«, unterbrach ihn Tabitha. Sie wollte keinesfalls, dass er sich wieder in diesen Gedanken hineinsteigerte. Auch ihr war es unheimlich, dass gerade Rouven an ihrem Tod schuld sein sollte. Auch ihr machte dieses Wissen Angst, und sie fragte sich, woher sie Rouven vorher gekannt haben sollte. Sie war bisher sicher gewesen, ihn hier im Park zum ersten Mal gesehen zu haben. Vor wenigen Wochen. Wochen, die ihr inzwischen wie ein halbes Leben vorkamen. Beinahe so, als gehöre das andere Leben, das sie einst mit ihren Eltern geführt hatte, einem ganz anderen Menschen. Gerade so, als habe sie nur davon gehört oder gelesen. Sie fühlte sich, als gehöre sie schon immer hierher, in dieses Wasserwerk und an die Seite von Rouven und Nana.

Nana.

Tabitha schaute erneut zu ihr hinüber. Die Frau ruhte sich von ihrer Arbeit aus. Sie lag auf ihrem Bett auf der Seite und war kurz davor einzuschlafen. Inzwischen verstand Tabitha Rouvens Worte, die er ihr am allerersten Tag über Nanas Zustand gesagt hatte. Inzwischen beneidete auch Tabitha die Großmutter, obwohl Tabitha doch so geschockt war, als Rouven ihr genau dies erzählt hatte. Doch jetzt würde Tabitha liebend gern mit Nana tauschen. Einfach vergessen, was alles um sie herum geschah. Endlich einmal diese unzähligen Fragen in ihrem Kopf verschwinden lassen. Die Unsicherheit und die Angst. Einfach leben. Da sein. Und sich daran freuen, wenn andere Leute einen ansprachen.

Tabitha schaute zu dem Bollerofen, der von oben bis unten weiß eingekleistert war. Sie grinste kurz. Da wartete ein gutes Stück Arbeit auf sie.

Später.

Das Lächeln verschwand, und sie schaute erneut zu Rouven auf.

Der saß noch immer gedankenversunken auf dem Stuhl. Er versuchte, sich die Bilder der Hypnose in Erinnerung zu rufen. Versuchte das, was er gesehen hatte, in Einklang zu bringen. Verbindungen zu schaffen.

So übernahm Tabitha wieder die Führung. »Kannst du dich daran erinnern, dass du durch die Zeit gereist bist?«

Rouven nickte. »Mathidas Stimme hat mich durch verschiedene Epochen geführt. Und immer stand ich als Junge dort.«

»Ich hatte Mathidas Gesicht gesehen, als du in der Hypnose davon gesprochen hast. Jedes Mal war sie sehr erstaunt und wusste gar nicht, ob sie dir das glauben kann oder nicht.«

»Jetzt kann ich es selbst kaum glauben«, antwortete Rouven. »Aber in der Hypnose war das alles völlig klar und selbstverständlich. Ich stand stets in dieser Stadt, mit jemandem an meiner Seite, der sich um mich kümmerte. Nur einmal stand ich auf einem Schiff. Doch ich blickte wieder auf diese Stadt.«

»Glaubst du, das kann wahr sein?«

»Unbedingt.« Rouvens Stimme ließ keinen Zweifel daran. »Ich war zu verschiedenen Zeiten als Junge bei Pflegeeltern. Mal auf einer Farm am Stadtrand, mal mitten in der Stadt, mal auf einem Schiff, das den Hafen dieser Stadt wohl immer wieder angefahren hat. Ich wüsste nur zu gern, wie oft ich hier war.«

»Wie oft? Was meinst du damit?«

Rouven sah nun endlich von dem Glas Wasser in Tabithas Hand auf und blickte in ihr Gesicht: »Wie weit wäre ich mit Mathidas Hilfe wohl in der Zeit zurückgereist? Wann hatte das alles wohl seinen Anfang genommen? Und wie?«

Tabitha dachte kurz über Rouvens Worte nach, dann fragte sie: »Gibt es denn eine Verbindung zwischen all den Zeiten? Etwas, das deine Bilder der Hypnose miteinander verknüpft?«

Wieder forschte Rouven in seiner Erinnerung. Er sah sich noch einmal vor der Schule mit dem eleganten Ehepaar an seiner Seite. Er sah sich an dem langen Tisch auf der Farm, mit Pflegeeltern und Kindern, von denen wahrscheinlich einige weitere ebenfalls Pflegekinder waren. Und er sah sich an Bord dieses Schiffes, neben dem Kapitän, der sich augenscheinlich um Rouven gekümmert hatte. Einst. Alles das sah er und …

»… ein Fenster.«

»Fenster?«

»Ein Kunstfenster«, antwortete Rouven, und mit einem Mal wurde ihm wieder bewusst, wie oft er dieses besondere Glas gesehen hatte. »Ein Fenster mit einem Bild darauf.«

»Wozu gehört dieses Fenster?«

Rouven strengte sich an. »Eine Bruchsteinmauer. Nein, eine Bruchsteinwand. Ein Gebäude. Ein …« Das Bild erschien in seiner Erinnerung. Er sah sich an der Schiffswand stehen und auf die Stadt blicken. »Eine Kapelle«, brachte er hervor. »Die kleine Kapelle am Hafen. Die Kapelle, die auf dem alten Friedhof steht.«

»Mathida hatte davon gesprochen«, antwortete Tabitha hastig. »Weißt du noch?«

Rouven wurde blass. »Ja. Ich weiß. Es ist der Ort, an dem ich … an dem du …«

Tabitha lenkte schnell ab. »Ich weiß auch, welches Bild du meinst. Es ist ein riesiges Fensterbild. Jahrhunderte alt und sehr kostbar. Es zeigt zwei Figuren, im Kampf miteinander.«

Endlich erwachte Rouven aus seinen Grübeleien. Zum ersten Mal seit ihrem Besuch bei Mathida erwachte in ihm wieder der Ehrgeiz. Ja geradezu: Kampfeslust.

»Wie gut kennst du das Bild?«, fragte er Tabitha, die mit den Schultern zuckte.

»Gut. Mehr oder weniger. Meine Eltern sind sehr oft mit mir dort gewesen. Sie haben sich um die Kapelle gekümmert. Ich habe schon als Kind dort gespielt. Als kleines Kind meistens in der Kapelle, doch später hatte ich mich mehr auf dem Friedhof aufgehalten, der rund um die Kapelle angelegt ist. Ich kenne beinahe alle Gräber dort. Oft hatte ich die Grabstellen von Büschen und Unkraut befreit, sodass ich die Kapelle wohl seit Jahren schon nicht mehr betreten habe.

Das Bild darin ist mir deshalb vertraut und dann auch wieder nicht. Du kennst das: Wenn man etwas immer und immer wieder zu sehen bekommt, dann verliert es seinen Reiz. Ich würde wetten, dass ich seit vielen Jahren nicht mehr draufgeschaut habe. Als kleines Kind noch, aber dann …« Sie stellte das Glas zur Seite. »Das Bild? Zwei Kämpfer unter freiem Himmel. Als Tiere dargestellt. Oder so ähnlich. Mehr weiß ich schon nicht mehr davon.«

»Lass uns dorthin gehen«, bat Rouven. »Diese Kapelle ist das Bindeglied, nach dem du mich gefragt hast. Das Fensterbild tauchte in allen Visionen der Hypnose auf. Durch alle Zeiten, in die mich Mathida geführt hatte.«

»Du willst jetzt dorthin?«, fragte Tabitha. »Es muss mitten in der Nacht sein.«

»Lass uns gehen«, bat Rouven, und Tabitha erfüllte ihm den Wunsch.

»Natürlich!«

Sie erhoben sich von ihren Plätzen, schauten wie auf ein gemeinsames Kommando nach der inzwischen schlafenden Großmutter, dann eilten sie hinaus.

Sie ahnten allerdings nicht, dass sie bereits erwartet wurden.

Ich werde mein Versprechen zurückziehen«, sagte Mayers und ließ erkennen, dass er fest entschlossen war.

»Dem Jungen gegenüber?«

Mayers leuchtete noch immer mit der Taschenlampe auf das Gesicht des Jungen auf dem Fensterbild. Seit Minuten hatte er den Blick nicht mehr davon abgewendet.

»Er ist das Bindeglied. Der Mittelpunkt des ganzen Falles. Wie wir es auch angehen, alles läuft stets auf ihn zu.«

»Und du willst ihn wieder in die Zelle bringen?«

»Entweder führt er uns an der Nase herum und spielt mit uns oder aber er selbst ist in Gefahr. Und egal, welche Variante die Wahrheit ist, besser ist es, wenn er bei uns im Gewahrsam ist.«

»Fahndung?«, fragte Tallwitz, und Mayers nickte. »Wir lassen ihn im Glauben, dass er weiterhin seine angeblichen Nachforschungen anstellen kann, doch insgeheim suchen wir unter Hochdruck nach ihm. Gleich morgen früh werden wir den Kollegen Bescheid geben. In der Stadt werden wir Leute postieren und auch im Stadtpark. Dort ist er gesehen worden.«

»Wir sollten die Straße nicht vergessen, in der sich die Tafel befindet«, gab Tallwitz zu bedenken. »Dieses Haus scheint zu seinem Lebensmittelpunkt zu gehören.«

»Stimmt. Einen Wagen haben wir ja bereits dort postiert. Aber lass uns die Verstärkung vor allem dorthin schicken. In einem Radius von zwei Kilometern rund um die Tafel werden wir unsere Fahndung konzentrieren. Und glaub mir, wir werden ihn wieder zurückholen!«

Es fiel ihm etwas schwer, doch Mayers ließ endlich die Taschenlampe sinken und tauchte das Fensterbild der Kapelle in das tiefe Schwarz, das die zwei Ermittler beim Eintreffen empfangen hatte. Die beiden verließen wortlos das Gebäude, setzten sich in ihren Wagen und fuhren los, ohne sich noch einmal umzudrehen.

Als Tabitha und Rouven den alten Friedhof am Hafen erreichten, bemerkten sie beiläufig, wie ein Wagen von der hinteren Mauer losfuhr. Hätte Rouven ihm mehr Aufmerksamkeit geschenkt, hätte er den Wagen als das Auto wiedererkannt, unter dem er sich vor Wochen versteckt hatte. Doch dazu stand ihm nicht der Sinn. Er wurde nur noch von diesem einen Drang geleitet, in die Kapelle zu gelangen.

Tabitha wirkte an seiner Seite aufgewühlt und fahrig. Es war zu spüren, dass sie unter großer Angst stand.

Als sie auf den schmalen Weg traten, der zwischen all den Gräbern und Grabsteinen zur Kapelle führte, knirschte unter ihren Schuhen laut der Kies – das einzige Geräusch in dieser Nacht.

Die ganze Welt schien den Atem anzuhalten in diesem Moment. Kein Laut drang zu ihnen. Weder die typischen Geräusche der Stadt um sie herum noch die Klänge des Hafens waren zu hören. Und so erschien Rouven das knirschende Geräusch unter ihren Füßen wie Schreie in der Nacht. Vielleicht Schreie der Warnung vor dem, was sie erwartete, dachte er noch.

Tabitha hängte sich mit einem Arm bei Rouven ein. Sie fand es sehr unheimlich, diesen Ort zu betreten. Diesen Ort, an dem sie ihr Leben gelassen hatte. Hier wurde ihr wohl das Herz aus der Brust gerissen. Hier wurde sie zu dem, was sie heute war: eine Untote; eine Wanderin zwischen zwei Welten.

Sie versuchte sich abzulenken und konzentrierte sich darauf, die Grabsteine genau anzuschauen, an denen sie vorbeigingen. In dem schwachen Licht der Nacht konnte sie jedoch kaum etwas erkennen.

Ihre Augen waren zu Schlitzen geformt. Sie strengte sich an, um im Dunkel möglichst viel erblicken zu können.

Und dann schrie sie auf.

Plötzlich.

Kurz.

Rouven fuhr zusammen. Und im nächsten Moment war ihm klar, was Tabitha gesehen haben musste. Er war sich so sicher, dass er darauf verzichtete nachzufragen.

Und Tabitha war ihm dankbar dafür.

Sie zog ihn mit sich. Herunter vom Kiesweg, über das Gras eines ehemaligen Grabes hinweg auf einen Grabstein zu, der zwischen all den alten Grabsteinen selbst in diesem Nachtlicht auffiel. Er wirkte sauber und gepflegt. Hier musste erst vor kurzer Zeit jemand gewesen sein. Die Blumen auf dem Grab waren noch nicht verblüht. Und anders als bei den anderen Gräbern wucherte hier auch nichts. Rouven konnte eindeutig die Grabeinfassung aus hellem Sandstein erkennen und den passenden hellen Grabstein, der portalartig hinter allem thronte. Er sah das Grablicht, ebenfalls aus hellem Sandstein, in einer laternenartigen Form, mit einer verloschenen Kerze darin. Und er sah den riesigen Teddybären, der in einem hellblauen Pullover gegen den Grabstein gelehnt war, als würde er schlafen.

Tabitha begann zu zittern. Der Arm, mit dem sie sich bei Rouven eingehängt hatte, versteifte sich. Sie drückte sich fest an Rouven, und er spürte, dass sie diesen Halt jetzt benötigte. Dass sie ohne ihn das Gleichgewicht verlieren würde. Dass sie hier, an dieser Stelle zusammenbrechen würde, wenn er ihr jetzt nicht die Kraft zum Durchhalten gab.

Doch auch ihm versagte die Kraft. Denn auch er konnte sehen, was sie sah. Auch er konnte lesen, was sie las. Und auch er verstand, was es bedeutete.

Schweigend standen die beiden vor der Grabeinfassung, den Blick fest auf die goldenen Buchstaben auf dem Grabstein gerichtet. Auf den Namen: Tabitha Berns.

Sie standen vor ihrem Grab. Dem Grab, das bis vor Kurzem noch die Eltern gepflegt hatten.

Rouven atmete tief ein. Ein unheimlicher Gedanke. Arm in Arm mit einem Menschen an dessen Grab zu stehen.

Doch er schüttelte sich. Diesen Gedanken musste er von sich weisen. Überhaupt sollte er jetzt nicht nachdenken. Er musste jetzt für sie da sein.

Für Tabitha.

Er musste ihr Kraft geben.

Allein das war wichtig.

Der Anruf erreichte Mayers schon, bevor er die Gelegenheit hatte, seine Kollegen anzurufen und zu informieren. Tatsächlich riss das schrille Klingeln seines Telefons den Polizisten an diesem frühen Morgen so heftig aus dem Schlaf, dass er erschrocken aufschrie.

»Ein schlechtes Omen«, murmelte er verschlafen. »Dieser Tag kann ja nur noch schlecht verlaufen!«

Und er wunderte sich, dass er recht behalten sollte. Schon beim Abheben des Hörers vernahm er Bertolis aufgeregte italienische Stimme am anderen Ende: »Katastrophe.«

»Was denn?«, brummte Mayers, vom Schlaf benommen, in den Hörer hinein. »Was ist eine Katastrophe?«

»Herr Mayers, Sie sind da!« Die Aufregung in Bertolis Stimme legte sich etwas. »Sie müssen hierherkommen. Jetzt. Jetzt gleich.«

»Was ist denn los?« Schon schlüpfte Mayers in seine Hosen hinein.

»Ich hatte einen Anruf. Vom Polizeipräsidenten …«

»Was?«

»Er will Rouven sehen. Er kommt in einer Stunde, um den Jungen zu sprechen.« Jetzt überschlug sich die Stimme Bertolis beinahe wieder. »Verstehen Sie? Er kommt hierher, der Polizeipräsident. Und alles, was ich ihm bieten kann, ist eine leere Zelle.«

Aller Schlaf war aus Mayers Körper entwichen. Er war hellwach. Mit einem Schlag. Das konnte das Ende seiner Karriere bedeuten. Und das Ende des Polizeidienstes für Bertoli und Tallwitz. Er hätte sich ohrfeigen können für seine idiotische Idee, Rouven Zeit zu geben. Was immer der Junge draußen zu suchen hatte, eine Sache hatte er bereits gefunden: Ärger!

»Noch da?«, rief Bertoli ins Telefon. »Mayers?«

»Noch da!«, rief der zurück. »Aber nicht mehr lange. Ich fahre los.«

»Soll ich Tallwitz …?«

»Nicht nötig! Ich rufe bei ihm an, klingel ihn aus den Federn und dann hole ich ihn ab und wir kommen vorbei.«

»Und ich?« Nun klang Bertoli regelrecht hilflos. »Was mache ich bis dahin?«

»Hoffen. Beten. Von mir aus Kerzen anzünden. Irgendwas …«

Mayers wartete Bertolis Antwort nicht ab. Er brauchte beide Hände, um sich den Pullover überzustülpen. Doch kaum kam sein Kopf zum Vorschein, da hatte er das Handy schon wieder am Ohr.

»Tallwitz. Mensch!«, brüllte er nur wenige Sekunden später in den Hörer. Er klang nun ebenso aufgeregt wie Bertoli. »Zieh dich an, ich bin in fünfzehn Minuten bei dir. Wir haben ein ziemliches Problem am Hals!«

Tabitha versuchte, das Unverständliche zu verstehen. Sie bemühte sich, das Unglaubliche zu glauben.

Rouven beugte sich zu ihr vor und drückte seine Wange an ihre Schläfe. Tabithas Gesicht war schweißnass. Sie atmete hastig und unkontrolliert. Doch Rouvens Berührung ließen sie etwas ruhiger werden.

Es tat so gut, ihn jetzt an ihrer Seite zu wissen. Und mit dieser Einsicht und der Ruhe, die Rouven ihr vermittelte, kehrte auch der Gedanke in ihr zurück, warum sie diesen Ort aufgesucht hatten. Sie wandte den Kopf und schaute an Rouven vorbei zur Kapelle, die beinahe schlafend wirkte zwischen all den Gräbern.

»Wir sollten gehen«, flüsterte Tabitha. Und ohne eine Antwort von Rouven abzuwarten, drehte sie sich um und ging ihm voraus.

Noch immer beherrschte völlige Stille diesen Ort, die wieder erst durch ihre Schritte auf dem Kies unterbrochen wurde.

Rouven folgte Tabitha wortlos. Dieses Mal war er sicher, dass das Knirschen des Weges wie eine laute Warnung zu verstehen war. Die ganze Situation erschien ihm völlig widersprüchlich. Die Kapelle, die so friedlich auf sie zu warten schien, und die Gefühle in seinem Inneren, die sich überschlugen.

Er blickte sich um, ob sie auch wirklich allein waren. Dabei glitt sein Blick erneut über all die Grabstätten um sie herum. Ein neuer Gedanke kam ihm in den Sinn. Er fragte sich, ob sich an diesem Ort wohl auch Nanas Grab befand. Und ob er es wohl jemals finden könnte, wenn er ihren richtigen Namen nicht kannte.

Er riss sich davon los und konzentrierte sich wieder darauf, seinen

Geist frei zu machen, bevor er hinter Tabitha durch die grün gestrichene Holztür das Innere des Gebäudes betrat.

Rouven fuhr zusammen. Sie wurden geblendet, und es verschlug ihnen den Atem. Die Luft war drückend, beinahe erstickend. Rouvens Augen brauchten einige Sekunden, um sich an den extremen Übergang von der Dunkelheit draußen in dieses flimmernde Licht hier drin zu gewöhnen. Doch dann konnte Rouven erkennen, dass diese Helligkeit von den unzähligen brennenden Kerzen stammte, die im ganzen Raum aufgereiht waren. An der gesamten Wand entlang standen leuchtende Kerzen auf dem Boden, ebenso wie auf dem Sims des Fensterbildes und sogar auf einigen der Kapellenbänke. Eine gewaltige Hitze ging von ihnen aus, und Rouven spürte augenblicklich, wie ihm der Schweiß auf die Stirn trat.

Er wunderte sich. Von außen hatte die Kapelle leer gewirkt. Verlassen. Kein einziger Lichtschimmer war aus ihr hervorgetreten, als Tabitha und er darauf zugegangen waren. Weder durch das Fenster noch durch die geöffnete Tür war irgendein Licht erkennbar gewesen. Doch nun, hier drin, war der gesamte Innenraum hell erleuchtet. Es schien beinahe so, als strahlten die Kerzen um die Wette. Ihr Licht flutete über die gesamten Wände der Kapelle. Ihre flackernden Bewegungen ließen die grau gestrichenen Wände wie Stoffbahnen erscheinen, die sich im Wind bewegten.

Rouven blickte sich um. Etwas ging in ihm vor. Eine Gewissheit machte sich breit in ihm. Dieser Raum hatte etwas mit ihm zu tun. Das spürte er eindeutig. Und nicht nur irgendetwas. Diese Kapelle war wie ein Teil von ihm. Er hätte es nicht genauer beschreiben können, doch er fühlte sich hier aufgehoben. Willkommen. Mehr noch als in dem alten Wasserwerk. Es war ihm, als sei er nach Hause gekommen. Er fühlte sich wie ein Wanderer, der nach jahrelangem Herumirren in der Welt die Tür seiner eigenen Wohnung öffnete. Obwohl ihm die Kapelle fremd vorkam, fühlte er sich doch, als betrete er ein Stück Heimat. Es war ein unglaubliches Gefühl. Beinahe so, als …

»Alles in Ordnung?« Tabitha war Rouvens Reaktion aufgefallen. »Du schaust auf eine merkwürdige Art.«

Rouven nickte. »Alles in Ordnung«, bestätigte er. »Und mehr als das. Ich …«

Plötzlich schrie Tabitha auf und riss Rouven aus seinen Gedanken und Gefühlen.

»Was ist?«

Tabitha zeigte auf das Fensterbild, vor dem sie standen und dem sie bisher vor lauter Staunen über die Kerzen und die Atmosphäre der Kapelle noch keine Aufmerksamkeit geschenkt hatten.

Rouven wandte den Blick zum Fenster, und er verstand sofort, was Tabitha aufgeschreckt hatte. Noch bevor sie es in Worte fasste.

»Das bist du«, hauchte sie hervor. »Sieh nur, einer der beiden Kämpfer bist du!«

Rouven starrte auf das Bild, das durch die flackernden Lichter der Kerzen wie lebendig wirkte. Gerade so, als sei der Kampf dieser beiden Wesen auf dem Fensterbild in diesem Moment zugange.

Es war eindeutig Rouvens Gesicht, auf das sie beide blickten. Und nicht nur das. Rouven erkannte auch die Symbole an den Ecken des Bildes wieder.

»Folge den Symbolen«, flüsterte er nachdenklich. Dann holte er tief Luft. Er füllte sich die Lungen mit der heißen, stickigen Luft der brennenden Kerzen und schrie: »Ich bin hier!«

Der Ruf hallte von den Wänden. Doch nichts geschah.

Also rief Rouven erneut: »Ich bin hier. So wie du es wolltest. Siehst du mich? Kannst du mich hören? Was willst du von mir?«

Fieberhaft blickten die beiden sich um, um auch nur die kleinste Veränderung wahrzunehmen. Doch noch immer tat sich nichts. Die Kerzen flackerten wie bisher und ließen die Muster an den grauen Wänden weiterhin tanzen. Stille beherrschte den Raum.

Rouven trat vor und setzte sich auf die vorderste Kapellenbank. Tabitha folgte ihm und nahm neben Rouven Platz. Sie blickten auf das Fensterbild.

»Was bedeutet dieses Bild?«, fragte Rouven. »Weißt du etwas darüber?«

Sie schüttelte den Kopf. »Nein. Heute Nacht sehe ich es gerade so, als wäre ich zum ersten Mal hier. Ich wundere mich selbst, dass ich mich nicht an die Details erinnert habe. An die Symbole, die mir doch in den Sinn hätten kommen müssen, als ich sie zu Hause an der Tür entdeckt hatte. Oder auch dein Gesicht. Warum habe ich nicht sofort an dieses Fensterbild gedacht, als ich dich zum ersten Mal gesehen habe?«

Rouven zuckte die Schultern. Sein Blick wanderte zu den Gestalten, die klein im Hintergrund zu sehen waren. »Wofür stehen sie wohl? Was bedeuten sie?«

Tabitha ließ mutlos die Schultern hängen. »Es tut mir leid«, sagte sie. »Ich weiß wirklich nichts, was dir helfen könnte. Ich hätte mich als Kind wohl mehr damit befassen sollen.«

Rouven blickte sich hektisch um. Er konnte nicht verstehen, dass nichts geschah. Diese Ruhe war beängstigender als alles, was sonst hätte geschehen können. Hatte er sich getäuscht? Vielleicht hatte die Kapelle doch nichts mit ihm zu tun und er bildete sich alle diese Gefühle nur ein. Doch das wollte er nicht glauben. Dafür waren alle Emotionen, die ihn beim Betreten der Kapelle erfasst hatten, zu intensiv gewesen.

Er war hier an der richtigen Stelle. Da war er sicher. Er konnte nur nicht abschätzen, worauf er wartete, während er hier neben Tabitha saß. Auf dieser Bank.

Mit ihr …

… an seiner Seite …

… hier …

… nicht allein …

Mit einem Mal ahnte er, was möglicherweise falsch lief. Gerade dämmerte es Rouven, dass er besser allein gekommen wäre, als die Erde bebte. Jetzt war es zu spät, um zu reagieren, dachte Rouven noch, als die Kerzen fauchend aufflammten. Die Bewegungen der Wände wurden echt. Das waren keine Täuschungen mehr durch den Lichtschein der Kerzen. Die Kapelle erzitterte tatsächlich. Es rumorte laut.

»Was geht hier vor?«, schrie Tabitha.

Rouven versuchte ihr zu antworten, doch seine Stimme ging in dem Dröhnen unter, das nun den ganzen Raum füllte.

Die Bank, auf der sie saßen, bewegte sich. Sie ruckte und erzitterte.

Die Luft im Inneren der Kapelle begann zu wirbeln, und gleichzeitig flammten die Kerzen weiter auf. Aus jeder kleinen Hülle stach nun eine meterhohe Flamme hervor. Rouven fühlte sich wie in einem Ofen.

»Raus hier!«, schrie er noch, dann wollte er aufspringen, doch es war ihm nicht möglich. Er schien wie gefesselt zu sein. Er konnte sich nicht erheben. Und Tabitha ging es wohl ebenso. Auch sie hatte zu flüchten versucht, doch auch ihr Körper schien an die Bank gedrückt zu werden.

Tabitha krallte sich haltsuchend an Rouven, und in diesem Moment schrie sie kreischend auf. Als hätte eine unsichtbare Hand sie in ihrer Gewalt, wurde Tabitha mit einem Ruck von Rouvens Seite gerissen und zum anderen Ende der Bank geschleift. Rouven schrie nach ihr und streckte seine Hände nach ihr aus, doch noch immer konnte er sich nicht bewegen. Unfähig einzugreifen musste er mit ansehen, wie die völlig verängstigte Tabitha in die Höhe gehoben wurde. Für einen Moment – für einen letzten Blick auf Rouven – verharrte sie schwebend über der Kapellenbank, bevor sie urplötzlich aus der Kapelle flog.

Im gleichen Moment schlug die Eingangstür hinter ihr zu.

»Tabitha«, schrie Rouven entsetzt, doch bloß der Lärm der bebenden Kapelle war zu hören. Von Tabitha klang kein Lebenszeichen an sein Ohr.

Mit quietschenden Reifen raste Mayers auf den Parkplatz des Polizeipräsidiums und kam mit einem Ruck in seiner Parkbucht zum Stehen.

Tallwitz und er rissen die Türen auf und stürmten ins Gebäude und die Treppen hinauf.

Bertoli schien in der letzten halben Stunde, seit seinem Anruf bei Mayers, um Jahre gealtert zu sein.

»Ich brauche diesen Job«, brachte er fast wimmernd hervor.

»Wir doch auch«, gab Mayers knapp zurück und stellte sich vor die leere Zelle.

»Das wird ihm nicht gefallen, dem Polizeipräsidenten«, jammerte Bertoli. »Das wird ihm ganz und gar nicht gefallen.«

»Ich nehme das ganz allein auf meine Kappe«, antwortete Mayers. »Ich werde alles erklären und …«

»Erklären?« Tallwitz rüttelte an den Gittern der Zelle. »Wie denn? Wir verstehen doch selbst nicht, wie Rouven hier rauskam und unbemerkt das Gebäude verlassen hat. Oder wo er sich jetzt befindet und was er gerade …«

»Ich unterbreche euch nicht gern«, fuhr Bertoli dazwischen. »Aber sollten wir nicht einen Plan ausdenken? Etwas, das wir sagen können oder …«

»… oder tun können …«, beendete Mayers den Satz und sah Bertoli auf eine ganz merkwürdige Weise an.

»Ist was?«, fragte der und schaute an sich herab, um den Grund für Mayers Blicke zu erfahren. »Hab ich etwas an mir, das …«

»Schau ihn dir an«, sagte Mayers zu Tallwitz. »Fällt dir was auf?«

»Was meinst du?«, fragte Tallwitz interessiert.

»Genau, was meinen Sie?«, fragte auch Bertoli, allerdings mehr verunsichert als interessiert.

Mayers griff nach der Uniformjacke. »Ausziehen!«

Bertoli verstand nicht. »Was?«

Der Kommissar ging nicht weiter darauf ein, sondern wandte sich rasch an Tallwitz: »Er hat eine ganz ähnliche Figur wie Rouven, findest du nicht? Und diese schwarzen Haare …«

Bertoli wurde sichtlich nervöser. »Was bedeutet das alles?«

Mayers wiederholte sich: »Ausziehen.« Doch dann setzte er ein »Bitte« hinterher, und schließlich sagte er noch: »Und schließen Sie die Zelle auf.«

Bertoli machte ein Gesicht, als habe man ihm den Verstand gestohlen. Auch Tallwitz schaute ratlos auf Mayers. »Was hast du vor?«

Mayers wartete noch ab, bis Bertoli die Jacke ausgezogen und die Zellentür aufgeschlossen hatte, dann schob er den Italiener in die Zelle und setzte ihn auf das Bett. Bertoli ließ es mit sich geschehen, auch wenn er noch immer nicht verstand, was das alles sollte.

Mit vor Hast fliegenden Händen nahm Mayers die dicke braune Wolldecke von der Zellenpritsche und packte Bertoli darin ein. Er setzte den Beamten mit dem Rücken zu den Zellengittern und mit dem Gesicht zur Wand und sprach eindringlich auf ihn ein: »Was immer hier auch gleich geschehen wird, Sie verhalten sich ruhig. Ganz ruhig. Ist das klar? Nicht einmal ein Räuspern und vor allem: nicht die kleinste Bewegung. Haben Sie mich verstanden?«

»Aber ich weiß doch nicht, was …« Inzwischen quietschte Bertoli vor Nervosität.

»Haben Sie mich verstanden?«, bohrte Mayers. »Keine Bewegung und keinen Ton. Dann haben wir eine Chance, die ganze Sache hier unbeschadet …«

Die Tür des Vorraums wurde geöffnet. Mayers hechtete aus der Zelle und schloss die Tür mit Bertolis Schlüssel ab. Gerade noch rechtzeitig, denn nur eine Sekunde darauf erschienen drei Männer in der Tür. Alle drei in besten Anzügen, mit Krawatte und Aktenkoffer.

»Herr Dr. Sattler«, rief Mayers aus, und Tallwitz war wieder einmal überrascht, wie gut der Kollege seine Gefühle im Griff hatte. Von der Aufregung der letzten Minuten war Mayers nichts mehr anzumerken. Mit ausgestreckter Hand und scheinbar ruhigem Puls ging er auf die drei Besucher zu.

Der Mann in der Mitte erwiderte den Gruß. »Mayers. Wie schön, Sie mal wiederzusehen. Wir beide haben schon lange nichts mehr miteinander zu tun gehabt, was?«

»Zu lange, wenn Sie mich fragen«, gab Mayers ihm recht.

Der Polizeipräsident deutete auf die beiden Männer an seiner Seite. »Die Herren Staatsanwälte kennen Sie ja, nicht wahr?«

Mayers schüttelte beiden die Hände. »Natürlich. Schön, Sie zu sehen.« Er wandte sich Tallwitz zu. »Und Sie kennen gewiss meinen Kollegen Tallwitz.«

Die Männer tauschten Förmlichkeiten aus, dann wurde Polizeipräsident Sattler ernst. »Mayers, wir müssen in dieser Neumond-Täter-Sache endlich Erfolge liefern«, sagte er mit Nachdruck. »Die Presse sitzt mir im Genick. Und die Staatsanwaltschaft. Und natürlich die Angehörigen der verschwundenen Familien. Wir müssen Fakten liefern, Mayers. Jetzt!«

»Da gebe ich Ihnen recht«, antwortete Mayers. »Und ich freue mich, Ihnen sagen zu können, dass wir allmählich wirkliche Erfolge verbuchen.«

Sattler stutzte. Mit dieser Antwort hatte er wohl nicht gerechnet. In Mayers keimte der Verdacht auf, dass der Polizeipräsident schon mit der Absicht hierhergekommen war, ihm den Fall zu entziehen.

Tallwitz schaute in die Zelle, auf Bertoli, der zusammengekauert auf der Zellenpritsche saß, allen den Rücken zugekehrt und das Gesicht abgewandt, genau so, wie Mayers es ihm befohlen hatte.

»So, so. Erfolge also?«, hakte Sattler nach. »Welcher Art?«

»Die Sachlage ist komplizierter und komplexer, als man zu Beginn hätte meinen können«, gab Mayers zur Antwort. »Unzählige winzige Details mussten wir sammeln, die für sich genommen keinen Sinn ergaben. Doch inzwischen gelingt es uns, die Dinge zu verknüpfen und zu kombinieren.«

Sattler schien beeindruckt. »Namen?«

»Dafür ist es leider noch zu früh«, gab Mayers zurück. »Wir brauchen noch ein wenig Zeit.«

Sattler dachte nach. »Noch ein wenig Zeit, hm?« Er fixierte Mayers mit seinem Blick. »Zeit.« Schließlich trat er an Mayers vorbei zu der Zellentür. Tallwitz hielt die Luft an, doch Mayers spielte sein Spiel weiter.

Es blieb ihm ja auch keine andere Wahl.

»Und er hier?«, fragte der Polizeipräsident. »Gehört er in den Kreis der Verdächtigen?«

»Unbedingt!«, antwortete Mayers. »Wenn er auch vielleicht nicht der Täter ist, so deutet vieles auf eine Mittäterschaft hin.«

»Wissen Sie inzwischen, wer er ist? Seinen vollständigen Namen? Wohnort? Geburtsort? Familie?«

»Das gehört zu den Dingen, für die wir noch etwas Zeit benötigen«, antwortete Mayers, in der Gewissheit, dass Sattler nicht gefallen konnte, was er zu hören bekam.

Und tatsächlich brummte Sattler missmutig: »Zeit also. Weitere Zeit …«

Der Polizeipräsident schaute von Mayers in die Zelle: »Guten Tag, Rouven. Entschuldigen Sie, aber ich muss Sie mit dem Vornamen ansprechen, da Sie uns Ihren Nachnamen noch nicht verraten haben.«

Mayers und Tallwitz konnten erkennen, wie Bertoli in seiner Decke zusammenzuckte. Doch der Italiener hielt sich an Mayers Befehle, er bewegte sich kein Stück.

»Hören Sie mich?«, hakte Sattler nach. »Rouven, können Sie mal zu mir kommen, ich würde Ihnen gern die Hand geben.«

Wieder zuckte Bertoli, doch Mayers antwortete schnell: »Er

scheint in einer Art Schockzustand zu sein. Schon seit zwei Tagen sitzt er so auf seiner Pritsche. Wir haben in den Verhören nichts aus ihm herausbringen können.«

Sattler hörte sich geduldig Mayers' Bericht an. Dann wandte er sich wieder der Zelle zu. »So hören Sie doch, Rouven. Ich kann Ihnen vielleicht helfen. Ich habe Einfluss und bin vielleicht der Einzige, der Ihnen wirklich beistehen kann. Doch dazu müssen Sie mit mir sprechen. Oder mit Mayers und Tallwitz.«

Bertoli hielt sich weiter an seine Anweisungen, und Sattler verlor die Geduld.

»Bitte aufschließen«, sagte er energisch.

Jetzt erschienen auch auf Mayers' Stirn die ersten kalten Schweißtropfen, während Tallwitz bereits zu zittern begann.

»Ich halte das für keine gute Idee«, erwiderte Mayers, doch Sattler blieb entschlossen.

»Öffnen«, befahl er. »Sofort!«

Tallwitz hielt die Luft an, und Mayers zögerte noch kurz. Doch dann musste er nachgeben. Er zog Bertolis Schlüsselbund aus der Jackentasche und steckte den Schlüssel ins Schloss.

Kaum war das Klicken zu vernehmen, als plötzlich ein Jammern aus der Zelle zu hören war. Bertoli improvisierte. Er stöhnte und brummte und machte Geräusche, als litte er höchste Not.

Sattler ergriff Mayers' Hand, zog sie zurück und sperrte selbst die Zelle schnell wieder ab. »Was hat er?«

»Wie gesagt, es scheint eine Art Schockzustand zu sein. Erst seit ein paar Tagen benimmt er sich so. Es ist wohl alles zu viel für ihn.«

Tallwitz eilte zu Hilfe: »Eigentlich ein armer Hund«, sagte er. »Wenn man bedenkt, dass er vielleicht wirklich nicht der eigentliche Täter ist, dann musste er bereits einiges durchmachen.«

»Aha.« Sattler schaute in die Zelle, allerdings dieses Mal mit einem sorgenvollen Gesicht. »Vielleicht haben Sie recht. Wir sollten ihn jetzt nicht weiterem Stress aussetzen. Mayers, ich bekomme bis morgen früh einen vollständigen Bericht zur Lage. Und in wenigen Tagen komme ich wieder, und dann spreche ich mit ihm. Und bis dahin bereiten Sie ihn so vor, dass ich mit ihm sprechen kann.«

»Gern«, antwortete Mayers.

Der Polizeipräsident wandte sich zu ihm um. »Um ehrlich zu sein, ich hatte meine Bedenken, ob Sie beide die Richtigen sind, um den Fall aufzuklären«, sagte er und bestätigte damit Mayers' Vermutungen. »Durch die lange Wartezeit hatte ich die Befürchtung, Sie beide wären dem Ganzen nicht gewachsen. Doch nun verstehe ich: Sie gehen den Fall mit sehr viel Ruhe und Sorgfalt an. Und das ist normalerweise auch gut so. Doch jetzt, Mayers, stehen wir unter Druck. Wir müssen schnellstmöglich den Fall aufklären. Sehen Sie sich dazu in der Lage?«

»Voll und ganz«, antwortete Mayers wie aus der Pistole geschossen. »Gerade jetzt, wo wir einige Beweise verknüpfen können und sich langsam ein Bild der Lage ergibt.«

Sattler baute sich vor den beiden auf und legte jedem eine Hand auf die Schulter. »Ich baue auf Sie beide. Doch bitte enttäuschen Sie mich nicht. Wir brauchen endlich Erfolge«, sagte er noch, dann wandte er sich ab und ging mit den beiden Staatsanwälten aus dem Raum.

Mayers atmete hörbar aus. Und Tallwitz atmete hörbar ein.

»Ein Stein ist nichts gegen das, was mir vom Herzen fällt«, stöhnte Tallwitz. »Ganze Gebirge purzeln von mir herunter.«

»Fragt mich mal«, seufzte Bertoli in der Zelle. Er warf sich die Decke ab und kam an die Zellentür – mit hochrotem Kopf und schweißgebadet.

Mayers steckte den Zellenschlüssel wieder in das Schloss und befreite Bertoli.

»Ein beschissener Plan war das!«, fluchte der Italiener. »Ein durch und durch beschissener Plan!« Er funkelte Mayers aus seinen Augen an, dann warf er sich ihm an den Hals. »Aber der beste Plan, den es gab!«, rief er und drückte Mayers fest an sich.

Der nickte nur und sagte: »Wir müssen Rouven finden. So schnell wie möglich!«

Tabitha!«, schrie Rouven erneut über den Lärm hinweg, der die gesamte Kapelle ausfüllte. Doch auch dieses Mal war keine Antwort zu hören.

Und plötzlich legte sich der Lärm. Das Beben in der Kapelle hörte auf. Die Flammen, die aus den kleinen Kerzenhüllen schossen, versiegten. Sie schwanden, bis sie wieder ihre typische Größe erreicht hatten. Und auch die Luft, die orkanartig durch den Raum wirbelte, kam allmählich zum Erliegen.

Doch es blieb Rouven weiterhin verwehrt, sich zu bewegen.

»Tabitha!«, schrie er noch einmal in Richtung der Tür, als eine männliche Stimme zu hören war: »Nun vergiss sie doch mal für einen Moment!«

Rouven fuhr herum. Es war niemand zu sehen. Er befand sich allein in der Kapelle, an der wieder alles an seinem Platz stand: die Bänke, die Kerzen. Nichts erinnerte mehr an den Aufruhr der vergangenen Sekunden. Alles war wie zuvor. Bis auf die Tatsache, dass Rouven wie gefesselt auf seiner Bank saß, völlig unfähig, sich zu erheben.

Seine Blicke schweiften durch den Innenraum der Kapelle. Er war allein. Diese Stimme musste er sich eingebildet haben.

Wieder drehte er sich zu der geschlossenen Tür um. »Tabitha!«, schrie er.

Und in diesem Moment wurde er wieder angesprochen: »Bist du langweilig geworden. Immer geht es nur um sie.«

Erneut sauste Rouvens Kopf herum, doch wieder stand niemand dort, woher er die Stimme vernommen hatte. Rouven blickte auf die

Kerzen am Boden und die auf dem Sims und auch auf das Fensterbild. Sonst war nichts zu sehen. Alles wie bisher.

Bis auf …

Etwas auf dem Bild erregte seine Aufmerksamkeit. Zunächst glaubte Rouven, es hänge mit dem flackernden Licht der Kerzen zusammen, doch dann hegte er Zweifel. Etwas regte sich in dem Bild. Rouven konnte eine Bewegung ausmachen. Erst nur undeutlich und ungenau. Es gelang ihm nicht, die Bewegung eindeutig zuzuordnen. Zu gering war diese Regung. Und zu sehr spielte das tanzende Licht der Kerzen Rouven einen Streich.

Doch dann wurde die Bewegung eindeutiger, und Rouven konnte sie zuordnen. Es waren die Augen des einen Wesens auf dem Bild. Des stierartigen Kämpfers, der am Boden lag. Seine Augen bewegten sich. Zumindest schien es Rouven so. Sie blickten ihn an. Und wenn er sich zur Seite lehnte, hatte er das Gefühl, die Augen verfolgten ihn.

Wieder versuchte er, sich aus seiner Lage zu befreien. Doch wieder wurde er wie von einer fremden Macht festgehalten. Zu gern wäre er durch den Raum geschritten, um zu prüfen, ob die Augen ihm folgen würden. Noch immer wusste er nicht, ob das alles real war oder ob er sich die Blicke dieses Wesens nur einbildete.

Bis die Augen sich plötzlich schlossen und wieder öffneten.

Rouven zuckte auf. Diese kleine Regung reichte aus, um ihm Gewissheit zu schaffen. Das Gesicht im Fensterbild schaute ihn an. Und mit Rouvens Gewissheit kam mehr Leben in die Figur im Fenster. Die Augenbrauen hoben und senkten sich. Falten entstanden auf der Stirn. Das ganze Gesicht bekam mit einem Mal Farbe, und schließlich grinste der Mann breit aus dem Bild auf Rouven herab.

»Hab ich dich erschreckt?«, fragte ihn die Stimme, die ihn auch vorhin schon angesprochen hatte.

Rouven zögerte einen Augenblick mit seiner Antwort. Noch immer wusste er nicht, ob dies alles nicht vielleicht eine Einbildung sein konnte, als das Wesen ihn wieder ansprach: »So ruhig? So kenne ich dich ja gar nicht!«

Es wartete Rouvens Antwort nicht ab. Vor den erstaunten Blicken von Rouven begann sich das Wesen aus dem Bild zu schälen. Erst verlor das Gesicht den letzten Glasschimmer und erhielt die typische Hautfarbe. Dann zogen sich die Glasmaserungen über den Körper zurück. Die feinen, hellen Farben des Fensterbildes wandelten sich in realistische Farben, bis sich endlich das gesamte Wesen aus dem Bild herausschälte und in dem Fensterbild eine schwarze Fläche hinterließ. Mit seinen Hufen stemmte es sich auf dem Sims vor dem Fenster ab und sprang schließlich in den Innenraum der Kapelle. Donnernd setzten die Hufe auf den Pflastersteinen auf.

Rouven zuckte zurück. Wieder versuchte er zu flüchten, doch noch immer konnte er sich kaum bewegen.

Das Wesen kauerte still vor ihm auf der Erde. Einen Augenblick. Dann verwandelten sich die Hufe in menschliche Hände. Das Fell zog sich zurück und gab menschliche Haut frei. Ja, sogar die Stierhörner am Kopf verschwanden. Und als das Wesen sich erhob, stand ein junger Mann vor Rouven, in menschlicher Gestalt. Allein die glühenden Augen erinnerten an seine Verwandlung.

»Überrascht, mich zu sehen?«, fragte er in einem beinahe freundlichen Tonfall. Seine Stimme hatte sich nicht verwandelt. Rouven erkannte sie noch immer als diejenige, die ihn aus dem Fenster heraus angesprochen hatte, aber auch als diejenige, die ihn in den Bildern seiner Erinnerung angeschrien hatte, während Tabitha in Rouvens Armen ihr Leben ausgehaucht hatte.

Rouven blickte sein Gegenüber nachdenklich an. »Wer bist du?«

»Ach, komm!« Nun schien der Besucher enttäuscht. »Kannst du dich gar nicht an mich erinnern?« Er legte den Kopf schief und schnalzte laut mit der Zunge.

In Rouvens Kopf überschlugen sich die Gedanken. Er forschte in den wenigen Erinnerungen, die er besaß. Er versuchte, sich all das ins Gedächtnis zu rufen, was er in der Hypnose gesehen hatte, doch nichts von alledem ließ sich mit dem Mann verbinden, dem er nun gegenübersaß.

Der hatte offensichtlich Spaß an dieser Situation. »Keine Ahnung?«, grinste er. »Nicht das kleinste bisschen?«

Rouven verhielt sich still, und sein Gegenüber beugte sich tief zu ihm herab, sodass Rouven in seine gleißend roten Augen blicken musste. »Ich bin enttäuscht. Nach allem, was wir beiden erlebt haben, sitzt du wie ein Häufchen Elend vor mir. Da kommen mir ja die Tränen.«

Und tatsächlich. Rouven sah, wie sich aus den Augen seines Besuchers rote Tränen herausschälten. Sie flossen ihm über das Gesicht, tropften am Kinn ab und fielen Rouven auf die Unterarme. Rouven schrie auf. Es war ein Gefühl, als verbrenne seine Haut an diesen Stellen.

Die blutroten Tränen versiegten, und nun zeigte der Mann wieder sein diabolisches Grinsen. »Kommt dir das alles nicht bekannt vor? Bitte, Rouven. Sag mir, dass du mich nicht völlig vergessen hast!«

Rouven blickte ihn nur schweigend an. Nichts von alledem machte für ihn einen Sinn.

In einer theatralischen Geste ging der andere vor Rouven auf die Knie. »Du Ärmster«, tönte er ironisch. »Alles weg? Keine Erinnerung?« Nun beugte er sich wieder nahe zu Rouven heran. »Dann sag mir nur: War es das wert?«

Rouven ertrug den Anblick dieser leuchtenden Augen nur schwer. »Was meinst du?«

»Das Opfer, das du gebracht hast? War es die ganze Sache wert?«

»Ich verstehe nicht …«

»Tabitha!«, brüllte der andere und sprang wieder auf die Füße. »Findest du immer noch, dass es richtig war, alles für sie aufzugeben? Wirklich alles?«

Rouven fehlten die Worte. Noch immer arbeitete sein Verstand fieberhaft daran, das alles zu verstehen.

Sein Besucher setzte sich neben Rouven auf die Kapellenbank. Er legte einen Arm um Rouven. Allerdings wieder in einer übertriebenen, ironischen Bewegung. Auch sein fieses Grinsen, das er noch immer im Gesicht trug, zeigte, dass dies alles andere als eine freundschaftliche Geste war.

Rouven versuchte, sich zu entfernen, doch welche Kraft auch immer ihn an diese Bank drückte, sie hatte nichts von ihrer Wirkung verloren in den letzten Minuten. Noch immer war es Rouven verwehrt, auch nur eine Handbreit von seinem Besucher abzurücken.

Der drückte Rouven nun fest an sich. Und dort, wo seine Hand auf Rouvens Schulter lag, spürte Rouven eine Hitze aufsteigen.

»Ich war so heiß auf dieses Treffen«, tönte der Besucher. »Ich hatte mich so auf ein Wiedersehen gefreut. Und nun muss ich feststellen, dass du mich nicht mehr erkennst. Das schmerzt, Rouven. Tief in meinem Herzen spüre ich …«

»Hast du überhaupt ein Herz?« Diese Frage war Rouven unwillkürlich entwichen, und sofort ärgerte er sich darüber. Er sollte nicht den Helden spielen. Nicht in dieser Situation. Er wollte sein Gegenüber nicht verärgern.

Doch dieser schien eher amüsiert. »Ah«, lachte er. »Wir kommen der Sache näher. Hat dir dein Verstand diese Frage zugeflüstert, Rouven? Oder war es ein Bauchgefühl?« Er nahm die Hand von Rouvens Schulter, und Rouven war dankbar, dass die Hitze augenblicklich von seiner Haut verschwand. Er beobachtete, wie sein Gegenüber die Hand zur Jacke wandern ließ und sie langsam öffnete. Dann griff sich der Besucher mit der anderen Hand tief in die Brust, ohne dass sich sein fieses Grinsen auch nur für einen Augenblick verlor. Er schien etwas in seinem Brustkorb zu suchen. Schließlich zog er die Hand wieder hervor. Sie war blutverschmiert, und zwischen den Fingern hing ein pochendes Herz. Riesiggroß und tiefschwarz.

»Ja, ist noch da, mein Herz«, kicherte er.

Rouven blickte angewidert auf die Hand seines Rivalen.

Der schlug mit der Faust auf die Bank, sodass es durch die ganze Kapelle dröhnte. Er sprang auf die Füße und stellte sich Rouven gegenüber. Das Grinsen entglitt ihm, und er schaute Rouven mit einer Entschlossenheit in die Augen, dass es dem Jungen heiß und kalt wurde.

»Es reicht!« Er steckte das pochende schwarze Herz in seine Brust zurück. »Hier hört der Spaß auf!«

Rouven versuchte sich von dem Angesicht abzuwenden. »Was hast du vor?«

»Abwarten!«, war die knappe Antwort, dann hob der Mann beide Hände und legte sie auf Rouvens Schläfen.

Rouven schrie auf. Augenblicklich hatte er das Gefühl, sein Gehirn würde verbrennen. Es war ihm, als ob es lichterloh in seinem Kopf brannte.

Er schrie. Er bäumte sich auf. Doch sein Gegenüber verstärkte den Druck nur noch.

Rouven blutete aus der Nase. Seine Augen verfärbten sich tiefschwarz. Er begann am ganzen Körper zu zittern. Die Hitze in seinem Kopf durchströmte ihn bis zu den Füßen, und gleichzeitig fühlte er sich, als würde sein Körper von tausenden Nadeln durchbohrt.

Er schrie noch einmal auf.

Sein Rivale verstärkte den Druck noch einmal, und eine weitere Hitzewelle durchströmte Rouven. Lange würde er dem nicht mehr standhalten können. Er fühlte, wie ihm die Kräfte schwanden.

Und er hörte sein Gegenüber rufen: »Mach dich bereit, Rouven. Heute ist der Tag, auf den ich Jahrhunderte gewartet habe!«

Sie stöhnte. Es fiel ihr schwer, aus der Benommenheit zu erwachen. Sie fühlte sich leer an. Ausgehöhlt. Kraftlos. Selbst das Atmen schien ihr zur Qual zu werden. Und so blieb sie erst einmal liegen und versuchte, sich selbst bewusst zu werden.

Doch mit dem Bewusstsein kam die Erinnerung.

»Rouven!« Tabitha hauchte den Namen aus. Und endlich kamen ihre Kräfte zurück. Sie schlug die Augen auf und wusste sofort, wo sie lag: auf dem Kiesweg, zwischen den Gräbern. Schwerfällig hob sie den Kopf. Sie befand sich direkt vor der Kapelle. Und es war noch immer mitten in der Nacht. Sie konnte nicht lange hier gelegen haben. Mühsam rappelte sie sich auf.

»Rouven!« Ihr Ruf war wie ein Peitschenhieb in der sonst stillen Nacht.

Bilder tauchten vor ihren Augen auf. Sie sah, wie sie durch die Kapelle gewirbelt worden war. Unfähig, etwas dagegen zu tun. Unfähig, sich an Rouven festzuhalten.

Und sie sah ihn, wie er sie mit entsetztem Blick angesehen hatte, kurz bevor sie aus der Kapelle geschleudert worden war.

»Rouven!«

Gegen ihre Erschöpfung ankämpfend sprang sie zur Tür der Kapelle. Sie zog an der Klinke, doch die Tür ließ sich nicht öffnen.

»Rouven!«

Sie trommelte mit den Fäusten dagegen. Sie trat sogar gegen die Tür und versuchte es erneut. Doch die Tür blieb verschlossen.

»Hörst du mich? Rouven!«

Tabitha legte den Kopf gegen das Holz der Tür und lauschte.

Nichts. Nicht einen einzigen Laut konnte sie vernehmen. Ihr Herz pochte mehr und mehr.

»Rouven!«

Noch einmal schlug sie gegen die Tür. Trat. Stemmte sich dagegen. Zog an der Klinke.

Bis sie enttäuscht vor der Tür zusammenbrach.

»Rouven.« Nicht einmal die Kraft, seinen Namen zu rufen, war ihr geblieben. Sie flüsterte. Sie schluchzte: »Rouven …«

Die Tränen rannen ihr über das Gesicht. Sie kniete vor der Tür und lehnte den Kopf gegen das kalte Holz. Eine Träne lief ihr über die Nase und tropfte ab. Sie fiel gegen die Tür, und in diesem Moment hörte Tabitha ein Klicken.

Sie blickte an der Tür hoch. Sie stellte sich langsam wieder auf die Füße und zog an der Klinke. Und sie staunte. Die Tür ließ sich öffnen. Mit beiden Händen drückte Tabitha sie auf.

Die Kapelle lag still und verlassen da. Gerade so, als sei seit Tagen niemand mehr hier gewesen. Die unzähligen Grabkerzen, die Tabitha vorhin noch hell hatte aufflammen sehen, waren verloschen. Anscheinend lange schon. Eine dünne Staubschicht lag auf all den roten Hüllen, die nebeneinander aufgereiht waren oder auch ineinander steckten. Der Geruch nach Kerzen war nicht einmal mehr zu erahnen.

Tabitha schaute rasch auf das Fensterbild. Sie ging darauf zu, in der Hoffnung, irgendeine Spur erkennen zu können. Irgendeine Erklärung für das, was hier geschah. Doch ihre Hoffnung wurde enttäuscht. Das Bild sah unverändert aus. Lediglich die Augen der beiden Kämpfenden wirkten lebendiger, dachte Tabitha. Sie hatte beinahe den Eindruck, als schauten der Besiegte am Boden wütender und der Sieger mit Rouvens Gesicht verzweifelter als vorher, aber sie konnte sich auch täuschen.

»Rouven«, rief Tabitha, doch die einzige Antwort, die sie erhielt, bestand aus dem kurzen Echo, das von den grauen Wänden zurückgeworfen wurde.

Völlig verzweifelt und niedergeschlagen ließ sich Tabitha auf der vorderen Sitzbank der Kapelle nieder. Gerade dort, wo Rouven gesessen hatte, als sie auseinandergerissen worden waren.

»Rouven …« Nun flüsterte sie seinen Namen. Und wieder rannen ihr Tränen aus den Augen.

Sie weinte.

Um ihn.

Und um sich.

Und auch um ihre Eltern, von denen sie noch immer nicht wusste, wo sie sich aufhielten oder was mit ihnen geschehen war.

Sie weinte.

In der kühlen Kapelle.

In dieser Nacht, die wohl nicht mehr enden wollte.

»Können Sie uns denn sagen, worum es geht?« Die Frau wippte nervös auf der Stelle auf und ab. Sie war es nicht gewöhnt, mit Polizisten zu sprechen. Und sie mochte es auch nicht.

Mayers schüttelte den Kopf. »Dazu kann und darf ich Ihnen nichts sagen. Wir sind einfach auf der Suche nach diesem Rouven, und Sie scheinen ihn ja doch zu kennen.«

Die Frau zuckte sichtbar zusammen. Gerade so, als habe sie Angst, nun unter Verdacht zu stehen.

»Ich weiß wirklich nicht, was ich dazu sagen soll«, wand sie sich und trommelte ratlos mit den Fingerkuppen auf dem Ausgabetisch der Tafel.

Tallwitz zückte einen Block. Ihm tat die Frau richtig leid, wie sie so vor ihm stand, in all ihrer Aufregung. »Fangen wir doch einfach mal mit Ihrem Namen an«, schlug er vor. Und tatsächlich schien es eine Hilfe zu sein für die Frau.

»Anne König«, gab sie zur Antwort und deutete mit dem Kopf auf das Namensschildchen, das an ihrer Arbeitsbluse prangte. Gleichzeitig hörte das Trommeln auf dem Tisch auf.

»Und seit wann helfen Sie hier aus?«, forschte Tallwitz weiter nach.

»Ich komme seit zwei Jahren regelmäßig hierher. Immer mittwochs und donnerstags. Wissen Sie …« Sie blickte unter sich. »Es gab eine Zeit, da kam ich ebenfalls regelmäßig hierher, doch dann stand ich auf der anderen Seite des Tisches.«

Tallwitz nickte. »Ich verstehe.«

»Und nun ist mein Einsatz eine Art, all das wiedergutzumachen, was ich einst an Hilfe bekommen habe.«

»Auch das kann ich gut verstehen.«

Mayers verlor ein wenig die Geduld. Das Gespräch zwischen Tallwitz und Anne König kam ihm zu langsam voran. Deshalb fuhr er dazwischen: »Und seit wann kennen Sie diesen Rouven?«

Anne König drehte sich von Tallwitz zu Mayers und machte keinen Hehl daraus, dass sie es schade fand, nun mit dem Beamten sprechen zu müssen, den sie von den beiden ganz offensichtlich nicht leiden konnte.

»Ein paar Monate etwa«, gab sie zur Antwort. »Er kommt regelmäßig hierher.«

Mayers schaute aus dem großen Schaufenster hinaus und über die Straße zu dem Lebensmittelgeschäft, in dessen Eingang der hagere Ladenbesitzer neugierig alles zu verfolgen versuchte.

»Ich weiß«, sagte Mayers. »Das hat man uns bereits berichtet.«

Die Frau zog die Schultern in die Höhe. »Was hat er denn ausgefressen? Rouven meine ich. Ich kann mir nicht vorstellen, dass er irgendetwas angestellt haben soll, dass Sie ihn verhaften und erneut suchen. Er ist ein wirklich netter Junge. Jeder hier mochte ihn. Er ist hilfsbereit und freundlich. Ja, mehr als das. Oft hat er mich hier schon vertreten, wenn ich selbst etwas zu besorgen hatte. Und er hat sich um die Leute gekümmert. Vor allem das. Und gerade die Älteren wussten das zu schätzen. Er hat sie zum Lachen gebracht. Mit ihnen gesprochen. Manchmal in verschiedenen Sprachen. Wussten Sie das? Er spricht offenbar einige Sprachen perfekt …«

Mayers winkte ab. »Ja, das wussten wir. Danke für die Seligsprechung. Können wir jetzt noch einmal ernst werden?«

Die Frau war außer sich. »Glauben Sie, ich lüge? Denken Sie, ich übertreibe? Sie können jeden hier fragen. Rouven ist ein überaus gern gesehener Gast in diesem Haus und …«

»Wissen Sie, wo er wohnt?«, unterbrach Mayers, dessen Geduld allmählich den Nullpunkt erreichte.

»Nein!« Anne König wandte sich ab. Selbst wenn sie es gewusst hätte, diesem unhöflichen Menschen hätte sie es nicht verraten.

Mayers seufzte und blickte enttäuscht zu Tallwitz. Doch bevor er etwas sagen konnte, sprach ein älterer Mann sie an: »Aber ich kann Ihnen helfen.«

Mayers wandte sich um. Auf den ersten Blick war er überrascht, eine solche Erscheinung an diesem Ort vorzufinden. Der Mann, der ihm gegenüberstand, steckte in einem dunkelgrauen Maßanzug, mit sorgfältig abgestimmtem Hemd und einer schwarzen Krawatte dazu. An seinem Kragen steckte ein goldfarbener Sticker, der einen schreienden Hahn zeigte. Mayers schätzte, dass dieses Schmuckstück ein Vermögen wert sein musste. Den Mann selbst schätzte Mayers auf knappe siebzig Jahre. Seine goldumrandete Brille trug er in seiner linken Hand. Das helle Haar war ordentlich zurückgekämmt, Wangen und Kinn säuberlich rasiert.

Doch beim zweiten Blick entdeckte Mayers die Flecken auf dem grauen Anzug und erkannte die abgewetzten Stellen an den Ellenbogen. Ihm fielen die müden Augen des Mannes auf und sein gehetzter Blick. All das ließ vermuten, dass etwas Gravierendes in seiner jüngsten Vergangenheit geschehen sein musste, und erklärte wohl, warum er sich gerade hier, in der Tafel der Stadt, aufhielt.

»Sie können uns helfen?«, hakte Mayers endlich nach.

»Gibt es eine Belohnung?«, fragte der Mann schnell und bestätigte damit Mayers' Verdacht. Von dem Geld, das er einst besessen haben musste, schien wohl nichts mehr übrig zu sein.

»Nein«, gab Mayers ehrlich zu, dann aber griff er schnell in seine Hosentasche, zog seine Geldbörse hervor und fischte einen Zehner heraus. »Aber den gebe ich Ihnen, wenn Sie uns tatsächlich einen hilfreichen Hinweis liefern.«

Der Mann griff sich den Geldschein und steckte ihn hastig in seine Jackentasche. Er atmete erleichtert auf, doch im nächsten Moment verfinsterte sich sein Blick. Mayers wusste diese Reaktionen einzuschätzen. Der Freude über das Geld, das er offensichtlich dringend benötigte, folgte das schlechte Gewissen, dass er Rouven nun ausliefern musste.

»Er hat mich mal in den Park begleitet«, sagte der Mann. »In den Stadtpark. Wir sind von hier aus losgegangen, und ich habe ihm meine Lebensgeschichte erzählt. Er kann wunderbar zuhören, der Junge. Hat sich für alles interessiert, was ich zu sagen hatte. Die guten Zeiten, die weniger …«

»Danke«, hakte Mayers ein. »Wo führte der Weg Sie genau hin?«

»Wir verabschiedeten uns an einer Weggabelung. Vielleicht kennen Sie die Stelle. Unweit des Ententeiches. Wenn man aus der Stadt kommt, teilt sich der Parkweg auf. Eine Richtung führt zu dem Teich, der andere …«

»… zum stillgelegten Wasserwerk«, beendete Mayers den Gedankengang und brummelte hervor: »Perfektes Versteck.«

Auch Tallwitz nickte. »Schnell in der Stadt und schnell wieder verschwunden. Wie geschaffen für den Jungen.«

Mayers strahlte den Mann begeistert an. Rasch zog er noch einen Fünfer aus seiner Geldbörse und hielt ihn dem Mann hin: »Das ist mir Ihre Information wirklich wert«, sagte er, doch der Mann winkte ab.

»Nein danke. Behalten Sie es. Ich habe meine dreißig Silberlinge für den Verrat bekommen. Lassen Sie es gut sein.« Und damit wandte er sich ab und ging niedergeschlagen aus der Tür.

Mayers blickte ihm noch kurz nach. Der Alte tat ihm leid. Doch dann riss ihn seine Ungeduld aus den Gedanken. »Los, Tallwitz. Das war die Info, die wir brauchten. Bald gehört er wieder uns, der Junge. Lass uns schnell im Präsidium Verstärkung holen, und dann schlagen wir zu.«

Es war ein dünner Lichtstrahl, der Tabitha aus ihren Gedanken weckte. Sie hatte die ganze Nacht auf der Bank in der Kapelle zugebracht. Nun blickte sie auf.

Müde.

Leer.

Das Licht drang aus dem Fensterbild zu ihr. Die aufgehende Sonne schien durch das Glas unmittelbar in Tabithas Gesicht.

Sie sah sich das Bild noch einmal an. Jedoch erneut ohne eine Besonderheit zu erkennen. Dann blickte sie sich in der Kapelle um und erkannte schmerzlich, dass sie sich noch immer allein in dem Gebäude befand.

»Rouven«, stieß sie hervor. »Wo bist du? Hab ich dich nun auch verloren?«

Sie erhob sich von ihrem Platz. Es fiel ihr nicht leicht, doch sie wandte sich um und verließ den Raum. »Hier kann ich ja doch nichts für dich tun«, flüsterte sie verzweifelt. »Ich …«

Sie stockte, als sie durch die Holztür nach draußen trat. Das war nicht der Friedhof, wie sie ihn kannte. Der Weg … der Kiesweg …

Tabitha trat einen Schritt vor. Es knirschte unter ihren Füßen.

Der Weg hatte sich verändert. Er verlief nicht mehr geradeaus, zum Tor, so wie Tabitha es seit Jahren kannte. Direkt vor ihren Füßen bog er nun nach links ab.

Tabitha schaute sich um. Ansonsten war der Friedhof unverändert. Einzig der Weg schlug eine andere Richtung ein.

Sie fragte sich, was das bedeuten konnte, und schaute sich gleichzeitig nach anderen Menschen um. Doch der Friedhof lag noch verlassen da. Es schien sehr früh am Morgen zu sein. Und kaum ein Mensch suchte bei Sonnenaufgang einen Friedhof auf.

Die Geräusche der Stadt und des Hafens versicherten ihr, dass sie nicht träumte.

Tabitha schaute vor sich. Sie folgte mit ihren Blicken dem Kiesweg. Und dann trat sie einen weiteren Schritt vor. Ohne weiter nachzudenken. Dann einen zweiten, einen dritten. Sie schritt über den Kies. Sie fühlte sich beinahe eingeladen, diesem Weg zu folgen. Gerade so, als habe er eigens für sie die Richtung geändert. Und Tabitha wollte wissen, wohin er sie wohl führen wollte.

Sie kam an ihrem eigenen Grab vorbei. Der Blick auf den Grabstein mit der goldenen Schrift und dem ruhenden Teddybär davor gab ihr einen Stich. Der Anblick schmerzte, und Tabitha eilte sich, dem Weg weiter zu folgen.

Nicht lange und sie kannte sich nicht mehr aus. Bis hierher war sie als Kind nie gegangen. Sie war stets in der Nähe der Kapelle geblieben, während ihre Eltern sich um das Gebäude gekümmert hatten.

»Immer in Rufweite«, hatte ihr Vater das genannt. Und Tabitha hatte sich stets daran gehalten.

Nun führte der Weg sie in den hinteren Teil des Friedhofs, weiter und weiter dem Hafen zu, an scheinbar zahllosen Gräbern vorbei, von denen die allermeisten überwuchert und von der Zeit gezeichnet waren.

Schließlich endete der Weg. Direkt vor einem der vielen Gräber.

Tabitha blieb stehen. Es war ein Doppelgrab, auf das sie schaute. Eines, wie es viele weitere auf diesem Friedhof gab. Auch hier überwucherten bereits Pflanzen die ganze Ruhestätte. Büsche verdeckten den Blick auf den Grabstein, der in üblicher Weise am Kopfende angebracht worden war.

Tabitha blickte sich um. Noch immer war keine Menschenseele zu sehen. Das alles kam ihr seltsam vor. Eher gruselig.

Sie schritt neben der Grabeinfassung entlang, bis sie den Stein erreicht hatte, und ging dort in die Hocke. Sie fasste nach den ersten

Zweigen des Busches, der den Grabstein bedeckte, und zog sie ein Stück zur Seite.

Der Grabstein konnte noch nicht sehr alt sein. Er war aus ähnlichem Sandstein gefertigt wie ihr eigener Stein. Und ebenso wie an ihrem Grab wies der Stein weder Grünspan noch sonstige Verwitterungen auf. Tabitha vermutete, dass er erst seit einigen Jahren hier stand. Vielleicht aus der Zeit, in der ihr eigenes Grab errichtet worden war.

Ein merkwürdiger Gedanke.

Während sie die Zweige weiter zur Seite schob, kam ein mulmiges Gefühl in ihr auf. Sie begann zu zittern. Der Weg hatte sie hierhergeführt. Doch sie konnte sich nicht erklären, warum.

Schließlich legte sie einen goldenen Bilderrahmen frei. In den Grabstein eingefasst war das Bild der Verstorbenen, die hier beerdigt worden war.

Tabitha riss die Augen auf. Aus dem Bilderrahmen heraus schaute Nana sie an. Das Foto der alten Dame war ebenfalls noch sehr gut erhalten, und es gab für Tabitha keinen Zweifel, dass sie es war: Nana.

Darum also hatte der Weg sie hierhergeführt.

Hastig drückte Tabitha weitere Zweige zur Seite, um die Inschrift des Steins lesen zu können. Den wirklichen Namen Nanas. Und erneut stieß Tabitha auf eine Überraschung, als sie die goldenen Buchstaben las: Rosemarie Mallert, geborene Berns.

Tabitha schnappte nach Luft. Diese Erkenntnis nahm ihr den Atem.

Rosemarie Berns – die Schwester ihres Vaters?

Und plötzlich ergab alles einen Sinn. Tabitha wusste mit einem Mal, wer dieser Michael war, von dem Nana immer wieder erzählte. Michael – einer der drei angeblichen Söhne Nanas, für den sie Rouven immer wieder hielt. Dieser Banker, der verheiratet war und ein Kind besaß.

Dieser Michael war Tabithas Vater. Er hatte ihr einmal von seiner Schwester erzählt – Rosemarie. Doch kennengelernt hatte Tabitha ihre Tante nie. Sie wohne nicht in der Nähe, war stets die Antwort der Eltern gewesen, wenn Tabitha nach ihr gefragt hatte. Immer dann, wenn zu Geburtstag und Weihnachten Päckchen und Pakete für Tabitha ins Haus geliefert wurden. Geschenke von ihrer Tante Rosemarie.

Tabitha hätte sie zu gern einmal getroffen. Allein schon, um sich zu bedanken, denn die Geschenke und Aufmerksamkeiten, die Rosemarie per Post schickte, waren stets mit viel Gefühl ausgesucht worden und passten allesamt zu Tabitha.

Doch ihr Vater hatte immer nur den Kopf geschüttelt und erklärt, sie wohne zu weit entfernt und ein Treffen sei nicht möglich.

Doch jetzt schaute Tabitha auf dieses Grab. In dem Friedhof ihrer Stadt. Wenige Autominuten von ihrem Zuhause entfernt. In direkter Nähe.

Tabitha verstand das alles nicht.

Ihre Hände drückten, beinahe wie von selbst, die letzten Zweige des Busches von dem Grabstein. Es war ein Doppelgrab, und Tabitha wollte wissen, wer neben Rosemarie in dieser Ruhestätte lag. Wieder gaben die Zweige erst einen goldenen Bilderrahmen mit einem Foto frei. Ein älterer Mann schaute aus dem Rahmen heraus. Ein Mann, den Tabitha noch nie zuvor gesehen hatte. Dann legte sie die Schrift frei: Bernhard Mallert stand in goldenen Buchstaben auf dem Stein.

»Bernie«, flüsterte Tabitha. Und wieder verstand sie augenblicklich. Ob es nun Alzheimer war oder eine andere Demenz-Erkrankung: Nana brachte augenscheinlich einiges durcheinander. Tabitha hatte schon öfter davon gehört, dass Alzheimer-Betroffene die Menschen ihrer Erinnerung miteinander verwechselten. Bernie war also keiner ihrer Söhne, sondern ihr eigener Mann gewesen. Und Tabitha grübelte kurz, wer dann wohl Arthur sein könnte, bis ihre Blicke auf die Lebensdaten von Rosemarie und Bernie Mallert fielen.

Tabitha schrie auf. Sie zuckte zurück, und der Busch verdeckte erneut den Stein.

Tabitha kroch von dem Grab fort, den Blick fest auf das überwucherte Grab gerichtet. Und sie hoffte inständig, sich getäuscht zu haben. Sie wollte nicht wahrhaben, was ihre Augen erblickt hatten, doch sie war sich ganz sicher, dass sie sich nicht täuschte. Das, was sie gesehen hatte, war eindeutig gewesen. Auch wenn sie es nur für einen Moment gesehen hatte. Für den Bruchteil einer Sekunde – das, was ihre Augen erblickt hatten, war die Wahrheit.

Tabitha sprang auf die Füße und rannte davon. Sie musste fort von hier. Fort von diesem Grab. Raus aus diesem Friedhof.

Sie rannte und hastete, als könne sie dem davonlaufen, was sie erblickt hatte. Doch die Zahlen hatten sich bereits tief in ihr Gehirn gebrannt. Vor ihrem geistigen Auge sah sie das Datum wieder, das als Sterbetag von Rosemarie und Bernie auf dem Grabstein angebracht worden war. Dieses Datum, das Tabitha so bekannt vorkam.

Von ihrem eigenen Grab.

Sie hatte das Datum bereits gestern gesehen, als sie mit Rouven vor ihrem eigenen Grabstein gestanden hatte.

Es war ihr Datum gewesen.

Ihr Sterbetag.

Nana und ihr Mann waren am gleichen Tag gestorben wie Tabitha.

Und sie rannte. Rannte, um diesem Wissen zu entfliehen.

Rouven schrie vor Schmerzen auf. Die Hitze in seinem Inneren war unerträglich geworden. Noch immer hatte sein Besucher die Hände an Rouvens Schläfen. Der Druck in Rouvens Kopf nahm ihm fast die Besinnung.

»Erinnere dich!«, schrie ihn sein Gegenüber an, und in diesem Moment erloschen alle Gefühle in Rouven. Die Schmerzen waren verschwunden. Augenblicklich.

Er öffnete die Augen. Es war nicht der Innenraum der Kapelle, was er sah. Es musste eine Illusion sein. Oder nein – Rouven riss die Augen auf. Es waren Erinnerungen. Es waren Bilder aus Rouvens Vergangenheit. Sie liefen sekundenschnell vor seinen Augen ab. Einige Bilder, die er bereits aus der Hypnose kannte, aber auch Bilder, die ihm neu waren. Zunächst sah er sich wieder vor der Schule stehen, mit den Pflegeeltern an der Seite. Dann erblickte er sich selbst, wie er mit den Kindern der riesigen Familie spielte. Und auch die Erinnerung mit dem Kapitän an der Schiffsreling erkannte Rouven wieder. Dann folgten weitere Erinnerungen. Bilder aus Rouvens Leben. Die Zeit raste rückwärts, und es war wie eine Reise durch die gesamte Menschheitsgeschichte. Rouven fand sich im Mittelalter wieder, an der Seite eines Ritters in einer Rüstung. Er sah sich in einem Getreidefeld arbeiten, in einer Kleidung, die nur in die frühe Antike der Menschen passen konnte. Schließlich sah er sich sogar neben frühzeitlichen Jägern über eine Hochebene laufen. In der Ferne sah er das Meer und der Fluss, der dort in einem weiten Bogen hinein mündete, ließ Rouven vermuten, dass er sich noch immer genau an der Stelle befand, wo später die Stadt errichtet werden sollte. Vermutlich stand er genau an der Stelle, an der einmal die Kapelle gebaut werden würde.

Und mit jedem Bild, das er sah, wurde ihm bewusster, dass es tatsächlich seine eigene Geschichte war, die er vor sich sah. Das alles war er – dieser Junge, den er stets erblickte, das war Rouven. Er hatte wohl schon immer gelebt. Er war schon seit Urzeiten auf dieser Welt. Und jetzt, hier – mit all den Erinnerungen vor Augen – nahm Rouven diese Erkenntnis an. Er wunderte sich nicht. Er sträubte sich nicht. Er akzeptierte das alles als Wahrheit.

Und mit diesem Bewusstsein stellte sich das Wissen ein, dass er kein Mensch war.

In diesem Moment wandelte sich das Bild. Die Hochebene der menschlichen Urzeit verschwand, und Rouven sah vor sich ein neues Bild entstehen. Eines, das ihm ebenfalls bewusst war. Schmerzlich bewusst. Eines, das er für sein Leben gern verdrängt hätte, doch dem er sich jetzt wieder stellen musste.

Er sah Tabitha, wie er sie in seinen Händen hielt. Wie er hinter der Kapelle um ihr Leben bangte. Wieder musste er mit ansehen, wie sie ihr Leben aushauchte. Und er hörte diese Stimme hinter sich. Diese Stimme, die ihm inzwischen so vertraut war, dass er sie aus Millionen von Stimmen heraus erkannt hätte: »Deine Schuld. Sie ist wegen dir gestorben!«

Nun drehte sich Rouven nach der Stimme um. Er blickte von den brennenden Hufen an seiner Seite auf, bis sein Blick den seines Gegners traf. Er sah ihm ins Gesicht, diesem Wesen, das hinter ihm stand und ihn verantwortlich machte für den Tod Tabithas.

Es war das Gesicht des Stiermenschen aus dem Fensterbild.

Es war das Gesicht des Besuchers in der Kapelle.

Es war das Gesicht von Rouvens Widersacher. Und Rouven erkannte ihn endlich.

»Jachael«, stieß Rouven hervor, und in seiner Stimme spiegelten sich aller Hass und alle Verachtung für dieses Wesen wider.

Im gleichen Moment löste sich das Bild seiner Erinnerungen auf.

Von einer Sekunde zur anderen hielt Rouven nicht mehr Tabitha in den Händen, sondern fand sich wieder in der Kapelle.

Sein Gegenüber grinste ihm teuflisch ins Gesicht. »Na bitte«, kicherte er und schnalzte genüsslich mit der Zunge. »Geht doch. Weißt du nun, wer ich bin?«

»Jachael«, gab Rouven flüsternd zurück, und es fiel ihm schwer, diesen Namen auszusprechen. Diesen Namen, den er seit Jahrhunderten verabscheute.

Diesen Namen, der für alle Schmerzen, Kämpfe und Auseinandersetzungen stand.

Der Name, der für Rouven schlicht das Böse bedeutete: »Jachael.«

Mit einem Donnern, das das ganze Wasserwerk erbeben ließ, stieß Tabitha das Eingangstor auf. Sie hetzte durch den langen Gang und blieb endlich schnaufend und nach Atem ringend vor Nana stehen.

Die Frau sah Tabitha besorgt an. »Mädchen, was ist denn mit dir? Du siehst ja aus, als sei der Teufel hinter dir her.«

Tabitha schluckte und versuchte, zur Ruhe zu kommen. »Nana«, brachte sie hervor. »Ich muss mit dir reden.«

Die Frau lachte. »Aber hör mal, ich kenne dich doch gar nicht. Was sollen wir beide denn zu bereden haben?«

»Ich möchte dir ein paar Fragen stellen«, antwortete Tabitha schnaufend. Es fiel ihr noch immer schwer, zu sprechen.

»Fragen? Was denn für Fragen? Wenn es um die Rätselseite in der Zeitung geht, dann sollten wir auf Michael warten, der ist ein echter Fachmann in …«

Tabitha schüttelte den Kopf. »Es geht nicht um die Rätsel, es geht um Michael.«

Eine kleine Sorgenfalte zeigte sich im Gesicht der Frau. »Meinen Jungen? Ist ihm etwas zugestoßen?«

Allmählich beruhigte sich Tabitha. Das Atmen fiel ihr leichter. »Er ist nicht dein Junge.«

Die Sorgenfalte vertiefte sich. »Ist er nicht?«

Tabitha hasste, was sie nun tun musste. Sie hasste diese Situation, und sie hasste sogar sich selbst dafür. Rouven und sie hatten stets Wert darauf gelegt, Nana in ihrer Welt zu lassen. Sie waren beide der Ansicht, dass sie Nana darin bestärken sollten, was sie gerade tat oder dachte. Auch wenn das bedeutete, dass man zwei Stunden lang einen Bollerofen von weißem Quark befreien musste. Doch jetzt, in diesem Moment, konnte Tabitha keine Rücksicht darauf nehmen. Sie hoffte nur, dass es nicht wieder zu einer solch heftigen Situation kommen würde wie vor einigen Tagen, als Tabitha mit Nana am Rand des Parks gestanden hatte.

»Kannst du dir vorstellen, dass er dein Bruder ist?«, versuchte Tabitha das Gespräch vorsichtig zu eröffnen.

»Mein Bruder? Michael?« Sie schüttelte den Kopf. »Ach was!«

»Und Bernie?«

Jetzt zeigte sich sogar eine zweite Sorgenfalte auf Nanas Gesicht. »Hat er wieder was angestellt?«

»Ist er auch dein Sohn?«

»Natürlich! Bernie, Michael und Arthur.«

Tabitha hob einen Arm und hielt Nana die geschlossene Faust hin. Noch einmal zögerte sie, ob sie diesen Weg wirklich beschreiten sollte, doch dann gab sie sich einen Ruck.

»Ich möchte dir etwas zeigen.«

Nana schaute interessiert auf die geschlossene Faust. »Ist es da drin?«, fragte sie und legte, wie ein kleines Kind, den Kopf ein wenig schief, in der Hoffnung, so zwischen Tabithas Fingern schon etwas erspähen zu können.

»Bitte nicht erschrecken«, sagte Tabitha, dann öffnete sie ihre Hand.

Nana schaute auf das, was Tabithas Finger freigaben. In ihrem Kopf arbeitete es. Sie besah sich den dünnen goldenen Rahmen und schließlich das leicht vergilbte Bild, das darin steckte.

»Wo hast du das her?«, fragte sie.

»Gefunden«, antwortete Tabitha rasch. Sie war auf die Frage vorbereitet und hatte sich schon vorab zu dieser Lüge entschieden. Warum auch sollte sie Nana damit belasten, dass sie dieses Bild mühsam von Bernies Grabstein abgekratzt hatte, um es hierherzubringen.

»Kennst du den Mann auf dem Foto?«

Nana nahm das Bild behutsam in beide Hände. »Das Gesicht kommt mir bekannt vor«, sagte sie.

Tabitha konnte beobachten, wie sich Nanas Gesichtszüge verhärteten. Sie kämpfte gegen ihren Erinnerungsverlust an. Es war zu sehen, wie sehr sie sich wünschte, sich erinnern zu können.

Tabitha wollte helfen. »Das ist Bernie. Kennst du ihn?«

»Bernie?« Noch immer starrte Nana angestrengt auf das Foto.

»Das ist sein Spitzname: Bernie«, erklärte Tabitha. »Eigentlich heißt er anders.«

Die Sorgenfalten wurden tiefer. »Bernie«, murmelte Nana. »Bernie. Heißt er vielleicht … vielleicht Ber…«

Tabitha beugte sich zu ihr vor. »Ja?«

»Vielleicht Ber… vielleicht Berthold?«

Tabitha sank enttäuscht in sich zusammen. »Nein«, sagte sie. »Er heißt Bernhard. Kennst du ihn?«

Nana dachte erneut nach, den Blick fest auf das Bild gerichtet. Doch sie schwieg. Lange. So lange, dass Tabitha schmerzhaft bewusst wurde, dass dies eine Sackgasse war. Der Erinnerungsverlust Nanas war doch weitaus fortgeschrittener, als sie gedacht hätte. Hier würde Tabitha keine Antworten erhalten. Nicht hier und nicht heute.

Das Schweigen beherrschte den ganzen großen Raum. Bis es plötzlich laut gegen die Stahltür des Wasserwerks pochte.

Nana wurde sofort aus ihrer Konzentration gerissen, und Tabitha schrie auf vor Schreck.

»Da ist jemand an der Tür«, sagte Nana.

Tabitha sprang auf und rannte durch den Gang. Der einzige Mensch, den sie jetzt sehen wollte, war Rouven. Doch der klopfte ganz gewiss nicht an.

Sie riss die Tür auf.

Vor dem Wasserwerk stand eine Frau, die Tabitha als eine der ehrenamtlichen Helferinnen der Tafel wiedererkannte. Anne König stand auf dem Namensschild ihrer Arbeitsschürze, die sie noch immer trug. Sie wirkte aufgebracht und erregt. Und vor allem war sie verwirrt, dass die Tür des Wasserwerks sich augenscheinlich von selbst öffnete.

Tabitha verstand: Anne König konnte sie ja nicht sehen.

»Hallo?«, rief die Frau an Tabitha vorbei in den Gang. »Rouven, bist du da?«

»Er ist nicht hier«, sagte Tabitha, obwohl sie wusste, dass die Frau sie nicht hören konnte. Und tatsächlich, Anne König trat in den Gang, ohne auch nur die geringste Notiz von Tabitha zu nehmen.

»Rouven? Bist du hier?«

Sie schritt weiter vor. Unsicher. Bis sie die Halle erreicht hatte. Nana saß noch immer am Tisch, doch die Frau bemerkte sie nicht. Ebenso wenig wie sie Tabitha bemerkte, die hinter ihr die Halle des Wasserwerks betrat.

Anne König sah sich um. »Donnerwetter«, flüsterte sie und blickte sich beeindruckt in der aufwendig eingerichteten Halle um. »Das ist ja richtig gemütlich hier. Hätte ich nicht vermutet.«

Sie rief noch einmal nach Rouven.

Nana wandte sich an die Frau: »Kann ich Ihnen helfen?«

Anne König blickte sich weiter erstaunt um.

»Hallo?«, hakte Nana nach. »Darf ich wissen, wer Sie sind?«

Tabitha eilte sich, zu Nana zu kommen.

»Sie spricht nicht mit mir!«, empörte sich Nana. »Ist doch unverschämt, oder?«

Tabitha nickte. »Es gibt schon merkwürdige Leute«, sagte sie, und es war ihr wohl dabei, endlich wieder so mit Nana umzugehen, wie sie es gewohnt war.

Nana wandte sich motzig ab. »Dann spreche ich auch nicht mit ihr!«

Tabitha musste grinsen, als sie Nanas trotziges Gesicht sah. Die alte Dame wirkte wie eine zu groß geratene Fünfjährige.

»Du hast recht«, bestätigte Tabitha sie. Und dann beobachtete sie, wie Anne König sich nach einem Zettel und einem Stift umsah. Sie fand beides in dem riesigen Schrank neben der Essecke.

Mit hektischen Bewegungen schrieb sie etwas auf den Zettel, legte ihn auf den Tisch, dann verließ sie die Halle. Nicht jedoch, ohne sich noch einmal gründlich umzusehen.

Kaum war die Tür ins Schloss gefallen, da stürzte Tabitha schon an den Tisch und schaute auf den Zettel.

»Rouven, die Polizei weiß von diesem Ort«, stand auf dem Zettel. Und weiter: »Sie ist auf dem Weg hierher. Lauf davon. Ich glaube nicht, was man über dich sagt. Ich kann mir nicht vorstellen, dass ein guter Mensch wie du solche grausamen Taten vollbringen kann. Geh, bring dich in Sicherheit.«

Tabitha starrte lange auf den Zettel. Sie las sich die Nachricht wieder und wieder durch. Dann versteckte sie das Stück Papier hinter dem Bollerofen. Niemand außer ihr sollte es jemals zu Gesicht bekommen.

Sie war Anne König dankbar für diese Geste. Nicht nur, dass sie Rouven warnte, sondern auch, dass sie ihn bestätigte.

Schließlich aber wurde Tabitha klar, dass sie handeln musste. Und sie wusste auch schon genau, was zu tun war.

Rouven kippte vornüber von der Bank und landete auf allen Vieren. Er stöhnte auf. Endlich hatte Jachael seinen unsichtbaren Griff um Rouven gelöst und ihn befreit.

Hinter ihm lachte Jachael donnernd und dröhnend auf. »Na endlich, nun braucht es nicht mehr lange, und ich habe meinen Spielkameraden wieder«, tönte er ironisch.

»Spielkamerad!«, zischte Rouven angewidert. »Für dich ist alles also nur ein Spiel?«

»Alles ist immer ein Spiel«, gab Jachael zur Antwort. »Reine Ansichtssache. Ich zumindest habe meinen Spaß daran. Du doch auch, oder?«

Rouven blieb ihm eine Antwort schuldig, und Jachael verstand sofort.

»Du kannst dich noch immer nicht an alles erinnern, oder? Jammerschade. Und das, wo doch wirklich jede unserer Begegnungen, jeder unserer Kämpfe genügend Stoff für einen eigenen Roman gebracht hätte.« Er schnalzte zweimal mit der Zunge. »Kannst du mir denn jetzt sagen, ob es das alles wert gewesen ist? Ob der Preis nicht zu hoch war – das alles aufzugeben nur für sie? Für Tabitha?«

Wieder blieb Rouven die Antwort schuldig. Und wieder übernahm Jachael das Reden.

»Oh, du hast recht. Ich sollte nichts überstürzen, nicht wahr? Vielleicht sollte ich dir noch einmal ganz genau zeigen, was du aufgegeben hast …«

Ohne eine Reaktion Rouvens abzuwarten, stürzte Jachael nach vorn und klemmte wieder Rouvens Kopf zwischen seine Hände. »Erinnere dich!«, fauchte er bestimmend, und vor Rouvens Augen erschienen erneut Bilder seiner Vergangenheit.

Dieses Mal allerdings ohne das höllische Brennen und die Hitze von vorhin. Rouven vermutete, dass diese Schmerzen gar kein Teil des Erinnerungsrituals gewesen waren, sondern dass Jachael ihn vorhin aus lauter Boshaftigkeit unnötig gequält hatte.

Jetzt aber entstand vor Rouvens Augen ein Bild, das ihn sofort mit allem versöhnte. Augenblicklich verschwanden alle Wut und alle finsteren Gedanken aus seinem Inneren. Eine wunderbare Ruhe ergriff ihn beim Anblick dieses Saales. Ein Frieden, der ihn tief berührte und der aus einer Gewissheit heraus entstand: Rouven sah sein eigentliches Zuhause.

Er stand in einem riesigen hellen Saal, der in seiner Länge weiter reichte, als ein Auge sehen konnte. Zu beiden Seiten erhoben sich meterhohe Mauern aus feinstem Marmor, vor denen wiederum riesige Säulen standen, die weit über Rouven in geschwungenen Rundbögen ineinanderliefen.

Es war ein Ort unvergleichlicher Ruhe und Schönheit.

Sonnendurchflutet.

Denn eine Decke gab es nicht. Über diesen langen Saal und die kunstvollen Bögen hinweg zog sich der blaue Himmel, einzig von wenigen weißen Wolken durchzogen.

Hinter den mächtigen Säulen geschützt, erkannte Rouven das, was ihm das Herz tanzen ließ: winzige, unzählige Kojen, die wabenartig in die Marmorwände eingebracht waren.

Unter jedem einzelnen Rundbogen mussten sich mehrere hundert dieser kleinen Kojen befinden. Eine jede mit einem roten Vorhang verschlossen. Und hinter diesen Vorhängen erkannte Rouven Bewegungen. Wie ein schwacher Lichthauch. Mehr zu erahnen als wirklich zu sehen. Nur wenn er sich wirklich darauf konzentrierte, konnte er die feinen Regungen erkennen.

Rouven wandte sich nach rechts und ging langsam auf eine der hohen Wände mit ihren Kojen zu. Seine Schritte waren nicht zu hören auf diesem Boden, der aus feinstem hellem Sand bestand und sich durch den ganzen Saal zog.

Neben einer der Säulen verharrte Rouven. Er stand nun dicht vor den winzigen Kojen. Langsam hob er eine Hand, und es fiel ihm schwer, nicht einen der kleinen Vorhänge zu öffnen, um einen Blick in das Innere zu werfen.

Zu gern hätte er sie gesehen. Bewundert. Obwohl er bereits wusste, was sich in den Kojen befand.

Ebenso wurde ihm nun endlich wieder bewusst, wer er war und worin sein Auftrag bestand.

»Die Hallen der Seelen«, flüsterte er vorsichtig. Keinesfalls sollte seine Stimme die Ruhe in diesem Saal stören. Sein Blick schweifte über einige der unzähligen Kojen. »Schlafende Seelen. Sie warten darauf, gerufen zu werden. Sie ruhen sich aus, bis es an der Zeit ist, die Reise anzutreten und einen Menschen zu beseelen.« Rouven zog die Hand zurück, hielt den Blick aber fest auf die kleinen Vorhänge und die sanften Bewegungen dahinter gerichtet.

»Und ich bin ihr Wächter«, flüsterte er. »Ich bin der Wächter über die Halle der Seelen.«

Mit dem Wissen um seinen Auftrag erinnerte er sich auch wieder an seine Fähigkeiten. Er trat einige Schritte zurück und stellte sich aufrecht in den Saal. Er streckte die Arme weit zu den Seiten aus, schloss die Augen und konzentrierte sich auf sein zweites Wesen. Auf das Tier, das in ihm ruhte.

Schon spürte er, wie die Veränderungen in ihm vorgingen. Schon nahm er das wunderbare Gefühl wahr, der ausschießenden Federn in seiner Haut. Spürte das Wachsen des Schnabels und die Veränderung in seinen Füßen, die sich rasch in Krallen verwandelten.

Seine Augen verloren ihre Farbe und erstrahlten in einem hell schimmernden Weiß.

Schließlich stand er als riesige Krähe in dem hellen Saal. Denn der Mythos, den die Menschen sich erzählten, entsprach der Wirklichkeit: Vögel hatten die Kraft und die Begabung, wandernde Seelen zu sehen und sie zu begleiten. So singt ein Sperling laut auf, wenn er eine Seele wandern sieht. Ein Pfau schlägt ein Rad, um die Seelen auf ihrer mühsamen Reise zu erfreuen. Kolibris tanzen, von den Menschen meist unbeachtet, um ihrer Freude Ausdruck zu verleihen. Und ein Schwan reckt sich und plustert sich auf, als Willkommensgruß, wenn eine Seele in ein Neugeborenes fährt.

Und über all das wachte Rouven, die Krähe.

Immer schon.

Seit Anbeginn der Menschheitsgeschichte.

Rouven verwandelte sich zurück, schaute jedoch noch immer auf die Kojen der ruhenden Seelen. Er konnte den Blick nicht davon abwenden.

Ihm war bewusst, dass er sich in diesem Moment in keiner Illusion befand. Jachael hatte ihm keine Bilder von der Halle der Seelen gegeben. Er hatte Rouven hierhergebracht. An diesen Ort, wo Rouven sich wieder an alles erinnern durfte und es auch konnte.

An alles. Auch an den jahrtausendealten Kampf der beiden.

Rouven stand für das Gute in der Welt. Die Seelen verließen diesen Ort in ihrer reinsten Form, wenn sie sich auf Wanderschaft begaben. Unschuldig waren sie. Offen und frei für das, was sie erwartete.

Doch ebenso gab es auch die andere Seite.

Das Dunkle.

Das Bedrohliche.

Jachael.

In der Gestalt des wilden Stieres machte er Jagd auf die Seelen der Menschen. Er sammelte sie. Verdarb sie. Zog sie auf seine Seite. Durch ihn kam das Böse in die Welt. Durch ihn und seine Mitstreiter. Denn natürlich war Jachael nicht allein. Es gab viele wie ihn.

Doch auch Rouven hatte seine Helfer: die Seelenschützer. Unbemerkt und unerkannt lebten sie auf der Erde, inmitten der Menschen. Nur mit ihrer Hilfe konnte Rouven …

Ein Lachen riss ihn aus seinen Gedanken. Ein wildes, irres Lachen. Und im nächsten Moment lösten sich die Mauern um Rouven herum auf. Die Säulen, die Bögen, der helle Boden – das alles schien sich in Nichts aufzulösen. Bis Rouven sich in der Kapelle wiederfand. Jachael gegenüber, der ihn breit angrinste.

»Heimatluft geschnuppert?«, kicherte er. »Hast du auch schön nachgezählt, ob noch alle da sind, deine kleinen Seelchen? Deine Schützlinge? Diese Abbilder zuckender Ungeduld?«

Rouven ging nicht darauf ein. »Was willst du?«

»Ich warte immer noch auf eine Antwort. Noch immer hast du meine Frage ignoriert: War es das wert? Du hast für sie die Halle der Seelen aufgegeben. Du hast für sie deinen Auftrag vergessen. Wegen ihr hast du deine Erinnerungen an die Halle und an mich verloren. Und vor allem das Wichtigste: Du hast mich versetzt. Alles für Tabitha. Ein hoher Preis, nicht wahr? Und das für eine Sterbliche.« Er grinste noch breiter. »Oh, entschuldige: für eine Gestorbene.«

Seine Worte trafen Rouven tief. Jachael schien es zu bemerken und schlug weiter in diese Wunde ein. »Alles hast du aufgegeben. Für sie. Du bist menschlich geworden. Verletzbar. Erbärmlich. Und dann hast du sie getötet!«

»Ich … Ich habe …« Rouven seufzte. Er wusste keine Antwort zu geben.

Jachael hob schnell die Hand. »Streng dich nicht an«, sagte er bestimmend. »Du kannst mich nicht täuschen. Ich weiß, dass du dich nicht an die Nacht erinnern kannst, in der es geschehen ist. Deine Erinnerung aufzugeben war ein weiterer Preis für Tabitha. Deine Erinnerung. Ihre Erinnerung. Meine Güte, da kam eine ziemliche Rechnung zustande, was? Und das alles völlig umsonst.« Er lachte laut auf. »Alles umsonst, mein Lieber. Du hast dich selbst verraten. Mich verraten. Sie verraten. Und das alles für ein bisschen Sterblichkeit. Und für diese Kleinigkeit, na … wie hieß sie noch …?« Er schnippte mit den Fingern, schnalzte mit der Zunge. »Ach ja: Liebe. Das war das Wort, das ich gesucht habe. Liebe. Dafür hast du alles aufgegeben und bist zu einem Menschen ohne Erinnerung geworden.«

»Ich habe sie geliebt«, gab Rouven zu. »Und ich liebe sie noch.«

»Igitt«, tönte Jachael höhnisch. »Dates mit einer Leiche. Ich bin entsetzt, was diese Sterblichkeit aus einem machen kann.« Doch plötzlich ließ er diesen ironischen Ton und fauchte Rouven scharf an: »Sieh dich doch mal an, Rouven. Schau, was aus dir geworden ist!«

»Ich liebe sie«, flüsterte Rouven nur als Antwort.

Jachael kam hervorgeschossen und packte Rouven mit beiden Händen am Kragen. »Du weinerliche Figur. Du … du … Ruine …« Er hob Rouven in die Höhe und schleuderte ihn durch die Luft. Rouven stieß hart gegen die Holztür und landete unsanft auf dem Boden. »Werd endlich wach!«, bellte Jachael ihn an. »Komm zu dir. Und vor allem: Komm zu mir! Wir beide haben noch eine Rechnung offen, du und ich.« Er zeigte mit den Fingern auf das Fensterbild in der Wand der Kapelle. »Damals hast du meinen Plan vereitelt. Du hast die Familien zurückgebracht. Du hast mir Wunden zugefügt, von denen ich mich jahrhundertelang nicht erholen konnte. Du bist mir was schuldig, Rouven!«

Rouven erhob sich vom Boden und winkte ab. »Geh zum Teufel, Jachael. Aber ich vermute, selbst der kann dich nicht mehr ausstehen, oder?«

Das war zu viel. Wutschnaubend kam Jachael auf Rouven zugerannt. Seine Augen funkelten rot. Seiner Nase entstieg Qualm. Und auf seiner Stirn bildeten sich zwei Wölbungen. Er rannte durch die Kapelle, und bis er Rouven erreicht hatte, waren aus den Wölbungen lange Stierhörner geworden. Noch einmal packte er Rouven und drückte ihn gegen die Wand.

»Ein letzter Kampf, Rouven. Das bist du mir schuldig. Die letzten Seelenschützer und dich – mehr will ich nicht. Mein Triumph. Ich brauche dich und deine Kräfte. Jetzt. Ich …«

Rouven wandte den Blick ab. »Geh«, sagte er angewidert. »Lass mich!«

Jachael zögerte einen Moment. Dann raunte er: »Du hast es so gewollt.« Dann packte er mit beiden Händen Rouvens Kopf und blickte ihm fest in die Augen.

Rouven schrie auf. Doch es war zu spät. Jachael hatte noch einmal Besitz von ihm ergriffen. Wieder tauchte Jachael tief in das Bewusstsein Rouvens ein.

Und erneut sah Rouven Bilder vor seinem Auge entstehen.

»Nein«, schrie Rouven auf. »Bitte. Das nicht!«

»Du lässt mir keine andere Wahl«, hörte er Jachaels Stimme. »Stell dich dem Ganzen noch einmal!«

Rouven wand sich. Er verschloss die Augen. Doch selbst mit geschlossenen Lidern sah er die Szene vor sich: Wie er an der Kapelle stand, Tabitha an seiner Seite. Sie waren von einigen Menschen umringt. Es war Nacht. Eine Neumondnacht. Die Menschen blickten alle auf ihn. Auf Rouven. Sie erwarteten eine Antwort von ihm.

Rouven sah diese Szene wie ein Bild. Nichts bewegte sich.

Er hörte Jachaels Stimme: »Du weißt, welche Nacht dies ist, oder?«

»Ja, Tabithas Nacht. Die Nacht, in der sie sterben muss. Bitte, verschone mich damit.«

»Ich möchte nur sichergehen, dass du keinen Fehler machst. Ich muss dir noch einmal zeigen, was du aufgeben wirst, wenn du dich mir nicht stellst. Siehst du zum Beispiel diese Frau dort hinten? Diese ältere rundliche Dame?«

Rouven schaute in die Menge. »Nana«, sagte er, doch dann verbesserte er sich: »Rosemarie.«

Jachael schnalzte vor Begeisterung. »Oh, du erinnerst dich. Wie schön. Dann weißt du sicher auch, was sie hier möchte, oder?«

»Sie ist eine meiner Gefährten. Sie ist eine der zwölf Seelenschützer. Sie ist meine Pflegemutter auf der Erde.«

Jachael war begeistert. »Ausgezeichnet. Das läuft ja besser, als ich dachte. Dein Gedächtnis kommt wieder. Los, sprich!«

Rouven wirkte erschöpft. »Sie steht bereit, wenn ich komme. Es gibt zwölf von ihrer Sorte. Menschen, die mein Kommen erwarten. Alle sieben Jahre verlasse ich die Halle der Seelen und komme für einige Wochen auf die Erde. Als Säugling liege ich in dieser Kapelle und werde von ihnen in die Familie aufgenommen. Binnen weniger

Tage wachse ich heran und habe dann Zeit, mich umzusehen. Mir ein Bild von dem Zustand der Erde zu machen. Und meine Pflegeeltern stehen mir bei. Einst war es ein Kapitän, dann Bauersleute … Bernhard gehörte auch dazu, Michael mit seiner Frau …«

»Na, wunderbar«, lachte Jachael. »Weiter!«

Rouven war selbst überrascht, wie leicht sich die Erinnerung plötzlich einstellte. Doch er wusste, dass alles, was er jetzt von sich gab, der Wahrheit entsprach. Dies war kein falsches Spiel Jachaels. Es war ihm ernst: Er wollte Rouven als Gegner zurückhaben und half ihm nun dabei, sich an alles zu erinnern. Das Bild des alten Mannes in der Tafel erschien vor Rouven. Dieses Menschen, der in seinem verworrenen Spanisch mit ihm gesprochen hatte. »Wenn ich mit den Menschen rede, dann erinnern sie sich an meine Stimme«, erklärte Rouven seinem Gegenüber. Auch wenn er wusste, dass Jachael sich all dessen bewusst war. »Ich spreche unmittelbar in die Seelen der Menschen hinein. Und dabei ist es gleich, in welcher Sprache diese Menschen sprechen. Sie verstehen mich. Sofort. Sie lauschen nicht mit ihren Ohren, sie hören mit ihrer Seele auf das, was ich ihnen zu sagen habe.«

»Na, siehst du«, rief Jachael. »Klappt doch. Weißt du eigentlich, was man mit deinen Fähigkeiten alles bewirken könnte? Du hast die Macht, die Menschen allesamt für dich einzunehmen. Sie würden alles für dich tun. Alles! Aber du? Du denkst nur an das Gute in der Welt und an deine Seelenschützer.«

»Ohne sie wäre ich nichts«, gab Rouven zu bedenken.

»Glaub ich dir. Sie sind ja nicht gerade untätig und faul in den Jahren, in denen du sie hier, auf diesem hässlichen Planeten, allein lässt, nicht wahr?«

»Sie sind die guten Geister der Erde«, erklärte Rouven. »Sie haben ein Auge auf die Menschen. Unerkannt leben sie unter den Leuten und achten auf sie. Sie sind der Grund, warum Kriege manchmal plötzlich enden. Oder gar nicht erst entstehen. Sie sorgen dafür, dass Retter da sind, kaum dass es ein Unglück gibt. Sie wachen über allem und über jeden, so gut sie es können.«

»Ah«, unterbrach ihn Jachael in gespieltem Zorn. »Rouven! Setzen, sechs. Und dann schreibst du zehnmal in dein Heft: *Sie* wachen über allem, so gut wie *ich* sie lasse.«

Rouven ignorierte Jachaels Bissigkeit. Er fuhr in seiner Rede ungerührt fort. Und es tat ihm gut, sich auf diese Weise an alles zu erinnern.

»Die Kapelle hier ist unser Treffpunkt. Hier finden wir alle sieben Jahre zusammen.«

»Ja, ja. Und dieses hässliche Gemäuer wurde errichtet, nachdem du einst meinen Plan durchkreuzt und all diese Familien gerettet hast. Die Vorfahren der jetzigen Seelenschützer.«

»Die sechs auserwählten Familien«, stimmte Rouven zu. »Die guten Geister der Erde. Von Generation zu Generation wird dieses Amt weitergegeben. Das Fensterbild zeigt es: Meine Seelenschützer stehen als Gestalten am Rand des Bildes. Nun weiß ich es wieder.«

»Ja. Und du bist der triumphierende Held in dem Bild. Und ich liege da unten auf dem Boden wie eine zerquetschte Banane und könnte kotzen vor Wut. Ich hasse diese Schmiererei. Ich habe es immer schon gehasst. Damals, als es noch wie ein riesiger Klecks an der Wand der frisch erbauten Kapelle klatschte, und auch heute, in diesem Glasfenster, wo ich …« Jachael stockte, als er sah, wie Rouven nachdenklich die Szene betrachtete. Das Bild, das Jachael ihm vor Augen führte. Das Bild, das ihn an die Nacht erinnerte, in der Tabitha sterben musste.

»Du weißt, was sie von dir wollen?«, fragte Jachael in ruhigem Ton und wies auf die Menschen, die vor ihnen standen.

Rouven nickte. »Die Seelenschützer sind gekommen, um meine Entscheidung zu hören«, sagte er bedrückt. »Alles hatte damit begonnen, dass Nana mir von ihrer Krankheit berichtet hatte. Es war in der letzten Neumondnacht, in der ich sie in der Kapelle traf.«

»Vor sieben Jahren also«, präzisierte Jachael.

»Sie berichtete mir von ihrer Alzheimer-Erkrankung. Sie hatte fürchterliche Angst davor, weiterhin mein Kontakt auf der Erde zu sein, denn sie fürchtete sich, durch die Krankheit etwas verraten zu können. Von sich und von Bernie. Von ihrem Auftrag auf der Erde und von mir. Von den Hallen der Seelen. Von Michael, ihrem Bruder. Von Arthur, einem der zwölf Seelenschützer, dem sie sich sehr verbunden fühlte. Und den sie doch nie traf, denn untereinander haben sie keinen Kontakt. Du solltest nicht erfahren, wer zu den auserwählten Familien gehört. Deshalb kannte Tabitha ihre eigene Tante auch nicht. Deshalb hat ihr Vater Michael ihr irgendwelche Lügen aufgetischt von Rosemarie, die weit entfernt lebte – wo sie doch in derselben Stadt wohnten.«

»Und all das«, fuhr Jachael dazwischen. »Alles das hast du aufs Spiel gesetzt. Du hast mit den Ängsten dieser Menschen gespielt. Hast diese alte Frau verraten …«

»Nein!« Rouven schrie es heraus. »Ich habe niemanden verraten. Niemanden außer mir selbst.«

»Für dieses hässliche Wort mit L, nicht wahr?«

Rouven ließ den Kopf sinken. »Nana stellte mir ihre Nichte vor: Tabitha. Sie kam mit ihr in die Kapelle und flehte mich an, Tabitha als Kontaktperson für die Zukunft zu akzeptieren. Sie sei noch viel zu jung und auch nicht vorbereitet, sagte sie, doch die Angst vor der Krankheit ließe ihr keine andere Wahl.«

»Oooh«, säuselte Jachael spöttisch. »Und dann ist es passiert. Amors Pfeil. Und des Teufels Arschtritt.«

»Ich hatte mich sofort verliebt«, sagte Rouven unbeeindruckt. »Ein Blick in Tabithas Augen hatte ausgereicht. In all den Jahrhunderten, die ich auf der Erde war, hatte ich nie ein ähnliches Gefühl verspürt.« Er schluckte. »Doch ich wusste auch, was es bedeuten würde, wenn ich dieser Liebe nachgab. Ich würde meinen Auftrag abgeben müssen. Ich würde menschlich werden. Also auch sterblich.«

»Das Ende des Wächters über die Halle der Seelen, was?«

Jachael wies auf die Szene, die noch immer wie ein übergroßes Bild vor ihnen stand. »Und sie alle waren gekommen, um deine Entscheidung zu hören! Genau in dieser Nacht.«

Rouven drehte sich ihm zu. »Nicht nur sie.«

Jachael setzte ein künstliches Gesicht der Entschuldigung auf. »Na, hör mal, mich hatte doch auch interessiert, was mein liebster Feind beschlossen hatte. Da will man doch nicht fehlen …«

Rouven wandte sich wieder ab. »Ich wusste, dass ich sie enttäuschen würde. Mir war klar, dass es ein trauriger Abend für sie sein würde. Aber ich hatte nicht mit deiner Brutalität gerechnet.«

»Danke fürs Kompliment. Man tut, was man kann.«

Rouven stiegen Tränen in die Augen. Voller Mitgefühl schaute er auf die Menschen in der Szene vor ihm. »Ich hatte es ihnen mitgeteilt. Ich sagte ihnen, dass ich gegen meine Gefühle nicht ankam. Ich dankte ihnen für die jahrhundertelange Unterstützung aller Familien. Von Generation zu Generation hatte ich auf sie bauen können. Alle sieben Jahre, an jedem ersten Neumond des Frühjahrs konnte ich mich davon überzeugen, dass sie hervorragende Arbeit leisteten. Sie können nicht alles Leid von der Welt fernhalten, aber ohne sie wäre die Erde …«

»… ein wunderbar verruchter Platz. Eine Oase des Grauens. Eine einzige Insel des Schmerzes. Mein Königreich.« Jachael sang beinahe.

Wieder ignorierte Rouven sein Gegenüber. »Ich war überrascht, mit welcher Zustimmung sie mir begegneten. Tatsächlich freuten sie sich für mich über meine Entscheidung. Sie gönnten Tabitha und mir die gemeinsame Liebe. Und sie gaben mich frei. Und von diesem Moment an war ich ein Mensch.«

»Tja, und dann kam ich ins Spiel, nicht wahr? Denn du hattest eines nicht bedacht: Diese Liebe hatte dir die Sinne so vernebelt, dass du das Wichtigste aus den Augen verloren hattest, nicht wahr?«

Nun flossen die Tränen über Rouvens Gesicht. »Ich hatte nicht bedacht, dass sie von diesem Moment an nicht mehr unter meinem Schutz standen.«

»Und es gab auch keinen Nachfolger für dich, oder? Seit Beginn der Zeit bist du der Wächter über die Halle der Seelen gewesen. Niemand hätte gedacht, dass du dieses Amt einmal ablegen würdest. Und so warst du mit deinen Seelenschützern frei für den Abschuss«, rief Jachael, und Rouven merkte ihm an, dass er noch immer stolz auf diesen Abend war.

Jachael schnalzte mit der Zunge, und die Szene, vor der sie standen, kam in Bewegung.

»Bitte«, flehte Rouven. »Ich will das nicht sehen.«

»Ruhe«, schnauzte Jachael zurück. »Das ist die Stunde meines Triumphes! Lehn dich zurück. Genieße es. Wenn du darauf bestehst, besorge ich Popcorn.«

Rouven war außerstande, sich dagegen zu wehren. Selbst wenn er die Augen schloss, sah er alles deutlich vor sich. Die sechs Ehepaare, wie sie als Seelenschützer vor ihm standen. Seine Verbündeten. Gekommen, um ihm zu seinem Glück zu gratulieren. Sie waren gekommen, mit Tabitha an ihrer Seite. Es sollte die Stunde eines glücklichen Abschieds werden.

Doch plötzlich gellte ein Schrei. Alle wandten sich um. Hinter den versammelten Familien stand Jachael. Grinsend. Schnaubend. Seine Hörner gezückt. Beißenden Qualm ausstoßend. Aus seinen Hufen schossen züngelnde Flammen empor.

In seiner Hand hielt er den sterbenden Bernie. Er hatte ihm bei lebendigem Leib den Kopf vom Körper getrennt. Triumphierend hielt er ihnen Bernies schmerzverzerrtes Gesicht entgegen.

Die Familien stoben auseinander. Schreiend versuchten sie zu flüchten. Doch die Panik versetzte Jachael noch mehr in Blutrausch. Er stürzte sich auf Arthur und seine Frau. Mit seinen Hörnern spießte er den schreienden Arthur auf, dann verbiss er sich in den Hals der Frau, bis diese sich nicht mehr bewegte.

Endlich riss sich Rouven aus seiner Erstarrung. Er breitete die Arme aus, schloss die Augen, doch die Verwandlung in eine Krähe blieb aus. Es war zu spät. Er hatte seine Entscheidung bereits ausgesprochen und damit all seine Fähigkeiten verloren. All seine übernatürliche Kraft, all sein Können waren verschwunden. Ebenso wie der Schutz über seine menschlichen Mitstreiter.

Kaum wurde ihm das bewusst, da stürzte er sich auf Jachael. Doch mit der eingeschränkten Kraft eines Menschen konnte Rouven gegen das tobende Stierwesen nicht ankommen. Jachael packte ihn mit einer Faust und stieß ihn von sich weg, während er mit seinen Hörnern einen weiteren Mann aufspießte.

Tabitha schrie auf. Sie rannte Hilfe suchend zu ihrer Tante. Und Nana stellte sich vor sie.

Rouven rappelte sich wieder auf. Er rannte erneut auf Jachael zu und versperrte ihm den Weg, kurz bevor dieser einen weiteren Menschen mit den Hörnern erwischen konnte. Aus den Augenwinkeln sah Rouven, wie den Übrigen die Flucht gelang. Einzig er, Nana und Tabitha standen nun auf dem Friedhof.

Jachael grinste breit. Er schnalzte mit der Zunge, dass es über die ganzen Gräber um sie herum schallte.

»Da haben wir ja alle zusammen«, raunte er fauchend und stieß eine weitere graue Wolke hervor.

»Lass sie gehen«, rief Rouven. »Das ist eine Sache zwischen dir und mir.«

Jachael lachte laut auf. Die Flammen an seinen Hufen stoben in die Höhe. »Schon lange nicht mehr. In unserem Krieg sind die Seelenschützer deine Soldaten. Und in jeder Schlacht nimmt der König sein Gefolge mit in den Tod. Sie werden mit dir zugrunde gehen, Rouven. Sieh es dir an!«

Er bäumte sich auf und brüllte durch die Nacht.

»Was hast du vor?«, schrie Rouven ihn an. Und in diesem Moment kam Jachael auf ihn zugeschossen und stieß ihn so mit den Hörnern zur Seite, dass Rouven gegen einen Baum schlug. Jachael schnalzte kurz mit der Zunge und bewirkte, dass Rouven sich nicht mehr rühren konnte. »Schau genau hin«, raunte er Rouven zu.

»Nein!«, schrie Rouven. »Lass sie in Ruhe. Lass sie gehen. Nimm mich!«

»Später«, gab Jachael in seiner Raserei zur Antwort. »Zunächst sieh genau her. Und bedenke, dass alles, was geschieht, deine Schuld ist. Mit deiner Entscheidung hast du dir alles das, was geschieht, auf deine Seele geladen!«

Mit einer Hand packte er Tabitha, mit der anderen Hand ergriff er Nana. »Euch werde ich nicht töten«, sagte er. »Ich werde euch sogar eure Seelen lassen. Als Untote sollt ihr über diese Erde gehen. Ihr sollt euch an nichts mehr erinnern. Geister ohne Vergangenheit.«

»Nein!«, schrie Rouven noch, doch Jachael hatte bereits die Augen geschlossen und führte sein Vorhaben durch. Rouven musste mit ansehen, wie Jachael mit dem Kopf weit ausholte und seine langen Hörner Tabitha in die Brust rammte. Er zog ihr das Herz aus dem Körper und wandte sich dann Nana zu. Auch ihr rammte er eines seiner Hörner in die Brust und zog ihr Herz hervor. Dann stieß er beide von sich.

Nana und Tabitha stürzten zu Boden.

Tabithas letzter Blick galt Rouven, dann sackte sie in sich zusammen, und in diesem Moment konnte sich Rouven wieder bewegen.

Er rannte zu Tabitha. Er fiel hinter der Kapelle auf die Erde und nahm sie in die Arme. Er legte sie auf seinen Knien ab und spürte, wie sie ihr Leben in diesem Moment aushauchte. Und gleichzeitig fauchte Jachael: »Du bist schuld an ihrem Tod. Du allein!«

Rouven schrie auf. Er fasste mit einer Hand nach Nana, die neben ihm lag und ebenfalls ihren letzten Atemzug getan hatte. Und wieder hörte er Jachael: »Du bist schuld. Nur du allein!«

Und es stimmte. Rouven schrie es heraus: »Es tut mir leid!«

Dann wurde es schwarz um ihn.

Mayers riss die Tür auf und stürmte in sein Büro. »Ok, Tallwitz, die Jungs vom SEK wissen Bescheid. In einer Stunde treffen wir uns am Wasserwerk.«

Tallwitz kam in ähnlicher Eile hereingestürmt. Er hechtete zu seinem Schreibtisch und zog aus der Schublade seine zweite Waffe heraus.

Mayers verzog das Gesicht. »Glaubst du, wir brauchen das?«

»Ich hab sie nicht geladen«, antwortete Tallwitz. »Aber mit so einem Ding vor der Nase, da kannst du schon mal so manchen Menschen stoppen, wenn er es eilig hat.«

Plötzlich verfiel Mayers in einen nachdenklichen Ton. »Ich hoffe, er macht uns keinen Ärger, der Junge.«

Tallwitz steckte die ungeladene Pistole ein. »Du magst ihn auch, oder?«

»Klar. Sonst hätte ich ihm nicht geholfen. Ich habe noch nie gemeinsame Sache mit einem Inhaftierten gemacht. Egal ob schuldig oder nicht. Aber dieser Rouven, der hat irgendwas.«

»Vor allem glaube ich nicht, dass er wirklich schuld ist an alledem«, gab Tallwitz zu bedenken.

Und Mayers nickte. »Dennoch. Wir müssen ihn wieder hierherholen. Um jeden Preis. Auch, um ihn zu schützen.«

Tallwitz zeigte auf den Schreibtisch. »Erledigst du noch schnell den Papierkram? Ich muss noch wohin.«

Mayers lachte auf. »Ah, verstehe. Ein Schuss aus deiner dritten Waffe, was?«

»Blödmann«, ulkte Tallwitz zurück.

Und Mayers setzte noch einen drauf: »Na, da muss ich mir ja keine Sorgen machen. Ist ja nur ’ne Spritzpistole. Und dann auch noch so winzig klein.«

Der Ordner, der auf ihn zugeflogen kam, streifte ihn nur knapp. »Der nächste trifft«, lachte Tallwitz. »Also: Klappe halten und Papierchen schreiben, klar?«

Mayers winkte nur ab, hob den Ordner auf, stellte ihn auf seinen Schreibtisch und zog dann aus einem der vielen grauen Ablagefächer das Formular hervor, das für diesen Außeneinsatz nötig war. Er blickte zum Kalender, um sich des Datums zu vergewissern, während er gleichzeitig nach seinem Kugelschreiber langte. Doch seine Hand griff ins Leere. Mayers schaute sich um. Die Tasse, in der er seine Stifte bewahrte, stand nicht an ihrem Platz. Jemand hatte sie auf die äußerste Ecke des Tisches gestellt. Brummelnd zog Mayers sie wieder zurück, an ihre Stelle direkt neben seinen PC-Monitor. Er schaute noch einmal auf den Kalender, dann setzte er sich hin … und erstarrte. Die Tasse mit den Stiften stand wieder auf der Ecke des Tisches.

Mayers erhob sich langsam, den Blick fest auf die Tasse gerichtet. Auf das Bild des Bullen-Cartoons. Das gezeichnete Gesicht eines fetten Bullen, dem Tallwitz rote Turnschuhe gemalt hatte, bevor er die Tasse vor zwei Jahren Mayers zu Weihnachten geschenkt hatte.

Mayers streckte langsam die Hand aus und zog die Tasse mit den Stiften zurück an ihren Platz neben dem Monitor. Dann zog er die Hand langsam zurück und verharrte. Den Blick fest auf die Tasse gerichtet. Auf den Bullenkopf, die gezeichneten roten Turnschuhe und den Satz, den Tallwitz darüber geschrieben hatte: »Wenn ein Bulle doppelt rot sieht.«

Mayers hielt den Atem an und wartete. Den Blick unverwandt auf die Tasse gerichtet. Und er zuckte sichtbar zusammen, als es geschah: Die Tasse ruckte kurz, dann schob sie sich langsam an die Ecke des Tisches.

Mayers sprang einen Schritt zurück. »Was geht hier vor?« Er

schaute schnell unter die Tischplatte, in der Hoffnung, einen ferngesteuerten Magneten vorzufinden. Doch schon beim Herunterbücken wusste er, dass das Unsinn war.

Etwas zittrig in den Händen griff er erneut die Tasse und stellte sie zurück. Doch dieses Mal bewegte sie sich nicht. Dieses Mal hob sich Mayers tiefschwarzer Lieblings-Kugelschreiber wie von selbst in die Höhe. Er schwebte zwischen Monitor und Tasse, und Mayers wusste nicht, wie er reagieren sollte. Schließlich bewegte sich der schwebende Kugelschreiber auf den Bogen Papier zu, den Mayers bereitgelegt hatte. Und mit großen Buchstaben schrieb der Stift auf den Antrag: »Bitte nicht erschrecken.«

Mayers schaute auf die Buchstaben. Unfähig, irgendetwas zu sagen oder zu tun. Der Kugelschreiber schwebte nun wieder ruhig über dem Blatt, bis das Papier selbst sich erhob und direkt vor Mayers Gesicht schwebte. Gerade so, als wolle es sichergehen, dass er es auch gelesen hatte.

Mayers suchte nach Worten, als die Bürotür geöffnet wurde und Tallwitz im Raum erschien.

»So, alles erledigt«, sagte er gut gelaunt. »Wir können jetzt …« Er verstummte. Verdutzt blickte er auf das schwebende Blatt Papier, auf den Kugelschreiber und auf Mayers verblüfftes Gesicht. »Was geht denn hier …«

»Komm näher«, bat Mayers mit zittriger Stimme. »Lies mal, was …«

Doch es war nicht nötig, dass Tallwitz zum Tisch kam. Papier und Stift kamen nun auf ihn zugeflogen, sodass er die Worte selbst lesen konnte.

»Nicht erschrecken«, las er vor. »Das ist leicht gesagt. Ist das ein Trick? Träume ich?«

Tabitha stand zwischen den beiden Polizisten und wusste nicht recht, wie sie weiter vorgehen sollte. Mit einer Hand hielt sie Tallwitz den Bogen Papier vor die Nase, in der anderen ruhte noch immer Mayers' hübscher Kugelschreiber. Sie wusste, was sie den beiden zu sagen hatte, doch sie hatte keine Ahnung, wie sie sich weiter bemerkbar machen sollte. Bis sie beschloss, den Stift noch einmal zu benutzen.

Sie ging an den Tisch, legte das Formular mit der Rückseite nach oben auf die Platte und begann zu schreiben.

Mayers und Tallwitz traten vorsichtig näher an den Tisch. Fasziniert und gleichzeitig fassungslos starrten sie auf den Kugelschreiber, der wie von Geisterhand das Blatt beschrieb.

Mayers las vor: »Ich weiß, das hier muss Sie verwirren. Und das, was ich Ihnen mitzuteilen habe, ist wirklich unglaublich. Doch Sie müssen mir vertrauen. Vieles hängt davon ab.«

Tallwitz hörte seinem Kollegen zu und las gleichzeitig mit. »Wer … wer bist denn du?«, wagte er zu fragen und kam sich gleichzeitig ziemlich verrückt vor, mit einem geisterhaften Stift zu sprechen.

»Oh, Entschuldigung«, las Mayers weiter vor, was Tabitha auf das Blatt schrieb. »Ich bin Tabitha Berns und …«

Mayers stockte. Er konnte nicht mehr weiterlesen. Er blickte zu seinem Kollegen auf. »Tabitha?«

Tallwitz drehte den Kopf in alle Richtungen. »Bist du hier?«

»Ja!« Nun schrie Tabitha ungeduldig und gereizt den Männern die Antwort entgegen. »Ich bin hier. Ich stehe genau zwischen Ihnen beiden.« Doch sie wusste natürlich, dass die Beamten sie nicht hören konnten. Sie nicht sehen konnten. So schmerzhaft das auch für sie war.

Sie seufzte. Dann schrieb sie auf das Papier in riesigen Buchstaben »Ja, ich bin hier« und bemerkte, wie die beiden Männer zusammenzuckten. Das alles war so widersinnig. Hier stand sie, inmitten der beiden Menschen, denen sie so viel zu sagen hatte, doch niemand konnte sie hören. Und das, was sie zu sagen und zu erklären hatte, passte auch niemals auf diesen Bogen Papier.

»Tabitha«, hörte sie Mayers sprechen. »Wie ist das möglich?«

Tallwitz ging zur Bürotür und schloss diese erst einmal. Warum, konnte er sich auch nicht erklären. Vielleicht wollte er verhindern, dass jemand mitbekam, was hier vor sich ging. Noch immer schloss er einen üblen Scherz nicht aus.

Tabitha legte den Stift zur Seite und ging um den Schreibtisch herum. Sie zog vor den beiden Männern den Schreibtischstuhl heran, schaltete den Monitor ein, zog die Tastatur näher an sich heran und öffnete mit Hilfe der PC-Maus das Textprogramm des PCs. Mayers und Tallwitz beobachteten jede kleine Bewegung mit wachsender Verwunderung. Alles vor ihren Augen schien sich von selbst zu bewegen, gerade wie winzige Lokomotiven auf einer Modelleisenbahn.

Und schließlich bewegten sich die Tasten auf der Computer-Tastatur. Tabitha begann zu schreiben, und für die beiden Männer sah es aus, als würde der PC selbst einen Text verfassen.

»Ich kann mich nicht anders verständlich machen«, schrieb Tabitha in das Programm, und Mayers, der direkt neben Tabitha stand, las seinem Kollegen die Worte vor. »Das ist kein Trick und keine Illusion, wie Sie bemerken. Ich bin wirklich hier, mit Ihnen in einem Raum. Auch wenn es …«

Tabitha schüttelte den Kopf. Warum sollte sie so viele Worte darum machen, wenn sie es auch einfacher demonstrieren konnte! Sie griff nach dem Zettelblock auf Mayers Schreibtisch, hob ihn in die Höhe und warf schließlich die ganzen kleinen gelben Zettel durch den Raum, dass man den Eindruck haben konnte, es schneie.

»Ja«, rief Mayers. Und endlich hörte Tabitha seine übliche feste Stimme. »Wir haben verstanden. Du hast uns überzeugt.«

Und es war genau diese seine Stimme, die ihm bewusst machte, dass er sich nichts einbildete. Er und Tallwitz standen hier in Gegenwart eines Geistes. Ob es ihnen gefiel oder nicht.

»Tabitha, es ist nicht nötig, dass du unser Büro aufräumst«, brachte Tallwitz hervor. »Wir akzeptieren, dass du da bist, und sind gespannt, was du zu sagen hast.«

Das war es, was Tabitha erreichen wollte. Die zwei Beamten sollten sich auf das konzentrieren, was sie ihnen schreiben wollte. Und nicht auf die Geistererscheinung. Und nun, da sie endlich die Aufmerksamkeit der Männer auf sich gelenkt hatte, konnte sie beginnen.

»Vor einigen Wochen traf ich auf Rouven«, schrieb Tabitha in den PC, und Mayers las wieder vor. »Zu diesem Zeitpunkt wusste ich noch nicht, dass ich gestorben bin …«

Sie spürte Mayers' und Tallwitz' Befangenheit. Und sie merkte nun auch, wie irre und abstrus das alles klang. Dennoch schrieb sie weiter: »Das, was ich Ihnen nun schreibe, ist wahr. Jede Einzelheit.«

Und schließlich bewegten sich die Tasten immer schneller. Tabitha schrieb sich alles von der Seele. Es tat ihr gut, sich einmal jemandem anzuvertrauen und über dieses Schreiben alles in ihrem Kopf zu ordnen. Doch vor allem brauchte sie die Hilfe der beiden Männer.

Und so schüttete sie ihnen ihr Herz aus. Wort für Wort.

Aus dem tiefen Schwarz vor seinen Augen formten sich kleine Lichter heraus. Kerzenschein. Rouven fand sich in der Kapelle wieder. Jachael hatte seine Hände zurückgezogen und sich aus Rouvens Bewusstsein entfernt. Und Rouven war ihm dankbar dafür.

In seinem Inneren war alles aufgewühlt. Die Bilder von Tabithas und Nanas Tod waren zu schmerzhaft. Zudem brauchte er jetzt Zeit, um alles verarbeiten zu können, was er gesehen hatte. Doch Jachael gönnte ihm keine Pause.

»Das war mal eine Nacht, was? Genau nach meinem Geschmack.«

»Du bist eine Bestie«, stieß Rouven hervor.

»Danke. Aber Komplimente helfen dir jetzt auch nicht weiter. Alles das, was geschehen ist, ist nichts im Vergleich zu dem, was ich vorhabe.«

Rouven schluckte. Der Ton in Jachaels Stimme ließ ihn Schlimmes erahnen. »Was meinst du damit?«

»Ja, hörst du mir denn überhaupt nicht zu, Rouven?« Jachael spielte den Entrüsteten. »Nun hab ich es dir doch schon mehrfach erklärt. Es geht um dich und um mich. Um alles oder nichts. Um Liebe oder Hass. Um Gott und die Welt. Pudding oder Quark … Tee oder Kaffee …«

»Hör auf!«, schrie Rouven, der Jachaels zynisches Gerede inzwischen leid war. »Sag endlich, was du willst, und hör mit diesem idiotischen Theater auf!«

Das Grinsen verzog sich aus Jachaels Gesicht. Er blickte entschlossen auf Rouven, während er seine Antwort gab. »Ich will nur eines: dich! Einen letzten Kampf. Die endgültige Schlacht. Der alles entscheidende Krieg, wenn du so willst. Tritt ein letztes Mal gegen mich an. Ich habe alles vorbereitet, Rouven. Verleugne Tabitha. Mehr musst du nicht tun. Stelle dich bewusst gegen deine Entscheidung, menschlich zu werden, dann wird alles rückgängig gemacht. Kehre zu mir zurück als Wächter über die Halle der Seelen. Stell dich mir entgegen, mit all deinen Kräften und Fähigkeiten. Leg dieses Menschsein ab und werde wieder zu Rouven, der Krähe. Und dann soll sich zeigen, wer triumphiert – du oder ich!«

»Ich habe mich entschieden«, sagte Rouven. »Ich liebe Tabitha!«

Jachael hieb mit der Faust gegen die Wand, dicht an Rouvens Kopf vorbei. Gleichzeitig stieß er wieder Rauchwolken aus. »Blödsinn. Was ist dir denn geblieben? Eine Untote! Ein Geist. Das kann es nicht sein, was du willst. Dafür hast du nicht alles aufgegeben.«

Rouven sah Jachael unsicher an. »Du meinst …«

»Genau! Hol sie dir zurück. Kämpfe gegen mich, und du kannst ihr Leben retten. Mit meinem Tod würde auch der Fluch enden, den ich über sie verhängt habe. Auch Rosemarie – entschuldige, Nana – könntest du wieder zurückgewinnen. Und ihr müsstet nicht mehr in dem Wasserwerk wohnen und von der Tafel leben und …«

Rouven zog die Augenbrauen in die Höhe. »Du weißt von alledem?«

Jachael lachte wieder auf. »Ach, Rouven. Ich hab Nana bereits besucht, in eurem Wasserwerk.«

»Das warst du! Hätte ich mir denken sollen. Du hast ihr den Zettel gegeben.«

»Und bestimmt konnte sie sich nicht mehr an meinen Besuch erinnern, nicht wahr?«, grinste Jachael Rouven an. Er machte kein Geheimnis daraus, dass Nanas Krankheit ihn amüsierte. Sein Grinsen trug er noch immer zur Schau, als er sagte: »Und diese Tafel? Wie oft habe ich dich beobachtet, als du dort gesessen hast, um den Menschen in die Seele zu sprechen. Rührend war das Ganze. Ach, …«

Rouven wollte etwas antworten, doch Jachael brachte ihn mit einer Handbewegung zum Schweigen. »Moment«, sagte er hastig. »Ich zeig dir was, das dir bekannt vorkommen müsste.«

Er trat einen Schritt zurück und schloss die Augen. Er legte den Kopf in den Nacken, murmelte unverständliche Worte, und schließlich zeigte sich eine Wirkung: Das Gesicht Jachaels zog sich in die Länge. Seine Wangen fielen ein, und dicke Tränensäcke formten sich unter seinen Augen. Seine Schultern schrumpften, sein ganzer Körper schien sich zu verschmälern. Auch die Haare gingen zurück, und schließlich stand der Besitzer des Lebensmittelladens vor Rouven. Der scheue, hagere Mann, den Rouven schon so oft begrüßt hatte, kurz bevor er die Tafel auf der anderen Straßenseite des Ladens betreten hatte.

»Na, kommt dir das bekannt vor?«, fragte Jachael in der dünnen Stimme dieses Menschen.

»Das warst auch du?«

»Anfangs nicht«, sagte Jachael und begann schon, sich wieder zurückzuverwandeln. »Anfangs war der Ladenbesitzer der Ladenbesitzer. Doch dann hab ich ihn aus dem Weg geräumt und dann und wann seinen Posten eingenommen, in seinem Laden. Merkwürdige Gestalt. Hat Spaß gemacht, ihn zu vertreten und die Polizei zu rufen.«

Inzwischen hatte Jachael seine ursprüngliche Gestalt wiedererlangt. Er kam erneut auf Rouven zugesprungen und sprach auf ihn ein: »Stell dich mir noch einmal, als Wächter der Seelen. Lass mich meinen Lieblingsfeind noch dieses eine Mal erleben. Danach kannst du tun, was du willst.«

Rouven dachte nach. Fieberhaft. »Ich glaube dir nicht«, antwortete er schließlich. »Das ist nicht alles, was du willst. Es geht dir doch bestimmt um mehr als nur um mich.«

Jachael setzte wieder sein diabolisches Grinsen auf. »Du bist gut. Tatsächlich gibt es da noch etwas. Eine Kleinigkeit nur, aber …«

»Dachte ich mir.«

»Wirklich: Kaum der Rede wert.«

»Was ist es?«

Jachael tat, als kratze er etwas Dreck unter seinen Fingernägeln hervor. »Da du es schon erwähnst … Ich hätte es ja nicht angesprochen …«

»Jachael!« Rouven war es endgültig leid. »Sag es doch einfach.«

»Hab ich doch: Es geht um die endgültige Schlacht. Es geht darum, wer die Welt für sich einnimmt.«

Rouven glaubte, sich verhört zu haben. »Die Welt?«

»Wenn ich dich besiegt habe – und davon kannst du fest ausgehen –, dann ist es vorbei mit der Ruhe in der Halle der Seelen. Noch nie war eure kleine Villa in den Wolken so verletzlich wie jetzt. Du stehst hier und bist nur noch ein Schatten von dem, was du einst gewesen bist. Ein Rest der Ruine von etwas, das mal was gewesen ist. Völlig unfähig, die Halle zu beschützen. Und von deinen menschlichen Seelenschützern ist auch kaum noch jemand hier.«

»Darum ging es also die ganze Zeit.« Endlich liefen die Fäden zusammen, und Rouven verstand. »Du hast diese ganzen Familien entführt, um mich zu schwächen.«

»Für den allerletzten Kampf. Ich sagte doch, dass ich vorbereitet bin. Alles ist bis ins kleinste Detail geplant. Du wirst sehen …«

»Fünf Ehepaare hast du bereits.«

»Zehn deiner netten Seelenschützer.«

»Und es gibt nur noch zwei Seelenschützer in dieser Stadt. Das letzte Paar.«

Jachael schnalzte mit der Zunge und lachte begeistert. »Jetzt hast du es wirklich verstanden. Ich brauche nur noch eine einzige Neumondnacht. Nur noch diese eine. Dann gehört sie wieder mir – diese ganze Seelenschützer-Bande. Tja, Rouven, ich glaube, du kommst etwas spät. Ich hatte dir ja Zeichen gegeben. Du erinnerst dich. Die Türen der Wohnungen hatte ich bemalt. Mit meinen Krallen Rosemarie und Tabitha deine Symbole in die Haut geritzt. Alles stets, um dich herbeizurufen. Aber du hattest ja deine Erinnerung völlig verloren. Da hatte es mir auch nichts genützt, dich nachts, in deinem Schlaf, in die Häuser zu locken. Du hast wirklich kein einziges Mal irgendwas verstanden, oder? Und dabei hatte ich mir solche Mühe gegeben.«

»Wo sind die Leute alle?«, fuhr Rouven ihn an. »Wo hast du die Seelenschützer hingebracht?«

»Mach dir keine Gedanken. Es geht ihnen gut!«

Rouven fasste Jachael am Hals. »Ich warne dich. Wenn du ihnen auch nur ein Haar gekrümmt hast. Wenn auch nur einer von ihnen …«

Jachael strahlte über das ganze Gesicht. »Dann? Was dann? Trittst du dann gegen mich an? Wird es dann zum Kampf kommen? Gern, Rouven, wenn das dein Wunsch ist, dem komme ich gerne nach. Im Moment schlafen sie alle und wissen von nichts. Aber ich kann zu ihnen gehen und sie der Reihe nach angreifen. Einen nach dem anderen. Wenn es das ist, was du möchtest. Wenn das die einzige Möglichkeit ist, meinen Kampf mit dir zu bekommen – dann gehe ich sofort dorthin und murkse ein paar ab. Soll ich eine bestimmte Reihenfolge einhalten? Hast du Wünsche?«

Rouven schrie auf. Er stemmte sich gegen Jachael und brachte ihn zu Fall. Er setzte sich auf dessen Brust und würgte ihn. Doch Jachael schnalzte nur mit der Zunge. Er ließ Rouven einen Moment gewähren, dann aber glühten seine Augen kurz in einem feurigen Rot auf, und Rouven flog durch die gesamte Kapelle. Mit seinen Kräften stieß Jachael ihn gegen die Holztür, dann ließ er Rouven durch die Kapelle schweben und gegen die Wand prallen, direkt neben dem Fensterbild der Kapelle, bevor er ihn endlich fallen ließ und Rouven zwischen einigen Kerzen zu Boden fiel.

Jachael rannte zu ihm und drückte ihn mit der gleichen Geste zu Boden, wie Rouven ihn auf dem Fensterbild zu Boden drückte. »Ohne deine Kräfte bist du nichts, Rouven«, brüllte er mit erhobenem Kopf durch die Kapelle. »Als Mensch hast du nicht die geringste Chance gegen mich. Komm zurück, Hallenwächter. Stell dich mir im letzten Kampf. Und ich werde deine Seelenschützer freilassen. Ich werde Tabitha und Nana ihre Sterblichkeit zurückgeben. Und ich werde auf immer verschwinden. Wenn du mich besiegst.« Er beugte sich tief zu Rouven hinab und flüsterte ihm ins Ohr: »Es wird dir allerdings nicht gelingen.«

Dann trat er Rouven so kräftig in den Rücken, dass Rouven entsetzt aufschrie, und verschwand aus der Kapellentür.

»Denke über das alles gut nach«, hörte Rouven die Stimme Jachaels in seinem Kopf schmettern. »Doch bedenke alles sorgfältig. Und dann lass mich deine Entscheidung wissen. Noch vor der nächsten Neumondnacht. Bevor ich mir die letzten beiden deiner Verbündeten hole und ihnen, zusammen mit dem Rest dieses jämmerlichen Rudels, die Herzen rausreiße.«

Sowohl Mayers als auch Tallwitz starrten wie gebannt auf den Bildschirm. Und das, obwohl Tabitha schon seit einigen Minuten nichts mehr schrieb. Die beiden Polizisten hielten ihren Blick fassungslos auf den letzten Satz gerichtet: »Wir brauchen Ihre Hilfe« und konnten die Augen nicht abwenden.

Bis das überaus schrille Klingeln des Telefons sie so unsacht aus ihren Gedanken riss, dass beide gleichzeitig im Reflex auf das Telefon einschlugen und dabei den Hörer zerbrachen.

»Meine Güte«, stöhnte Tallwitz.

»Scheiße noch mal«, brummte Mayers, der in seiner Sprache schon immer etwas forscher war.

Er schob das zerstörte Telefon zur Seite. »War eh alt.«

Und schon wanderten ihre Blicke wieder auf den PC-Monitor.

»Es gibt keine Geister«, sagte Tallwitz schließlich.

Und Mayers antwortete hastig: »Ich weiß.«

Tabitha war klar, dass die beiden Polizisten gerade versuchten, ihre Fassung wieder zu gewinnen. Der Überraschung von vorhin war nun die Skepsis gefolgt. Alles in ihnen sträubte sich dagegen, an etwas Übernatürliches zu glauben. Tabitha legte ihre Finger wieder auf die Buchstaben der Computer-Tastatur. »Ich bin hier«, schrieb Tabitha erneut. »Ich will Sie nicht erschrecken.«

Mayers schüttelte den Kopf und blickte unter die Tischkante. »Kein Trick. Ich würde es zu gern glauben.«

Auch Tallwitz schüttelte den Kopf. »Geht nicht. Weil Geister gibt's nicht.«

Da wurde es Tabitha zu viel. »Benötigen Sie einen Poltergeist, um an mich zu glauben?«, schrieb sie in den PC, und dann griff sie nach der Tasse mit den Stiften. Augenblicklich wirbelte der ganze Inhalt durch die Luft.

Mayers und Tallwitz schrien erschrocken auf. Doch Tabitha kam jetzt erst in Fahrt. Sie huschte an den Vorhängen entlang, schmiss eine Pflanze von der Fensterbank und riss die Zimmertür auf, um sie sofort wieder zuzuschlagen. Es machte ihr richtig Spaß, und sie war fast enttäuscht, als Mayers sie stoppte.

»Ja, ja, ist gut. Ist ja in Ordnung. Wir glauben dir … ein bisschen erst einmal.«

»Zumindest versuchen wir es«, sagte Tallwitz und hoffte, er löste keine weitere Reaktion damit aus.

Tabitha rannte zum Schreibtisch und schrieb »Danke« in den Computer.

Mayers hob beschwichtigend die Hand. Wobei er nicht wusste, wen er mit dieser Geste beruhigen wollte: Tabitha oder sich selbst. »Hör zu, wo immer du bist. Tabitha, wir versuchen dir zu glauben. Du bist hier. In Ordnung. Und das, was du schreibst, entspricht der Wahrheit. Okay. Demnach gibt es eine Macht, die Rouven nach dem Leben trachtet. Und diese Macht hat auch die Familien entführt. Deine Eltern. Auch das will ich dir glauben. Aber wie können wir helfen?«

Die Tasten wurden gedrückt. Auf dem Monitor erschienen Worte. Und weil dies als Reaktion auf Mayers' Fragen geschah, stellte er sich allmählich darauf ein zu glauben, dass er gerade mit einem Geist kommunizierte. Es fiel ihm schwer, aber er musste für den Moment einfach alles über Bord werfen, woran er jemals geglaubt hatte.

Nach allem, was in den letzten Wochen geschehen war und in Anbetracht der Ungereimtheiten in diesem Kriminalfall – wie zum Beispiel die Flucht Rouvens, die von keiner einzigen Kamera aufgenommen worden war – erleichterte es Mayers anzunehmen, dass hier ein paar Dinge geschahen, die er sich mit seinem gesunden Verstand nicht erklären konnte.

Mit einem Mal musste er an Rouven denken. An den Moment, als sie dem Jungen im ersten Verhör Tabithas Foto gezeigt und ihm erklärt hatten, dass sie gestorben war. Nun konnte Mayers die heftige Reaktion von Rouven sehr gut nachvollziehen. In diesem Moment musste dem Jungen klar geworden sein, dass er es mit einem Geist zu tun hatte.

Tallwitz riss seinen Kollegen aus den Gedanken. Er las, was Tabitha auf der PC-Tastatur weiterschrieb: »Sie müssen Rouven beschützen. Sie müssen uns helfen.«

»Wie denn?«, fragte Mayers in die Luft. »Was können wir tun?«

Nichts geschah. Die Tasten blieben unbewegt.

Tabitha dachte nach. Sie wusste nicht, was die Beamten tun konnten. Sie wusste nur, dass die beiden etwas tun mussten. Jetzt. Tabitha litt fürchterliche Angst um Rouven. Alles, was sie bisher erlebt hatte, ließ sie erzittern und …

»Hallo?«, unterbrach Mayers ihre Gedanken. »Bist du noch da?« Er streckte eine Hand über der Tastatur aus, um Tabitha vielleicht erfühlen zu können. Und tatsächlich kam er ihr auch nahe, doch seine Hand glitt durch Tabithas Arm unbemerkt hindurch.

Tabitha hätte heulen können. Vor allem verstand sie nicht, warum sie Gegenstände berühren und bewegen konnte, sie aber für alle Menschen wie Luft war. Dieser Zustand des Untoten schien seine eigenen Regeln und Gesetze zu haben. Gesetze, die Tabitha nicht verstand und die ihr nicht logisch erschienen.

»Bist du noch hier?«, hakte Mayers erneut nach.

Tabitha stellte sich wieder vor die Tastatur. »Ich weiß nicht, wie Sie helfen können. Doch ohne Sie ist Rouven verloren.«

Mayers nickte. »Vielleicht sollten wir erst einmal zu ihm gehen«, schlug er vor. »Tabitha, finden wir ihn in dem alten Wasserwerk im Park?«

»Vielleicht«, schrieb Tabitha in den PC. »Ich hoffe, dass er dort ist.«

»Dann sollten wir nachsehen. Bist du einverstanden?«

Ein »Ja« erschien auf dem Monitor.

»Dann lasst uns gehen«, entschied Mayers. Er sprang auf, schnappte sich seine Jacke und eilte zur Tür, erleichtert, endlich dieser unheimlichen Situation zu entgehen.

Auch Tallwitz eilte sich, doch plötzlich gab es einen lauten Knall. Mayers Stiftetasse lag zerbrochen auf dem Boden.

Tabitha stand daneben und kochte vor Wut.

»Warum hast du das gemacht?«, fragte Mayers in den scheinbar leeren Raum. Er ging zurück zum Monitor und las die Nachricht, die Tabitha ihm gerade schrieb.

»Ich bin vielleicht ein Geist, aber ich bin nicht bescheuert. Mein Verstand hat sich nicht in Luft aufgelöst. Bitte keine Tricks.«

Mayers staunte beeindruckt. Und das war nicht gespielt. »Kompliment, Tabitha«, sagte er. »Du bist clever.«

Er griff nach dem Telefon, hob einen Teil des zerbrochenen Hörers auf, seufzte und legte ihn wieder zurück. Dann fischte er das Handy aus der Hosentasche und wählte eine Nummer.

»Mayers hier«, sagte er. »Die Jungs vom Sondereinsatzkommando werden doch erst einmal nicht benötigt.«

Tallwitz stand an der Tür und pfiff anerkennend durch die Zähne. »Junge, Junge«, gab er von sich. »Ihr beiden überrascht mich. Tabitha – du überraschst mich, dass du Mayers' Trick durchschaut hast. Und du Mayers, weil du diesen Trick anwenden wolltest. Wenn nur die Hälfte von dem stimmt, was Tabitha geschrieben hat, dann wird uns Rouven keinen Ärger machen.«

Tabitha strahlte über das Gesicht. Sie freute sich, dass wenigstens Tallwitz die Lage richtig einschätzte.

»Ja, ist ja schon gut«, knurrte Mayers. »Dass ich das SEK einfach nur vergessen habe, das glaubt mir wohl keiner, oder?«

»Ich nicht«, lachte Tallwitz.

»Ich auch nicht«, schrieb Tabitha in den PC, doch die beiden Männer waren bereits durch die Tür. Mit einem Blick auf das Chaos, das sie als »Poltergeist« verursacht hatte, huschte Tabitha ihnen nach.

Vor dem Ausgang blieb Mayers stehen. Er blickte in das Pförtnerbüro. Auf die Überwachungsmonitore dort. Einer der Bildschirme, der das Bild der Innenkamera wiedergab, zeigte ihn und Tallwitz.

»Tabitha, bist du hier?«, flüsterte Mayers vorsichtig.

Tabitha stand direkt neben ihm und wusste nicht, wie sie ihm antworten sollte. Also nahm sie kurzerhand einen Blumentopf, der auf dem Tresen neben dem Pförtnerbüro stand, und warf ihn auf die Erde, wo er lautstark zerschellte. Mayers und Tallwitz beobachteten auf dem Bildschirm fasziniert, wie der Topf zu Boden fiel, ohne dass von Tabitha etwas zu sehen war.

»Ja, ist gut. Ich hab verstanden«, sagte Mayers. »Tabitha, ich glaube, dass du hier bist. Aber du musst dir eine neue Technik ausdenken, wie du uns das zeigen kannst. Sonst geht noch alles im Polizeipräsidium zu Bruch.«

Gemeinsam gingen sie zum Wagen. Und auch hier blieb Mayers plötzlich stehen. »Tabitha«, sagte er wieder, nachdem er sich umgeschaut und vergewissert hatte, dass kein Kollege auf dem Parkplatz stand. »Fährst du jetzt eigentlich mit uns mit? Oder … Ich meine … Entschuldige, aber schwebst du vielleicht in den Park? Oder kommst du mit Telepathie dorthin? Oder beamst du …«

Tabitha verdrehte nur die Augen. Sie riss die hintere Autotür auf und setzte sich hinein.

Mayers sah die Tür, wie sie sich von Geisterhand öffnete und kurz darauf wieder schloss, und blickte etwas betroffen. »Entschuldige, wenn ich dich beleidigt haben sollte … ich …«

Tallwitz mischte sich ein: »Du siehst nicht be-geistert aus«, wagte er einen Wortwitz.

Und Mayers wusste zu kontern: »Bin auch eher ent-geistert.«

Tabitha saß auf dem Rücksitz und war erleichtert, dass die beiden Männer diese ungewöhnliche Situation endlich mit Humor nahmen. Das machte ihr Mut.

Denn noch immer war sie von Angst getrieben. Von ihrer Angst um Rouven.

Und sie wusste nicht, wie die Polizisten ihr helfen konnten.

Es mussten Stunden sein, die Rouven auf dem Boden gelegen hatte. Die ersten dünnen Sonnenstrahlen suchten sich ihren Weg durch das Fensterbild in die Kapelle. Rouven lag inmitten der unzähligen Kerzen, die inzwischen erloschen waren, auf der Seite und wusste sich keinen Rat. Immer und immer wieder hatte er in den vergangenen Stunden seine Situation durchdacht. Immer und immer wieder Jachaels Worte wiederholt.

Für Rouven gab es kaum Alternativen. Stellte er sich Jachael nicht, dann würde er die Seelenschützer töten. Daran gab es keinen Zweifel. Jachael würde die Halle der Seelen stürmen und die Seelen dort mit sich nehmen. Er würde sie verderben. Ihnen seinen Willen aufzwingen und die Welt zu einem Ort des Schreckens machen. Die noch verbliebenen guten Menschen würden untergehen in all dem Hass und der Gewalt, die ihnen bevorstand. Sie müssten den Kampf allein angehen. Ohne die Hilfe und Unterstützung der Seelenschützer.

Rouven musste sich Jachael also im Kampf stellen. Doch vermutete Rouven, dass er kaum eine Chance haben dürfte. Jachael hatte sich vorbereitet. Das war eindeutig zu erkennen gewesen. Noch nie hatte er seine Kräfte in diesem Maß beherrscht und eingesetzt. Er war gestärkt.

Und Rouven? Er hatte sich seit Jahren nicht mehr in eine Krähe verwandelt. Hatte jahrelang seine Kräfte nicht eingesetzt. Er würde ein wunderbares Opfer abgeben für Jachael. Und damit die Halle der Seelen gefährden.

Vor Rouvens geistigem Auge erschien das Gesicht von Tabitha. Rouvens Herz setzte aus bei dem Gedanken an sie. Ob es wirklich möglich war, sie zu retten? Er bezweifelte eigentlich, dass Jachael die Kräfte dazu besaß. Keiner von ihnen konnte Tote wiedererwecken. Doch Rouven konnte sich vorstellen, dass der Fluch brach, wenn Jachael den Kampf verlor. Sicher war nur, dass Jachael Nana und Tabitha in ihrer untoten Gestalt belassen würde, wenn Rouven sich nicht zum Kampf stellte.

Vor allem aber: Was mit ihnen geschehen würde, wenn Rouven einen möglichen Kampf gegen Jachael verlor, das wollte er sich nicht ausmalen.

Rouvens Gedanken drehten sich im Kreis. Wie immer er sich entscheiden würde, er war sicher, das Falsche zu tun.

Er seufzte. Inzwischen hatte sich die Kapelle mit weiterem Sonnenlicht gefüllt. Einige Strahlen erreichten jetzt auch Rouven, und es tat ihm gut, diese sanfte Wärme zu spüren. Langsam setzte er sich auf, noch immer in Gedanken versunken. Er blickte zu dem Fensterbild an der Wand. Er sah sich, triumphierend über Jachael. Er sah die Zeichen, die Symbole des Wächters über die Halle der Seelen. Und er sah die menschlichen Seelenschützer am Rand des Bildes stehen. Seine Mitstreiter. Seine Verbündeten.

Sie waren nur als verschwommene Gestalten in das Bild eingearbeitet worden. Graue Figuren am Rand des Geschehens. Doch Rouven erinnerte sich noch an jeden Einzelnen von ihnen. Damals, vor über tausend Jahren, hatte Jachael ebenfalls versucht, Rouven zu schwächen, indem er die Seelenschützer entführt hatte. Doch zu dieser Zeit war Rouven noch Herr über all seine Fähigkeiten. Und so war es ihm schließlich gelungen, Jachael zu besiegen und die Menschen zu befreien.

Die Seelenschützer.

Rouven erhob sich nachdenklich, ohne den Blick von dem Bild zu nehmen. Aus seiner Erinnerung heraus legten sich die Gesichter von einst über die grauen Figuren auf dem Bild. Und dann verschwanden sie. Ein neues Gesicht erschien. Ein einziges nur. In der Kontur der äußersten Figur entstand das Gesicht von Nana. Die Seelenschützerin.

Nachdenklich ging Rouven noch einen Schritt weiter auf das Bild zu. Die Seelenschützer! Die Familien. Die verschwundenen Ehepaare.

Und mit einem Mal wusste Rouven, was zu tun war. Plötzlich wusste er einen Ausweg aus seiner Situation: Er musste die letzte Familie finden. Die letzten beiden Seelenschützer, die sich noch nicht in Jachaels Gewalt befanden.

Wenn es ihm gelang, noch vor der letzten Neumondnacht, in der Jachael zuschlagen wollte, diese Familie ausfindig zu machen und an einen geheimen Ort zu führen, dann konnte Jachael seinen Plan nicht ausführen. Dann war die Gemeinschaft der Seelenschützer nicht verwundbar.

In Rouven erwachte der Kampfgeist. Das Leben kehrte in ihn zurück. Und mit etwas Hoffnung im Herzen rannte er aus der Kapelle.

Tabitha! Nana!« Rouven brüllte ihre Namen bereits in dem langen Gang, der zur Halle des Wasserwerks führte. »Seid ihr da?«

»Michael.« Nana strahlte ihn begeistert an. »Schön, dass du da bist. Wo ist denn deine Familie?«

Rouven freute sich auch, sie zu sehen. Doch zum ersten Mal, seit sie sich kannten, fiel es ihm schwer, die Rollen zu spielen, die sie ihm gab. Jetzt, mit all dem Wissen um die Wahrheit.

»Die Familie konnte nicht mitkommen«, log er ihr vor. »Ich bin allein hier.«

Sie lächelte. »Na, das macht doch nichts. Tee?«

»Gern.«

Er seufzte. Er wusste nicht, wie er vorgehen sollte. Er blickte Nana hinterher, wie sie zu dem Bollerofen ging, dann plötzlich schoss ihm ein Gedanke durch den Kopf. Jetzt, wo er all sein Wissen wieder in sich trug, da könnte es doch sein …

Hastig rannte er in seine Ecke. Unter der Matratze fischte er das alte Buch hervor. Das Buch, das Tabitha ihm in der letzten verwüsteten Wohnung ausgehändigt hatte. Jachael hatte es ihr gegeben, wie Rouven nun erahnen konnte.

Nervös öffnete er es auf der Doppelseite in der Mitte. Silbern schimmerte es ihm entgegen. Diese beiden Buchseiten waren bisher das größte Geheimnis für Rouven gewesen. Doch jetzt wusste er, wofür er sie gebrauchen konnte. Durch sie konnte er das Leben auf der Welt betrachten, wenn er sich in der Halle der Seelen befand. Leider nur konnte er diese Seiten nicht umgekehrt nutzen. Er hätte sich außerordentlich gefreut, nun einen Blick in seine geliebte Halle der

Seelen zu werfen. Es wäre ihm wie ein Trost vorgekommen in diesem Moment.

Er blätterte vor und schlug eine der ersten Seiten in dem Buch auf. Tatsächlich, es war ihm jetzt auch wieder möglich, diese Schrift zu entziffern. Die sumerische Keilschrift, die über ihn berichtete.

Rouven überflog die Zeilen. Er suchte nach etwas, das ihm helfen konnte.

Doch er las nur Dinge, die er bereits wusste. Von ihm als Krähe war die Rede, als Wächter über die Halle der Seelen. Von den Seelenschützern war die Rede. Von den zwölf Paaren, die unerkannt auf der Erde lebten und sich um das Wohl der Menschen sorgten. Von Generation zu Generation gaben sie ihre Aufgabe weiter.

Auch Rouvens Wiederkehr alle sieben Jahre war in dem Buch verzeichnet.

Schließlich fand er die Stelle, in der über Jachael berichtet wurde. Doch zu Rouvens Enttäuschung erfuhr er nichts, das ihm weiterhelfen konnte. Alles nur Dinge, die er bereits kannte und wusste, von ihrem immerwährenden Kampf, Jachaels stierhaften Gestalt und seinem Hass auf die Seelen war die Rede.

Rouven seufzte erneut. Er musste anders vorgehen.

Aus Nanas Ecke hörte er Gesang. Nana stimmte wieder ihre Melodie an.

Und wenn es mir gelingt, ihr Gedächtnis zu wecken?, schoss es ihm durch den Kopf. Dann erfahre ich vielleicht den Namen der verbliebenen Familie.

Er stand auf und ging zu ihr.

Sie stellte den Teekessel auf dem Bollerofen ab. »Bernie, wo kommst du denn her?«

Rouven wagte einen kleinen Vorstoß. Er wusste ja nicht, woran er eine gute Gelegenheit erkennen konnte, und so versuchte er sich vorzutasten. »Ich komme von Rouven.«

»Rouven?«

»Kennst du ihn?«

Nana dachte angestrengt nach. »Dieser Name. Hm … Nein, das sagt mir erst einmal nichts. Ein Freund von dir?«

Rouven verzog enttäuscht das Gesicht. »Ja, so etwas wie ein Freund. Ich kenne ihn recht gut.« Er hoffte darauf, eine Art Schalter in ihrem Kopf betätigen zu können. Vielleicht konnte er mit dem richtigen Begriff Nanas Gedächtnis in Gang bringen. Ein Reizwort, das ihre Erinnerung wie ein Schlüssel öffnete. Denn vielleicht kamen mit einer kleinen Erinnerung auch viele weitere, und Nana könnte ihm den Namen der letzten Familie verraten. Die verbliebenen Seelenschützer, die unerkannt in der Stadt lebten und nichts ahnten von der Gefahr, in der sie gerade schwebten. Ihm blieb nur noch die Zeit bis zum nächsten Neumond. Dann würde Jachael die letzte Seelenschützer-Familie aufsuchen. Das letzte Ehepaar, das noch unerkannt unter den Menschen lebte. Nana war der einzige Zugang zu ihnen.

»Wir haben uns auf dem Friedhof getroffen«, versuchte Rouven einen weiteren Vorstoß. »An der Kapelle.«

»Kenne ich«, sagte Nana, und Rouven strahlte.

»Bestimmt?«

»Aber ja«, sagte Nana. »Der Friedhof. In der Stadt. Am Hafen. Bin oft dort gewesen.«

Rouven staunte. Zum ersten Mal zeigte Nana eine echte Erinnerung. »Kennst du die Kapelle dort?«

»Natürlich.«

»Und das Fensterbild?«

Nana dachte wieder nach. »Fensterbild?«

»In der Kapelle.«

Sie schüttelte den Kopf. »Da ist kein Fensterbild. Nur graue Mauern. Dennoch finde ich sie sehr schön, diese Kapelle.«

In Rouven keimte eine Ahnung. »Kannst du sie mir beschreiben?«

»Die Kapelle?« Sie kicherte. »Warum, du bist doch vorhin dort gewesen.«

»Dennoch, Nana: Wie sieht sie aus?«

Nana ließ sich darauf ein, obwohl sie sich doch sehr über diese

Frage wunderte. »Na, rotes Backsteingebäude, mit einem kleinen Glockentürmchen obenauf. Darin gibt es einige Heiligenbilder, einen dunklen Fliesenboden und natürlich die Bänke aus Holz. Ach ja: Die Tür ist aus Eiche. Tiefer, dunkler Eiche. Warum fragst du?«

»Ach, nicht so wichtig«, gab Rouven zurück. »Danke.«

Enttäuscht sah er zu, wie sie aufstand und zu ihrem Ofen ging, um den Tee zuzubereiten. Sie hatte sich nicht an die Kapelle am Hafen erinnert. Sie hatte wieder einmal alle Erinnerungen durcheinandergebracht und an eine völlig andere Kapelle gedacht, die es vielleicht irgendwo sonst in der Stadt gab. Oder in einer anderen Stadt. Oder in einem anderen Land. Auf einem anderen Kontinent ... Was auch immer. So kamen sie nicht weiter. Auf diese Art würde Rouven niemals den Namen der Familie erfahren. Insgeheim verfluchte Rouven diese fürchterliche Krankheit, von der Nana befallen war. Wie von einem Radiergummi waren in Nanas Verstand fast alle Erinnerungen gelöscht worden. Rouven blickte auf eine Frau, die das bisschen, was ihr noch an Gedächtnis geblieben war, mehr und mehr durcheinanderbrachte.

Er musste anders vorgehen. Ein anderes Schlüsselwort finden. Einen anderen Schalter betätigen. Jeder Radiergummi hinterließ auf einem Blatt Spuren. Manchmal nur hauchdünn. Aber vielleicht reichte es für Nana aus, solch eine Spur in ihrem Gedächtnis zu finden, um auch die verlorenen Erinnerungen zurückzuholen. Das zumindest war Rouvens einzige Hoffnung. Der Strohhalm, an den er sich klammern musste. Der Rettungsring, mit dem er ...

Ein Geräusch ließ ihn aufhorchen. Jemand war vor der Tür des Wasserwerks. Rouven konnte Stimmen vernehmen: Männerstimmen.

Nana hatte auch etwas gehört. »Erwartest du Besuch, Michael?«, fragte sie. »Vielleicht hat deine Familie doch Zeit gefunden hierherzukommen, und sie ...«

Die Stahltür wurde geöffnet, und Rouven sprang von seinem Platz auf. Er schnappte sich ein meterlanges Wasserrohr, stellte sich dicht an die Wand, direkt neben dem Eingang zur Halle, und hielt das dünne Rohr wie einen Baseballschläger in beiden Händen. Bereit, auf alles einzuschlagen, was diesen Raum betrat.

Nana machte Rouvens Reaktion Angst. Sie stellte rasch den Kessel zur Seite und verkroch sich in ihre Ecke.

Rouven nickte ihr bestätigend zu, dann hörte er bereits Schritte in dem langen Flur hallen. Kurz darauf sah er die Schatten der Menschen, die auf die Halle zukamen.

Rouvens Hände zogen sich enger um das Wasserrohr, bis …

»Tabitha!«

Sie betrat als Erste die Halle.

»Rouven!« Sie kam auf ihn zugestürzt und fiel ihm glücklich und erleichtert um den Hals. »Ich hatte solche Angst um dich.«

Rouven wollte etwas erwidern, doch in diesem Moment betraten Mayers und Tallwitz den Raum. Sie hatten die Schatten geworfen.

»Guten Tag, Rouven«, begrüßte ihn Mayers.

Tallwitz zeigte auf das Wasserrohr. »Sollen wir uns Sorgen machen?«

Sofort ließ Rouven seine Waffe sinken. Er kam sich nun regelrecht albern vor, mit dem verrosteten Ding in seinen Händen.

»Guten Tag«, grüßte er zurück, bevor er die Arme ausstreckte und über Kreuz vor sich hielt, bereit, sich in Handschellen abführen zu lassen.

Tabitha klatschte ihm auf die Hände und stellte sich zwischen die beiden Männer. »Lass das! Die beiden wollen dich nicht verhaften. Ich hab sie hierhergeführt.«

»Du hast sie hergebracht?« Rouven blickte Tabitha verständnislos an. »Warum?«

»Sie sollen uns helfen!«

Rouven schüttelte den Kopf. »Ich glaube nicht, Tabitha, dass Polizisten etwas gegen das ausrichten können, was uns erwartet.«

Plötzlich trat Mayers einen Schritt vor. »Moment, Rouven. Kannst du sie sehen? Tabitha? Hast du gerade mit ihr gesprochen?«

Rouven nickte. »Das muss alles etwas verwirrend sein für Sie, oder?«

»Nun, wir arbeiten daran«, übernahm Tallwitz die Antwort.

»Ich kann sie sehen, fühlen und hören«, erklärte Rouven. »Denn ich habe unmittelbar mit ihrem Tod zu tun.«

»Das hat sie uns erklärt«, antwortete Mayers, und auf Rouvens überraschte Reaktion hin erklärte er: »Schriftlich. Am PC. Sie hat sich uns auf diesem Weg mitgeteilt.«

Tallwitz ergänzte: »Sie hat uns vieles erzählt, und wir haben wenig verstanden. Das ist alles so absolut unglaublich.«

»Vielleicht hilft es Ihnen, wenn ich meine Variante erzähle«, schlug Rouven vor. »Möglicherweise schließt das einige Ihrer Verständnislücken.« Und dann begann er zu berichten. Allerdings erzählte er den Beamten nicht alles. Von seiner Aufgabe als Wächter der Seelen sagte er kein einziges Wort. Auch nicht von den Seelenschützern oder von Nana.

Die Frau hielt sich weiter in ihrer Ecke versteckt. Man sah ihr an, dass sie zu verstehen versuchte, was in dieser Halle vor sich ging, doch diese fremden Männer und die Ernsthaftigkeit in ihren Gesichtern machten ihr weiterhin Angst. Und so hielt sie sich in ihrer Ecke verborgen.

Rouven erzählte von Jachael als einem Wesen mit übernatürlichen Fähigkeiten. Dass sie einen jahrtausendealten Kampf führten, das verriet er nicht. Nur dass Jachael am Tode Tabithas schuld war und auch die Familien entführt hatte, berichtete er den beiden Männern.

»Er ist unberechenbar«, sagte Rouven. »Das müssen Sie mir glauben. Seine Fähigkeiten liegen weit über dem, was Sie sich ausmalen könnten.«

Mayers verzog das Gesicht. »Tja, das mit dem Glauben, das fällt mir immer schwerer. Aber so, wie du es sagst und verbunden mit dem, was Tabitha geschrieben hat, und dem, was wir bisher erlebt haben, klingt es nachvollziehbar. Absolut irre und verrückt, aber nachvollziehbar.«

Tallwitz legte eine Hand auf Rouvens Arm, als Geste der Verbundenheit. »Was können wir tun, Rouven?«, fragte er. »Tabitha hat uns hierhergeführt, um dir zu helfen. Was können wir gegen diesen Jachael ausrichten?«

Rouven war Tallwitz dankbar für die freundschaftliche Geste. Er glaubte den beiden, dass sie ihm aufrichtig beistanden. Dies hier war gewiss keine Falle, um ihn wieder ins Gefängnis zu stecken. Darum wollte auch er weiterhin ehrlich zu ihnen sein. »Jachael hat es noch auf eine weitere Familie abgesehen.«

»Das haben wir uns schon gedacht. Es fehlt nur noch ein Buchstabe an den Türen, dann ist dein Name komplett. Daher sind wir ebenfalls der Ansicht, dass noch eine einzige Familie in Gefahr schwebt.«

»Genau. Jachael möchte nur noch dieses eine Ehepaar entführen, und daran müssen wir ihn hindern.«

»Weißt du, wer diese Leute sind?«, hakte Mayers schnell nach.

Rouven schüttelte den Kopf. »Leider nicht. Ich weiß nur, dass sie in dieser Stadt leben und dass ...«

»... dass wir nur Zeit bis zum nächsten Neumond haben, oder?«, vervollständigte Mayers den Satz.

Rouven gab ihm recht. »Sie kombinieren schnell.«

»Wie können wir diese Familie ausfindig machen?«

Rouven hob hilflos beide Hände. »Es gibt eine einzige Spur, der Sie folgen könnten. Möglicherweise stand die Familie mit jemandem in Kontakt. Mit einer gewissen Rosemarie Mallert.« Aus den Augenwinkeln heraus bemerkte Rouven, wie Nana bei diesem Namen aufhorchte. Vielleicht war dies der Schlüssel zu ihrem Gedächtnis.

Mayers zückte einen Notizblock. »Mallert«, murmelte er und schrieb den Namen auf das Papier. »Rosemarie.«

Tallwitz grübelte. »Den Namen kenne ich doch.«

Und jetzt erinnerte sich auch Mayers. »Sie ist gestorben, nicht wahr? Sie war doch auch eines der Opfer, vor sieben Jahren an der Kapelle.«

»Genau!«, sagte Tallwitz. »In der Nacht, in der auch Tabitha starb.« Er räusperte sich unbeholfen. »Also mehr oder weniger starb. Also ... Entschuldige, Tabitha ...«

Tabitha lachte, und Rouven winkte ab. »Keine Angst«, sagte er zu Tallwitz. »Sie verübelt es ihnen nicht.« Dann wurde er wieder ernst: »Rosemarie Mallert und die verschwundenen Familien, sie alle haben eine Gemeinsamkeit. Sie müssten sich gekannt haben. Sich möglicherweise sogar getroffen haben. Regelmäßig. Wenn Sie das überprüfen und eine Spur finden, dann erfahren Sie vielleicht den Treffpunkt oder sogar den Namen der Familie, die wir finden müssen.«

»Eine Gemeinsamkeit?«, hakte Mayers nach. »Was meinst du damit?«

Rouven stockte. »Das … Das kann ich Ihnen nicht sagen. Leider.«

»Ich dachte, wir arbeiten zusammen. Ich dachte, wir vertrauen uns gegenseitig.«

»Das machen wir auch. Bloß – diese eine Sache … Ich kann Ihnen nicht mehr dazu verraten.«

Mayers schüttelte den Kopf. »Du musst uns ja nicht alles sagen. Aber gib uns einen Tipp. Einen Hinweis, nach dem wir uns richten können. Wir wissen ja nicht einmal, wonach wir suchen sollen.«

Rouven ließ ratlos die Schultern hängen und blickte unter sich. Er konnte nicht mehr von sich preisgeben. Er durfte nichts von der Halle der Seelen verraten und von dem immerwährenden Kampf mit Jachael. »Ich kann nicht.«

Mayers seufzte. Er glaubte Rouven dessen Ratlosigkeit. Er sah die Hilflosigkeit in Rouvens Augen, aber dennoch brauchte er etwas mehr an Informationen. Daher fragte er: »Hat es etwas mit dem Fensterbild zu tun? Mit den Menschen darauf? Mit den Symbolen?«

Rouven riss den Kopf in die Höhe und blickte Mayers beeindruckt an.

»Sie kombinieren wirklich sehr gut«, sagte er.

Mayers entgegnete ein kurzes »Danke« und behielt für sich, dass er eigentlich nur ins Blaue geraten hatte.

»Ich mache dir einen Vorschlag«, sagte Mayers schließlich. »Tallwitz und ich rufen Verstärkung. Wir werden noch einmal die Wohnungen der verschwundenen Familien aufsuchen und dort nach etwas

Ausschau halten, was irgendwie im Zusammenhang mit dem Fensterbild stehen könnte. Wir werden alles gründlich durchsuchen und umkrempeln. Vielleicht finden wir etwas. Wenn nicht, dann kommen wir hierher und du musst uns doch noch mehr verraten. Ist das in Ordnung?«

»Das klingt fair«, antwortete Rouven.

Mayers versuchte es noch einmal: »Du würdest uns die Arbeit erleichtern, wenn du einfach nur reden würdest. Wir könnten eine Menge Zeit sparen und …«

Rouven schüttelte entschuldigend den Kopf, und Mayers musste sich geschlagen geben. Er griff in seine Jackentasche und zog sein Handy hervor.

»Nimm das«, sagte er. »Meine Rufnummer und die von Tallwitz sind darin gespeichert. Ruf uns, wenn irgendwas ist. In Ordnung?«

»Danke«, sagte Rouven erleichtert, und er meinte damit nicht das Handy.

Mayers und Tallwitz zogen ab, und Rouven stand ratlos in der riesigen Halle.

»Sie werden nichts finden«, unterbrach Tabitha seine Grübeleien. »Deine Verbündeten, die Seelenschützer, hatten untereinander keinen Kontakt. Es war ihre Art, sich zu schützen.«

»Woher weißt du das?«

»Auch ich habe inzwischen einiges herausgefunden. Die Seelenschützer hatten nicht einmal mit Verwandten Kontakt.« Tabitha deutete auf Nana. »Dort sitzt meine Tante.«

»Was?«

»Sie ist die Schwester von Michael, meinem Vater. Den kennst du ja.«

Rouven war verblüfft.

Tabitha erklärte weiter: »Ich habe sie nie im Leben getroffen, obwohl ich wusste, dass es sie gab. So sehr hatten die Seelenschützer darauf geachtet. Erst in der Nacht, in der sie mich dir vorstellen wollte, habe ich sie zum ersten Mal gesehen. Daran kannst du erkennen, wie sehr darauf Wert gelegt wurde, den Kontakt untereinander möglichst gering zu halten. Das bot den besten Schutz vor Jachael.«

Rouven schüttelte nachdenklich den Kopf. »Ich glaube dir. Bestimmt haben sie ihre eigenen Familien beschützt, aber ich bin sicher, sie hatten sich untereinander getroffen. Vielleicht nicht oft, aber einen Austausch gab es bestimmt. Und wenn es nur alle sieben Jahre war – dann, wenn ich in einer Neumondnacht zu ihnen kam, als Säugling. Bestimmt haben sie mich stets gemeinsam in der Kapelle erwartet. Es muss solche Treffen gegeben haben.«

»Hoffentlich«, seufzte Tabitha.

Rouven ging zu Nana und hockte sich vor ihr auf die Erde. »Rosemarie?«, fragte er leise und blickte ihr ins Gesicht.

Nana horchte wieder auf. Wie zuvor.

Tabitha trat zu den beiden heran und setzte sich neben Rouven ebenfalls auf die Erde. Auch sie versuchte in dem Gesicht ihrer Tante eine Regung zu finden.

Rouven wandte sich Tabitha zu und erklärte leise: »Ich habe vorhin versucht, ihr Gedächtnis zu reaktivieren. Vielleicht gibt es ein Wort, eine Geste, einen Namen, der ihr hilft, sich zu erinnern. Wie bei einem Schlüssel, der eine verschlossene Tür öffnet.«

»Ich verstehe, was du meinst«, antwortete Tabitha und sah Nana erneut an. »Rosemarie? Rosemarie Mallert? Ich bin's, Tabitha. Deine Nichte. Die Tochter von Michael.«

In Nana arbeitete es. Die Augen zuckten. Man merkte ihr an, wie sehr sie sich anstrengte, das, was sie hörte, in Einklang mit dem zu bringen, was sie vielleicht kannte.

»Michaels Tochter«, hakte Tabitha noch einmal nach.

Nana grübelte.

Rouven übernahm das Reden: »Du hast sie bestimmt schon einmal im Arm gehalten«, sagte er. »Damals, als sie noch ein Baby war.«

Die Unruhe in den Augen legte sich. Nana blickte auf den Boden, noch immer angestrengt nachdenkend, jedoch ohne Hektik.

Rouven nahm ihre Hände in seine eigenen und redete mit einer sanften Stimme zu ihr. »Du hast ihr gewiss Lieder gesungen und sie ins Bett gebracht. Vielleicht hast du ihr die Flasche geben dürfen. Oder später sogar den Kinderbrei. Gute Tanten machen so etwas. Und du warst bestimmt die beste Tante von allen. Kannst du dich nicht erinnern?«

Nana nickte leicht. Ihre Blicke wanderten von dem Boden zu Tabitha. Sie sah das Mädchen nachdenklich an.

»Dann kam wohl die Zeit, in der ihr euch nicht mehr sehen durftet«, sagte Rouven. Er hoffte nur, dass er mit all seinen Vermutungen richtig lag. »Du hast gewiss Bilder von ihr gesehen, die Michael dir mitgebracht oder geschickt hatte. So etwas wie: Tabitha im Kindergarten. Tabitha an ihrem ersten Schultag. Tabitha vor dem Weihnachtsbaum. Oder auch die Familie: Michael, seine Frau und Tabitha an ihrer Seite.«

Er sprach auf Nana ein. Mehr und mehr. Bis sich mit einem Mal die Farbe seiner Augen veränderte und seine Stimme in einen flüsternd-hauchenden Ton verfiel. Sanft und ruhig sprach er mit Nana, und endlich erreichten seine Worte ihre Seele. Nun sprach er nicht mehr zu ihrem Verstand. Er sprach zu dem, was sich tief in Nana befand. Zu ihren Gefühlen, ihren Sehnsüchten, ihren Träumen und zu dem, was sie einst tief in ihr Herz geschlossen hatte – in ihr Herz, das sie bis vor Kurzem noch besaß und das riesig groß gewesen sein musste.

Er sprach von ihr und von sich. Und schließlich auch von Tabitha. »Erinnere dich an den Moment, an dem du deine Nichte zum ersten Mal im Arm hattest«, bat er sie schließlich. »Die Wärme, die von diesem Baby ausging. Die Zartheit. Denk an das Gefühl, das sie in dir ausgelöst hat, als du ihren Namen zum ersten Mal gesagt hattest …«

»Tabitha«, stieß Nana plötzlich hervor, und ihre Augen füllten sich mit Tränen. Langsam drehte sie den Kopf und blickte Tabitha mit einem Blick an, der ihrem bisherigen Blick in nichts mehr ähnelte. Konzentriert und offen blickte sie Tabitha an. Und vor allem voller Leben und Zärtlichkeit. »Tabitha? Bist du es wirklich?« Sie zog ihre Hände aus Rouvens Händen und streckte sie Tabitha entgegen. »Tabitha?«

Nun schossen auch Tabitha Tränen in die Augen. »Rosemarie«, stieß sie hervor, und in diesem Moment riss Nana Tabitha an sich. »Tabitha. Kind. Was hast du mir gefehlt.« Sie hielt sie fest in den Armen. »Endlich darf ich dich halten. Endlich bist du hier, bei mir. Bist mir nahe.« Sie drückte Tabitha noch enger an sich. »Wie habe ich mich nach diesem Moment gesehnt. Es war für mich das größte Opfer, dich nicht mehr sehen zu dürfen.« Sie löste sich aus der Umarmung und hielt den Blick liebevoll auf Tabitha gerichtet. Ihre Stimme klang klar und fest. »An jedem Sonntagabend hatte dein Vater den Vorhang an deinem Fenster offen gelassen, sodass ich dich sehen konnte. In jeder Sonntagnacht bin ich dich besuchen gekommen. Ich hatte mich an dein Fenster gestellt und dir beim Schlafen zugesehen. Ich hatte dir Küsse zugeworfen und dir unzählige wunderbare Träume gewünscht. Kind, was hast du mir gefehlt.«

Tabitha ließ sich noch einmal drücken. »Darum also«, brachte Tabitha nachdenklich hervor. »Ich hatte mich immer schon gewundert, warum Papa darauf bestand, sonntags die Vorhänge nicht zuzuziehen. Ich hatte das für eine Marotte von ihm gehalten. Einen verrückten Tick. Doch hätte ich gewusst …«

»Tabitha!« Nana hauchte diesen Namen in einer Weise, die alle Liebe widerspiegelte. Und alle Sehnsucht der vergangenen Jahre.

Tabitha legte den Kopf zur Seite und sah Rouven gerührt an. »Du bist es«, sagte sie. »Du bist der Schlüssel in ihre Erinnerung. Du bist der Schalter, der ihr Herz berührt. Du hast in ihre Seele gesprochen. Mit deiner Stimme hast du ihre Seele gerührt.« Sie streckte eine Hand aus und ergriff die von Rouven. »Und ich danke dir dafür!«

Nana löste sich aus der Umarmung. »Mit wem sprichst du?«, fragte sie und sah sich um. Ihre Augen weiteten sich, und erneut schossen ihr Tränen in die Augen. »Rouven?«, flüsterte sie unsicher. »Auch du bist hier?«

Rouven nickte nur. Ihm fehlten die Worte zu dem, was gerade geschah. Und im nächsten Moment warf Nana auch schon ihren Arm um ihn und drückte ihn ebenfalls an sich. Sie küsste beide auf die

Stirn. »Meine zwei Schätze im Leben«, sagte sie ergriffen. »Nun habe ich euch wieder.«

Rouven genoss diesen Augenblick der innigen Nähe. Er spürte auch, wie Tabitha an seiner Seite sich entspannte. Und gleichzeitig fiel Rouven auf, dass auch er losließ. Für diesen einen Moment. Nur für diesen Augenblick übertrug er alle Verantwortung auf Nana. In diesen Sekunden durfte Rouven Kind sein. Alles von sich weisen. Alles abgeben. Nur, um diese Nähe zu spüren. Diese Geborgenheit.

Für einen Moment.

Doch als er sich wieder aufrichtete und sich vor sie stellte, da war es ihm, als erwache er aus einem stundenlangen Schlaf.

»Nana, kannst du dich an weitere Dinge erinnern?«, fragte er. All seine Sorgen und Nöte waren wieder zurückgekehrt. Doch nun konnte er sich ihnen ein wenig gestärkter entgegenstellen.

Tabitha zog ihren Kopf von Nanas Schulter, sie stellte sich aber nicht hin. Zu sehr genoss sie die Nähe der alten Frau. Zu lange hatte sie darauf verzichten müssen.

»Was meinst du?«, fragte Nana zurück, und zu Rouvens Erleichterung klang ihre Stimme noch immer bewusst und klar und fest.

»Du weißt, wer ich bin?«

Sie strahlte. »Du bist Rouven, die Krähe. Du bist der Wächter über die Halle der Seelen. Du bist unser Vertrauter im Kampf gegen alles Unrecht in der Welt. Durch dich erhalten wir Seelenschützer die Kraft, auf die Menschen zu achten und ihnen beizustehen.«

Rouvens Herz schien Purzelbäume zu schlagen.

»Du erinnerst dich!«, schrie er begeistert auf. »Nana! Nun sind wir doch nicht verloren.«

»Verloren?«, erkundigte sich Nana besorgt. »Was willst du damit sagen?«

»Jachael. Er bedroht uns. Er hat beinahe alle Seelenschützer entführt. Es fehlt nur noch ein Ehepaar. Und wir müssen von dir wissen, wer es ist.«

Tabitha sah Nana erwartungsvoll an. »Kennst du alle Namen?«

Nanas Blick verfinsterte sich. »Er ist wieder zurück?«, fragte sie. »Oh nein!« Sie nickte. »Ich habe zwar geschworen, sie niemals preiszugeben, doch bei dir, Rouven, ist das natürlich etwas anderes.«

Rouvens Hoffnung wuchs und wuchs. »Bitte nenne mir alle Namen. Ich kenne die Eheleute, die entführt wurden. Mir wird sofort auffallen, wenn du Namen nennst, die ich nicht kenne. Und diese Leute müssen wir dann finden. Wir müssen sie davor bewahren, in die Fänge von Jachael zu geraten.«

Auch Nana strahlte. »Ein guter Plan, Rouven. Wir müssen verhindern, dass diese Leute ebenfalls entführt werden. Es würde das Ende allen Friedens bedeuten, wenn auch noch diese letzte Familie in die Hände von Jach… von Jach…« Sie hustete.

Tabitha beugte sich zu ihr vor. »Was hast du?«

»Jach… Jach…« Nana war es nicht möglich, den Namen auszusprechen. Sie fuhr sich mit beiden Händen an den Hals, gerade so, als ersticke sie gerade. »Jach… Jacha…« Sie würgte. Sie hechelte nach Luft. Sie warf sich zur Seite.

Tabitha schrie auf. Sie und Rouven knieten sich neben Nana, die hektisch um Luft rang. »Jach…«

»Tu etwas, Rouven«, schrie Tabitha, doch in diesem Moment wurde Nana ruhiger.

Die Finger lösten sich von ihrem Hals. Sie schüttelte sich, hustete erneut, doch sie bekam wieder Luft.

Rouven half ihr, sich aufzusetzen. Und bevor sie etwas sagen konnte, bemerkte er, was mit ihr vorgegangen war.

»Arthur«, sagte sie mit gereizter Stimme zu ihm. »Du bist hier?« Mit ihrem verschleierten Blick sah sie auf Tabitha. »Und ein Mädchen hast du auch dabei. Magst du uns nicht vorstellen?«

Tabitha schrie entsetzt auf und hielt sich beide Hände vor den Mund. »Nana«, schluchzte sie. »Nein!«

Rouven ergriff Nanas Schultern. »Nein. Du musst dich erinnern«, rief er. »Du darfst nicht wieder zurückverfallen.«

Doch Nanas leerer Blick änderte sich nicht. »Ich weiß gar nicht, was du meinst«, antwortete sie mit ihrer üblichen zittrigen Stimme. »Erinnern? Woran denn?«

Rouven schüttelte sie an den Schultern. »Nein, Nana. Bitte nicht. Kämpfe dagegen an.«

Die Frau stieß ihn von sich. »Hör auf, du machst mir Angst. Was willst du nur von mir?«

Rouven kam nicht mehr dagegen an. Er legte seinen Kopf in ihren Schoß und brach in Tränen aus.

»Nana. Es tut mir leid.«

Sie streichelte ihm gedankenverloren über den Kopf. »Ach was, Junge. Was immer dich auch erschreckt haben mag, ich bin sicher, so schlimm ist es nicht.«

Und dann begann sie zu summen. Ihr Lied. Die Melodie, die seit Monaten in dieser Wasserwerkshalle zu hören war.

Wieder wurden sie unterbrochen. Mayers stöhnte auf. Dabei hatten sie es wirklich eilig. Zum ersten Mal in diesem Fall hatten sie endlich mal einen Anhaltspunkt, an dem sie arbeiten konnten. Wenn sie auch nicht alle Einzelheiten kannten, so waren Mayers und Tallwitz doch erleichtert, dass sie eine konkrete Aufgabe hatten, die gewiss zu einem Ergebnis führen und sie ein Stück weiter voranbringen konnte im Fall des Neumond-Täters.

Mayers blickte zu Tallwitz, der gerade sein Handy wieder einsteckte. Ihm war es ebenfalls nicht recht, dass gerade jetzt jemand an die Bürotür klopfte. Denn so musste er erneut warten, bevor er die Verstärkung einteilen und in die Wohnungen der verschwundenen Familien schicken konnte.

Mayers stöhnte. »Herein«, rief er widerwillig, und schon öffnete sich die Tür.

»Guten Abend, meine Herren. Ich hoffe, ich störe nicht.«

Mayers und Tallwitz blickten überrascht zur Tür. »Herr Professor Dattel«, begrüßte Mayers den Besucher und versuchte, sich nicht anmerken zu lassen, wie sehr ihn dieser Auftritt störte. »Mit Ihnen hätte ich nicht gerechnet.«

Der Professor zwirbelte an seinem Bärtchen. »Ich hatte gerade in der Nähe zu tun und dachte, ich schaue mal bei Ihnen herein. Ich besuchte einen Kollegen, der zwei Straßen weiter wohnt. Einen sehr renommierten Kollegen übrigens. Zwei Doktortitel und einen Professorenstuhl. In vergleichender Literaturwissenschaft. Ein wunderbarer Gesprächspartner, wissen Sie. Ich besuche ihn alle zwei Wochen und ...«

Der Professor atmete kurz ein, doch diese Sekunde reichte Mayers, um dem Besucher in die Rede zu fahren: »Um ehrlich zu sein, lieber Professor, wir haben es tatsächlich ein wenig eilig.«

Der Professor zwirbelte etwas flotter an seinem Bart. Doch er ließ sich nicht anmerken, wie sehr ihm diese Unterbrechung missfiel. »Nun gut«, sagte er knapp. »Ich wollte mich auch nur nach dem Vorankommen Ihrer Ermittlungen erkundigen. Wenn es Ihnen recht ist.«

Mayers entging der patzige Unterton in der Stimme des Professors nicht. Keinesfalls wollte er ihn beleidigen. Und deshalb gab er sich geschlagen. »Nun gut … In aller Kürze?«

Der Professor schien versöhnt. »In aller Kürze. Einverstanden.«

»Wir verfolgen unsere erste richtige Spur.«

»Tatsächlich?«

»Wir sind gerade dabei, eine Familie ausfindig zu machen. Wie sich herausstellte, gibt es doch eine Verbindung zwischen all den Ehepaaren, die verschwunden sind. Und es gibt noch eine Familie, die wohl in großer Gefahr schwebt. Eben diese Familie müssen wir finden.« Mayers hatte seine Rede in höchstem Tempo hervorgebracht, und am liebsten hätte er angefügt: »Und jetzt gehen Sie, und stehlen Sie uns nicht die Zeit.« Doch dafür fehlte ihm der Mut.

Der Professor machte keinerlei Anstalten zu gehen, im Gegenteil. »Darf ich vermuten, dass die Verbindung zwischen den Familien dieser Rouven darstellt?«

Mayers nickte. »Stimmt. Wie kommen Sie darauf?«

»Ach, nichts weiter. Ich habe nur laut gedacht. Bisher lief alles, was wir besprochen haben, auf diesen Jungen hinaus. Darf ich Ihnen einen wichtigen Rat geben?«

Mayers war gespannt. Vielleicht brachte dieser Besuch doch noch etwas Gutes. »Ich bitte darum.«

Der Professor drückte seinen Rücken durch. Er war sichtlich davon angetan, dass man seinen Rat wieder suchte. »Sprechen Sie mit dem Jungen. Reden Sie auf ihn ein. Er weiß bestimmt mehr, als wir alle vermuten.«

Stimmt, dachte Mayers für sich.

»In solchen Fällen hängt oft alles an einer Person. Die Geschichte lehrt uns das.« Er hob schnell die Hand, bevor Mayers etwas sagen konnte, und ergänzte selbst hastig: »Keine Angst, ich werde keinen Vortrag halten.«

Mayers atmete erleichtert aus.

»Mein Rat lautet folgendermaßen«, fuhr der Professor fort. »Ich bin sicher, dass der Junge zu irgendetwas gebracht werden soll. Gewiss soll er irgendetwas tun oder etwas anderes lassen. So ist es doch meist in solchen Fällen. Mir scheint, dass die entführten Familien – und es sind ja eher nur Ehepaare denn ganze Familien – als Druckmittel eingesetzt werden. Ich vermute, der Junge wird erpresst. Und Sie sollten ihm klarmachen, dass er nachgeben soll. Er soll sich dem fügen, was man von ihm möchte. Egal, was es ist.«

Mayers kratzte sich nachdenklich am Kopf. Das klang vernünftig, dachte er. Aber doch wieder nur so schwammig, dass er sich nichts Konkretes darunter vorstellen konnte. »Eine Art Erpressung also?«

Professor Dattel nickte. »Das Leben der Ehepaare gegen das, was immer der Junge tun soll. Ganz gewiss.«

»Vielen Dank, Herr Professor«, antwortete er also. »Ich denke, Sie haben uns da auf eine gute Spur geführt.«

Professor Dattel strahlte ihn an. »Gern geschehen. Sie sehen, wie gut es ist, dass ich doch noch hereingeschaut habe.«

»Da haben Sie recht«, bestätigte Mayers und meinte diesen Satz auch ernst. »Doch jetzt werden wir uns erst um die gefährdete Familie kümmern. Ich denke, das hat Vorrang vor allem anderen.«

»Stimmt«, entgegnete der Professor. »Und ich danke Ihnen, dass Sie mich eingeweiht haben in Ihre Pläne. Das war sehr interessant und aufschlussreich.« Und erneut hob er die Hand, um Mayers zuvorzukommen. »Selbstverständlich behandele ich Ihre Informationen sehr vertraulich. Keiner Menschenseele werde ich davon erzählen.«

Und mit diesen Worten machte er kehrt und ging aus dem Raum. In aller Ruhe zog er die Tür hinter sich zu. Mit seiner Aktentasche in der Hand durchschritt er den langen Flur und ging die Treppe hinunter, die zum Ausgang führte. Er verabschiedete sich von dem Pförtner, trat hinaus ins Freie, schritt über den Parkplatz hinweg und erst, als er sich absolut sicher wähnte, zeigte sich ein Lächeln in seinem Gesicht.

»Oh, glauben Sie mir, verehrter Herr Mayers«, murmelte er zufrieden vor sich hin. »Ich werde niemandem von Ihrer Suche nach dem sechsten Ehepaar erzählen.« Er warf die Aktentasche in eine Mülltonne am Straßenrand. »Niemandem werde ich davon erzählen, aber es war doch sehr aufschlussreich für mich zu erfahren, was Ihre Pläne sind.« Er zog die Fliege von seinem Kragen und warf sie in einem hohen Bogen über eine Hecke. »Und zudem habe ich Ihnen einen kleinen Floh ins Ohr setzen können.« Die Brille zog er sich von der Nase und warf sie in einen Gulli am Straßenrand. »Vielleicht ist es mir ja gelungen, Sie zu bewegen, Rouven anzustacheln.« Das Bärtchen an seinem Kinn begann unmerklich, sich zurückzuziehen. Gleichzeitig verfärbten sich allmählich seine Haare von dem hellen Weiß in ein tiefes Schwarz. Der rundliche Kopf ging über in eine längliche Form, und es dauerte nur noch Sekunden, bis das diabolische Grinsen das gesamte Gesicht einnahm. Dieses Grinsen, mit dem er seine Feinde schon mehrfach das Fürchten gelehrt hatte. »Vielleicht gelingt es Ihnen ja, Rouven dazu zu bringen, gegen mich anzutreten«, sagte er und schnalzte mit der Zunge. »Doch jetzt werde ich erst einmal der ach so gefährdeten Familie einen verfrühten Besuch abstatten, bevor das jemand anderes tut. Das war gut überlegt, lieber Rouven. Ich sehe, du gewinnst deinen alten Kampfgeist wieder. Aber ich hatte dir ja vorausgesagt: Du hast keine Chance. Dieses Mal nicht …«

Noch einmal schnalzend bog Jachael in eine Seitenstraße ein und ließ nur noch sein hämisches Lachen hören.

Rouven war völlig verzweifelt. Die Nana, vor der er hier kniete, hatte nur wenig gemeinsam mit der Nana, die sich vorhin an alles erinnert und mit Begeisterung Tabitha und ihn wiedererkannt hatte.

Auch Tabitha saß mit tränennassem Gesicht an Nanas Seite. Sie hielt eine Hand der Frau und blickte sie ratlos an.

Nana wusste mit alledem nicht umzugehen. »Was habt ihr denn nur? Ist etwas passiert?«

Tabitha ignorierte ihre Frage. Sie drehte sich Rouven zu. »War es das erste Mal, dass du ihr in die Seele gesprochen hast?«

Rouven schüttelte den Kopf. »Nein. Ich hatte es natürlich mehrfach versucht. Immer wieder. Schon am ersten Tag, als sie vor dem Wasserwerk stand. Ich wollte Informationen haben, damit ich ihr helfen konnte, nach Hause zu finden. Sie erinnerte sich stets nur bruchstückhaft an alles. Ich erfuhr auf diesem Weg von Michael, Arthur und Bernie. Aber mehr hatte ich nie von ihr erfahren. Ich vermute, dass es deine Anwesenheit war, zusammen mit meinen Worten, die bewirkten, dass Nana sich geöffnet hat.«

Tabitha ergriff mit ihrer anderen Hand ebenfalls Nanas Hände. »Mir tut das alles so leid. Diese verfluchte Krankheit!«

»Ich würde ihr so gern helfen«, sagte auch Rouven. »Wenn ich nur wüsste, wie man ihr Gedächtnis erreichen kann …«

Tabitha legte die Stirn in Falten. »Ihr Gedächtnis erreichen«, murmelte sie plötzlich. Sie sah nachdenklich in Nanas Gesicht.

»Was ist mit dir?«, erkundigte sich Rouven.

»Vielleicht habe ich eine Idee«, sagte Tabitha grübelnd. »Es ist verrückt, aber ist nicht die ganze Situation absurd?«

»Was für eine Idee?«

Tabitha wandte sich an Nana: »Magst du spazieren gehen, Nana?«

Das Gesicht der Frau hellte sich auf. »Oh ja, und wie gerne. Wo geht es denn hin?«

»Eine Freundin besuchen«, antwortete Tabitha.

Und in diesem Moment verstand Rouven, was sie vorhatte. »Du glaubst, das könnte funktionieren?«

Tabitha zog die Schultern in die Höhe. »Wie gesagt, etwas verrückt ist es schon.«

»Aber tatsächlich einen Versuch wert«, antwortete Rouven und gewann wieder seine Tatkraft zurück. Auch er wandte sich Nana zu: »Dann mal los, Nana. Gehen wir spazieren.«

Die Frau strahlte noch immer über das ganze Gesicht. »Wo bringt ihr beiden mich denn hin? Gehen wir was essen?«

»Lass dich überraschen«, sagte Rouven und registrierte mit schlechtem Gewissen, dass er bisher noch nie mit Nana rausgegangen war. Er hatte sie stets in diesem Wasserwerk vor sich hin werkeln lassen, weil Nana niemals den Wunsch geäußert hatte, den Raum zu verlassen. Und Rouven selbst war nie auf die Idee gekommen, sie zum Spaziergang zu bewegen.

Jetzt, wo er sah, wie sehr Nana sich auf einen Spaziergang freute, bereute er, sie nie ausgeführt zu haben und beschloss, das einmal nachzuholen.

Dann, wenn all dies vorbei sein würde.

Wenn …

Kaum waren sie aus der Tür getreten, blieb Nana stehen. Sie hielt das Gesicht der Sonne entgegen, schloss die Augen und atmete tief ein. Die Luft war erfrischend. Vögel zwitscherten verspielt um das Wasserwerk herum. Aus der Ferne erklang Kinderlachen.

Sie waren nicht die einzigen Besucher des Parks. Rund um sie herum herrschte reges Treiben. Das wunderbare Spätsommerwetter hatte die Menschen aus den Wohnungen gelockt. Radfahrer, Jogger, Eltern mit Kinderwagen, Hundehalter mit ihren Tieren – all das wirkte wie das Bild einer Panorama-Postkarte. Und als Nana die Augen wieder öffnete, sah sie sich alles mit großem Interesse an.

Tabitha und Rouven gewährten ihr diese Augenblicke. Beiden war bewusst, dass sie gegen die Zeit spielten. Beiden war klar, dass sie die letzte Seelenschützer-Familie so schnell wie möglich ausfindig machen mussten. Es war die einzige Möglichkeit, etwas gegen Jachael auszurichten, ohne dass Rouven sich zum Wächter zurückverwandeln musste. Ohne dass er sich in einen Zweikampf begab, in dem er von vornherein wenig Chancen für sich sah.

Er blickte zu Tabitha, und sie schaute zu ihm. Sie nickte ihm zu, und Rouven verstand, dass sie gerade ebenso dachte wie er. Und dennoch: Nana sollte diesen Moment der Ruhe in der Natur auskosten.

»Ach, ist das schön hier«, sagte Nana schließlich, blickte Tabitha und Rouven glückserfüllt an und ließ sich endlich durch den Park führen.

Rouven hatte einige Bedenken, dass der Weg, den sie einschlagen mussten, für Nana zu weit sein könnte. Doch er staunte, dass Nana die lange Strecke ohne Murren mit ihnen ging. Er vermutete, dass sie früher vielleicht gern Wanderungen durchgeführt hatte.

Die Sonne war schon ein weites Stück über den Himmel gezogen, als sie ihr Ziel endlich erreicht hatten.

»Also, schön ist es hier nicht«, murrte Nana. »Arthur, was soll ich hier?«

Rouven blickte auf die hohen Plattenbauten. Auf die vielen Hochhäuser, die sich hier, in der südlichen Vorstadt, aneinanderreihten. Und auf einmal wusste er auch nicht mehr, was sie hier sollten. Mit einem Mal empfand er Tabithas Idee doch als zu irrsinnig, als dass es zu einem Ergebnis führen konnte. In dieser Sekunde fürchtete Rouven nur, dass sie Nana zu viel zumuten würden.

»Dort vorne ist es«, sagte Tabitha. Sie schien viel optimistischer zu sein als Rouven, und das war auch der Grund, warum sich Rouven weiter darauf einließ.

Er hätte die Wohnungstür unter all den vielen identischen Türen in dieser Wohnanlage nicht mehr so schnell wiedergefunden. Doch jetzt, wo Tabitha darauf zeigte, erkannte Rouven das Graffiti an der Außenwand wieder.

Es war ein unschönes Gefühl, wieder hier zu sein. Doch jetzt war es zu spät, umzukehren.

Tabitha klopfte erwartungsvoll gegen die Tür. So wie sie es schon einmal getan hatte.

Aus einem der Hinterhöfe drang Gebell zu ihnen. Ebenfalls wie damals, als sie zum ersten Mal vor dieser Tür gestanden hatten.

In Rouven breitete sich Unruhe aus. Und er war nicht der Einzige, dem es so erging.

»Was wollen wir hier?«, erkundigte sich Nana. Angewidert blickte sie auf die Graffiti-Schmierereien an den Wänden und auf die getrockneten Wasserflecken an den Ecken des Hauses.

»Wir möchten dir jemanden vorstellen«, antwortete Tabitha. »Eine Freundin.«

»Hier?« Nana staunte. »Hier habt ihr Freunde? Ach du Schreck.«

Gerade wollte Rouven etwas erwidern, als die Wohnungstür geöffnet wurde und Mathida vor ihnen stand.

»Rouven!« Die Freude in ihrem Gesicht war echt. »Du bist hier.«

Rouven wusste keine rechte Antwort zu geben und versuchte es stattdessen mit einer Floskel: »Ich hoffe, ich störe nicht.«

Sie zog ihn am Kragen erst zu sich heran, um ihm einen Begrüßungskuss auf die Wange zu geben, dann zog sie ihn ein weiteres Mal am Kragen in die Wohnung hinein. Dann stockte Mathida. Sie stellte sich aufrecht hin und öffnete ihre Sinne. »Schön«, sagte sie nach wenigen Augenblicken. »Du bist nicht allein gekommen.« Sie drückte die Wohnungstür noch ein Stück weiter auf. »Herzlich willkommen, Tabitha«, sagte sie.

Tabitha trat herein und drückte Mathida ebenfalls einen Kuss auf die Wange, jedoch ohne dass die Frau etwas davon spürte.

»Wir sind zu dritt«, sagte Rouven schließlich, bevor Mathida die Tür schloss.

»Zu dritt?«

Rouven streckte die Hand aus und führte Nana in die Wohnung.

Nana sah sich Mathida genau an. Sie runzelte die Stirn und musterte Mathida von oben bis unten, bevor sie schweigend in die Wohnung trat. Rouven vermutete, dass sie sich gern negativ über Tabithas Freundin geäußert hätte, die in einer solchen Gegend lebte. Doch anscheinend war ihr Mathida sympathisch. Und das wollte Nana wohl nicht zugeben in diesem Moment.

»Ihr kennt ja den Weg«, sagte Mathida. »Ich meine, den richtigen Weg.«

Rouven und Tabitha kicherten. Tabitha ging voraus, und Rouven führte Nana ins Badezimmer.

»Ich muss nicht zur Toilette«, entrüstete sich die Frau, doch sie ließ sich artig von Rouven durch die hintere Tür in Mathidas Wohnzimmer führen.

Kaum war sie in dem Zimmer angekommen, begann Nana zu schwärmen: »Wie schön! Was für ein wunderbarer Raum. Geschmackvoll. Sehr hübsch.« Sie wandte sich an Mathida. »Gute Frau, ich muss Ihnen ein Kompliment machen. Ihre Wohnung ist entzückend. Mit solch einer Gemütlichkeit hätte ich nicht gerechnet, wenn man bedenkt, wie das Haus von außen aussieht. Ich hoffe, Sie verzeihen mir meine Offenheit.«

Nana wunderte sich, dass Mathida keinerlei Reaktion zeigte. Deshalb schaltete sich Rouven schnell ein: »Sie kann dich nicht hören. Sie hat … sie muss …«

»Ja?«

»Ein Hörfehler«, log Rouven hastig. »Eine besondere Form. Sie kann nur Männerstimmen hören. Frauenstimmen sind ihr zu hoch.«

Nana blickte Mathida betroffen an. »Oh, das tut mir leid. Bitte sag ihr das.«

Rouven wandte sich Mathida zu. »Wir haben eine gute Freundin dabei: Nana. Sie ist ganz begeistert von Ihrer Wohnung und fühlt sich hier wohl.«

»Das freut mich«, antwortete Mathida. »Danke.«

»Sie steht direkt vor ihnen«, erklärte Rouven. »Und sie …«

Nana schlug ihm auf die Schulter. »Na, hör mal! Sie wird mich ja wohl sehen können. Oder hat sie auch einen Sehfehler, sodass sie nur Männer sehen kann?«

Rouven kicherte. Für eine Frau mit eingeschränktem Verstand war Nana ganz schön auf Zack. »Nein«, sagte er. »Du hast recht.«

»Darf ich mich setzen?«, fragte Nana. »Der lange Weg war sehr anstrengend.«

Rouven schob ihr den Sessel zurecht, auf dem er seine Hypnose erlebt hatte. »Bitte.«

Mathida verbeugte sich in Richtung des Sessels. »Schön, Sie kennenzulernen«, sagte sie, und Nana bedankte sich höflich.

Dann wurde Mathida ernst. »Ich freue mich wirklich, dass ihr gekommen seid. Ich habe mir sehr viele Sorgen und Gedanken gemacht nach unserem letzten Treffen.«

»Seither ist auch viel geschehen«, sagte Rouven. »Und nun benötigen wir Ihre Hilfe.«

Mathida setzte sich auf das Sofa, dicht neben Tabitha. Rouven hielt das für keinen Zufall. Er vermutete, dass Mathida mit ihren Sinnen ganz gezielt die Nähe zu dem Mädchen suchte, das sie so sehr mochte.

»Was kann ich für euch tun?«

Nun druckste Rouven herum. Er schaute zu Nana, die sich weiter begeistert in dem hübschen Zimmer umsah, dann ging sein Blick zurück zu Mathida. »Tabitha und ich haben uns gedacht … Wir wollten fragen, ob …«

»Ich höre?«

Rouven setzte alles auf eine Karte. »Können Sie einen Geist hypnotisieren?«, fragte er und rechnete mit einem Lachanfall Mathidas.

Doch Mathida schaute nur interessiert in Richtung des Sessels. »Deshalb habt ihr eure Freundin mitgebracht, nicht wahr? Ich soll sie hypnotisieren, oder?«

»Ich weiß, das klingt verrückt«, wandte Rouven ein. »Sie können sie ja nicht mal sehen. Aber wir brauchen eine Information von ihr. Einen Namen oder einen Treffpunkt.« Er schaute Mathida verzweifelt an. »Es hängt sehr viel davon ab.«

Mathida nickte, ohne sich von Nana abzuwenden. »Ich verstehe. Einen Geist hypnotisieren … Hm …«

Rouven winkte ab. »Entschuldigen Sie, Mathida. Es war eine bescheuerte Idee. Ich gebe es zu. Sie können sie nicht sehen und nicht hören und … Aber man klammert sich an jeden Strohhalm, den man …«

Er sah zu Tabitha. Auch sie verzog enttäuscht das Gesicht.

Eine Minute des Schweigens entstand. Bis Mathida endlich sagte: »Einen Versuch ist es wert.«

Rouven glaubte sich verhört zu haben. »Bitte?«

Endlich schaute Mathida ihm in die Augen. »Ich brauche dich als Übersetzer. Du kannst die Frau sehen, nicht wahr? Und hören kannst du sie auch. Du musst mir simultan übersetzen.«

»Und das funktioniert?«

»Weiß ich nicht«, gab Mathida offen zu. »Du hast ja selbst gesagt, dass es eine verrückte Idee ist. Aber wir sollten es versuchen.«

Rouven lächelte, und Tabitha rückte hoffnungsfroh und gespannt auf dem Sofa hin und her.

»Einen Versuch ist es wert«, stimmte nun auch Rouven zu. Er war ihr überaus dankbar, dass sie keine weiteren Fragen stellte. Das war eine Eigenschaft, die er sehr an Mathida schätzte. Es war ihm schon schwergefallen, Mayers und Tallwitz gegenüber nichts von der Halle der Seelen und dem Unglück zu berichten, das den Menschen bevorstand, wenn es Rouven nicht gelang, die letzte Seelenschützer-Familie ausfindig zu machen und Jachael zu besiegen.

Mathida erhob sich. »Dann lass uns keine Zeit verlieren, Rouven. Wir sollten beginnen!«

»Komischer Typ, dieser Dattel«, raunte Mayers, als er die Tür zur Wohnung aufschloss.

Tallwitz gab ihm recht: »Ein Professor wie aus dem Bilderbuch. Manchmal redet der, als käme er nicht von dieser Welt.«

»Aber sein Tipp war gut. Eine Art Erpressung – das könnte stimmen. Etwas in der Art könnte Rouven davon abhalten, uns alles zu erzählen, was er weiß.«

»Die Frage ist nur, wozu Rouven durch eine Erpressung gebracht werden soll. Was kann dieser unscheinbare und wirklich sympathische Kerl denn schon anrichten oder hervorbringen, das eine Entführung von gleich fünf Familien rechtfertigt?«

Mayers öffnete die Wohnungstür weit. »Vielleicht erfahren wir hier etwas mehr.«

Tallwitz betätigte den Schalter an der Wand, und sofort wurde der Flur in ein helles Licht getaucht.

Die beiden Polizisten staunten.

»Und hier soll seit sieben Jahren niemand mehr leben?«

Tallwitz zog die Schultern in die Höhe. »Der Hausverwalter, von dem ich die Schlüssel bekommen habe, sagt, dass hier sieben Jahre lang nichts verändert worden ist. Ihm ist das egal. Solange er die Miete pünktlich bekommt.«

»Wer zahlt denn die Miete?«

»Die Eltern von Tabitha Berns. Es gibt einen Dauerauftrag, sodass pünktlich das Geld auf dem Konto des Hausverwalters …«

Mayers wandte den Kopf und blickte seinen Kollegen an, als sähe er ihn zum ersten Mal. »Und das sagst du mir erst jetzt?«

Tallwitz fühlte sich ertappt. »Nun ja … Ich weiß es ja selbst erst seit ein paar Stunden. Als ich den Schlüssel abholte, da habe ich mit dem Hausverwalter gesprochen und … Und dann kam dieser Professor dazwischen. Und seither habe ich den Kopf voll von seinen Theorien und …«

Mayers lachte und schlug Tallwitz freundschaftlich auf die Schulter. »Lass gut sein. Es ist alles etwas verworren – für jeden von uns.« Er sah sich im Flur bereits um. »So, so. Familie Berns zahlt also weiterhin die Miete …«, murmelte er nachdenklich und überlegte, wie er diese Information zu bewerten hatte.

Tallwitz druckste herum. »Ja. Äh … Genau. Michael Berns zahlt die Miete. Denn … du musst wissen, Rosemarie Mallert, die in dieser Wohnung lebte, ist … nun ja … die Schwester von Herrn Berns. Sie ist die Tante von Tabitha.«

Tallwitz stieß die letzten beiden Sätze so rasch aus, dass es den Anschein hatte, er wollte die gute Laune seines Vorgesetzten ausnutzen und eine weitere Zurechtweisung vermeiden. Er fühlte sich plötzlich wie ein Sechstklässler, der seine Hausaufgaben schlecht gemacht hatte.

Doch Mayers war nicht verärgert. Er kam ins Grübeln. »Die waren Geschwister, was? Hm … Tabithas Tante also. Dann hätten wir ja eine Verbindung zwischen Tabithas Familie und diesem Ehepaar Mallert. In Ordnung. Lass uns hier umsehen, ja?«

Sie verbrachten einige Zeit damit, die Schubladen, Schränke und Kommoden zu durchforsten. Auch hinter Bilderrahmen an den Wänden und in möglichen Verstecken hinter den Möbeln sahen sie nach. Allerdings ohne irgendeinen Erfolg.

»Es wäre hilfreich, wenn man wüsste, wonach wir eigentlich suchen«, grummelte Mayers schließlich ungeduldig.

Tallwitz zog die Stirn kraus. »Ein Schlüssel, eine Notiz, ein Brief, Kalender, Notizbuch, Safe, … Es könnte alles Mögliche sein.«

Sie standen im Schlafzimmer des Ehepaares, und während Tallwitz gerade den Kleiderschrank durchsuchte, sah Mayers unter den

Matratzen nach. Doch plötzlich griff er sich wütend ein Kissen und warf es zu Boden.

»Verdammt! Das bringt doch alles nichts«, fluchte er. »Wir können hier noch bis morgen suchen. Wir werden doch nichts finden. Wir wissen ja nicht einmal, ob oder was hier zu finden sein soll!«

Tallwitz versuchte zu vermitteln. »Und wenn du uns einfach mal zwei Kaffee besorgst? Ich kann hier auch mal 'ne Stunde allein für Chaos sorgen.«

Mayers war nicht begeistert. »Das hier ist genau die Sorte Polizeiarbeit, die ich verabscheue«, sagte er. »Nadeln in Heuhaufen – das ist nicht meine Sache.«

Tallwitz suchte nach einer Antwort, doch Mayers kam ihm zuvor.

»Sie hat bestimmt ein besonderes Geheimversteck, diese Frau Mallert. So ein typisches Frauen-Geheimversteck. Alle Frauen haben doch so kleine Geheimnisecken, oder? Tallwitz, sag doch mal, du kennst dich doch viel besser mit Frauen aus als ich.«

Tallwitz zog die Augenbrauen in die Höhe. »Ich kenne mich besser mit Frauen aus? Nur weil ich nicht zweimal geschieden bin wie du?«

»Quatsch! Weil du drei ältere Schwestern hast, meine ich.«

Tallwitz lief rot an. »Ach, das meinst du. Entschuldige.«

»Nun versetz dich doch mal in die Lage deiner Schwestern. Stell dir vor, eine von ihnen würde hier wohnen. Und sie hätte etwas Wichtiges zu verstecken. In ihrem Frauen-Geheimversteck. Wo könnte das sein?«

Tallwitz erhob sich vom Boden, wo er noch gerade kniend in der Bettwäsche der Mallerts gewühlt hatte, und stellte sich in die Mitte des Zimmers. Nachdenklich ließ er seinen Blick durch den Raum schweifen.

Mayers versuchte, ihm beizustehen: »Was ist Frauen wichtig?«, fragte er ziemlich unverwandt.

Tallwitz strengte sich an: »Freundschaft, Treue, …«

»Ach, Unsinn«, fuhr ihm Mayers dazwischen. »Ich meine an irdischen Dingen. Briefe. Fotos. So was …«

Tallwitz sah sich weiter um. »Klamotten, Schuhe …« Sein Blick traf auf eine kleine Schatulle aus Holz, die auf der Kommode gegenüber des Doppelbettes stand. »Schmuck!«, sagte er schließlich und ging darauf zu. Er nahm das Holzkästchen in beide Hände. »Meine älteste Schwester hatte eine ganz ähnliche Schmuckschatulle. Darin bewahrte sie die Fotos und die wichtigsten Briefe der Jungs auf, mit denen sie mal zusammen war. Warte mal …«

Er öffnete die Schatulle und zog den Schmuck heraus, der darin untergebracht war: einige dünne goldene Ketten, eine Brosche und mehrere Ringe. Dann klemmte sich Tallwitz die Zunge zwischen die Lippen und fingerte hochkonzentriert in dem Kästchen herum. »Heureka!«, juchzte er schließlich und strahlte über das ganze Gesicht. Er hatte eine dünne Bodenplatte aus dem Inneren des Kästchens herausgetrennt. Darunter befand sich ein doppelter Boden. Und darin lag ein winziges Notizbuch. Gerade so groß wie eine Handfläche und gerade so dick, dass es in das Kästchen hineinpasste.

Tallwitz strahlte aus seinen Augen, als habe er den Heiligen Gral entdeckt. »Ich vermute, Herr Mallert war handwerklich geschickt und hat seiner Frau dieses kleine Versteck verpasst.«

Mayers blickte in die Schatulle und stieß einen Pfiff aus. »Mensch, Tallwitz, alter Frauenflüsterer. Keiner kennt das andere Geschlecht so gut wie du. Warum hast du nie geheiratet? Eine Frau hätte an deiner Seite den Himmel auf Erden gehabt.«

Tallwitz winkte ab. »Ach was, bei unserem Beruf? Du weißt doch selbst …«

»Ja, ja«, fuhr ihm Mayers dazwischen. »Jetzt fang nicht wieder von den zwei Scheidungen an. Nimm mal lieber das Notizbuch da heraus!«

Tallwitz zog das kleine Buch hervor und sah es sich genau an. Es war in goldenes Seidenpapier eingeschlagen, das einst mit viel Geschick angebracht worden war. Entsprechend vorsichtig hielt Tallwitz es nun in seinen Händen. Gerade so, als wolle er dem Buch Respekt zollen.

Mayers hingegen griff unsanft danach und klappte es ohne Bedenken rasch auf. Doch dann stockte er in seiner Bewegung. »Mensch, Tallwitz«, zischte er zwischen den Zähnen hervor. »Volltreffer!« Er drehte das geöffnete Buch so herum, dass Tallwitz die erste Doppelseite sehen konnte. Mit rotem Stift war etwas hineingemalt worden. Eine Skizze. Mit viel Liebe und Feingefühl auf die Seiten gebracht: ein Sichelmond mit einer Vogelkralle darunter.

Eine angespannte Stimmung beherrschte den Raum. Rouven stand hinter dem Sessel. Seine Hände ruhten auf Nanas Schultern, um ihr Halt und Kraft zu geben. Mathida hatte sich auf einem Stuhl Nana gegenübergesetzt und begann, sich zu konzentrieren und in sich zu gehen.

Nana wusste nicht recht, wie sie das alles einordnen sollte. Ihr Blick wanderte immer wieder von Rouven zu Mathida und wieder zurück.

Tabitha war auf dem Sofa sitzen geblieben. Wie gefesselt beobachtete sie, was vor sich ging.

»Aber was soll das alles?«, fragte Nana in die Stille hinein. Ihre Stimme zitterte, ihre Augen blickten verängstigt.

Rouven versuchte, sie zu beruhigen. »Die Frau hat nur ein paar Fragen an dich. Mehr nicht. Es ist sehr wichtig, aber wenn du dich nicht wohlfühlst, dann lassen wir das.«

Nana zögerte kurz. »Na gut, wenn es wichtig ist«, antwortete sie schließlich und schaute auf Mathida.

»Können Sie mich gut verstehen?«, fragte Mathida.

»Ja«, gab Nana zur Antwort. Und aus lauter Verlegenheit fügte sie hinzu: »Sie haben eine schöne Wohnung.«

Rouven wiederholte ihre Worte für Mathida. »Sie kann Sie gut hören. Und sie lobt Sie für Ihren Geschmack.«

Nana drehte sich empört auf dem Stuhl um. »Warum sagst du das?«

»Ich hatte dir doch gesagt, dass sie Frauenstimmen nicht so gut versteht.«

Nana grübelte. »Hattest du das gesagt?«

»Vorhin, als wir hier ankamen.«

»So, so. Dann macht das natürlich Sinn.« Nana wandte sich wieder Mathida zu. »Das tut mir leid für Sie«, sagte sie und gab Rouven einen Stups gegen die Hand. »Sag ihr das.«

Rouven lächelte. »Ich denke, wir können anfangen«, sagte er.

Mathida beugte sich weit vor zu Nana. Sie empfand die ganze Situation als völlig absurd. Sie sprach auf einen Sessel ein. Sie konnte Nanas Gesicht nur erahnen. Ihren Blick hielt Mathida auf einen Fussel gerichtet, der an dem Sessel in der ungefähren Höhe steckte, in der Mathida Nanas Augen vermutete. Ihre Worte richtete sie an diesen Fussel. Es fiel ihr schwer, sich darauf zu konzentrieren. »Wir machen eine kleine Übung vorab. Etwas, das Sie entspannen lässt. Ich hoffe, Sie mögen kleine Entspannungen.«

»Gern«, antwortete Nana, und Rouven nickte Mathida die Antwort zu.

»Dann schließen Sie jetzt die Augen, Nana«, bat Mathida, doch Rouven schüttelte den Kopf.

»Entschuldigen Sie, Mathida. Könnten Sie Nana mit dem Namen Rosemarie ansprechen? Das ist ihr eigentlicher Name. Nana ist bloß ein Kosewort.«

»Natürlich. Gern.« Mathidas Fussel an der Sessellehne hatte nun also den Namen Rosemarie. Mit jeder Sekunde, die verstrich, kam sich Mathida alberner vor. Es war unsinnig gewesen, sich darauf einzulassen. Nur mit Mühe konnte sie sich auf das alles einlassen.

»Schließen Sie bitte die Augen, und konzentrieren Sie sich auf meine Stimme, Rosemarie.«

Nana schloss die Augen und ließ sich tatsächlich darauf ein.

»Meine Stimme wird Sie führen«, begann Mathida den Prozess. Sie sprach beruhigend auf Nana ein, und mit jedem Wort entspannte sich Nana mehr und mehr.

Rouven nickte Mathida zur Bestätigung zu, und sie leitete die Hypnose weiter ein.

Bis sie zur Zeitreise einlud. »Rosemarie, bitte nennen Sie mir einen Moment in Ihrem Leben, der Ihnen besonders wichtig war«, sagte Mathida. »Eine Situation, die sie überglücklich …«

Mathida kam nicht dazu, den Satz zu beenden, denn schon gab Nana die Antwort: »Meine erste Begegnung mit Rouven«, sagte sie klar und bestimmt, und über ihr Gesicht zog sich ein leichtes Lächeln.

Rouven stand hinter dem Sessel und war gleichsam überrascht und ergriffen.

»Von Kindheit an bin ich auf dieses Treffen vorbereitet worden«, sagte Nana. »Jahrelang hatte ich mich auf den Moment gefreut, Rouven endlich kennenzulernen. Ich hatte ihn mir groß und nett und freundlich vorgestellt. Doch als ich ihn dann sah … Da wurden alle meine Hoffnungen weit übertroffen. Nie in meinem ganzen Leben bin ich einem vergleichbaren Menschen begegnet.«

Rouven wurde rot vor Verlegenheit. Tabitha auf ihrem Platz kicherte leise, als sie es bemerkte, wodurch Rouvens Kopf nur noch roter anlief. Verlegen schaute er unter sich.

Gleichzeitig wurde er von riesiger Erleichterung erfasst. Die Hypnose funktionierte. Nana konnte sich erinnern. Vielleicht hatten sie alle doch noch eine Chance gegen Jachael. Sie brauchten nur einen Namen. Einen Familiennamen. Und die Straße, in der sie das Ehepaar finden konnten, das sich, ohne es zu wissen, in höchster Gefahr befand.

Mathida blickte von dem Fussel am Sessel zu Rouven hinauf und flüsterte kaum hörbar: »Erhalten Sie Antworten?«

Rouven nickte.

»Und sind es die, die wir benötigen?«

Rouven wurde verlegen. Er konnte doch die Lobeshymnen auf seine Person nicht wiederholen. Das wäre ihm etwas peinlich gewesen. Darum sagte er schnell: »Fragen Sie nach den Seelenschützern.«

Mathida verstand nicht, tat ihm aber den Gefallen. »Rosemarie, sagt Ihnen der Begriff Seelenschützer etwas?«

Das Lächeln in Nanas Gesicht verschwand. »Woher wissen Sie davon?«, fragte sie skeptisch.

Rouven bemerkte die Reaktion, wusste sie jedoch nicht einzuschätzen. »Weiter«, bat er daher Mathida, und sie fragte erneut nach: »Können Sie mir etwas über die Seelenschützer sagen?«

Nanas Blick versteinerte beinahe. Sie kämpfte gegen die Hypnose an. Sie spürte wohl, wie sie in diesem Trance-Zustand bereit war, Antworten zu geben, doch gleichzeitig sträubte sich alles in ihr.

»Ich kann dazu nichts sagen. Ich habe es gelobt und geschworen. Bitte unterlassen Sie diese Fragen!«

Rouven war beeindruckt. Er hatte ja selbst erlebt, wie sehr Mathidas Hypnosetechnik die Zunge löste. Es wurde ihm klar, wie groß die Loyalität von Nana ihm gegenüber sein musste. Ihr Vertrauen und sicher auch das der anderen sechs Seelenschützer-Familien schien äußerst intensiv zu sein.

Mathida schaute hilflos auf Rouven. Sie brauchte einen Impuls von ihm. Eine Frage. Eine Antwort. Irgendetwas.

Doch stattdessen sprach Rouven selbst zu Nana: »Rosemarie. Ich bin hier«, sagte er, und augenblicklich hellte sich Nanas Gesicht wieder auf. »Rouven? Du bist hier? Wie wunderbar!«

»Ich bin hier und freue mich, dich zu sehen.«

Nana streckte beide Hände aus. »Oh, ich freue mich auch, dich zu sehen. Wie ist es dir ergangen in der letzten Zeit?«

Rouven verließ seinen Platz hinter dem Sessel, kniete sich direkt vor Nana auf die Erde und erfasste ihre Hände.

Mathida rückte auf ihrem Stuhl ein Stück zurück und beobachtete gebannt, was sich vor ihren Augen abspielte. Sie sah Rouven, wie er vor dem Sessel kniete und nun an ihrer Stelle auf den hellen Fussel einsprach. Allerdings mit einer Ruhe in seiner Stimme, die wahre Freundschaft und höchstes Vertrauen widerspiegelte.

»Tatsächlich erging es mir nicht so gut, Rosemarie«, sagte er. »Jachael ist wieder hier.«

Bei dem Namen ihres Widersachers zuckte Nana sichtbar zusammen. Ihre Augen öffneten sich. Sie starrten über Mathida hinweg, doch Nana verharrte weiter in ihrem Trance-Zustand. »Oh nein. Er ist hier? Das ist schrecklich!«

»Weißt du etwas darüber?«

Nana dachte angestrengt nach. Allerdings fiel ihr das Erinnern wohl leichter als zuvor, denn jetzt, hier in Mathidas Sessel, unter dem Einfluss der Hypnose und Rouvens Stimme, hatten ihre Augen wieder den alten Glanz gewonnen. Sie blickten klar und scharf, so wie in dem Moment des Erinnerns im Wasserwerk.

Rouven wusste also, dass er sich auf Nanas Antworten verlassen konnte.

Und tatsächlich stieß Nana plötzlich Worte aus, die Rouven zusammenzucken ließen: »Er hat mich besucht«, sagte sie bestimmt. »Er war bei mir zu Hause gewesen.«

»Wann?«, hakte Rouven nach. »Wann war er bei dir?«

Nana dachte fieberhaft nach. »Es ist schon ein paar Jahre her. Ich kam von einem Spaziergang. Ja, ich war spazieren.« Ihr Blick wurde noch schärfer. Rouven erkannte, dass sie vor ihrem geistigen Auge den Abend, den sie beschrieb, noch einmal sah.

»Ich war bei Tabitha«, sagte Nana. »Es war an einem Sonntag. Wie immer hatte ich sie am Fenster besucht. Ihr Vater ließ stets die Vorhänge offen, sodass ich sie im Schlaf beobachten konnte.«

»Wie alt war sie an diesem Abend?«, fragte Rouven.

»Neun«, antwortete Nana. »Sie hat wie immer fest geschlafen. Ich habe ihr schöne Träume gewünscht und bin dann nach Hause gegangen.«

»Was geschah dann?«

Nana zögerte. Sie rief sich die gesamte Situation wieder ins Gedächtnis. »Schon als ich eintrat, wusste ich, dass etwas nicht stimmte. In der Wohnung herrschte eine bedrückende, beklemmende Atmosphäre. Es fiel mir schwer zu atmen, und ich fühlte mich von einem Augenblick auf den anderen nicht mehr wohl in meiner Haut.«

»Woran lag das?«

»Zunächst konnte ich es mir auch nicht erklären. Erst, als ich ein lautes Schnalzen hörte, wurde mir bewusst, dass ich Besuch hatte.«

»Jachael?«, fragte Rouven.

Nana nickte. »Er saß in der Küche am Tisch. Er hatte auf mich gewartet und grinste mir nun in seiner fürchterlichen Art entgegen. ›Na, Verwandtenbesuche, so spät am Abend?‹, hatte er gefragt. Ich wollte ihm keine Antwort geben. Er schien ja zu wissen, woher ich kam. Also begann er zu sprechen. Er … er …« Nana stockte. Sie verzog angewidert das Gesicht.

Rouven überlegte, ob er ihr weiter zumuten konnte, sich zu erinnern, doch in diesem Moment fuhr Nana bereits fort. Allerdings sprach sie langsamer und leiser. »Er stand auf. Er kam auf mich zu. Er packte mich am Arm, zwang mich dazu, mich auf einen Stuhl am Tisch zu setzen. Dann setzte er sich mir gegenüber und begann zu reden.« Wieder stockte sie. Gerade so, als müsse sie kurz Kraft schöpfen, bevor sie fortfuhr. »Von seinem großen Plan hat er mir erzählt. Von seiner letzten Herausforderung. Er wollte sich noch einmal mit dir messen, Rouven. Er wollte einen letzten entscheidenden Kampf herbeiführen. Alles das hatte er mir gesagt, und ich wunderte mich noch, warum er sich mir so offen anvertraute. Ihm musste doch klar sein, dass ich seinen Plan vereiteln würde, sobald er gegangen war. Er konnte sich doch denken, dass ich den anderen Seelenschützern berichten würde. Doch er erzählte mir alles in allen Einzelheiten. Er wollte schon in wenigen Jahren damit beginnen, die Seelenschützer zu entführen. In jeder Neumondnacht ein Ehepaar. Er wollte dich schwächen. Dir deine Verbündeten und Vertrauten nehmen. Einen nach dem anderen. Immer in einer Neumondnacht, also dann, wenn du am verwundbarsten bist, Rouven. Ohne die Kraft des Mondes. Und vor allem ohne deine Seelenschützer. Ohne sie wärst du ein Nichts, sagte er. Doch ich widersprach ihm. Ich fragte ihn, wieso er glaube, dass du all das geschehen lassen würdest? Wieso er glaube, dass du nicht über deine Seelenschützer wachst und ihm zuvorkommst.«

Nun blickte Nana angewidert zur Seite. Sie schluckte, bevor sie fortfuhr. »Er lachte laut auf. Es war ein entsetzliches, ein irres Lachen. Dann schnalzte er mit seiner Zunge. Geradezu genüsslich. Mir war klar, dass er seinen Plan liebte. Dass er sich darauf freute, dich zu bekämpfen und zu besiegen. Denn dass er dich besiegen würde, daran ließ er keinen Zweifel. Und dann sagte er die Worte, die mich tief trafen: ›Es gibt da eine Sache, die mir schon so manche Seele in die Hand gespielt hat‹, sagte er, und ich wusste erst nicht, was er meinte. ›Die Liebe hat schon manches Hirn so verworren, dass ich leichtes Spiel hatte‹, sagte er. Und da ahnte ich langsam, was er vorhatte. ›Erinnerst du dich an Rouvens Blick, als du ihm die schlafende Tabitha gezeigt hast?‹, fragte er mich. Und Rouven, vielleicht erinnerst du dich, dass ich dich beim letzten Besuch mit zum Fenster meiner Nichte genommen hatte.«

»Ja«, antwortete Rouven und sah zu Tabitha hinüber. »Daran erinnere ich mich genau.«

»Und weißt du noch, was du in diesem Moment gefühlt hast?«

Rouven nickte. »Auch das weiß ich genau. Ich spürte, dass Tabitha und ich seelenverwandt waren. Dass es eine Bindung zwischen uns gab, die schon jetzt, wo sie noch ein Kind war, stärker war, als alles, was ich zuvor gespürt hatte. Mir war klar, dass wir zueinander gehören sollten. Irgendwann einmal.«

»Du hattest dich verliebt«, sagte Nana, und Rouven nickte noch einmal.

»Obwohl sie erst ein Kind war, hab ich gespürt, dass sie etwas Besonderes für mich ist.«

»Und Jachael hat es auch bemerkt«, sagte Nana, und Rouven riss den Kopf zu ihr herum.

»Was?«

»Er hatte uns beobachtet, wie er sagte. Er hatte uns belauscht und alles mitbekommen. Und so war sein Plan entstanden. Durch deine Gefühle zu Tabitha bist du verwundbar geworden, Rouven. Und das wusste er auszunutzen.«

Rouven blickte sie mit offenem Mund an. Allmählich begriff er, was Nanas Worte zu bedeuten hatten.

»Er hat mir seinen ganzen Plan erläutert. Erst wollte er deine Gefühle zu Tabitha nutzen, um dich zu schwächen. Dann wollte er dir deine Vertrauten nehmen, um den endgültigen Kampf einzuleiten. Einen Kampf, den du nur verlieren kannst, Rouven. Das war es, was Jachael mir in dieser Nacht anvertraute.«

»Und genau so ist es gekommen«, antwortete Rouven. »Er hat beinahe alle Familien entführt. Er hat mich herausgefordert.«

»Und er hat dafür gesorgt, dass du dich verliebst«, ergänzte Nana.

»Er hat dafür gesorgt?«

Nun fiel es Nana schwer weiterzureden. Die Erinnerung an den folgenden Moment schmerzte nach wie vor. »Als er mir seinen gesamten Plan geschildert hatte, erhob er sich von seinem Platz. Er kam auf mich zu, und ich dachte, dass er mich nun töten wollte. Doch das wäre in diesem Moment nicht möglich gewesen, weil du, Rouven, noch immer der Wächter der Seelen warst. Du hättest gespürt, wenn er mich verletzt hätte. Doch es geschah etwas ganz anderes.«

Sie schloss die Augen, seufzte, atmete tief durch und sagte: »Er hielt plötzlich meinen Kopf in seinen Händen fest. Er drückte seine Finger gegen meine Schläfen. Er starrte mir direkt in die Augen, und ich spürte, wie etwas in mir vorging. In meinem Kopf. Ich spürte, wie sich dort ein Gefühl breitmachte, als fülle sich ein Ballon, tief in meinem Gehirn. Es war ein ungeheurer Druck in meinem Inneren. Ich dachte schon, der Kopf würde mir zerspringen. Und in diesem Moment spürte ich, wie die Erinnerung an dieses Gespräch gelöscht wurde. Und noch mehr. Mit einem Mal vergaß ich, wer meine Brüder waren. Ich vergaß den Weg zur Kapelle. Und auch unsere Verstecke und Treffpunkte. Und als Jachael ging, da war mir klar, dass ich mein Gedächtnis verlieren würde. So hatte alles begonnen. Mit jedem einzelnen Tag, der verging, vergaß ich mehr aus meinem Leben. Und deshalb musste ich Vorsorge treffen. Eigentlich hätte es noch dreimal sieben Jahre gebraucht, bis Tabitha meine Stelle als deine Vertraute übernehmen sollte. Doch jetzt, wo ich eine Krankheit hatte, die mich verwirren würde, musste ich Tabitha einweihen. So habe ich sie dir vorgestellt. Inzwischen war sie sechzehn, und ihr beiden hattet euch verliebt. Es ist alles so eingetreten, wie Jachael es geplant und vorausgesagt hatte. Tabitha zuliebe wurdest du menschlich. Und nun konnte er dich schwächen, indem er die Seelenschützer einen nach dem anderen entführt hat. Und mich … mich hat er in eine Untote verwandelt. In eine Fast-Gestorbene ohne Gedächtnis.«

Ihre Hände ballten sich um Rouvens Hände. »Es tut mir alles so leid, Rouven!«

Rouven saß ihr gegenüber und blickte sie mit blankem Entsetzen an. »Dann war es also gar keine Krankheit, die dich befallen hatte? Du leidest nicht an Alzheimer oder einer anderen Demenzerkrankung? Jachael hat das alles zu verantworten?«

Nana liefen Tränen über das Gesicht. »Es war alles Teil seines teuflischen Plans.«

Rouven zog seine Hände zurück und ballte sie zu Fäusten. Teil eines teuflischen Plans, hallte es in ihm nach. Jachael hatte alles perfekt inszeniert. Er strebte nach Rache. Er wollte seine Revanche. Er wollte Rouven zur Verantwortung ziehen. Er wollte ihn leiden lassen, weil Rouven sich Jachael vor über eintausend Jahren entgegengestellt hatte. Es war ihm gelungen, Jachaels Plan, die Seelenschützer zu entführen, zu vereiteln.

Dieses Mal jedoch hatte Jachael vorgesorgt. Es hatte ihn Jahrhunderte der Geduld gekostet, doch dann, als mit Tabitha ein besonderer Mensch für Rouven geboren worden war, hatte Jachael seine Chance kommen sehen. Über die Liebe Rouvens zu Tabitha hatte er Rouven schwächen können. So sehr, dass alles andere für ihn ein Kinderspiel gewesen sein muss. Ein Kinderspiel. Hatte Jachael in der Kapelle nicht genau das gesagt? Für ihn war das alles nur ein Spiel? Er hatte nacheinander die Familien entführt. Er hatte geduldig zahlreiche Generationen abgewartet und einige Jahrhunderte an seinem Plan gefeilt, bevor er Rouven über die Symbole an den Türen hinzugerufen hatte. Die Kampfspuren an Rouven, die er an den Morgen nach den Neumondnächten an sich entdeckt hatte, zeugten davon, dass Rouven wohl versucht hatte, die Familien zu verteidigen. Oder aber Jachael hatte Rouven die Wunden nur aus Spaß am Foltern zugefügt.

Und zu allem Übel hatte er auch noch Nana mit Gedächtnisverlust gestraft. Hatte ihr alle Erinnerung, ja sogar letztendlich die Persönlichkeit genommen, damit sie Rouven ihre Nichte Tabitha als neue Kontaktperson anvertrauen konnte. Und Jachaels Plan war aufgegangen. Alles war so gekommen, wie er es in die Wege geleitet hatte.

In Rouven erwachte eine unbändige Wut. Beinahe rasend vor Zorn fiel es ihm schwer, sich zu beherrschen.

Mathidas Stimme riss ihn aus seinen Gedanken: »Rouven, was ist mit dir? Du schaust aus, als … Ist alles in Ordnung? Was hat sie gesagt?«

Rouven warf den Kopf herum und sah Mathida an. »Bitte, holen Sie Nana wieder langsam aus der Hypnose, ja? Wecken Sie sie ganz sanft.« Er wandte sich an Tabitha, die erschrocken und bestürzt auf dem Sofa saß. »Und du, Tabitha, bring sie zurück zum Wasserwerk. Sorg dafür, dass sie sich dort wieder wohlfühlt.«

»Und du?«, fragte Tabitha.

»Ich habe etwas zu erledigen«, war die Antwort. »Auf mich wartet eine Aufgabe, der ich mich stellen muss.«

Und mit diesen Worten rannte er aus der Tür.

Tallwitz starrte auf das Bild, doch Mayers hielt nicht lange inne. Schon drehte er das Buch wieder um und schlug hastig die nächsten Seiten auf. Tallwitz huschte an seine Seite und schaute mit hinein.

Mayers blätterte die winzigen Seiten vor und zurück.

»Verstehst du, was das soll?«, fragte er schließlich Tallwitz.

Der starrte angestrengt auf die wenigen Einträge des Buches. »Weiß noch nicht«, gab er zur Antwort.

Mayers schaute erneut in das Buch hinein. Einige Seiten waren noch unbenutzt. Auf die anderen waren meist Abkürzungen geschrieben. Wieder sehr ordentlich und in feinster Handschrift. Meistens handelte es sich um zwei oder vier Buchstaben, die nebeneinander standen, jeweils mit einem kleinen Punkt an der Seite. Einige völlig allein auf einer ganzen Seite, andere mit einer Vielzahl weiterer Buchstaben, die übereinander oder nebeneinander angeordnet waren. Stets zu zweien gebündelt und mit Punkt versehen.

Mayers blätterte erneut, doch Tallwitz wies ihn zurecht. »Nein, warte! Gleich hab ich's!«

Mayers war verblüfft. »Was? Echt? Womit haben wir es zu tun? Geheimschrift? Code? Rätselseiten für die Tageszeitungen?« Es fiel ihm schwer, zu unterdrücken, dass er sich über sich selbst ärgerte. Immerhin war er der Vorgesetzte, und seiner Meinung nach war es an ihm, das Geheimnis des Buches zu entschlüsseln. Doch Tallwitz kam ihm tatsächlich zuvor.

»Ich zeig's dir«, schlug Tallwitz schließlich vor und nahm Mayers das Buch aus der Hand. Er zeigte auf den Eintrag einer Seite, die sich im Buch weiter hinten befand. »Sieh her, dort steht M.B. neben C.B. und darunter T.B.«

»Ist klar«, brummte Mayers verstimmt, denn alles das sagte ihm noch immer nichts. »Sehe ich. Und jetzt?«

»Jetzt ersetzt du das durch Namen. M.B. ist …«

»… Michael Berns«, fuhr ihm Mayers dazwischen. Glücklich, nun doch nicht unfähig dazustehen. »C.B. ist Carolin Berns, seine Frau, und T.B. steht natürlich für …«

»… Tabitha. Genau!« Tallwitz blätterte eine Seite vor. »Und nun hier: Neben M.B. und C.B. steht R.M. und B.M.«

»Ist klar«, strahlte Mayers weiterhin. »Rosemarie Mallert und Bernie Mallert.« Er nahm das Buch wieder in seine Hände und blätterte herum. »Hier: F.B. und K.B., das sind Ferdinand Blumberg und seine Frau Klara Blumberg …«

»… eines der ersten Ehepaare, die vermisst werden.«

Mayers blätterte weiter. »Tranko, Steinweg, … Sie stehen alle hier drin.«

Tallwitz nickte. »Das ist die Liste, nach der wir suchen. Dort stehen alle Menschen drin, die in einem Zusammenhang zu Rouven stehen. Welchen Zusammenhang, das muss er uns irgendwann erklären. Aber erst einmal …«

»… sollten wir nach Namenskürzeln suchen, die uns nicht bekannt sind.«

»Denn das muss die letzte aller Familien sein. Diejenige, die nach Rouvens Aussage direkt in Gefahr schwebt.«

Mayers blätterte bereits in dem Buch. »Und ich glaube ihm das auch. Noch immer verstehe ich nicht alles, was hier geschieht. Und ob es sich tatsächlich um eine Art Erpressung handelt oder so. Aber, Tallwitz, allmählich kommen wir der Lösung des Falls näher. Wenn wir nur …«

Ein Geräusch unterbrach die beiden. Im Erdgeschoss war eindeutig die Haustür ins Schloss gefallen.

Mayers steckte in Windeseile das Buch in seine Jackentasche und legte eine Hand auf den Knauf der Pistole, die im Halfter unter seiner Schulter steckte.

Auch Tallwitz griff nach seiner Waffe, als eine Stimme sie entspannen ließ: »Mayers! Tallwitz! Seid ihr noch hier?«

Die beiden Polizisten ließen ihre Hände sinken.

»Hier oben«, rief Mayers als Antwort. »Schneider, Sie finden uns hier oben.«

Sie hörten, wie der Kollege die Treppe nahm, und nur Sekunden später stand er schon vor ihnen.

»Wir haben was entdeckt«, kam er ohne Umschweife oder Begrüßung sofort zur Sache. Diese direkte Art war einer der Gründe, warum Mayers diesen Kollegen so mochte.

»Im Haus der Blumbergs?«, fragte Tallwitz, der vor Stunden die Kollegen von der Verstärkung eingeteilt hatte.

»Genau«, antwortete Schneider. Seine Hand griff in seine Jackentasche. Er fischte ein winziges Buch hervor, das dem Buch aus dem Hause Mallert zum Verwechseln ähnlich sah. Es war ebenfalls in goldglänzendes Papier eingeschlagen.

»Das haben wir in dem Haus unter einer Diele im Wohnzimmer gefunden. Es war sehr gut versteckt. Hätte diese Diele nicht geknarrt, wären wir nie darauf gestoßen.«

Nun griff Mayers in seine Jackentasche und förderte ebenfalls das Buch zutage. »Und das haben wir vorhin in diesem Haus gefunden. Ebenfalls recht gut versteckt.«

Schneider schaute überrascht auf das Buch in Mayers' Händen. »Stehen darin ebenfalls nur lauter Abkürzungen und Buchstaben?«

»Ja, schon. Aber wir haben das Ganze recht schnell entschlüsseln können«, antwortete Mayers und hoffte, Tallwitz nahm ihm das »Wir« vor dem Kollegen nicht übel. Allerdings machte er sich nicht zu viele Gedanken, denn Tallwitz war ihm noch nie in die Parade gefahren.

Doch bevor Tallwitz überhaupt irgendetwas hätte sagen können, antwortete Schneider bereits. »Wir auch«, sagte er. »Die Buchstabenpaare ergeben die Namenskürzel der verschwundenen Familien.«

Mayers schaute verstohlen zur Seite. Er schien der einzige Mensch zu sein, der nicht direkt auf diesen Einfall gekommen war. Doch dann ließen Schneiders weitere Worte ihn schnell wieder aufhorchen. »Und die Buchstaben mit den Zahlen, das sind die Adressen.«

»Was? Buchstaben und Zahlen?«, hakte Mayers nach. »In eurem Buch befinden sich Zahlen?«

»Bei euch etwa nicht?«, antwortete Schneider. Hastig tauschte er das Buch mit Mayers. Beide begannen zu blättern, und Tallwitz schaute mal in das eine, mal in das andere Buch, bis er sich von Schneider das Exemplar der Familie Mallert wieder geben ließ.

»Jedes Buch chiffriert einen anderen Inhalt«, sagte er nachdenklich, bevor er sich von Mayers auch das zweite Buch geben ließ. »Das Buch, das wir gefunden haben, befasst sich mit den Familien und ihren Stammbäumen und den Beziehungen und Verbindungen miteinander.«

Mayers nickte. Nach dem, was er bisher gesehen hatte, konnte das durchaus sein.

»Und das zweite Buch aus dem Hause Blumberg beinhaltet die Adressen der betreffenden Familien.«

»Genau«, stimmte Schneider zu. »Für den Straßennamen steht jeweils ein Buchstabe, und die Zahl dahinter …«

»… gibt die Hausnummer an«, mischte sich Mayers schnell ein. Er hatte das Gefühl, nun auch schnell was sagen zu müssen.

»Das zumindest vermuten wir«, antwortete Schneider.

»Habt ihr nachgesehen, welche Namenskürzel uns nicht bekannt sind?«, fragte Mayers, und Schneider antwortete wie aus der Pistole geschossen: »Ja, S.T. und M.T. sind uns völlig unbekannt. Sie wohnen in einer Straße, die mit N. 50 vermerkt ist.«

»N«, brummte Mayers. »Das könnte alles heißen. Das muss noch nicht einmal in dieser Stadt sein.«

»Oh, da widerspreche ich dir«, sagte Schneider hastig. »Kein einziges Mal findet sich hinter den Straßenabkürzungen ein weiterer Eintrag. Deshalb vermuten wir …«

»… dass sich alle Straßen in dieser Stadt befinden«, beendete Tallwitz den Satz, der offensichtlich seinen Spaß an alledem gefunden hatte.

Mayers fühlte sich wie ein Volldepp. Er war wohl der Einzige, der pausenlos auf dem Schlauch stand. Und dabei war er für sein scharfsinniges Gespür und seine ausgezeichnete Logik bekannt. Aber in diesem Falle … Wo er es mit Geistern schon zu tun bekommen hatte … Vielleicht war es an der Zeit für Urlaub, dachte er nur.

Tallwitz schaute noch einmal in das Buch der Familie Mallert und fasste zusammen: »Wir suchen also ein Ehepaar aus dieser Stadt, dessen Vornamen mit S. und M. und deren Nachname mit T. beginnt. Sie wohnen in einer ›N-Straße‹, Hausnummer 50. Und beim Blick in unsere Aufzeichnungen sind sie direkt mit Familie F. und K.B. verwandt.«

»Also mit den Blumbergs«, folgerte Schneider.

Mayers stöhnte erleichtert auf. »Na, das müsste doch schnell ausfindig zu machen sein, wer diese Familie ist«, sagte er und schnappte sich sein Handy, überglücklich, endlich wieder handeln zu können.

»Mayers hier«, sprach er ins Handy, nachdem sich im Sekretariat des Polizeipräsidiums jemand gemeldet hatte. »Wir suchen ein Ehepaar und haben nur ein paar verschwommene Anhaltspunkte.« Er gab die Informationen durch und schloss mit: »Meldet euch einfach, wenn ihr was wisst und … was?« Er zog die Stirn kraus. »Ich soll warten? Jetzt, am Apparat? Du glaubst wirklich, du kannst das so schnell in Erfahrung … gut … Ja. Natürlich. Ich warte …«

Mayers hielt die Hand über das Handy und sagte zu Tallwitz: »Berger ist dran. Er glaubt doch tatsächlich, dass er in wenigen Minuten mit all unseren Informationen ein paar Familien ausfindig machen kann, die zu unseren Überlegungen passen, weil …« Aus dem Handy ertönte eine Stimme, und Mayers hielt das Gerät schnell wieder ans Ohr. »Was? Erste Spur? Da bin ich ja mal gespannt, was … Aha …« Er schnappte sich mit seiner freien Hand einen Schreibblock, legte ihn auf der Fensterbank ab und begann mit seinem Kugelschreiber einen Eintrag zu machen. »Ja. Ist klar«, antwortete er in das Handy. »Hab ich notiert. Sieht gut aus. Ja. Wir machen uns auf den Weg.«

Sichtlich beeindruckt drehte er sich wieder Tallwitz und Schneider zu. »Ich staune ja immer wieder, was möglich ist, wenn nur die richtigen Menschen am richtigen Platz sitzen«, sagte er.

Tallwitz lachte. »Berger war dran? Rate mal, warum man ihn den Mann mit den fliegenden Fingern nennt. Wenn der am PC sitzt und was rauskriegen soll, ist der manchmal schneller als Google.«

»In diesem Falle auch«, antwortete Mayers, während er seine Notizen hervornahm. »Ob ihr mir das glaubt oder nicht, aber in der Nussbaumallee 50 wohnt Familie Trebko. Sebastian und Marie Trebko. Die Frau ist die Schwester von Ferdinand Blumberg.«

Tallwitz klatschte in die Hände. »Na bitte, wir haben unsere Familie.«

»Los«, herrschte Mayers ihn an. »Keine Zeit mehr verlieren. Lass uns starten.«

Die beiden hechteten aus dem Zimmer und die Treppe hinunter.

»Und ich?«, rief ihnen Schneider hinterher. »Was soll ich jetzt machen?«

Ohne im Laufen innezuhalten, rief Mayers ihm zu: »Unterstützen Sie unsere Kollegen in den anderen Wohnungen. Sucht diese Notizbücher. Bestimmt gibt es in jeder Wohnung eines.«

Und damit warf Mayers die Tür hinter sich zu, stürmte mit Tallwitz in den Wagen und lenkte das Auto mit quietschenden Reifen quer durch die Stadt.

In den Straßen war wenig los. Sie kamen ohne Probleme durch die Stadtmitte in den westlichen Teil der Stadt, wo sich die Nussbaumallee befand. Unmittelbar vor dem Haus mit der Nummer 50 konnten sie den Wagen abstellen.

Das Haus war ein altherrschaftliches Gebäude. Mayers schätzte, dass es um die Jahrhundertwende gebaut worden war. Es gab einige Wohnungen darin. Tallwitz klingelte an der Haupttür bei Trebko.

Nichts geschah.

Mayers atmete hörbar aus. »Hoffentlich sind sie im Urlaub«, brummte er und spürte beim Aussprechen dieses Wortes, dass für ihn die Idee des Urlaubs völlig absurd war. Jetzt, wo er wieder aktiv handeln konnte, machte ihm sein Beruf wieder richtig Freude. Er streckte den Arm aus und übernahm das Klingeln selbst.

Wieder geschah nichts, doch plötzlich wurde die Tür geöffnet, und eine ältere Dame trat heraus. Sie hatte eine grellgelbe Umhängetasche dabei, sodass Mayers vermutete, sie befand sich auf dem Weg zum Einkauf.

»Entschuldigung«, sprach er sie an. »Familie Trebko?«

»Dritter Stock links«, war die knappe Antwort, dann ging die Frau ihres Weges.

Tallwitz streckte den Arm aus, um zu verhindern, dass die Tür ins Schloss fiel. Zusammen betraten sie den langen Hausflur und marschierten die Treppe hinauf. Sowohl Mayers als auch Tallwitz beschlich ein ungutes Gefühl. Keiner von beiden hätte sagen können, worauf dieser Vorbehalt beruhte. Es war eher eine unsichere Vermutung als eine klare Befürchtung. Dennoch nahmen beide schon auf der zweiten Treppe ihre Waffen hervor und begannen wie auf Kommando zu schleichen.

Ihre Vorahnung bestätigte sich, als sie einen ersten Blick auf die Wohnungstür im dritten Stock werfen konnten. Sie stand offen.

Die beiden Polizisten eilten sich. Tallwitz hielt seine Waffe schussbereit, während Mayers sich vorsichtig der Tür näherte und sie langsam öffnete.

Das Bild, das sich ihnen bot, kam ihnen äußerst bekannt vor. Die Wohnung war gänzlich verwüstet worden. Die Möbel lagen verstreut und teilweise zerschlagen in dem riesigen Innenraum. Die Vorhänge waren von den Fenstern abgerissen und über die Möbelreste gelegt worden.

»Wir kommen zu spät«, flüsterte Mayers und trat vorsichtig ein.

Hintereinander stiegen sie über die am Boden liegenden Möbel. Über zerschlagenes Glas und zerbrochenes Geschirr.

Mayers bewegte sich auf das riesige Fenster zu, das offen stand. Er beugte sich vor und schaute hinaus. Was er dort, vor dem Haus, suchte, das wusste er selbst nicht so genau. Vielleicht einen Menschen auf der Flucht, vielleicht einen Hinweis auf den Täter oder auf das Ehepaar, das hier lebte. Doch mit dem, was er erblickte, hätte er niemals gerechnet. Drei Stockwerke tiefer, direkt vor dem Haus, sah er die alte Frau, die ihnen die Tür geöffnet hatte. Noch immer hielt sie ihre gelbe Einkaufstasche in der Hand. Sie hatte sich Mayers zugewandt, und nun winkte sie ihm sogar zu. Dann allerdings legte sie ihre Einkaufstasche ab und streckte die Arme aus.

Mayers glaubte sich erst zu täuschen, doch dann war er sicher, dass die Veränderungen, die mit der Frau vor sich gingen, echt sein mussten.

Zunächst wechselte ihre graue Haarfarbe in ein tiefes Schwarz. Dann dehnte sich ihr rundes Gesicht in die Länge, während gleichzeitig alle Falten aus dem Gesicht verschwanden.

Mit vor Erstaunen weit geöffneten Augen beobachtete Mayers, wie sich die alte Frau in einen Mann verwandelte, der diabolisch zu ihm hinaufgrinste. Und Mayers hätte schwören können, dass die Augen des Mannes rot leuchteten und er aus seiner Nase weiße Rauchschwaden ausstieß, bevor er sich umdrehte und davonrannte.

Mayers stand wie gelähmt am Fenster und versuchte zu verarbeiten, was er gerade gesehen hatte. Und dann wurde es ihm bewusst: Er war diesem Jachael begegnet, von dem Rouven erzählt hatte.

Tallwitz bemerkte von alledem nichts. Er brannte darauf, etwas ganz Bestimmtes zu erfahren. Er musste Gewissheit haben. Jetzt.

Tallwitz drehte sich zu der offenen Wohnungstür um und legte eine Hand auf die Türklinke. Langsam zog er die Tür zu. Und seine Vermutung bestätigte sich. Nun hatte er Gewissheit. Denn wie er erwartet hatte, befanden sich auf der Tür dieses Mal keinerlei Symbole. Kein Sichelmond, keine Vogelkralle und kein Buchstabe. Und ihm war klar, dass dies nichts Gutes bedeuten konnte. Der Täter war von seinem Muster abgewichen. Er hatte außerhalb der Neumondnacht zugeschlagen, und er hatte die Symbole, die auf Rouven hinwiesen, nicht angebracht.

Und für Tallwitz gab es nur eine Begründung dafür. Das alles ließ nur einen einzigen Rückschluss zu: Rouven befand sich in allerhöchster Gefahr. Und mit ihm ganz bestimmt auch alle verschwundenen Personen.

Die Wucht, mit der Rouven die hölzerne Tür aufstieß, ließ die ganze Kapelle erbeben. Beinahe atemlos von seinem langen Lauf hierher stellte er sich in die Mitte des Raumes.

»Ich bin hier!«, schrie er dem Fensterbild zu. »Hier wolltest du mich haben, und hier stehe ich nun. Zeig dich!«

Nichts geschah. Rouven wischte sich den Schweiß aus dem Gesicht, drehte sich um und schloss erst einmal die Kapellentür. Dann baute er sich erneut vor dem Fensterbild auf.

»Hörst du mich? Jachael! Ich bin hier!«

Noch immer geschah nichts. Rouven ließ seinen Blick über das Fensterbild gleiten. Über diese beiden Halbwesen, die ihn und Jachael darstellten. Über die Figuren am Rand, von denen er nun wusste, dass es die Seelenschützer waren, die Rouven vor Jahrhunderten gerettet hatte. Viele Generationen vor den heutigen Seelenschützern. Und schließlich ruhte sein Blick auf dem Symbol des Sichelmonds mit der Vogelkralle. Sein Wappen. Seine Zeichen für den Wächter über die Halle der Seelen.

»Zeig dich endlich!«, schrie Rouven noch einmal, doch die einzige Reaktion war das Echo seiner eigenen Stimme, das von den Wänden der Kapelle widerhallte.

Beging er gerade einen Fehler? Hatte er sich getäuscht? Vielleicht war dies nicht der richtige Ort, vielleicht nicht die richtige Zeit, sich Jachael zu stellen. Möglicherweise wartete Jachael auf die nächste Neumondnacht. Er hatte es selbst gesagt: In den Neumondnächten war Rouven am verwundbarsten. Vielleicht wollte Jachael diesen Zeitpunkt abwarten. Dann müsste Rouven in drei Tagen wiederkommen. Dann erst wäre der Nachthimmel völlig verdunkelt. Dann erst begann die nächste Neumondnacht.

Rouven atmete tief aus. Er ließ die Schultern hängen. Alle Aufregung, sein ganzes Adrenalin wich aus seinem Körper. Er musste wohl warten, bis Jachael ihn aufsuchen würde. Und so sehr sich alles in Rouven sträubte, so fügte er sich doch in diesen Gedanken. Er könnte die Zeit nutzen, um zu trainieren, kam es ihm in den Sinn. Sich vorbereiten auf den Kampf, dem er sich nun stellen wollte.

Er wandte sich um und griff schon nach der Türklinke, als ihm ein Geruch in die Nase stieg: Feuer. Im gleichen Moment spürte er, wie die Temperatur in der Kapelle anstieg. Und er wusste, was das bedeutete.

»Jachael!«, stieß er hervor.

»Schön, dich zu sehen«, antwortete die bekannte Stimme.

Rouven drehte sich um. Ihm gegenüber hatte sich Jachael aufgebaut. Wieder einmal halb Mensch, halb Stier. Sein ganzer Körper war rot erhitzt. Die riesigen Hörner prangten an seiner Stirn, der lange Schweif tanzte aufgeregt hin und her. Seine Füße waren Stierhufe, aus denen kleine Flammen emporzüngelten. Der restliche Körper war menschlich, mit Narben übersät, von denen die meisten wahrscheinlich von Rouven stammten. In unzähligen Kämpfen im Lauf der Jahrhunderte zugefügt, wie Rouven vermutete.

»Was verschafft mir denn die Ehre deines Besuches?« In Jachaels Stimme schwirrte der gewohnte ironische Unterton mit. »Hätte ich gewusst, dass du kommst, hätte ich Kuchen gebacken oder ein paar Seelen gebraten.«

»Du willst einen letzten, endgültigen Kampf?«, antwortete Rouven ohne Umschweife. »Lass uns darüber sprechen!«

Über Jachaels Gesicht zog sich ein Lächeln, das seine Züge wie eine Fratze erscheinen ließ. »Endlich!«, stieß er hervor, und aus seiner Nase schoss grauer Qualm hervor. »Du bist also bereit?«

»Du willst einen fairen Kampf?«

Jachael wippte mit dem Kopf. »Natürlich. Es geht um alles oder nichts.«

Rouven ging einige Schritte auf ihn zu. »Falls du verlieren solltest, lässt du die Seelenschützer frei und gibst Tabitha und Nana ihr menschliches Leben zurück.«

Jachael hob die Hände. »Nanu, wie redest du denn? Das klingt ja so, als rechnest du dir keine Chancen zu. Du sprichst, als wolltest du eher aufgeben statt zu kämpfen.«

Rouven ignorierte Jachaels Einwand. »Akzeptierst du diese Bedingungen?«

Jachael nickte. »Solltest du gegen mich antreten und gewinnen, dann stehe ich zu meinem Wort. Ich werde Tabitha und Nana ihre Herzen wiedergeben, sodass sie zu normalen, langweiligen Menschen werden. Und deine Bande von Seelenschützern lasse ich auch frei. Diese und ein paar andere.«

Rouven zog die Stirn in Falten. »Andere?«

Jachael winkte gelangweilt ab. »Ach, nichts, was dich interessieren sollte. Ein Professor und ein Ladenbesitzer, eine alte Frau mit gelber Einkaufstasche … Menschliche Ersatzteile, wenn du so willst, die ich brauchte, um endlich das zu erreichen, was ich wollte.« Nun trat auch er einen Schritt vor. »Dich hier, vor meinen Augen.« Er machte noch einen Schritt auf Rouven zu. »Bedenke nur: Es geht nicht nur um deine Lieben hier auf der Erde. Ein Sieg über dich verschafft mir den Zugang zur Halle der Seelen. Ich werde alle mit mir nehmen. Ich werde ihnen das Gute austreiben und ihnen meinen Willen aufzwingen. In Zukunft wird es Generationen von Menschen geben, die ausgefüllt sind mit dem Wunsch, meine Ziele durchzusetzen. Die Welt, wie du sie kennst, wird es nicht mehr geben. In wenigen Jahren wird kaum etwas von dem übrig sein, für das es sich zu leben lohnt, wenn du dich nicht meinem Willen unterwirfst. Ein paar Jahre nur, und …«

Rouven hob die Hand und brachte Jachael zum Schweigen. »Du sprichst gerade so, als hättest du den Kampf bereits für dich entschieden«, sagte er und brachte Jachael damit laut zum Lachen.

»Oh, glaub mir, die Sache ist so gut wie entschieden. Ich habe viel Zeit damit zugebracht, mich auf diesen Kampf vorzubereiten. Während du ein paar Jahre im luftleeren Raum und ein paar Monate auf dieser Weltkugel zugebracht hast, ohne überhaupt zu wissen, wer du bist und welche Fähigkeiten du hast. Ich werde dich mit einem Fingerschnippen von der Erde fegen, und dann wird sich mein Plan erfüllen.«

Erneut grinste er fratzenartig. Er schnalzte mit der Zunge und trat mit einem seiner Hufe so auf die Erde, dass augenblicklich eine meterhohe Flamme emporzüngelte. Die Hitze und der Brandgeruch in der Kapelle verstärkten sich.

Rouven fiel es nicht leicht, seine Angst und seine Bedenken zu verbergen.

Allerdings entging Jachael Rouvens Zögern nicht. Deshalb versuchte er, sein Gegenüber weiter zu locken: »Du darfst nicht vergessen, was dir im Falle eines Sieges winkt«, sagte er. »Du bist mich dann los. Endgültig. Für immer. Die vielen kleinen, verletzlichen, zarten Seelen deiner versteckten Halle hätten Ruhe vor mir. Du hättest Ruhe vor mir. Deine Seelenschützer würden wieder alle sieben Jahre dein Kommen erwarten. Und vor allem … vor allem …«

Mit einer Hand griff er hinter sich und zog ein großes Glas hervor, in dem zwei menschliche Herzen in einer klaren Flüssigkeit schwammen. Rouven glaubte erst, sich zu täuschen, doch bei näherem Hinsehen war er sicher: Beide Herzen pochten noch.

»Dies ist mein abschließendes Geschenk an dich, für den Fall, dass du gewinnen solltest«, fuhr Jachael weiter fort. »Eine Aufmerksamkeit des Hauses sozusagen. Die Spezialität des Tages: Die Herzen deiner Lieben. Im Falle eines Sieges gehen diese Herzen auf Tabitha und Nana über, und sie werden wieder Menschen sein. Unversehrt. So, wie du sie kennst und magst und liebst oder was für ein scheußliches Wort dir sonst für diese menschliche Schwäche einfällt.« Er hielt das Glas dicht vor Rouvens Augen. »Na, wie sieht es aus? Schnappt sich die Maus den Käse? Hm?«

Noch immer zögerte Rouven. Zu viel stand auf dem Spiel, als dass er jetzt einfach hätte handeln können. Vorhin, als er rasend vor Wut hierhergelaufen war, war er fest entschlossen gewesen, doch jetzt …

Jachael ging das alles zu langsam vonstatten. Er legte seinen ironischen Ton ab und sagte bestimmt: »Was überlegst du noch lange? Ist dir nicht längst klar geworden, dass du keine andere Chance hast? Ich werde mir ohnehin nehmen, was ich möchte. Mit dir als Leiche oder an dir vorbei. Die Halle der Seelen ist unbewacht, seit du dich für die Menschlichkeit entschieden hast. Und es ist nur eine Frage der Zeit, bis ich den Zugang dorthin finde. Vielleicht reicht es ja schon aus, wenn ich ein paar deiner Seelenschützer quäle und foltere. Die haben ohnehin nicht mehr lange zu leben, wenn du dich gegen mich entscheidest. Und schließlich …« Er hob das Glas mit den pochenden Herzen hoch über seinen Kopf. »Ich muss dieses Glas nur einmal fallen lassen, und dann ist alles dahin, wofür du jemals kämpfen wolltest. Oder?«

Rouven schrie auf. »Nicht!«, flehte er Jachael an.

Der wurde wieder zynisch: »Ah, jetzt wird er wach, unser Romeo. Du bist tatsächlich schon ein echter Mensch geworden. Diese Sache mit der Liebe …«

In Rouven überschlugen sich die Gedanken. Und schließlich verlor Jachael endgültig seine Geduld.

»Was zögerst du noch!«, schrie er Rouven an. »Stell dich endlich!« Aus seinen Nasenlöchern drang weiterer grauer Rauch. Die Flammen seiner Hufe züngelten sich an den Beinen hoch, und Jachaels Augen blitzten rot auf. »Genug geredet!«, fauchte er. »Ich helfe dir bei der Entscheidung.«

Bevor Rouven reagieren konnte – bevor Rouven klar wurde, was Jachael vorhatte –, hob dieser das Glas mit den Herzen noch einmal in die Höhe und ließ es schließlich fallen.

»Nein!« Rouven schrie auf. Er stürzte nach vorn, versuchte das Glas aufzufangen, doch seine Hand glitt ab. Das Glas fiel neben Rouven auf die Steinplatten der Kapelle und zerschellte dicht neben seinem Gesicht.

Mit Entsetzen musste Rouven mit ansehen, wie sich eine riesige Glasscherbe in eines der Herzen bohrte und es schließlich in zwei Hälften zerschnitt. Es war das größere der beiden Herzen.

Hastig streckte Rouven seine Hände aus, um wenigstens das zweite Herz zu retten. Er legte beide Hände darüber, bevor es von den Glassplittern getroffen werden konnte.

Jachael besah sich die Szene mit seinem breiten Grinsen. Dann schnalzte er mit der Zunge, beugte sich vor und zog das Herz unter Rouvens Händen hervor.

»Oh, hoppla«, grinste er weiter. »Da ist ja schon die Hälfte zerstört von dem, wofür es sich zu kämpfen lohnte.« Er legte das Herz auf die Erde und hob einen seiner Hufe direkt darüber. Dann zeigte er mit der Hand auf das zerschnittene Herz, das neben Rouven auf der Erde lag. »Nanas Möglichkeit, wieder Mensch zu werden, hast du nun mit deinem Zögern vernichtet. Die Ärmste wird nun bis in alle Ewigkeit als Geist über die Erde wandeln.« Er zuckte mit dem Huf über Tabithas Herz, und augenblicklich schrie Rouven auf. Jachael gluckste amüsiert.

»Soll dies für dein Herzblatt ebenso enden? Möchtest du, dass ich auch ihre Menschlichkeit zerstöre?«

Er zuckte noch einmal mit seinem Huf und tat so, als zertrete er das Herz am Boden. Doch kurz, bevor er es berührte, hielt er inne. »Na?«

In Rouven erwachte eine unbändige Wut. Ein rasender Hass, wie er ihn noch nie verspürt hatte. Durch seine Schuld hatte er Nanas Leben gerade zum zweiten Mal zerstört. Alles in ihm schrie auf. Der Wunsch nach Vergeltung tobte durch alle seine Glieder. Schließlich schrie er selbst auch auf. Mit dem Blick auf Tabithas Herz sprang er auf die Füße und rannte mit einem hasserfüllten Schrei auf Jachael zu. Mit beiden Händen voran warf er sich auf das Halbwesen. Es gelang ihm, Jachael zu ergreifen und durch die Wucht des Angriffs zu Boden zu werfen.

Doch Jachael wand sich mit Leichtigkeit aus Rouvens Griff heraus und war in Sekundenschnelle wieder auf den Beinen.

Er lachte. Er lachte so dröhnend, dass die Kapelle bebte. »Und?«, fragte er. »Bist du nun bereit?«

Rouven erhob sich wutschnaubend. Mit festem Blick in Jachaels Augen gab er die Antwort, auf die sein Gegenüber lange hatte warten müssen. Endlich tat er den Schwur, der ihn von seiner Menschlichkeit erlöste und ihn wieder zu dem Wächter über die Halle der Seelen machte. Mit allen Fähigkeiten und allen Konsequenzen. Rouven ließ den Spruch verlauten, mit dem er seine Aufgabe wieder übernehmen konnte: »Ja!«, brachte er mit eindringlicher Stimme hervor. »Ich bin bereit. Ich widerspreche meinem Gelübde. Ich sage allem Menschlichen ab und stelle mich wieder meiner Aufgabe, dem Schutz der Seelenhalle und der Seelenschützer. Ich lege meine Sterblichkeit ab und bin wieder Rouven – der Wächter über die Halle der Seelen.«

Jachael schrie vor Begeisterung lachend auf, während Rouven spürte, dass etwas mit ihm vorging. Sein Körper richtete sich auf, seine Sinne schärften sich. Schon schmerzte ihn Jachaels Gelächter tief in den Ohren. Seine Muskeln spannten sich, und über seine Haut zog sich ein Federkleid. Nur Augenblicke später stand er als Halbwesen vor Jachael. Halb Mensch, halb Krähe stellte er sich seinem Widersacher gegenüber.

Der klatschte begeistert in die Hände und schnalzte mehrmals mit der Zunge. »So hab ich mir das gew...«

Rouven zögerte nicht mehr. Er wollte Jachael keine Sekunde eines Triumphes gönnen. Und vor allem wollte er diese Stimme nicht mehr hören müssen. Mit all seiner Kraft und seiner Wut stürmte er vor, rammte seinen Kopf gegen Jachaels Brust, umfasste mit beiden Händen seine Unterarme, bevor er den Kopf herumriss und seinen Krähenschnabel tief in das Fleisch unter Jachaels Rippen bohrte.

Der schrie vor Schmerzen auf, und im gleichen Moment bebte die Erde. Der Boden unter den beiden zitterte so sehr, dass Rouven irritiert von Jachael abließ und sich umschaute.

»Was war das?«

Jachael fasste mit einer Hand nach der blutenden Wunde, die Rouven ihm in die Seite geschlagen hatte.

»Das?«, wiederholte er mit seiner ironischen Stimme. »Ach, das ist nur eine Kleinigkeit. Solltest du nicht weiter beachten. Komm, lass uns weitermachen. Du bist ja doch schneller, als ich gedacht hätte.«

Er stürzte sich blitzschnell auf Rouven, sodass dieser den Angriff nicht mehr abwehren konnte. Jachael packte Rouven am Kopf, schleuderte ihn zu Boden, trat ihm mit einem Huf in den Rücken und ließ gleichzeitig eine heiße Flamme aus dem Huf in Rouvens Körper schießen.

Rouven schrie auf. Es war ein Gefühl, als verbrenne er innerlich. Ruckartig wandte er sich um, griff sich Jachaels Huf und stieß ihn von sich. Im gleichen Moment hechtete Rouven auf die Beine und bohrte beide Krallen in Jachaels Fleisch.

Wieder erbebte die Erde, doch dieses Mal weitaus heftiger als zuvor. Das Erzittern des Bodens war so stark, dass Rouven von Jachael herunterstürzte.

Die beiden erhoben sich.

»Sag mir, was das bedeutet!«, kreischte Rouven Jachael an.

Der wischte sich mit gespieltem Desinteresse nur den Staub von den Armen. »Wie gesagt: nur eine Kleinigkeit. Kaum von Bedeutung.«

Rouven sprang auf ihn zu. »Nun sag schon!«

Jachael baute sich vor Rouven auf. Die Wunden, die Rouven ihm zugefügt hatte, begannen sich bereits zu schließen. Unter den Rippen war kaum noch etwas von der Schnabelattacke zu erkennen. Allmählich verstand Rouven, welch einem mächtigen Gegner er gegenüberstand.

Jachael genoss Rouvens Verblüffung. Und schließlich begann er zu erklären: »Das, was du spürst, ist sozusagen ein kleiner Gruß von deinen Schützlingen.«

Rouven ahnte Schlimmstes. »Was meinst du damit?«

»Du kennst doch die alte Burgruine, draußen vor der Stadt?«

»Ja, die hab ich schon einmal gesehen.«

»Im Moment würde es sich lohnen, sie einmal genauer zu betrachten«, antwortete Jachael mit sichtlich steigendem Vergnügen.

»Du wolltest doch wissen, wo sich die Seelenschützer befinden, nicht wahr? Ich sollte dir doch das Versteck verraten, wo ich sie hingebracht habe, oder? Nun, sie liegen schlafend in dem langen Stollen unter dieser Burg.«

Rouven war überrascht, dass Jachael ihm dies so leichtfertig anvertraute. Er ahnte eine Falle. »Was hat das mit den Beben zu tun, die wir gerade gespürt haben?«

»Langsam, mein Lieber. Eins nach dem anderen. Du weißt doch sicher, wie einsturzgefährdet diese Burg da draußen ist. Diese Ruine müsste dringend renoviert werden. Vor allem der Stollen. Gerade dieser ist kurz davor zusammenzubrechen und …«

Rouven ahnte allmählich, worauf Jachael hinauswollte. »Deshalb hast du sie dort versteckt.«

»Und den gesamten Stollen mit einem Fluch belegt, genau«, freute sich Jachael, seine Hinterlist nun aufdecken zu können. »Mit jedem Schlag, den du mir versetzt, bebt die Erde unter dem Stollen. Und ich weiß nicht genau, wie vielen Beben der Stollen noch standhalten kann. Einem? Drei? Fünf? Na, wir werden es ja bald erfahren!«

Rouven ballte die Hände zu Fäusten. »Von einem fairen Kampf war die Rede«, stieß er hervor.

Jachael winkte ab. »Ja, ein fairer Kampf. Dem habe ich zugestimmt. Und den sollst du auch haben. Aber kann ich etwas dafür, wenn du schon beginnst, bevor ich dir die Spielregeln alle aufgezählt habe, hm?«

Rouven biss sich auf die Zunge. Er spannte alle seine Muskeln an, und plötzlich preschte er hervor. Seine Flügelspitzen rammte er Jachael so tief in die Brust hinein, dass dieser entsetzt aufschrie. Die Wucht des Angriffs ließ die beiden gegen die Wand donnern.

In diesem Moment bebte erneut die Erde.

Rouven stand Jachael so dicht gegenüber, dass er dessen heißen Atem riechen konnte.

»Wenn der Stollen nicht mehr lange hält«, sagte Rouven, »dann sollten wir diesen Kampf schnell beenden. Mit nur einem einzigen

Stoß zum Beispiel. Ich kann nur hoffen, dass der Stollen dieses eine Beben übersteht.«

Er warf den Kopf in den Nacken, bereit, seine Schnabelspitze tief in Jachaels Herz zu graben, als dieser seinen Kopf herumwarf und Rouven mit einem Stoß seiner Hörner von sich schleuderte. Rouven fiel zu Boden, und augenblicklich kniete Jachael schon auf seiner Brust.

»Stell es dir nicht zu leicht vor«, zischte Jachael. »Jahrelang habe ich mich vorbereitet. Du hast keine Chance. Alles wirst du verlieren. Und ich werde es genießen. Ich werde jeden Moment auskosten, in dem du dein Leben mehr und mehr verlierst, Rouven. Du gehörst mir. Du. Deine Seelen. Tabitha.«

Er drückte sein Knie noch fester auf Rouvens Brust, bevor er beide Hände um dessen Hals legte und mehr und mehr zugriff.

Rouven spürte, wie ihm die Kräfte schwanden. Er röchelte nach Luft, versuchte um sich zu schlagen, doch gegen Jachaels Griff hatte er keine Chance.

Schon begann alles um ihn herum schwarz zu werden. Schon fuhr alle Kraft aus seinem Körper. Aus den Augenwinkeln sah er Tabithas Herz auf dem Boden liegen. Vor seinem geistigen Auge erschien ihr Gesicht. All seine Gedanken galten nur noch ihr. Sie war das Letzte, woran Rouven dachte, als sein Körper endgültig unter Jachaels Griff zusammensackte.

Nana schrie auf und griff sich an die Brust. Ihr Atem versagte. Tabitha eilte zu ihr. Es gelang ihr, Nana zu stützen, bevor diese das Gleichgewicht verlor.

»Nana, was ist mit dir?«

Die Frau röchelte nur als Antwort. Sie bekam kaum Luft. Die Knie versagten ihren Dienst. Nana konnte sich kaum auf den Beinen halten.

Tabitha legte einen Arm Nanas über ihre eigene Schulter. So konnte sie die Frau bis zum Bett bringen. Dankbar ließ sich Nana auf die Matratze legen. Es schien, als fiele ihr in dieser Position das Atmen leichter.

»Nana, was hast du?« Tabitha verzweifelte. Sie hatte Nana nach der Hypnose hierhergebracht. Es war ihr nichts anderes eingefallen, als die Frau, die wieder in ihre Vergesslichkeit verfallen war, zu diesem Ort zu bringen, wo sie sich wohlfühlte. Gern hätte Tabitha nach Rouven gesucht. Sie ahnte, dass er sich jetzt an der Kapelle befand, doch Nana schien Tabitha hier zu brauchen.

»Sag doch was«, bat Tabitha, doch Nana war das Sprechen nicht möglich. Noch immer drückte sie eine Hand auf die Brust.

Tabitha griff sanft nach dieser Hand, zog sie langsam zurück und erschrak: Nanas Bluse verfärbte sich rot.

»Dein Herz«, stieß Tabitha hervor, die sofort verstand. »Etwas ist mit deinem Herz geschehen.« Sie blickte sehnsüchtig zur Tür. Rouven musste sich bei Jachael befinden. Etwas ging in der Kapelle vor sich. Sie musste …

Plötzlich überstürzten sich die Ereignisse. Erst bebte die Erde.

Nur für einen kurzen Moment, doch das reichte aus, um Nana einen zusätzlichen Schrecken zu versetzen.

Tabitha ahnte, dass dieses Rumoren mit Rouven zusammenhing. Vielleicht hatte er sich bereits Jachael entgegengestellt.

Sie überlegte noch, was sie tun könnte, als die Erde erneut bebte und Tabitha im nächsten Moment den Lichtschimmer bemerkte, der aus dem langen Gang des Wasserwerks in die Halle glitt. Jemand hatte die Tür geöffnet. Tabitha hörte Schritte. Eilige Schritte, und dann sah sie Mayers und Tallwitz, wie sie in den Raum gestürzt kamen.

»Rouven«, schrie Mayers. »Bist du hier?«

»Rouven?«, forschte auch Tallwitz nach.

Mayers blickte sich in der scheinbar leeren Halle um. »Ist überhaupt jemand hier? Tabitha, du vielleicht?«

Das Mädchen sah sich nach Nana um, die bereits wieder zu Kräften kam. Die Frau atmete wieder tief und hatte die Hand von der Brust genommen. Auch die Blutung an der Stelle, an der sich früher das Herz befunden hatte, schien gestillt zu sein. Tabitha wagte es, sie einen Moment allein zu lassen.

Sie rannte zum Esstisch und griff sich den schwarzen Filzstift, der dort lag.

Tallwitz bemerkte die Bewegung des Stiftes als Erster. »Mayers, komm her. Sieh dir das an!«

Es war keine Zeit, nach Papier zu suchen. Tabitha schrieb mit dem Filzstift direkt auf die Tischplatte.

»Ich bin hier«, las Tallwitz laut vor, obwohl Mayers bereits neben ihm stand und selbst mitlas. »Es geht uns allen nicht gut. Nana ist geschwächt. Und Rouven …«

Tabitha stockte. Etwas geschah mit ihr. Etwas tief in ihrem Inneren regte sich.

Sie schrie entsetzt auf.

Mayers und Tallwitz blickten sich um. Sie hatten den Schrei nicht gehört, wunderten sich nur, warum der Filzstift nicht weiterschrieb.

Tabitha schrie erneut auf. In ihrem Kopf hörte sie eine Stimme. Seine Stimme.

Und mit einem Mal spürte sie, wie eine Macht Besitz von ihr ergriff.

Ohne sich dagegen wehren zu können, bewegte sich ihre Hand. Der Stift kratzte erneut über die Tischfläche, und Mayers und Tallwitz lasen, was Tabitha dort schrieb.

Aus Buchstaben formten sich Worte. Aus den Worten ergab sich langsam ein Sinn.

Mayers starrte noch auf die Botschaft, als Tallwitz schon begriffen hatte.

»Wir müssen zum Wagen«, rief er Mayers zu. »Schnell!« Und ohne ein weiteres Wort rannten die beiden aus dem Wasserwerk. Ihnen war bewusst, was nun zu tun war.

N

Pochen in seinem Kopf. Der Geschmack getrockneten Blutes in seinem Mund. Alle Gliedmaßen schmerzten.

Als Rouven erwachte, brauchte er nur den Bruchteil einer Sekunde, um sich seiner Lage bewusst zu werden. Er riss die Augen auf, ignorierte den Schmerz, der ihm durch den Kopf schoss, und starrte fassungslos auf die Zeichen an der Tür: auf den Sichelmond mit der Vogelkralle, direkt über dem riesigen N. Jachael zog gerade seine Hand zurück. Der Zeigefinger seiner rechten Hand glühte noch immer hell und heiß vom Schreiben in die grüne Tür. Er sah sich sein Gemälde zufrieden an. Dann zog er die Hand zurück, blies gegen die Spitze seines Zeigefingers und ließ die Hitze seiner Hand verschwinden.

In diesem Moment bemerkte er, dass Rouven erwacht war. Augenblicklich zog sich das typische eisige Grinsen über Jachaels Gesicht, und sein Zungenschnalzen war zu hören.

»Schau an, wer da wach wird«, freute er sich. »Zum ersten Mal bist du pünktlich.« Er nickte den Symbolen auf der Tür zu. »Schau, gerade habe ich dich gerufen. Wie in den Neumondnächten zuvor. Doch bisher hatte es immer gedauert, bis du endlich den Weg zu mir gefunden hattest. Jedes Mal musste ich unendlich lange warten, bis du von meinen Gedanken angezogen den Weg in die Wohnungen deiner Seelenschützer gefunden hattest. Das war ganz schön anstrengend. Aber heute …«

Er schaute zum Fensterbild, und Rouven folgte seinem Blick. Es musste mitten in der Nacht sein. Nicht ein einziger Lichtpunkt war durch die Scheibe zu erkennen.

Die Kapelle selbst war durch die unzähligen Kerzen erleuchtet, die wieder in dem ganzen Raum aufgestellt waren.

Rouven sah an sich herab. Die Krähe in ihm hatte sich gänzlich zurückgezogen. Auch Jachael stand in seinem menschlichen Körper in dem Raum.

Rouven ließ seinen Blick weiter schweifen. »Du hast ja gar nicht aufgeräumt«, sagte er. »In den Nächten zuvor hattest du dir mehr Mühe gegeben.«

Jachael winkte ab. »Oh, bitte. Überlass die ironischen Sprüche mir, ja? Warum sollte ich die Kapelle verwüsten? Menschen werden uns hier drin nicht finden. Und dich beeindrucke ich mit völlig anderen Dingen als ein paar umgeworfenen Kirchenbänken. Wart nur ab!«

Rouven versuchte sich zu erheben, doch augenblicklich schossen ihm Blitze durch das Gehirn. So hockte er sich erst einmal nur auf die Erde. »Was meinst du damit, Menschen können uns hier drin nicht finden?«, hakte er nach.

»Eine neue Fähigkeit, die ich erlangt habe«, prahlte Jachael stolz. »Du kennst sie noch nicht. Ich habe in den letzten Jahren daran gefeilt. Ich kann uns wie in einer Blase gefangen halten. Nur dich und mich. In diesem Raum. Aber niemand sonst kann diese Blase betreten. Es ist, als drehe sich die Welt ohne uns weiter. Wir setzen sozusagen einmal aus. Unsichtbar für alle Menschen, Tiere, Geister und was sonst noch auf der Erde rumflitzt. Glaub es mir, das hat schon mal funktioniert.«

»Als Tabitha mich hier gesucht hatte?«

Jachael schnalzte beeindruckt. »Genau. Während unseres ersten Treffens. Sie war zwar hier drin, doch sie konnte nichts von uns sehen oder hören oder auch nur erahnen. Nicht einmal in ihrer Geistergestalt. Gut, oder? Diesen Zauber hat mir einer meiner Verbündeten gezeigt, und ich wusste sofort, dass ich ihn einmal verwenden werde. Gegen dich und gegen Tabitha.«

Tabitha! Rouven wandte rasch den Kopf zu der Stelle am Boden, an der Tabithas Herz gelegen hatte, als Jachael ihm das Bewusstsein genommen hatte. Doch das Herz war verschwunden.

»Suchst du das hier?« Jachael war Rouvens Blick nicht entgangen. Wie schon einmal zuvor fischte er ein riesiges Glas hinter seinem Rücken hervor, in dem ein Herz beständig pochte. »Du glaubst doch nicht, dass ich dieses so wichtige Produkt tagelang auf dem Boden liegen lasse, oder? Ich bin doch kein Unmensch.« Er räusperte sich. »Oh, entschuldige. Natürlich bin ich ein Unmensch. Aber einer, der weiß, was sich gehört.«

»Tagelang?«, wiederholte Rouven.

Jachael nickte grinsend. »Du hast vielleicht einen tiefen Schlaf. Wenn du mal pennst, … Zum Glück schnarchst du nicht. Das hätte ich keine drei Nächte ertragen.«

Rouven verstand augenblicklich. »Dann habe ich mich nicht getäuscht. Wir befinden uns in einer Neumondnacht.«

Jachael schnippte mit den Fingern und ließ so die Kerzen an den Wänden aufflackern. »Wunderbar, wunderbar«, tönte er spöttisch. »Der Kandidat hat einhundert Punkte. Glückwunsch! Und der Gewinn? Ihr Todestag, heute noch ausgeliefert.«

Rouvens Hirn arbeitete endlich auf Hochtouren. Drei Nächte hatte er hier zugebracht. Er überlegte, was in der Zwischenzeit wohl geschehen sein mochte. Wie ging es Tabitha? Und Nana?

Jachael schien Rouvens Gedanken wieder einmal zu erraten. »Denkst du an deine Lieben? Dein Herzblatt ist dir näher, als du ahnst. Na komm, ich zeig es dir.«

Er kam auf Rouven zugesprungen. Rouven wollte sich wegducken, doch Jachael kam ihm zuvor und ergriff pfeilschnell Rouvens Kopf. »Wir können diese wunderbare Blase, in der wir uns befinden, für einen Moment durchbrechen, wenn du magst«, schlug er vor. Und tatsächlich, für einen kurzen Augenblick gab er Rouven den Blick frei auf die tatsächliche Kapelle.

Rouvens Herz überschlug sich. Auf einer der hinteren Bänke saß Tabitha. Sie hielt eine Kerze in der Hand und war eingeschlafen. Sie sah erschöpft und entkräftet aus. Rouven vermutete, dass sie die ganzen drei Tage hier auf ihn gewartet hatte. Vielleicht unterbrochen von der Sorge um Nana, sodass sie vielleicht zwischen Wasserwerk und Kapelle hin- und hergehetzt war.

Bis auf die Kerze in Tabithas Hand war die Kapelle stockfinster. Dies bestätigte Rouvens Verdacht, dass sie sich wirklich in einer Neumondnacht befanden und Jachael ihm nicht etwas vorgegaukelt hatte.

Mit einem Ruck zog Jachael seine Hände zurück, und Rouven fand sich in der Kapelle wieder, die nur in Jachaels Illusion bestand.

»Netter Trick, oder?«, grinste Jachael. »Und es gibt keinerlei Möglichkeit für dich, aus meinem Zauber zu entschwinden. Oder doch: mit herausgerissenem Herzen und den Füßen voran. Aber daran arbeiten wir ja noch, nicht wahr?«

In Rouven rumorte es. Unbändiger Hass stieg wieder in ihm auf. Hass, angestachelt durch den kurzen Blick, den Jachael ihm auf Tabitha gegönnt hatte. Ihre Situation, Nanas Untod, das Verschwinden der Seelenschützer und die Bedrohung der Halle der Seelen – alles das ging auf Jachaels Konto. Und der stand vor Rouven und grinste nur breit. Er genoss das alles. Er hatte Freude an all dem Elend und der Angst, die er verbreitete. Und es war an der Zeit, dem Ganzen ein Ende zu setzen.

Rouven tat, als erhebe er sich schwerfällig. Gerade so, als käme er nur mühsam auf die Beine. Doch stattdessen sammelte er alle Kräfte in sich. Er spannte die Muskeln an, wartete noch einen Moment, um den richtigen Augenblick für seinen Überraschungsangriff abzuwarten, bis er endlich blitzschnell vorschoss, direkt auf Jachael zu. Doch die Überraschung blieb aus. Jachael sprang zur Seite und gab Rouven mit einem gezielten Tritt einen Stoß, dass Rouven mit der Wucht seines Angriffs gegen die Wand schlug.

»Olé«, rief Jachael belustigt, während er die Haltung eines spanischen Toreros einnahm. »Ich dachte, ich bin der Stier«, lachte er.

Rouven erhob sich von der Erde und bemühte sich, die Schmerzen zu ignorieren. Sein Körper war angegriffen und kalt von den Tagen und Nächten, die er auf dem Boden der Kapelle gelegen hatte.

Jachael tat gelangweilt. »Also, wenn das alles ist, was du zu bieten hast, dann sind wir ja in einer Viertelstunde hier fertig, oder?«

Rouven blieb ihm die Antwort schuldig. Stattdessen ging er auf eine der Kapellenbänke zu. Er stellte einen Fuß auf die Sitzfläche, griff mit beiden Händen die Rückenlehne und zog mit aller Kraft eine meterlange Latte heraus, die er mit beiden Händen umgriff. Mit dieser Waffe stürmte er auf Jachael zu, bereit, ihm mit diesem Brett den Kopf zu spalten.

Doch wieder kam ihm Jachael zuvor. Blitzschnell duckte er sich weg und griff sich gleichzeitig die Latte. Er riss sie aus Rouvens Händen und schlug sie ihm erst gegen den Kopf, dann in die Hüfte und schließlich so gegen die Brust, dass Rouven erneut durch die Kapelle flog.

»Ach, bitte«, murmelte Jachael. »Da finde ich in jedem Kindergarten gefährlichere Gegner.«

Rouven fasste sich an die Hüfte. Blut quoll ihm aus der Seite. Er fühlte sich bereits jetzt erschöpft und beinahe besiegt.

Jachael hingegen hatte nicht einmal eine Schramme abbekommen. Rouven rechnete sich kaum noch Chancen aus. Bis Jachael etwas aussprach, das Rouven aufhorchen ließ: »Du bist dir deiner Kräfte wohl nicht mehr bewusst? Hör endlich auf, wie ein Mensch zu kämpfen, und rufe den Wächter der Seelen in dir wach. Ich habe drei Tage an deiner Seite verbracht. Drei Tage habe ich dir beim Schlafen zugesehen. Es hat zwei Nächte gebraucht, bis du dich von der Krähengestalt in den Menschen zurückverwandelt hast. Und das, obwohl ich dir alle deine Kraft geraubt hatte. Eigentlich hättest du dich sofort verwandeln müssen. Verstehst du, was ich meine, Hallenwächter? Es steckt mehr Leben und mehr Krähe in dir, als du selbst ahnst.«

Rouven lag auf der Erde und hörte Jachaels Worte. Drei Tage war er ihm nicht von der Seite gewichen? Er hatte die Kapelle seit ihrer letzten Auseinandersetzung nicht verlassen? Das ließ Rouven nun tatsächlich hoffen. Das und die Worte, die Jachael aussprach.

»Nun komm endlich, Krähe«, schrie Jachael durch die Halle. »Stell dich mir mit deinen Kräften. Lass mich nicht gegen eine solch jämmerliche Menschengestalt antreten. Du warst es doch, der von einem fairen Kampf sprach. Also rappel dich endlich auf!«

Rouven drehte sich zur Seite und stellte sich erst einmal auf alle viere. Er begann, seine Sinne zu sammeln. Er konzentrierte sich auf seine Mitte. Auf sein Inneres.

Nur langsam erhob er sich auf die Beine. Er dachte an die Halle der Seelen, rief sich seine Erinnerungen ins Gedächtnis, an die unzähligen kleinen Kojen in den Hallenwänden. An die winzigen Seelen, die darin auf ihre Erfüllung warteten. Mit einem Mal spürte er ihre Verletzbarkeit. Ihre Zartheit und Verwundbarkeit. Im gleichen Moment fühlte er ihre Erwartungen, die sie an ihr Leben auf der Erde hatten, und ihre Freude, die sie empfanden. Er nahm ihre Gefühle in sich selbst wahr und das Vertrauen, das sie in ihn setzten.

Rouven richtete sich auf. In seine Adern pochte es. Das Blut schoss ihm durch die Arterien. Seine Muskeln spannten sich, füllten sich mit Lebenskraft. Aus seinen Augen wich alle Farbe, bis seine Pupillen aus einem gleißenden, schimmernden Weiß bestanden.

Endlich fühlte sich Rouven gewappnet. Jachael ebenbürtig. Nun hatte er seine Mitte gefunden. Sein eigentliches Ich.

Er war bereit.

Mit einer ihn selbst faszinierenden Ruhe richtete er sich auf. Er stellte sich Jachael gegenüber und sah ihn mit einem Blick an, der Jachael erneut ein breites Lächeln ins Gesicht zauberte. Allerdings kein ironisches Grinsen wie zuvor. Jachael schaute Rouven mit einer zufriedenen, selbstherrlichen Miene an, die verriet, dass er seinem Ziel ein Stück näher gekommen war.

»Ah, willkommen zurück in unserer Welt«, stieß er befriedigt aus. »Endlich stehst du vor mir, wie ich dich erwartet habe. Als Wächter der Seelen und als …«

Rouven hatte genug gehört. Er konnte diese Stimme nicht mehr ertragen. Diese Stimme und alles, was mit ihr zusammenhing. In Rouven erwachte ein Drang. Ein Vorsatz. Er bestand nur noch aus einem einzigen Wunsch: Jachael zum Schweigen zu bringen.

Und so startete er seinen Angriff. Allerdings stürmte er nicht auf Jachael los wie zuvor. Es war ein Gedanke. Ein innerer Impuls. Es war der Vorsatz, Jachael zu treffen. Und so stieß Rouven in weniger als dem Bruchteil einer Sekunde mit Jachael zusammen. Die beiden flogen quer durch die ganze Kapelle. Rouven drückte Jachael gegen die Wand mit einer solchen Wucht, dass der Putz Risse bekam, die vom Boden bis zur Decke reichten. Rouven war selbst überrascht von dieser Attacke. Mit einer solchen Wucht und Schnelligkeit, allein durch seine Gedankenkraft bewirkt, hatte er nicht gerechnet. Jachael schien recht zu haben: Es steckte mehr in ihm, als er selbst ahnte. Und das in einer Neumondnacht, in der er am leichtesten zu besiegen war. Wie viel Kraft steckte wohl in all den anderen Nächten in ihm?

Jachaels Kopf steckte zur Hälfte in der Wand. Sein ganzer Körper hatte auf dem Putz einen tiefen Eindruck hinterlassen. Mit einem Ruck befreite er sich von Rouven, zog den Kopf aus der Wand und stellte sich breitbeinig auf. Trotz der blutenden Wunden an seinem Körper lachte er nur auf. »Endlich!« Dieses Wort kam fauchend aus ihm hervor, begleitet von dicken Rauchschwaden, die aus seinem Mund stiegen.

Er drückte seinen Rücken durch. Und in dieser Bewegung schien er ein Stück zu wachsen. Er blähte seine Muskeln auf, spreizte die Finger so weit, dass sie laut knackten, und schnalzte genüsslich mit der Zunge.

Rouven wich einen Schritt zurück. Er trug von seinem Angriff keinerlei Wunden davon. Jachael hatte den Stoß gegen die Wand für ihn abgefedert. Angewidert beobachtete er Jachaels Verwandlung. Er sah zu, wie Jachaels Stirn erneut die Ausbeulungen aufwies, aus denen sich in wenigen Augenblicken wieder die Stierhörner formten. Länger und spitzer, als Rouven sie bisher hatte ansehen müssen. Er sah Jachaels Gebiss anwachsen, wie sich die Eckzähne in messerlange Waffen verwandelten. Sah, wie Jachaels Körper in die Breite wuchs. Wie seine Muskeln anschwollen und seine Füße sich in Stierhufe verwandelten. Jachael trat einmal fest auf, und schon züngelten die bekannten Flammen aus seinen Hufen die Beine hinauf.

Jachael schien aus purer Kraft und Stärke zu bestehen. Und als er schließlich seine rot leuchtenden Augen öffnete und Rouven anvisierte, strahlte aus ihnen blanke Gier heraus. Die Gier, das Verlangen, Rouven zu schädigen. Ihn zu zerstören. Ihm das Leben zu nehmen.

Nach einem weiteren Zungenschnalzer schrie Jachael dröhnend auf, setzte zum Sprung an und warf sich auf Rouven.

Der reagierte wieder blitzschnell. Im Reflex warf er sich zur Seite, sodass Jachael ihn knapp verfehlte. Einzig die vorderen Zähne erwischten Rouven an der Schulter und schnitten ihm fingertief ins Fleisch. Rouven schrie auf. Ihm blieb jedoch keine Zeit, nach der Wunde zu schauen, denn schon drehte sich Jachael um und startete einen erneuten Angriff. Rouven sprang in die Höhe. Er zog die Beine an, sodass Jachael unter ihm hinwegschoss, bis Rouven beide Beine ausfuhr und Jachael einen kräftigen Triff in den Rücken versetzen konnte.

Jachaels Lauf wurde wieder von einer der Kapellenwände gestoppt. Wieder riss der Putz. Dieses Mal bröckelten ganze Teile von der Wand ab. Jachael drehte sich um. In seinen Augen blanker Hunger nach Blut. Noch einmal durchfuhr ein Impuls reiner Kraft seinen Körper, und seine Muskeln wuchsen ein weiteres Stück an. Er brüllte stierartig durch die Kapelle.

Rouven stand diesem Wesen aus Hass und Entschlusskraft gegenüber und wurde sich bewusst, dass er nur durch Schnelligkeit und überlegtes Handeln eine Chance gegen Jachael haben konnte. Inzwischen wusste er, dass er über feinste Reflexe verfügte, doch wie diese genau zu kontrollieren waren, das war ihm noch nicht klar. Es blieb ihm auch keine Zeit, darüber nachzudenken, denn schon griff Jachael wieder an.

Seine Hufe donnerten über die steinernen Platten der Kapelle. Die Hände vorgestreckt, kam er auf Rouven zugelaufen. Der sprang zur Seite, über die Kapellenbänke hinweg, doch Jachael hatte diese Reaktion erwartet. Er riss seine Hände vor, packte Rouven am Bein und stoppte so dessen Flucht. Rouven schrie überrascht auf. Er wurde hart auf eine der Bänke geschleudert. So heftig, dass die Bank augenblicklich zerbarst. Jachael zog Rouven über das zersplitterte Holz an sich heran, seinen Mund mit den waffenartigen Zähnen weit geöffnet, brüllend vor Wut und dicken Rauch ausstoßend.

Rouven wand sich in Jachaels Griff, so gut es ihm gelingen konnte. Mit dem noch freien Bein holte er aus und trat mit seiner ganzen verfügbaren Kraft zwischen Jachaels Augen.

Der schrie auf, ließ Rouven los und hielt sich beide Hände vor das Gesicht. Rouven nutzte diese Sekunde, um sich wegzuducken, unter einer Kapellenbank durchzuhechten und schließlich wieder auf die Beine zu kommen.

Jachael zog die Hände zurück und blickte sich nach Rouven um. Blut floss ihm über das Gesicht. Doch sein Blick hatte nichts an Entschlusskraft verloren. Schon griff er sich die Bank, unter der sich Rouven weggeduckt hatte, hob sie in die Höhe und warf sie direkt auf Rouven zu.

Dem gelang es mit einem raschen Sprung, der Bank auszuweichen, doch in derselben Sekunde kam Jachael erneut auf ihn zugestürzt. Dieses Mal war das stierartige Halbwesen schneller als Rouven. Brüllend sprang er Rouven auf den Rücken, brachte ihn zu Fall und stieß seine Finger tief in Rouvens Fleisch.

Rouven hatte das Gefühl, von Jachaels Krallen aufgeschlitzt zu werden. Er versuchte, sich wegzudrehen, aber Jachael hielt ihn mit seinem Gewicht fest am Boden. Das schneidende Gefühl in Rouvens Haut verstärkte sich, und ihm wurde klar, dass Jachael es auf das Herz abgesehen hatte. Der Stier versuchte Rouven das Herz aus der Brust zu reißen.

Rouven wollte sich aufbäumen, doch erneut kam er gegen Jachaels Masse nicht an. Da bemerkte er die Veränderung, die schlagartig in ihm vorging. Er spürte, wie sich sein Gesicht verwandelte. Wie seine Hände zu Krallen wurden und seine Arme zu Flügeln. Mit diesen Krähenflügeln war er erheblich beweglicher als mit seinen Armen. Die Verwandlung vollzog sich in Sekundenschnelle, und endlich konnte Rouven mit seinen Flügeln nach hinten ausholen. Die messerscharfen Flügelspitzen bohrten sich tief in Jachaels Fleisch.

Die Erde donnerte und bebte.

Jachael bäumte sich auf vor Schmerz, und Rouven gelang es in diesem Augenblick, ihm mit den Flügeln einen Stoß zu versetzen, dass Jachael zur Seite kippte und Rouven ihn von sich stoßen konnte. Mit einem Satz tauchte er unter Jachaels Körper hervor, stürmte zur gegenüberliegenden Wand und verschnaufte erst einmal. Sein Rücken schmerzte, als steckten noch immer unzählige Messer darin.

Schwerfällig erhob sich Jachael zwischen all den zerbrochenen Holzbänken, den Steinen und dem Staub der Wände. Schwer atmend suchte er Rouvens Blick.

»Ich hoffe, du genießt es so wie ich«, brachte er hervor. Rouven merkte seiner Stimme an, dass Jachael sich diese Auseinandersetzung anders vorgestellt hatte. Rouvens Kräfte hatte er wohl unterschätzt.

Aber auch Rouven selbst war erstaunt, wie sehr er seinen Körper mit den Fähigkeiten beherrschen konnte. Trotz der Neumondnacht und trotz der langen Zeit, in der er seine Kräfte nicht mehr eingesetzt hatte.

In dieser kurzen Verschnaufpause galten Rouvens Gedanken Tabitha, die in der realen Welt in dieser Kapelle saß. Er fragte sich, ob sie wohl bemerkte, dass darin etwas vor sich ging. Er hätte zu gern gewusst, ob sie von diesem Kampf etwas ahnte und ob sie Rouvens Anwesenheit spürte. Rouven konnte nicht abschätzen, wie stark und intensiv diese Parallelwelt war, die Jachael eigens für ihren Kampf geschaffen hatte. Wie sehr diese Blase, wie er es nannte, sie von der wirklichen Welt abschirmte.

Jachaels Schnaufen verstummte. Er sammelte schnell wieder seine Kräfte. Rouven wurde bewusst, dass er nur jetzt, in dieser Phase, eine Chance gegen Jachaels körperliche Übermacht haben konnte. Ohne weiter darüber nachzudenken, wieder aus einem einzigen Impuls heraus, stürzte er pfeilschnell vor und griff Jachael erneut an.

Dieser hatte die Attacke tatsächlich nicht vorausgesehen. In seiner Krähengestalt stürzte sich Rouven auf Jachael. Seine stahlharten Flügelspitzen bohrten sich tief in die Hände des Stierwesens. Ohne ein Zögern hob er den Kopf und stieß seinen Schnabel in die Brust Jachaels.

Die Erde bebte so stark wie nie zuvor.

Im gleichen Moment verspürte Rouven einen Schnitt in sein Herz, der so schmerzhaft war, dass er augenblicklich alle Kraft verlor. Er stürzte nach hinten, krachte auf den Boden und rang nach Luft. Seine Krähengestalt zog sich zurück, und als Rouven an seinem menschlichen Körper hinabschaute, sah er Blut aus seinem Körper strömen. Genau an der Stelle, an der sich sein Herz befand, klaffte eine breite Wunde.

Jachael lachte donnernd auf. Er stand an die Wand gelehnt, hechelte lachend und blickte auf Rouven herab, die Hände blutend von Rouvens Angriff. Doch vor allem: In seiner Brust gab es ebenfalls einen tiefen Riss über dem Herzen.

»Da staunst du, alter Federbeutel, oder?« Jachael musste seine Kräfte bündeln, um sprechen zu können. Rouvens Attacke hatte ihn sichtlich geschwächt. »Wunderst du dich, hm?«

Rouven hielt sich beide Hände auf seine Wunde. »Was hat das zu bedeuten?«

Jachael grinste und schnalzte kaum hörbar mit der Zunge. »Hatte ich ganz vergessen zu erwähnen«, brachte er hervor. »Es gibt da noch eine Spielregel in unserem fairen Kampf, von der ich dir nichts erzählt hatte.«

In Rouven machte sich Panik breit. »Was meinst du damit?«

»Nachdenken, du Nachteule«, antwortete Jachael. »Du musst mal nachdenken. Du bist als Wächter der Seelen zurückgekehrt, nicht wahr?«

»Um gegen dich anzutreten. Ja.«

»Aber du hast diesen Schwur mir gegenüber getan.« Jachael lachte hechelnd. Dieser Gedanke amüsierte ihn. Es war eine Genugtuung für ihn. Das konnte Rouven klar erkennen. »Auch unsere Welt hat so ihre Gesetze«, sagte er weiter. »Du hast den Schwur in meiner Gegenwart ausgesprochen. An meiner Seite hast du dich zu Rouven der Krähe zurückverwandelt. Und damit hast du dieses Leben als Wächter der Seelen an mein Leben gebunden und verknüpft.«

Rouven brach der Schweiß aus. »Was?«

Jachael lachte lauter. »Du hättest dich in der Halle der Seelen zurückverwandeln müssen. Dann wärst du an deine vielen winzigen Freunde gebunden. Aber jetzt …« Das Lachen stieg an. »Hier …« Er lachte mehr und mehr auf. »Jede tiefe Wunde, die du mir zufügst, fügst du auch dir selbst zu. Verstehst du? Mein Tod bedeutet deinen Tod, Rouven.« Sein Lachen füllte donnernd den Raum. Bis er urplötzlich schwieg. Er beugte sich vor und sprach in das Echo seines Lachens hinein: »Es gibt kein Entkommen, Rouven. Wie dieser Kampf sich auch entscheiden wird … Wer immer heute Nacht in dieser Kapelle siegt … Einer wird ganz gewiss sterben, Rouven: Du!«

Tabitha erwachte. Nur langsam kam sie wieder zu sich. Sie dehnte ihren Rücken, was ihr sehr guttat, nach der langen Zeit, die sie gekrümmt auf dieser Bank in der Kapelle geschlafen hatte. Ihr Blick fiel auf die Kerze in ihrer Hand, und Tabitha schreckte auf. Sie ärgerte sich, dass sie so unbedacht gewesen war, mit der Flamme in der Hand einzuschlafen. Sie hätte die ganze Kapelle in Brand stecken können. Doch sie erinnerte sich an die übermenschliche Erschöpfung, die sie übermannt hatte, als sie zu der Kapelle gekommen war. Der Schlaf hatte so schnell Besitz von ihr ergriffen, dass ihr nicht einmal Zeit geblieben war, die Kerze auszupusten.

Jetzt sah sich Tabitha in der beinahe tiefdunklen Kapelle um. Noch immer kein Lebenszeichen von Rouven. Sie hatte so sehr gehofft, ihn hier zu finden. In dieser Nacht. Gerade in dieser Nacht … dieser Neumondnacht.

Sie schüttelte sich. Irgendwie kam ihr diese Kapelle verwandelt vor. Ganz eigenartig fühlte sich Tabitha in diesem Raum. Gerade so, als sei die Atmosphäre darin vergiftet. Die Stimmung in diesen Wänden war bedrückend, nahezu hasserfüllt. Tabitha fühlte sich nicht mehr wohl. Sie fragte sich, ob all dies mit Rouven zu tun hatte. Sie wünschte sich an seine Seite. Jetzt. Hier. Sie dachte voller Sehnsucht und Sorge an ihn. Sie hätte ihm gern beigestanden. Ihn vielleicht beschützt …

Sorge. Das Wort krallte sich in ihr Gehirn. Ebenso wie der Begriff »schützen«. Es brauchte nur einen Moment, da festigte sich ein Gedanke in Tabitha. Vielleicht war dies die Möglichkeit, ihn zu rufen. Vielleicht sogar, ihn hierherzuholen, wo immer er gerade war. Sorge und gegenseitiger Schutz, darauf baute doch alles auf.

Sie sprang auf die Füße und rannte so schnell aus der Kapelle, dass die Flamme ihrer Kerze erlosch.

Hoffnung trieb sie an. So schnell sie konnte, suchte sie den Weg in die Stadt. Lieber wäre sie erst zu Nana gelaufen, um nach ihr zu sehen, doch der Zustand der Frau hatte sich gerade in den letzten beiden Tagen gebessert. Was immer sie in den Schockzustand versetzt hatte, als die beiden Polizisten bei ihnen im Wasserwerk gewesen waren, hatte sich gelegt und verflüchtigt. Auch die Blutungen ihrer Brust waren nach wenigen Augenblicken versiegt. Nana war inzwischen wieder so bei Kräften, dass sie ihren Tätigkeiten im Wasserwerk nachgehen konnte.

Die Erde bebte. Das hatte sie schon einige Tage nicht mehr getan. Tabitha vermutete, dass Rouven wieder auf Jachael gestoßen war.

Ihr Weg führte Tabitha in die Stadtmitte, in das Zentralkrankenhaus der Stadt. Zielstrebig rannte sie durch die Eingangstür und die langen Flure entlang. Sie war den Weg in den letzten Tagen bereits so oft gelaufen, dass sie den Raum, den sie erreichen wollte, selbst mit verbundenen Augen sofort gefunden hätte.

Sie stieß die Tür auf und traf auf das gewohnte Bild: In dem übergroßen Zimmer, das man bisher als Operationssaal genutzt hatte, das aber jetzt wegen seiner Größe zu einem Krankenzimmer umfunktioniert worden war, standen fünfzehn Betten. Man hatte alle Betroffenen hierhergebracht und eine Quarantäne über den Raum verhängt. Noch immer lagen alle Menschen, die man in dem Stollen unter der Burgruine gefunden hatte, in einem geheimnisvollen Schlaf, dessen Ursache die Ärzte noch erforschten. Aus Angst vor einer Ansteckung dieser möglichen unbekannten Krankheit hatte man sie hierhergebracht, in den umfunktionierten Operationssaal. Mit dieser Methode hatte man alle Betroffenen gleichzeitig im Blick.

Tabitha kannte von den Leuten, die hier lagen, kaum jemanden persönlich. Eigentlich war ihr nur der Ladenbesitzer bekannt, den sie einmal entdeckt hatte, als sie mit Rouven die Tafel in der Stadt besucht hatte. Er lag direkt an der Zimmertür neben einem kleineren

Mann mit Ziegenbärtchen, dessen Namensschild ihn als Professor auswies. Die alte Frau in dem Bett an dessen Seite war Tabitha völlig unbekannt. Hinter ihrem Bett hing eine gelbe Stofftasche, wie man sie für Einkäufe in die Stadt mitnahm.

Die meisten Menschen in den anderen zwölf Betten waren Tabitha zwar ebenfalls fremd, doch jedes Mal, wenn sie sich in dem Zimmer umschaute, durchströmte sie ein wahres Glücksgefühl. Sie vermutete, dass diese Menschen sich nur ganz selten so dicht beieinander befunden hatten. Sie war sicher, dass sie sich bisher kaum im selben Raum, vielleicht nicht einmal in derselben Straße aufgehalten hatten. Und nun lagen sie Seite an Seite in diesem Krankenhaus. Ohne dass sie es wussten. Betäubt in einem rätselhaften Schlaf, in dem einige von ihnen schon seit Monaten gefangen waren.

Tabitha ging, wie bei jedem ihrer Besuche, zu den beiden Betten, die in der Raummitte nebeneinander an der linken Seite standen. Sie stellte sich zwischen den Mann und die Frau und seufzte leise. Sie strich dem Mann über das Gesicht, so wie sie es in den vergangenen Tagen so oft gemacht hatte. Und sie hauchte der schlafenden Frau einen Kuss auf die Wange, was ebenfalls schon zu einem Ritual geworden war. Schließlich sagte sie leise: »Mama, Papa, ich brauche eure Hilfe.« Sie blickte sich um. »Ich brauche die Hilfe von euch allen. Von den Seelenschützern.« Dann senkte sie den Blick. »Und ich hoffe nur, dass mein Plan aufgeht.«

In diesem Moment öffnete sich die Zimmertür, und Mayers und Tallwitz kamen herein. Beide trugen dampfende Kaffeebecher in den Händen. Die Ermittler waren flüsternd in ein Gespräch vertieft. Allerdings schienen sie aufgebracht und nervös. Sie sprachen hektisch aufeinander ein, als Tallwitz plötzlich stockte und stehen blieb. Mayers verstummte mitten im Gespräch und blieb ebenfalls stehen. »Ist was?«

Tallwitz verharrte einen Moment, gerade so, als wollte er sich seiner Gefühle vergewissern.

Alle Aufregung und Nervosität waren verschwunden, als er fragte: »Tabitha, bist du hier?«

Tabitha lachte und bewunderte Tallwitz für sein Feingefühl. Es war bereits das zweite Mal, dass der Polizist ihre Anwesenheit bemerkte.

Sie rannte zu dem Schreibblock, der für sie auf der Fensterbank bereitlag. Sie griff sich den Stift, der sich daneben befand, und schrieb: »Ich bin hier. Und ich habe eine Bitte an Sie.«

Mayers und Tallwitz kamen zum Fenster gelaufen und lasen die Notiz.

»Eine Bitte«, wiederholte Mayers. »Natürlich, Tabitha«, sagte er. »Wir stehen tief in deiner Schuld. Nur durch deinen Hinweis auf dem Papier im Wasserwerk haben wir die verschwundenen Menschen finden können.«

Tabitha nickte. Es war das letzte Lebenszeichen, das sie von Rouven erhalten hatte. Als er ihr vor drei Tagen diese Begriffe in ihre Sinne gepflanzt hatte.

Diese Begriffe, die sie wie in Trance für die Polizisten aufgeschrieben hatte: Familien. Burgruine. Stollen.

Mayers und Tallwitz hatten sofort verstanden, dass Rouven ihnen das Versteck der verschwundenen Leute verraten hatte. Sie waren unmittelbar zum Stollen geeilt und hatten die Familien tatsächlich dort vorgefunden. Die Familien und auch den Ladenbesitzer, den Professor und die alte Frau. Sie alle waren am Leben. Unversehrt. Nur in diesem geheimnisvollen Schlaf gefangen, den sich bisher niemand erklären konnte.

»Du bist wohl noch rechtzeitig zu uns gekommen«, sagte Mayers. »Gerade haben wir erfahren, dass der Stollen unter der Burgruine eingestürzt ist. Die Ruine selbst ist zerstört. Doch vor allem: Keiner hier hätte überlebt.«

Tabitha war geschockt. Ihre Eltern und alle Seelenschützer waren nur knapp mit dem Leben davongekommen. Ob Rouven damit zu tun hatte? War die Ruine zusammengestürzt, weil Rouven sich im Kampf mit Jachael befand?

Sie wurde ungeduldig. »Wir müssen Rouven helfen«, schrieb sie auf das Blatt Papier. »Ich möchte die Menschen hier aus ihrem Schlaf wecken.«

Mayers zog die Augenbrauen hoch. »Du willst sie wecken? Wie denn?«

Der Stift wanderte über das Papier. »Wo befinden sich die gefundenen Bücher der Familien?«, schrieb sie auf den Block.

»Im Wagen«, antwortete Tallwitz hastig. »Ich kann sie schnell hierherholen.«

»Bitte«, schrieb Tabitha und hoffte nur, dass es nicht zu spät war.

Tallwitz rannte los. Es dauerte nur wenige Minuten, da kam er mit sechs winzigen Büchern in der Hand zurückgelaufen. Allesamt in goldenes Papier eingeschlagen.

»Bitte geben Sie jeder Familie das Buch, das Sie in deren Wohnung gefunden haben«, hatte Tabitha inzwischen schon auf den Block geschrieben.

Mayers und Tallwitz beeilten sich, dieser Bitte nachzukommen. In Windeseile sortierten sie die Bücher und legten sie jeweils auf das Bett der Frauen. Dann legten sie jeweils eine Hand der Frau und eine Hand ihres Mannes auf das Buch.

Tabitha verfolgte alles erwartungsvoll. Die Bücher waren die einzige Verbindung der Familien untereinander.

Sie hoffte darauf, dass eine besondere Kraft von den Büchern ausging. Eine Kraft, die es schaffen konnte, die Seelenschützer sich wieder ihrer selbst bewusst werden zu lassen. Es musste einfach sein.

Schließlich hatten Mayers und Tallwitz die Vorbereitungen abgeschlossen. Sie und Tabitha hielten gespannt den Atem an. Sie blickten auf die Menschen in ihren Betten. Ein jeder hatte eine Hand auf einem der Bücher. Immer paarweise ruhten ihre Hände auf den goldenen Umschlägen.

Doch nichts geschah.

»Es muss!«, keuchte Tabitha, den Tränen nahe. »Werdet wach. Bitte! Rouven braucht euch. Ihr sorgt füreinander. Ihr schützt euch gegenseitig. Eure Gefühle für Rouven müssen euch erwecken.« Sie sprach aus, wovon sie überzeugt war, seit sie diesen Einfall in der Kapelle gehabt hatte. Doch mit einem Mal wurde ihr klar, dass sie einen Fehler machte: Die Menschen konnten sie nicht hören.

Wieder eilte sie zu Stift und Block und schrieb darauf: »Sprechen Sie es aus!«

Mayers nahm den Block in seine Hände, der wie schwebend auf ihn zukam. Er las den Satz und nickte. Dann baute er sich auf und sagte: »Rouven!«

Es brauchte einen kurzen Moment, dann nahmen Tabitha, Mayers und Tallwitz erste Regungen wahr. Die Hände auf den Büchern begannen zu zucken. Auch die Augenlider regten sich. In die Gesichter kehrte das Leben zurück. Nach und nach atmeten die Seelenschützer tief ein, und schließlich schlugen die ersten ihre Augen auf.

Tabitha schrie begeistert auf. Sie rannte zu ihren Eltern, die ebenfalls gerade erwachten. Sie küsste und umarmte sie, und es schmerzte zu wissen, dass die beiden von alledem nichts verspürten.

Sie gönnte diesen wunderbaren Menschen noch einige Momente, um zu Kräften zu kommen, dann rannte sie erneut zu ihrem Schreibblock. Es war an der Zeit, Rouven beizustehen.

Rouven stand bewegungslos in der Mitte der Kapelle. Jachaels Worte hatten ihn wie zu Eis erstarren lassen. Er führte einen aussichtslosen Kampf. Jachael hatte ihn überlistet. Alle Geschwindigkeit und alle Intelligenz konnten Rouven nichts mehr nützen. Es sei denn, er war zu sterben bereit. Dann würde er gemeinsam mit Jachael untergehen. Jachaels Tod bedeutete Rouvens Tod. Und Rouven sah keinen Ausweg aus dieser Situation.

Jachael stand in seiner Gestalt als halb Mensch, halb Stier Rouven gegenüber. Sein Grinsen breit im Gesicht, die Zunge schnalzend.

»Oh, ich hätte das vorher erwähnen sollen, oder?« Er triumphierte über Rouven. Er spottete über ihn.

Und er hatte allen Grund dazu.

Dann deutete er mit dem Kopf in Richtung der Burgruine. »Ich hoffe, dir ist der kleine Rums von vorhin nicht entgangen«, sagte er. »Du hast meine Warnung ja nicht ernst genommen. Du wolltest es ja so haben. Mit deinem Angriff vorhin hast du deine Seelenschützer begraben. Unter der Ruine. In dem Stollen – oder besser in dem, was jetzt noch davon übrig ist.«

Nun war es an Rouven zu lächeln. Was immer in dieser Nacht auch geschehen sollte, diesen einen Sieg hatte er errungen. Er war sicher, dass Tabitha vor drei Tagen seine Botschaft richtig verstanden hatte.

»Du solltest mal nachschauen gehen«, sagte er, allerdings ohne jeden Stolz in der Stimme. Es war ihm nicht nach glorreichen Gefühlen. All dies hier hatte eine Wendung genommen, die in Rouven keinerlei Freude aufkommen ließ. Nicht einmal jetzt.

Jachael drehte den Kopf zur Seite. »Ich verstehe nicht.«

»Tabitha wusste Bescheid. Ich habe ihr vor drei Tagen, als du mich in den Händen gehalten hast, eine Nachricht geschickt. Sie hat die Polizei längst zum Stollen geschickt. Hättest du die drei Tage und Nächte nicht hier verbracht, an meiner Seite – siegessicher –, dann hättest du es bemerkt. Während du mich hier beobachtet und auf die Neumondnacht gewartet hast, konnte Tabitha die Seelenschützer aus dem Stollen retten. Du siehst, Jachael: Eigentlich wolltest du mich schwächen, indem du auf die Neumondnacht gewartet hast. Doch in Wahrheit hast du dich mit deinem Warten selbst geschwächt. Während du hier wahrscheinlich Muskeln aufgeblasen und dich auf diesen Kampf vorbereitet hast, konnte ich mit Tabithas Hilfe diesen Teil deines Plans verhindern.«

Jachael entglitt das Grinsen aus dem Gesicht, als schäle es jemand mit einem Messer herunter. »Du bluffst! Das ist nicht dein Ernst.«

»Geh und sieh nach«, antwortete Rouven bestimmt. Und es war genau dieser Ton, der in Jachael alle Zweifel zerstreute. Rouven bluffte nicht. Er sprach die Wahrheit.

Jachaels Wut steigerte sich ins Unermessliche. »Dafür wirst du büßen«, zischte er zwischen seinen Zähnen hervor. »Diese Nacht wirst du ohnehin sterben. Doch nun werde ich es auskosten. Langsam werde ich dir das Leben nehmen. Schmerzhaft. Für jeden Seelenschützer, den du gerettet hast, wirst du besonders leiden. Glaub mir, ich habe Methoden, dir Schmerzen zuzufügen, von denen du nicht einmal eine Ahnung hast.«

Jachaels Worte verfehlten ihre Wirkung nicht. Rouven zitterte. Er konnte seine Angst nicht verbergen. Er traute Jachael alles zu. Er glaubte ihm jedes Wort. Gerade jetzt und hier, in seiner aussichtslosen Lage. Es gab nur einen einzigen Weg für ihn: Er musste Jachael töten und mit ihm gemeinsam untergehen. Nur dies zählte in diesem Moment.

Rouven ging in sich und stellte sich nur eine einzige Frage: War er bereit zu sterben?

Er dachte an Tabitha und an Nana. Er rief sich die Seelenschützer in Erinnerung. Es gab ihm einen Stich ins Herz, dass er sie alle nie wieder sehen konnte. Denn er hatte sich entschieden. Er würde sterben. In der Gewissheit, sie alle gerettet zu haben.

Er streckte die Arme aus und bereitete sich auf die Verwandlung vor. Er wollte Jachael als Krähe gegenübertreten.

Auch Jachael gab sich der Verwandlung hin. Er gab den letzten Rest seiner Menschengestalt auf. Als riesiger Stier stand er Rouven gegenüber.

Rouven bewegte seine Flügel. Er blickte zu den Flügelspitzen. Messerscharf und stahlhart waren sie seine wichtigsten Waffen neben seinem Schnabel und den pfeilspitzen Krallen. Sie zusammen mit seiner Schnelligkeit waren das Einzige, was er der Übermacht an Stärke und Kraft Jachaels entgegenstellen konnte.

Ein letztes Mal blickten sie sich fest in die Augen, dann stürmten sie aufeinander los. Wie auf ein vereinbartes Zeichen, wie auf einen Befehl hin, der aus ihrem tiefsten Inneren zu kommen schien, streckten sie Hufe und Flügel aus und verkeilten sich in der Mitte der Kapelle. Jachael versuchte Rouven mit den Hörnern aufzuspießen, Rouven versuchte Jachael die Flügelspitzen in die Seiten zu rammen. Keiner bot dem anderen eine Angriffsfläche, nicht einmal die Zähne Jachaels oder die Schnabelspitze Rouvens trafen ein Ziel. Sie mühten sich ab, bis Jachael mit einem Ruck Rouven von sich stieß und sich erneut vor ihm aufbaute. Die Nüstern weit geöffnet, von Dampf und Rauch umgeben, der teils aus der Nase und teils aus den Flammen an seinen Hufen emporstieg.

Rouven erinnerte sich an seine allererste Attacke, und noch einmal konzentrierte er sich auf einen sekundenschnellen Angriff. Und tatsächlich, keinen Augenschlag später vergrub sich seine Schnabelspitze bereits in Jachaels Hals, der einen überraschten Schrei tat. Er rammte Rouven seine Hufe mit solcher Kraft in den Bauch, dass Rouven keuchend von ihm ablassen musste.

Die Krähe tappte ein paar Schritte zurück, um zu Atem zu kommen, von dem Stier beobachtet. Unbemerkt von Rouven wandelte Jachael seine vorderen Hufe zu Händen um. Er verschanzte sich so hinter einer Kirchenbank, dass Rouven den Unterschied nicht bemerken konnte.

Dessen Angriff ließ nicht lange auf sich warten. Schnell hatte Rouven seine Kräfte wiedererlangt, und schon drehte er sich zu Jachael um und startete einen erneuten Angriff. Jachael hatte damit gerechnet. Doch anstatt Rouven die Hörner entgegenzuhalten, drehte er sich auf der Stelle um. Noch im Flug auf Jachael wunderte sich Rouven über diese Reaktion, aber schon in der nächsten Sekunde sah er mit Entsetzen, was Jachael bezweckte. Er stellte sich rasch auf seine Hinterhufe und hielt mit seinen menschlichen Händen das Glas mit Tabithas pochendem Herzen vor seine eigene Brust.

Rouven schrie auf. Es war zu spät, den Angriff abzubrechen. Mit all seiner Wucht stieß er mit dem Schnabel in das Glas. Es zerschellte. Tausende winziger Glassplitter flogen durch die Luft, und Rouvens Schnabelspitze durchbohrte das Herz Tabithas.

Jachael lachte donnernd auf, doch Rouven sank schreiend zu Boden. Noch im Fall griff er mit seinen Flügeln nach dem Herzen und fing es auf. Kaum, dass er die Erde berührt hatte, verwandelte er sich wieder in seine Menschengestalt. Alles geschah in wenigen Augenblicken, doch Rouven erschien es, als spiele sich das alles in Ewigkeiten vor ihm ab. In seinen menschlichen Händen hielt er das durchstochene Herz. Tabithas Herz. Ihre einzige Hoffnung, wieder menschlich werden zu können. Er hatte sie erneut getötet. Er hatte ihr wieder das Leben genommen – ihre Möglichkeit, Mensch zu werden.

Noch einmal schrie Rouven auf. Es war ein Schrei aus tiefster Seele heraus.

Jachael lachte noch immer. »Ups!«, gab er von sich, dann versetzte er Rouven einen Stoß mit seinem Huf, dass dieser über den Kapellenboden schlitterte. Mit Wucht wurde Rouven gegen die Wand, direkt neben der grünen Eingangstür, gestoßen, das Herz Tabithas noch immer fest in den Händen.

Jachael jauchzte vor Begeisterung. Er brüllte seine Begeisterung heraus, dass die gesamte Kapelle dröhnte und erzitterte.

Rouven blieb reglos auf der Erde liegen. Seine Blicke ruhten auf dem Herzen. Er konnte nicht fassen, was gerade geschehen war. Er wollte es nicht fassen. Seine Liebe. Der wichtigste Mensch in seinem Leben – Rouven hatte ihr alle Hoffnungen genommen. Er hatte ihren Traum buchstäblich zerstoßen. Er …

Jachael schlug mit den Fäusten gegen die Wand. Er schrie in seinem Überschwang. Er taumelte vor Entzücken. Sein Plan ging wunderbar auf. Mit Leichtigkeit zerstörte er alles, was ihm im Weg stand. Nicht mehr lange, und die Welt gehorchte ihm.

Er lachte.

Dröhnend.

Schallend.

Bis …

Jachael verstummte augenblicklich. Er spitzte die Ohren. Auch Rouven horchte auf. Beide glaubten sich zu täuschen, doch in diesem Moment erklang das Geräusch noch einmal. Es war ein Aufschrei, der von draußen, vor der Kapelle, zu ihnen ins Innere drang.

Rouven vermutete eine weitere List hinter diesem Schrei. Die Stimme, die sie hörten, klang ganz wie Tabithas. Doch das war unmöglich.

Jachaels Sinne hingegen waren sofort geweckt. »Mein Zauber!«, murmelte er. »Meine Zeitblase. Wir dürften gar nichts von außen hören. Wie kann das sein?!«

Er stürmte an Rouven vorbei zur Tür, ohne ihn weiter zu beachten. Für ihn stellte der Wächter der Seelen im Moment keine Gefahr dar. Er wusste, dass Rouvens Schmerz über den Verlust Tabithas alles andere überwog.

Er riss die Kapellentür auf und erstarrte. Mit offenem Mund blickte er hinaus.

Rouven stellte sich auf. Er wollte wissen, was vor sich ging. Etwas schwach in den Beinen taumelte er zu Jachael an die Kapellentür, und augenblicklich schrie er auf. Er rannte aus der Kapelle hinaus und ließ sich vor der Tür auf die Erde fallen. Er kniete sich neben Tabitha und drückte eine Hand gegen ihre Brust, um das viele Blut zu stoppen, das aus ihrem Körper an der Stelle floss, an der sich ihr Herz befinden sollte.

»Tabitha«, schluchzte er. »Es ist meine Schuld. Wieder einmal. Dein Herz … Jachael …« Ihm fehlten die Worte. Wie hätte er auch ausdrücken können, was gerade in ihm vorging? Er drückte sie fest gegen sich. Wie einst. Wie vor sieben Jahren, als sie an dieser Stelle in seinen Armen gestorben war. Als sie zu der Untoten wurde. Doch heute Nacht atmete sie. Sie hatte nicht ihr Leben verloren. Nur alle Hoffnungen, aus ihrer untoten Situation herausfinden zu können.

Rouven beugte sich über sie. Er drückte ihren Kopf fest gegen seine Brust und hauchte in ihr Ohr: »Das alles tut mir so schrecklich leid!«

Er war so mit seiner Trauer beschäftigt, dass er nichts von dem wahrnahm, was um ihn herum geschah. Weder war er sich bewusst, dass Jachael noch immer fassungslos in der Tür der Kapelle stand. Noch hatte er mitbekommen, was der Grund für Jachaels Entsetzen war.

Erst als Jachael rasend vor Wut mit den Hufen aufstampfte und einen Schrei der Bestürzung hören ließ, da fuhr Rouven aus seinem Schmerz auf und blickte sich um. Er verstand augenblicklich.

Hinter ihm hatten sich die Seelenschützer aufgestellt. In einem Halbkreis standen sie, Hand in Hand, vor der Eingangstür der Kapelle.

Rouven verstand augenblicklich. Tabitha hatte sie hergeführt, nachdem sie alle Seelenschützer vor dem Tod im Stollen gerettet hatte. Irgendwie hatte sie es geschafft, sie zu wecken. Und Rouven vermutete, dass sie die Familien mit der Hilfe von Mayers und Tallwitz dazu hatte bewegen können, hierherzukommen.

Tabitha hatte verstanden, welche Kraft von den Seelenschützern ausgehen konnte, wenn sie vereint in Rouvens Nähe standen. Ihrer

Liebe zu Rouven und der besonderen Beziehung zueinander war es zu verdanken, dass Jachaels Zauber der zeitlosen Blase gebrochen worden war. Durch ihre Anwesenheit hatten sie diese Verbindung zu Rouven geschaffen, die selbst Jachaels Fähigkeiten überbot. So hatte Rouven aus Jachaels Zauber herausfinden können.

Die Freude, alle Seelenschützer gesund wiederzusehen, wurde überschattet von der Gewissheit, dass für Tabitha alle Hilfe zu spät kam. Die geretteten Familien waren zu spät gekommen – nur wenige Augenblicke. Für Tabitha war es nun zu spät.

Aus den Augenwinkeln heraus erkannte Rouven auch Mayers und Tallwitz, die zu beiden Seiten der Menschenkette standen. Die beiden starrten wie gebannt auf das in Flammen stehende Stierwesen in der Kapellentür. Auch die Seelenschützer blickten Jachael voller Angst und Panik entgegen. Die meisten von ihnen waren vor sieben Jahren Zeugen gewesen, als Jachael in dieser Stiergestalt einige Seelenschützer getötet und Tabitha und Nana das Herz aus der Brust gerissen hatte. Diese Bilder hatten sie jetzt vor Augen. Jetzt, wo sie dieser Bestie erneut gegenüberstanden. Die blanke Furcht war ihnen ins Gesicht geschrieben. Und dennoch blieben sie eisern vor der Kapelle stehen. Die Menschenkette wurde nicht unterbrochen. Unbeirrbar hielten sie sich an den Händen.

Jachael gewann allmählich wieder seine Fassung. Die Flammen an seinen Hufen schlugen höher als zuvor.

»Nun denn«, brüllte er hervor. »Wenn ihr den offenen Kampf wollt, dann sollt ihr ihn haben. Ich habe schon einmal über euch gesiegt. Und ich werde es wieder tun.«

Er scharrte mit einem Huf und verengte seine Augen zu dünnen Schlitzen. Schon überlegte er, an welcher Stelle der Menschenkette er beginnen sollte. Er grübelte, welchen Seelenschützer er zuerst mit seinen gewaltigen Hörnern aufspießen sollte.

Doch Rouven kam ihm zuvor. Sanft legte er noch Tabithas Kopf auf die Erde, dann stürmte er zu seinen Verbündeten, stellte sich in die Mitte der Kette und breitete seine Arme aus. Die beiden mittleren

Seelenschützer ergriffen seine Hände und nahmen ihn in ihren Verbund auf. Es waren die Eltern von Tabitha.

Rouven hielt seinen Blick auf Jachael gerichtet. Er konzentrierte sich auf seine Aufgabe, auf sein Amt und spürte auch schon, wie die Veränderungen in ihm vorgingen. Es brauchte nur die Dauer eines Atemzuges, da stand er als riesige Krähe inmitten seiner Verbündeten. Als Wächter der Seelen, in Gestalt der Krähe, in der Rouven seine gewaltigsten Kräfte entwickeln konnte, wie er seit dieser Nacht wieder wusste.

Jachael schnaubte. Er brüllte in die Nacht. Er scharrte weiter mit den Hufen, doch er griff nicht an.

Rouven ahnte, dass er gegen diese Übermacht nicht mehr ankam. Er verstand, dass Jachael gegen die Kraft, die von der Menschenkette aller Seelenschützer ausging, nicht mehr ankam.

Rouven trat einen Schritt vor, und seine Seelenwächter taten es ihm gleich. Obwohl Rouven spürte, wie groß ihre Angst vor dem Stierwesen war, wagten sie es, sich mit Rouven diesem Ungeheuer zu stellen.

Jachael schnaubte nur noch mehr. Er warf den Kopf wütend herum. Er trat mit den Hufen gegen die Wand der Kapelle, so sehr, dass diese in sich erzitterte. Putz und Steine bröckelten auf ihn herab.

Und schließlich wich Jachael einen Schritt zurück. Rouvens Ahnungen bestätigten sich. Gegen die Stärke und Entschlossenheit dieser Menschenkette konnte er sich nicht wehren.

Weiter und weiter gingen die Seelenschützer, angeführt von Rouven, auf die Kapelle zu, bis Jachael sich ins Innere zurückzog und Rouven die Tür zur Kapelle schloss.

Er taumelte. Er stemmte beide Flügel gegen das Holz der Tür und lehnte erschöpft seinen schweren Krähenkopf dazwischen.

Die Seelenschützer hinter ihm begannen zu jubeln, doch Rouven wusste, dass sie den Kampf gegen Jachael keinesfalls gewonnen hatten. Sie hatten einen Sieg errungen, doch sie waren nicht am Ziel. Es war ihnen nur geglückt, Jachael in diesem Moment zurückzuhalten, aber er würde einen Weg finden, sich an ihnen zu rächen. Vielleicht sogar noch in dieser Nacht würde es ihm möglich sein, anzugreifen. Ein erneutes Blutbad anzurichten und schließlich Rouven zu töten und die Halle der Seelen zu stürmen.

Rouven hörte ihn in der Kapelle toben. Schreien. Donnern. Immer wieder brüllte er Rouvens Namen. In einem Hass und einer Intensität, die erahnen ließ, was Jachael seinem Widersacher antun würde.

Rouven war bewusst, dass der Stier keine Ruhe geben würde. Wenn es Jachael nicht in dieser Nacht gelingen sollte, seine Pläne erneut anzugehen, dann bald. In der Zukunft. Jachael würde in alle Ewigkeit weitermachen. Zu groß war sein Hunger, die Halle der Seelen zu erobern.

Rouven lauschte den Geräuschen dieser Nacht. Der wütenden Raserei Jachaels im Inneren der Kapelle und dem erleichterten Freudentaumel der Seelenschützer.

Er blickte zu Tabitha. Sie hatte sich hinsetzen können. Die Blutung war versiegt. Mit großen Augen starrte sie auf Rouven. Sie sah ihn zum ersten Mal in seiner Krähengestalt, und Rouven konnte ihrem Blick nicht entnehmen, was gerade in ihr vorging. Dafür spürte er tief in seinem Inneren noch einmal die tiefen Gefühle, die ihn mit Tabitha verbanden. Gefühle in einer Stärke und Dimension, wie er sie bisher nur für die Seelen in seiner Halle verspürt hatte: echte, wahre Gefühle.

Und ihm wurde klar, was zu tun war. Hier, an der Tür zu Jachaels Wutstürmen, im Angesicht der Menschen, die ihm wichtig waren und in Gedanken an die Seelen, die in seiner Halle auf ihn vertrauten, fasste Rouven einen Entschluss. Jachael hatte ihn um den entscheidenden Kampf gebeten. Und diesen sollte er auch bekommen.

Er machte sich bewusst, was Jachael ihm gesagt hatte. Er erinnerte sich noch einmal an Jachaels Worte, als er ihm erklärte, dass Rouvens Leben an Jachaels Leben gekoppelt war. Durch den Schwur, den er ihm gegenüber getan hatte. Was immer noch mit Jachael geschehen sollte in dieser Nacht, Rouven war dem gleichen Schicksal ausgeliefert.

Er richtete sich auf und trat einen Schritt zurück.

Die Seelenschützer hatten diese winzige Bewegung wahrgenommen. Sie verstummten und schauten fragend zu Rouven.

Der streckte seine Arme aus. »Bildet erneut die Kette«, sagte er. Und an Mayers und Tallwitz gerichtet bat Rouven: »Und Sie beide gehen bitte zur Tür und öffnen sie auf mein Zeichen hin.«

Tabitha stellte sich auf die Füße. »Was hast du vor, Rouven?«, fragte sie in einer Stimme, aus der all ihre Angst herauszuhören war.

»Wir werden dem ein Ende setzen«, antwortete Rouven, ohne sie anzusehen. Das hätte er nicht übers Herz gebracht. Zu groß war seine Angst, dass Tabitha sein Vorhaben erriet. Stattdessen brachte er hervor: »Vertrau mir!«

Tabitha zögerte. Doch dann kam sie zu den Seelenschützern und stellte sich unerkannt neben die Menschenkette. Nana baute sich an Tabithas Seite auf. Rouven freute sich, sie zu sehen. Es gab ihm Kraft, dass Tabitha sie hierher mitgebracht hatte.

Er bemerkte, wie sehr die beiden darunter litten, dass Eltern und Weggefährten sie nicht sehen konnten.

Rouven fragte sich noch, ob Nana und Tabitha wohl gespürt hatten, dass in dieser Nacht ihr Schicksal besiegelt worden war. Ob sie wussten, dass sie auf immer in ihren untoten Körpern gefangen waren. Doch diese Fragen schüttelte er ab. Er musste sich einzig auf das konzentrieren, was ihm jetzt bevorstand.

Die Menschenkette wich einige Schritte zurück. Wieder stellten sie sich im Halbkreis vor der Kapellentür auf. Mayers und Tallwitz brachten sich an der Tür in Position. Genau so, wie Rouven es gewünscht hatte. Doch sie blickten zweifelnd auf die Krähengestalt.

Schließlich baute sich Rouven zu voller Größe auf. Er ließ seinen Blick noch einmal über seine geliebten Seelenschützer schweifen, dann sah er nach vorn und nickte Mayers und Tallwitz zu.

Die beiden griffen nach der Tür und rissen sie auf.

Nur einen Augenblick später stand Jachael wieder in der Tür. In seiner Stiergestalt. Tief in Flammen stehend, die Nüstern weit geöffnet, alle Muskeln angespannt.

Ein ängstliches Raunen ging durch die Menschenkette, doch Rouven beruhigte seine Verbündeten. »Keine Angst, solange wir uns aneinander festhalten und uns gegenseitig Kraft geben, hat er keine Chance anzugreifen.«

»Was hast du vor?«, rief Tabitha mit zitternder Stimme Rouven zu.

Doch er gab keine Antwort. Er suchte mit seinem Blick den von Jachael. Der Stier stand in der Tür und scharrte mit den Hufen. Rouven ruckte kurz mit seinem Körper, und im gleichen Moment zuckten Jachaels Muskeln.

Die beiden Gegner waren hochkonzentriert und fest aufeinander fixiert.

Rouven atmete tief ein, und in diesem Moment startete er seinen Angriff. Er rannte auf die Kapelle zu.

»Nein!«, schrie Tabitha, doch es war zu spät. Jachael hatte diesen Moment abgewartet. Auch er konnte nun, da die Menschenkette unterbrochen war, aus der Kapelle stürmen. Wutschnaubend rannte auch er auf Rouven zu.

Rouven sprang ihm entgegen, seine Flügel aber nicht als Waffen vor sich haltend. Im Gegenteil. Er spannte die Flügel weit aus und bot Jachael seinen gesamten Körper als Angriffsfläche.

Jachael brüllte donnernd auf, dann rammte er vor der entsetzt aufschreienden Menschenmenge seine Hörner tief in Rouven hinein. Er warf den Kopf herum und riss Rouven in dieser Bewegung das Herz aus der Brust.

Die Seelenschützer schrien erneut auf.

Rouven stürzte zu Boden. Blutüberströmt. Und mit Blick auf Tabitha und die Seelenschützer an ihrer Seite tat er seinen letzten Atemzug.

ROUVEN

Die Halle der Seelen war lichtdurchflutet. Es war ein besonders milder, angenehmer Tag, und das schienen auch die Seelen in ihren winzigen Kojen zu spüren. Die Bewegungen hinter den dünnen roten Vorhängen glichen Freudentänzen. Es war, als bildeten die unzähligen winzigen Wesen in dieser Halle ohne Ende einen unüberschaubaren Schwarm vergnügter Tänzer, und die Melodie dazu war einzig die freudige Erwartung tief in ihnen.

»Ich könnte für alle Zeit hier stehen und zuschauen.« Die Worte wurden geflüstert. Kaum hörbar. Auf keinen Fall sollten die Seelen gestört werden.

»Ich auch«, war die Antwort. »Ich kenne nichts, was ähnlich viel Frieden ausstrahlt wie der Anblick dieser Wände mit ihren Kojen.«

Ein leichter Windhauch fegte durch die Halle. Er war warm und fühlte sich wie ein Streicheln auf der Haut an.

Die beiden wandten sich um, in die Richtung, aus der dieser Windhauch sie berührt hatte. Und augenblicklich zog sich ein Lächeln über ihre Gesichter.

»Schön, dass du da bist.«

Rouven kam auf sie zu und nahm sie in seine Arme. »Schön, euch hier zu haben«, gab er zur Antwort.

Er genoss für einen Moment die Nähe von Tabitha und Nana, dann galt sein Blick wieder den Kojen in den Wänden. »Wie geht es ihnen heute?«

»Sie sind glücklich. So wie wir.«

Er nickte. »Nach allem, was geschehen ist, hätte ich niemals geglaubt, dass es so enden könnte.«

Sie drehten sich wieder den Kojen zu und beobachteten die Schatten der wartenden Seelen hinter den Vorhängen.

»Darf ich dich etwas fragen?«, wandte sich Tabitha an Rouven.

»Natürlich.«

Sie sah ihn fest an. »Hast du es gewusst?«, fragte sie. »Oder hast du geahnt, dass alles so kommen könnte, als du dich auf Jachael gestürzt hast, in der Nacht vor der Kapelle?«

Rouven schüttelte den Kopf. »Hätte ich es gewusst, dann hätte ich nicht solch eine Angst gehabt in diesem Moment.« Er blickte sich um. »Nein. Ich wusste es nicht. Wie hätte ich auch? Mein Wunsch war es, das alles zu Ende bringen. Selbst wenn ich mit meinem Leben dafür bezahlt hätte. Aber woher hätte ich wissen sollen, dass ich auch ohne mein Herz, ohne mein eigentliches Leben, meine Aufgabe als Wächter über die Halle der Seelen wahrnehmen kann? Und wie hätte ich von meinem Glück wissen können, dass ich euch jetzt, wo ihr keine Sterblichen mehr seid, mit in meine Welt nehmen darf?«

Nana lachte plötzlich auf. »Jachael hat uns einen großen Gefallen getan, oder? In Wahrheit hat er uns Glück gebracht.«

Rouven nickte, und Tabitha fragte: »Ob er das wohl weiß?«

»Lasst uns nach ihm schauen«, schlug Rouven vor und führte die beiden durch die lange Halle der Seelen bis hin zu einem Raum, in dem sie bereits viel Zeit verbracht hatten. Er war gewölbeartig angelegt. Die Decke dieses Raumes spannte sich in einem hohen Bogen über den runden Tisch, der sich in der Mitte befand und den größten Teil des Raumes einnahm. Rouven, Tabitha und Nana traten dicht heran.

Rouven griff nach dem Buch, das sich auf der Mitte des Tisches befand. Sein Buch mit den alten Schriften, mit seinen Symbolen. Hier hatte es seinen Platz.

Beinahe ehrfürchtig schlug Rouven den Deckel auf und blätterte darin, bis die Seite vor ihm lag, die ihm silbern entgegenschimmerte. Wie lange war es nun her, dass er noch überlegen musste, was diese Seiten zu bedeuten hatten. Jetzt, hier, in seiner Welt, legte er beide Hände wie selbstverständlich auf die Buchseiten und beobachtete, wie durch diese Berührung das leichte Schimmern heller und heller wurde, bis die Doppelseite des Buches wie ein silberner Spiegel wirkte. Allmählich ergab sich darin ein Bild. Es zeigte das Innere der Kapelle auf der Erde, so wie sie den dreien noch immer sehr vertraut war. Sie war heller als bisher, was auf das zweite Fensterbild zurückzuführen war, das man eingebaut hatte, kurz nach der Nacht, in der Rouven mit den Seelenschützern Jachael entgegengetreten war.

Er, Tabitha und Nana beugten sich nun weit über die silbernen Buchseiten. Nun konnten sie wie durch ein Fernglas die Welt betrachten. Sie sahen Mayers und Tallwitz, wie sie gerade in diesem Moment in dem Raum standen. Die beiden Männer blickten grübelnd auf den Boden der Kapelle. Sie sahen auf eine Marmorplatte, auf der golden das Zeichen Rouvens prangte: der Sichelmond mit der Vogelkralle darunter.

»Es hat sich nichts verändert«, sagte Rouven. »Und es wird sich nichts verändern. Jachael ist dort eingeschlossen. Auf immer. Als er mein Herz herausgerissen und es vor der Kapelle zertreten hatte, da zerstörte er auch sein eigenes Herz. In seiner Raserei hatte er wohl vergessen, dass unsere Leben aneinandergebunden sind. Dass mein Schicksal auch seines bedeutete. So muss er nun ebenfalls als Untoter weiterexistieren. Aber nicht in seiner Welt. Er wird für alle Ewigkeit in dem Raum gefangen bleiben, der sich unter der Marmorplatte befindet. Bis in alle Zeiten hinein kann er dort über seine Taten nachdenken. Und es wird ihm nicht gefallen, zu welchem Schluss er kommen wird. Denn, Tabitha, ich glaube, dass er mittlerweile weiß, dass er uns einen Gefallen getan hat. Ganz sicher weiß er, dass wir gerade auf ihn blicken und dass wir nun zu dritt, in unseren unsterblichen Körpern, gemeinsam über die Halle der Seelen wachen.«

Und insgeheim war Rouven seinem Rivalen dankbar. Er hatte ihm ein Leben geschenkt, das er mit niemandem mehr tauschen wollte. Ein Leben in dieser Halle, an der Seite von Tabitha und Nana.

»Dieses Wissen wird ihm mehr zusetzen als sein enges Gefängnis, in dem er nun verbleiben muss«, sagte Tabitha.

Rouven nickte. »In sieben Jahren werde ich ihn besuchen. Dann, wenn ich wieder auf die Erde gehe. Er kann mich ja hören und verstehen, wenn ich zu ihm spreche.« Er lächelte. »Meinen Seelenschützern werde ich Briefe schreiben müssen. Denn sie können mich ja nicht mehr sehen. Aber dass das funktioniert, das hast du ja schon bei Mayers und Tallwitz bewiesen, nicht wahr?«

Tabitha zeigte auf die beiden Polizisten, die sie in den schimmernden Buchseiten beobachten konnten.

»Ich fand es richtig von dir, sie zu den Wächtern über Jachaels Gefängnis zu bestimmen.«

»Sie hatten sich im Kampf bewährt«, antwortete Rouven. »In jener Nacht waren sie uns eine wertvolle Hilfe. Und eine ebenso große Hilfe waren sie mir, als wir gemeinsam den Raum ausgehoben haben, in dem Jachael nun leben muss.«

»Und nicht nur das«, entgegnete Tabitha. »Mit ihrer Lügengeschichte rund um den Neumond-Täter haben sie auch diesen Fall zu Ende bringen können. Niemand sucht mehr nach dir.«

Plötzlich schüttelte Nana den Kopf.

»Aber bitte«, sagte sie mit gespielter Entrüstung. »Das hätte man auch anders regeln können. Deinen menschlichen Körper, Rouven, in die Gefängniszelle zu legen und zu behaupten, du hättest Selbstmord begangen, weil du mit all der Schuld nicht leben konntest. Das klingt doch schrecklich!«

Rouven kicherte. »Bertoli hat's gefallen. Und er ist froh, mich endgültig los zu sein. Ich war ihm doch sehr unheimlich.«

»Und die Menschen in der Stadt haben eine Geschichte bekommen, die sie glauben können und die ihnen die Angst vor erneuten Einbrüchen des Neumond-Täters genommen hat.«

Rouven richtete sich auf. »Alles hat ein gutes Ende gefunden. Und wir können mit einem neuen Anfang beginnen. Als Wächtertrio in dieser Halle.«

Er schloss sanft das Buch und ging den beiden voraus. Er führte sie wieder vor eine der Wände mit den Kojen darin.

Wieder beobachteten sie die winzigen Regungen hinter den Vorhängen.

»Wie sie sich wohl gerade fühlen?« Tabitha hatte diese Frage mehr in Gedanken zu sich selbst ausgesprochen.

Doch Rouven gab ihr eine Antwort: »Kennst du den kurzen Moment, bevor du am Morgen erwachst? Diesen Augenblick, bevor dir bewusst wird, wer du bist? Kennst du dieses einzigartige Gefühl, zu wissen, dass die Welt einfach wunderbar und das Leben ein kostbares Geschenk ist? Dieses Gefühl, das dich weckt, kurz bevor dein Verstand dich an deine Sorgen erinnert und an die Termine eines Tages? Diese Zufriedenheit mit dir selbst, das Bewusstsein, dass du ein wichtiger Teil des großen Ganzen bist? Dass alles zusammenhängt? Und nur alles zusammen einen Sinn ergibt? In diesem Gefühlszustand befinden sich gerade alle diese Seelen. Sie sind aufgeregt und erwartungsvoll und gleichzeitig von purem Glück erfüllt.«

Tabitha schmiegte sich fest an Rouven. Seine Worte klangen in ihr nach. Und jetzt, mit dem Blick auf alle diese reinen Seelen, nachdem sie alles überstanden hatten, was hinter ihnen lag, musste sie Rouven zustimmen: Das Leben war ein großartiges Geschenk. In welcher Form auch immer.